제3세대 한국소설의 풍경

제3세대 한국소설의 풍경

역락

제3세대 한국소설의 풍경

김 병 덕

역락

책머리에

　내가 소중히 여기는 책들 중에 삼성출판사에서 발행한『제3세대 한국문학』이 있다. 24권 한 질로 구성된 이 책의 1985년도 판을 나는 소장하고 있다. 내 손길이 닿은 지, 삼십여 년이 다 되어가는 그 책은 지금도 책꽂이 맨 위 칸에 자리해 위용을 뽐낸다. 나름으로는 그 책을 열심히 읽었고 선정 작가들의 다른 작품들을 찾아 공부하는 데에 시간을 들였던 기억이 새롭다. 그렇게『제3세대 한국문학』은 내 소설 공부의 첫 스승이었다.

　오랜 세월을 함께 한 책을 바라보다 '이 전집에 내가 많은 빚을 졌구나' 하는 생각이 들었다. 어떤 식으로든 감사의 표현을 하고 싶었다.『제3세대 한국문학』 작가들의 작품을 중심으로 글을 써 책을 묶자는 생각은 거기에서 시작되었다. 작가들의 작품을 세밀히 읽었다는 자신감으로 출발했으나 역시 쉬운 일은 아니었다. 겸사가 아니라, 글을 쓰는 중에 나의 능력과 열정의 부족을 절감했다. 빛나는 작품들에 되레 누를 끼치는 것은 아닌가 싶어 종종 우울해지기도 했다. 그런 한편으로 전에는 몰랐었던 작품의 새로운 면을 발견하는 행복을 맛보기도 했다.

　이번의 작업 중 마지막 한 고비는 저자의 말을 쓰는 것이었다. 부족한 대로나마 원고는 이미 끝났고 저자의 말만 쓰면 되는데 뜻대로 되지 않았다. 남들의 휴가가 다 끝난 계절에 굳이 집을 떠나 휴양림에 든 것은 그런 까닭이었다. 짐을 풀자마자 눈 부릅뜨고 정신을 집중했음에도 진척은 없었다. 대신 얻은 것은 실로 오랜만의, 깊은 밤의 적막과 숙면……

　단잠을 자서인지 새벽녘에 일어난 나는 산책을 하다 계곡물에 발을 담갔다. 물은 차가웠고 사위는 어두컴컴했다. 무심히 앉아 흐르는 물을 바라보다, 나는 이제껏 고독했고 그것을 잘 견뎌왔다는 것, 그리고 그런 삶은 죽을 때까지 견고하게 지속되리라는 상념이 불쑥 떠올랐다. 연이어 『제3세대 한국문학』의 작가들에서 떠나, 보다 광활한 소설의 세계로 나아가야 할 때가 왔음도 직감했다.

　조금을 걸어 잣나무 울울한 숲속교실에 앉았다. 아침 바람은 청명했다. 무슨 특별한 계기는 없었는데 막혀 있었던 저자의 말이 머릿속에서 풀려나와 다행이었다.

　먼저 책의 제목과 관련해 간략히 설명할 필요가 있겠다. 책의 제목에서 '제3세대'라는 말은 학술적 엄밀성을 갖고 있는 용어는 아니다. 나는 『제3세대 한국문학』의 책날개에 나오는 이어령 선생의 '<제3세대 문학>의 선언'에서 그 말을 차용했다. 당시 선생은 한국문학사를 할아버지, 아들, 손자의 삼세대로 구분했다. 그는 할아버지 세대 작가의 예를 춘원과 육당, 아버지 세대는 일제와 6·25의 수난 속에서 창작을 한 작가들에서 찾았다. 그리고 손자 세대를 4·19 이후, 한글세대의 작가들로 규정했다. 그러면서 그는 제3세대 문학은 현재보다 앞으로의 발전 가능성이 무궁무진하다는 점을 강조했다. 그들의 문학적 성과가 이미 오래전부터 가시화되었다는 점에서 나는 '제3세대'라는 관형어를 '한국소설의 풍경' 앞에 얹었다.

　이 책은 3부로 구성되어 있다. 1부의 이청준, 이동하, 박범신론은 그들의 소설미학적 측면에 주목해 쓴 글이다. 윤흥길론은 그의 작품에 기왕에 나타나는 모성성을 여성성으로까지 확장해 분석한 것이고 조세희론은 작가의 작품에서 공장과 기계의 의미가 보다 심도 있게 파악되었더라면 하는 마음이 들어 쓴 글이다. 이문열의 『황제를 위하여』론은 본격적인 이문열론을 쓸 예정으로 접근했는데, 결국 하나의 작품론에 그치고 말아 미진함이 있다.

2부에는 지식인에 관한 글이 세 편 나온다. 90년대 이후, 급변한 시대에 지식인의 역능(役能)이 어떠해야 하는가에 대한 개인적 고민이 이 글들에 담겨 있다. 70-80년대 지식인의 상황은 홍성원, 최인호의 작품들에서 살폈다. 이와 함께 90년대 이후의 소설에 나타난 지식인상을 모색하는 자리도 마련해보았다. 조해일론은 70년대에 그의 작품이 소설적 응전력을 확보하고 있다는 점에, 이동하론은 그의 폭력 고발이 미시적 생활세계에서 섬세하게 전개되고 있다는 사실에 주목해 썼다.

3부는 공간에 대한 나의 관심이 글로 표현된 것이다. 3부의 글 몇 편은 향후에 전개될 연구의 시발적 성격을 띤다. 이 부분은 앞으로 더 심화·확장할 예정인데, 이 글들을 토대 삼아 나는 90년대 이후의 소설에 나타나는 일상적 사물과 공간을 접목한 글을 쓰려는 계획을 여투고 있다.

『제3세대 한국문학』 전집에 수록된 작가 중 김원일, 박완서, 오정희, 김승옥의 작품은 나의 다른 책에서 거론했기에 여기에서는 제외했다. 미처 다루지 못한 작가들도 있는데 이는 아쉬움으로 남긴다. 『제3세대 한국문학』에 수록되어 있지는 않지만 이 책에서 논의한 작가들의 소설들에서도 많이 배웠음을 밝힌다.

세상의 어느 자식도 마찬가지겠지만 나 또한 부모님으로부터 분에 넘치는 사랑을 받았다. 당신들의 사랑은 언제나 큰 힘이 된다. 지금껏 무엇 하나 잘한 것 없는 아들이지만 이 책이 부모님께 작은 기쁨이 되었으면 좋겠다. 대학과 대학원에서 삶과 소설을 일깨워주신 선생님들께도 깊은 감사를 드린다. 은사님들께서 보여주시는 부족한 제자에 대한 너그러움, 소설과 학문에 대한 엄격함을 가슴 깊이 새기고 있다. 함께 공부했던 동기, 선·후배님들께도 고마운 마음을 전하고 싶다. 그들의 세심한 충고와 격려, 늘 잊지 않고 있다. 책을 내주신 사장님과 직원 여러분들께도 감사드린다. 더 좋은 글을 쓰는 것이 그 분들의 후의에 보답하는 길이라 생각하고 있다.

2013년 가을에
김 병 덕

차 례

제2부

제1부

이청준의 예술가소설에 나타난 동양미학
「날개의 집」, 「목수의 집」을 중심으로

1. 노작가의 여정

인간, 혹은 사회와의 불화로 억압된 욕망에 개인은 저마다의 방식으로 탈출구를 찾는다. 그 중 작가는 문학을 도구로 그 내밀한 욕구를 충족하려 하는데, 이청준의 글쓰기 역시 개인과 시대와의 엇갈림 속에서 출발한다. 작가는 「지배와 해방」에서 "문학 욕망은 애초 우리가 살고 있는 현실질서와의 싸움에서 패배한 자가, 그 패배의 상처로부터 자신을 구해내기 위한 위로와 그를 패배시킨 현실을 자기 이념의 질서로 거꾸로 지배해 나가려는 강한 복수심에서 비롯된다."고 글쓰기의 기원을 밝힌다.

이런 욕망으로 사십여 년이 넘게 자신의 질서를 구축한 노작가의 작품세계는 대략 첫째 전통적 장인 세계에 속하는 사람들의 비극적인 삶, 둘째 과거의 어떤 정신적 상흔이 개인의 현재 생활에 이상을 일으키는 경우, 셋째 남도의 소리를 중심으로 전해져 오는 전통적 예술 세계, 넷째 언어의 상실과 추구의 세계, 다섯째 용서와 화해의 세계 추구 등으로 대별된다. 이처럼 다양한 작품 세계를 한 꿰미로 엮어 분석하기란 쉽지 않은 일이다. 이 글에서는 2000년에 상재된 『목수의 집』에서 장인·예술가의 삶을 다룬 「목수의 집」과 「날개의 집」을 동양미학과 연계해 살펴보고자 한다.

오래 전에 쓰여진 작품들이기는 해도 이청준 소설 세계를 소급하면, 예술혼을 불사르는 장인의 세계를 다룬 「줄광대」, 「과녁」, 한을 예술로 승화시킨 판소리의 세계를 그린 『남도사람』 연작들, 그리고 작가가 소설 형식을 빌어 자신의 문학관을 밝힌 작품이라는 점에서 주목을 요하는 「시간의 문」 같은 계열의 작품들이 확인된다. 이 작품들에는 「목수의 집」, 「날개의 집」에서 발견되는 작가의 예술관 원형이 고스란히 보존되어 있음을 알 수 있다. 놀라운 것은 작가가 이 계열의 작품군과 병행하며 또 다른 소설 세계를 일구는 동안에도 끊임없이 장인·예술가에 대한 사유와 인식을 확장했다는 사실이다. 이는 이광호가 『목수의 집』 해설에서 밝힌 대로, "이청준 자신의 장인성을 보여주는" 장관이 아닐 수 없다. 그러한 노력이 있었기에 작가는 『목수의 집』을 통해 기능적인 현대인과 경박한 현대 예술에 준엄한 비판을 제기할 수 있었을 것이다.

2. 진정한 예술을 향한 도정

범박하게 말해, 예술가소설은 예술가 주인공의 예술 행위에 얽힌 사연들을 주된 구성으로 전개한 작품을 말한다. 대체로 이 계열의 소설은 예술가 자신의 예술적 사명, 자신과 사회와의 관계, 또는 예술 창조의 본질에 대한 문제를 주제로 삼는다. 작가는 그와 같은 소설을 통해 자신의 예술관을 말하거나 예술가의 영혼과 현실의 괴리로 인한 갈등을 보여줌으로써 창작자의 고뇌를 독자에게 전달하기도 한다. 소설 유형론으로 보면 예술가소설은 성장소설의 하위 장르로 범주화될 수 있다.

「날개의 집」은 어린 소년이 온갖 역경을 이겨내고 예술가의 길로 들어선다는 점에서 예술가소설의 형식에 잘 들어맞는 작품이다. 작가는 이 작품에서 한 사람의 예술가가 어떻게 만들어지는가를 동양미학 사상을 동원해 형상화하고 있는데, 「날개의 집」은 다음과 같은 줄거리를 가지고 있다.

장래의 꿈이 변덕스럽게 바뀌던 어린 세민은 나무에서 떨어져 절름발이가 되어 어설픈 농사꾼의 길을 걷고 있었다. 그러나 농사일보다 아들이 그림 그리기의 열망에 빠진 것을 눈치챈 아버지는 그림에 미쳐 고향마저 등진 세민의 당숙에게 아이를 맡긴다. 세민은 당숙 어른으로부터 어렵사리 그림을 배우고 결국 자연과 사회를 껴안는 화가로 성장한다. 그 과정에 세민의 예술적 고민과 방황이 있었음은 물론이다.

이 작품의 요체는 도제식으로 가혹하게 수련의 길을 들어선 세민이 당숙의 엄격한 훈육 속에서 참다운 예술가로 성장해가는 과정에 있다. 그러나 그림을 그리고 싶어 하는 열망으로 가득 찬 세민에게 당숙은 처음 몇 년 동안 힘든 농사일만 시킨다. 그림을 못 그려 안달이 난 세민은 그것이 불만이다.

> 서두를 것 없다. 그림은 손으로 그리는 것이 아니라, 마음과 몸 전체로 그리는 것이다. 마음 속에 그리고 싶은 것이 자라오르면 손은 그것을 따라 그리는 것뿐이다. 손 공부가 급한 것이 아니라 마음 공부, 사람 공부, 세상일 공부가 더 소중한 것이다. 그러니 너는 손 공부보다도 더 큰 그림 공부를 하는 것이다. 작은 손 공부에 조급하게 마음이 매달릴 것 없다.
>
> 「날개의 집」, 『목수의 집』, 86쪽

어린 제자의 조급증에 스승 유당이 건넨 말이다. 위의 인용문에서 마음과 몸이 예술의 내용을, 손이 형식을 은유한다는 점은 어렵지 않게 짐작할 수 있다. 여기에서 "손보다 더 큰 그림 공부"라는 언급은 유가미학의 사고를 반영한 것이라 하겠다. 유학은 일반적으로 수기치인의 학문이라 말하여진다. 유가미학에서 무엇보다 강조되는 것은 자기 수양이다. 즉 기예보다는 도덕성과 인격을 우선으로 꼽았던 것이다. 유가미학에서는 '사물에는 근본적인 것, 말단적인 것, 마침과 비롯함이 있다. 먼저 하고 나중에 할 바를 아는 선후본말론(先後本末論)'을 통해 이상적인 예술의 도가 완성된다고 보았다. 이때 근본적인 것은 자신의 덕을 밝히는 것이며 지엽적인 것은 예술이라 할 수 있다.

이와 같은 유가사상의 선후본말론은 공자가 말하는 회사후소(繪事後素)의 미의식과 연결된다. '그림을 그리는 일은 흰 바탕을 만든 뒤의 일이다.'라는 회사후소의 사상으로 미루어보면, 소(素)는 인간 본성의 측면을 의미하는 것이고 그림 그리는 일은 형식에 속하는 것이 된다. 이는 외면적 형식의 완성보다 내면적 충실이 중요하다는 유가미학의 전형을 보여주는 것이라 할 수 있다.

오랜 기간 수양을 깊게 쌓으면 이제 한 사람의 예술가는 도가적 예술관에 입각한 수련으로 진척을 이루게 된다. 유당은 세민에게 붓을 쥐게 하고 천자문을 여러 글씨체로 써보게 한 후, 사군자 입문, 여러 그림 소재들 모사, 그리고 산수풍경화를 그리게 한다. 그러나 조금씩 늘어가던 세민의 솜씨는 어느 순간부터 더 이상 진전이 없다. 유당은 제자를 향해 "어째서 너는 꼭 남의 그림만 그리려 하느냐. …… 하냥 남의 눈, 남의 붓질, 남의 법식에만 매달려 흉내질만 일삼고 있으니, 쯧쯧……"하고 혀를 차거나, "남의 눈만 좇지 말고 네 가슴에서부터 뜨거운 숨결을 불어넣는 그림을 그려! …… 네가 흙을 파고 밭을 갈면서 그 흙과 땅에서 배운 것, 그 흙과 땅, 힘겨운 농사일과 우리 사람살이에 대한 사랑으로 그리거라."라고 일갈한다.

이러한 촉구는 형이상의 도를 깨달아 개성적이고 감동적인 경지를 표현해야 한다는 미학사상에서 근원한다. 즉 예술가는 대상을 봄으로써 도를 깨닫고 그 깨달음으로 특유의 예술적 안목을 확립할 수 있게 된다. 이 단계에서 필요한 것이 독창적인 기교이다. 예술적 기교는 물론 예술창작의 전부는 아니지만 작품의 미학적 완성을 위해 당연히 필요한 것이다. 똑같은 예술 대상을 형상화할 때, 숙련된 기교는 심중을 좀 더 잘 드러내게 하는 효과가 있다. 하지만 어설픈 기교로는 오히려 작품에 역효과를 낼 수도 있다. 이 점은 유가나 도가미학에서 공히 주장하는 바로, 노자는 기교 남용의 부작용을 '큰 기교는 오히려 졸렬하다'는 대교약졸(大巧若拙)로 설명했다.

동양화를 예로 들자면, 동양화에서 화면 구성상 가장 중요하게 여기는 것은 일기(一氣)가 관통해야 한다는 점이다. 이것은 그려진 물상을 관통하는 운동의 흐름을 가장 우선적으로 강조하는 것이다. 그 흐름은 대자연의 변화의 흐름, 대자연의 우주적 리듬을 상징하는데, 그 흐름 속에 정과 반, 허와 실, 음과 양 등이 자리잡게 된다. 또한 동양화에서는 아무것도 그려 있지 않은 화면의 여백이 중요한 의미를 지닌다. 동양화에서는 여백을 이용하여 허와 실이 서로 낳는다는 허실상생(虛實相生)의 절묘한 경지를 통해 여백의 공간과 물상의 유기적 관련성을 갖게 한다. 또한 여백과 관련하여 음영(陰影)도 주요한 기법의 하나이다. 겹겹이 이어진 산들, 굽이굽이 흐르는 물을 화면에 하나하나 사실적으로 표현할 수는 없다. 따라서 예술적으로 처리하되, 어떤 부분은 두드러지게 하고 어떤 부분은 삭제하며 어떤 것은 직접적으로 묘사하고 어떤 것은 간접적으로 암시한다. 이때 뚜렷하게 직접 표현된 부분이 '실'이고 삭제되고 암시된 부분이 '허'이다. 이런 기법을 통하여 동양화에서는 대자연의 풍부함과 다채로움을 표현한다. 이 경지에 들어서려면 자연물과 인간상을 단순한 물질적 존재가 아닌 도의 영상으로 이해하는 것이 필수적이다. 그리고 이런 사유가 밑바탕이 된 동양 예술관에서는 모방이나 재현이 아닌 표현을 문제 삼으며 품격, 여백, 기운생동 등의 미학적 측면을 중요시한다.[1]

유당이 꾸짖은 까닭은 바로 어설픈 흉내내기의 기교를 경계하고 세민이 나름의 개성적이고 생의(生意)를 표현하지 못하는 것을 극복하라는 뜻에서이다. 이 단계를 거치기 위해 세민은 또 몇 년의 시간을 흘려보낸다. 이 과정에서 세민은 스승의 곁을 떠나는 등의 방황을 겪는다. 마침내 세민은 나름의 개성적 시각과 기교를 습득하는 경지에 오른다. 그러나 기교가 능수능란해졌다고 해서 예술가로 완성되는 것은 아니다. 다시 예술가는 심신 수양의 초발심으로 돌아가지 않으면 안 된다. 내용과 형식의 변증법을 통해 새롭게 탄생한 예술가는 사회와의 연관성을 뚜렷이 인식하기 위해 끊임없이 자연과 인간에 깨어 있어야 하는 임무가 또 부여되는 것이다. 아래의 인용문을 보자.

> 하고 보면 그 흙이나 삶에 대한 사랑 역시 어떤 법식이나 방편이 아니라 피할 수 없는 삶 가운데에서 배우고, 배움에서가 아니라 살아감에서 움이 돋고 자라가는 것이 분명했다. 아픔을 배우는 것이 사랑이 아니라 그 아픔을 앓는 것. 그 아픔을 숙명의 삶 속에서 앓아가는 것이 사랑이었다. 자신의 온몸뚱이로 그 아픔을 참고 앓아나감이 사랑이었다.
>
> 「날개의 집」, 같은 책, 109–110쪽

위의 글은 이청준이 『남도사람』 연작에서 한을 예술의 경지로 승화시켰던 절창을 떠오르게 한다. 이청준이 남도창을 통해 고난과 애환으로 점철된 고향 사람들의 삶과 화해하고, 자신에게 남아 있는 삶을 회환과

---

1) 조민환, 『중국철학과 예술정신』, 예문서원, 1988, 150-155쪽 참조.

용서라는 한풀이로 전이했던 작가임을 이 지점에서 기억해야 한다.

　여기서 중요한 내용은 흙과 삶에 대한 사랑이고 아픔을 함께 앓아가는 것이다. 현실을 중시하는 유가철학은 사회를 도덕 실천의 장으로 설정한다. 공자가 『논어』에서 "내가 세상 사람들과 함께 사는 사람이 아니고서 누구와 함께 사는 사람이란 말인가."하고 반문한 것은, 지극한 정성으로 세상을 구하고자 하는 인간관과 사회관을 반영한 것이고 이는 그의 예술관 근간을 이룬다. 또한 이러한 면은 맹자가 말하는 '타고난 성선(性善)을 충실하게 하는 것은 아름답다'는 충실지위미(充實之謂美)나 '백성과 더불어 즐거움을 같이 한다'는 여민동락(與民同樂)의 의식과 동일하다. 이처럼 유가에서 표방하는 철학과 예술은 사회적 효용성을 중요시한다. 유가의 인애를 통한 사랑이 대동(大同)을 그 이상으로 삼고 있다는 사실은 인간의 사회적 의식과 책임감을 고양시키는 것이다.[2]

　인간 현실을 도외시하지 않는 사고는 도가사상에도 반영되어 있다. 도가사상이 유(遊)의 경지를 지향하기는 해도 현실의 모든 것을 부정하지는 않는다. 장자의 유는 「천지」편에 나온 대로 "참된 본성을 터득하고 순수한 정신을 품은 채 세속을 살"며 실행하는 사람처럼 지혜의 빛을 누그러뜨리고 세속과 함께 하는 가운데 추구하는 것이다. 또한 「천하」편에는 "자신(장자-인용자)은 초연하게 천지의 영묘한 정신과 행동을 같이 하고 거만하게 모든 사물을 비하하지 않았다. 시비의 판별을 추구하지 않음으로써 세속과 함께 한다."고 나와 있다.

　이는 이전에 「시간의 문」에서 다루었던 작가의 소설관을 자연스럽게 상기시킨다. 이 작품에서 작가는 예술과 관련된 두 가지 중요한 문제를 제기한다. 하나는 시간과 관련하여 예술에서 정도 이상의 기교는 무엇인

---

2) 이택후·유강기(主編), 『중국철학과 예술정신』(권덕주·김승심 역), 대한교과서주식회사, 1999, 145쪽 참조.

가 하는 것과, 나머지는 예술에서 인간이 부재하는 시간이란 무엇인가를 묻는 것이다. 결론적으로 작가는 그러한 것들은 한갓 장난일 뿐이요 전혀 의미 없는 것이라 말하고 있다. 위의 인용문은 「시간의 문」에서 작가가 작중인물에 개입해 해답을 제출한 내용과 동일선상에 있음을 알 수 있다. 이청준은 언제나 현세의 삶이 지상(至上)의 것이라는 현실주의적 경향을 강력하게 피력한다.

그렇다면 "함께 안아 참고 앓으며 살아가는 길"을 뼈저리게 경험한 후 다시 붓을 잡게 된 세민은 어떤 경지에 도달해 있어야 하는가? 「날개의 집」 결말은 세민이 이제 완전한 예술가로서 자리 잡는 경지를 감동적으로 그려내고 있다. 세민이 처음 붓을 잡았을 때의 신열기를 느끼며 밤새 그린 그림은 "하염없이 한가로운 새의 비행"과 "몸 속에 괴로운 신열기를 참으며, 그로 하여 드높이 한가로운 새의 비행을 더욱 아프게 꿈꾸고 누워 있는 소, 그 꿈마저 괴롭게 앓고 있는 소"였다.

> "어허, 그 쇠팔자 한번 편안하구나. 들판에 누운 소가 하늘을 나는 새와 더불어 하염없이 꿈에 젖으니 그 느긋한 천지간의 조화가 낙원인 듯 평화롭고……"
>
> 「날개의 집」, 같은 책, 111쪽

자신의 그림이 이전과는 완연히 달라진 것임을 세민은 자각하고 있었지만 그 세계가 소요의 경지에 이르렀음을 일깨워준 사람은 동네 초등학교의 교감이었다. 괴롭게 앓고 있는 소가 편안하고 느긋하게 보이는 경지, 세민 자신의 눈길 속에는 차라리 절망으로 비쳐야 할 새의 비행이 낙원같이 평화로운 경지. 세민은 자신의 앓음 속에서 아픔을 그린 그림인데 감상자들은 거기에서 낙원을 본다는 역설. 그림의 비의는 거기에 있다.

『장자』의 첫대목에는 북쪽 바다의 물고기 곤(鯤)이 커다란 붕(鵬)으로 변하여 남쪽바다 천지로 날아가는 우화가 나온다. 이것은 단순히 공간적인 이동을 말하고자 하는 것이 아닌 상징적인 의미를 지니고 있다. 여기에서 북쪽 바다는 우리를 구속하고 있는 인위적 삶의 세계, 심리적 공간을 의미하고, 남쪽 바다는 붕새가 지향하는 이상향, 해방되어 있는 심리적 공간을 뜻한다고 할 수 있다. 즉 커다란 붕새를 통하여 우리를 구속하는 인위적 세계를 벗어나 자유롭게 비상하는 자유로움과 해방을 맛볼 수 있는 것이다.[3]

장자의 소요(逍遙) 개념은 정신의 자유와 해방을 가리킨다. 이는 물론 유가에서도 나타나는 말이다. 『논어』「선진」 편에서 공자가 증점과 대화하는 가운데 나타나는 공리성을 초월하고자 하는 의식은 장자와 상통하는 면이 있다. 하지만 유가에서 말하는 유(遊)의 개념은 한정적이다. 공자는 「술이」 편에서 "도덕에 뜻을 두고, 덕을 근거로 하여 인에 의존하고 예에 노닐"라고 한다. 여기에서 예에 노니는 상태는 바로 도에 도달한 경지이다. 공자가 이상적으로 보는 것은 도·덕·인에 바탕하면서 예에 노닌다는 것이다. 이는 본질적으로 육예(六藝)에 제한받는 유로써 근본적으로 교육적이고 사회적인 의미를 지닌다. 다시 말하면 공자의 유는 도덕적 차원의 즐거움을 본질로 하고 있는 것이다.

이에 비해 장자가 말하는 유는 다음 두 가지로 크게 정리할 수 있다. 하나는 세속으로부터 벗어나 자유로움을 추구하고 나아가 도와 합일하는 것, 또 하나는 세속에 살면서 세속적인 것, 인위적인 것에 지배당하지 않고 자신의 것을 추구하는 것이다. 이것은 물사(物事)가 이루어져 나아가는 데에 모든 것을 맡기고 마음의 자유를 지켜 정신적 안위를 얻고자 하는 경지이다. 이러한 경지에 이른 사람을 지인(至人)이라 일컫는다.

---

3) 윤천근, 「박세당 『장자』 이해를 통해 보는 자유와 해방의 논리」, 1996년 제10차 한국도교문화학회 추계학술발표회(조민환, 앞의 책, 212-213쪽에서 재인용).

장자는 지인의 풍모를 다음과 같이 그려낸다.

> 사람이 유유자적해서 노닐 수 있는 사람은 어느 경우에라도 유유자적
> 하며 노닐지 못하겠는가? 사람이 마음에 미혹되어 유유자적하게 노닐 수
> 없다면 어느 곳이라도 유유자적하게 노닐 수가 있겠는가? 대체로 속세를
> 떠난 생각과 세속을 떠난 행동은, 아, 지극한 지혜와 후한 덕을 지닌 자의
> 생각이나 행동이 아니다. …… 오직 지인만이 세상에 유유자적하게 노닐
> 면서 치우치지 아니하고 사람을 따라 생활하면서도 자신을 잃지 않는다.
>
> 『장자』, 「외물」 편

결국 예술가 역시 이런 역할을 하는 사람일 것이다. 이 지인도 세속의
삶과 무관하지 않다는 사실은 인용문에 나온 그대로이다. 즉 현실을 아
파하는 것 속에서 평화와 안위를 그려내는 것, 이것이야말로 예술가의
사명임을 이청준은 역설하고 있다.

"중생이 앓으니 나도 앓는다. 마지막 중생의 아픔이 나으면 나도 나으
리라." 세민이 어릴 적 병원에서 들었던 부처님의 말씀을 소설의 결말에
서 새삼 떠올리게 된 것은 이제 예술가의 대사회적 역할이 어떠해야 하
는가를 완전히 인식한 까닭이다. 그리고 그것은 세민에게 숙명적으로 예
술가의 길을 걷게 만드는 계기가 된다. 마지막까지 독자의 주의를 잡아
끄는 다음의 문장을 보자.

> "그래, 그게 내 그림의 숙명이라면 두고두고 더 앓아내도록 해보자. 할
> 수만 있다면 이 땅과 사람살이의 아픔을 다 그림으로 앓아버려서 다른
> 사람들 눈에는 오직 충만한 평화와 기쁨의 빛만 남아 보이도록."
>
> 「날개의 집」, 같은 책, 113쪽

이청준이 장인, 예술가의 세계를 심화·확장시켰다는 사실이 확인되
는 지점이 바로 여기이다. 이청준은 이전에 「벌레 이야기」라는 작품을

통해 타인에 대한 용서가 얼마나 실천되기 어려운 것인가를 보여준 바 있다. 이 작품에는 원수마저 사랑하라는 초월적 경지를 강요하는 종교의 세계에 도달하기 위해 노력하지만, 어쩔 수없이 그 문턱에서 좌절하고 마는 인간의 불완전성이 섬세하게 그려져 있다. 그러나 이제 작가는 그보다 더 앞으로 나아간다. 용서나 상처의 회복 차원이 아니라, 작가 스스로가 타인이 되어 타인 속으로 흘러들어 다른 사람들을 구원하고자 하는 것이다. 이 구원의 멀고먼 도정이 바로 예술가의 마지막 사명임을 이청준은 명징하게 인식하고 있다.

3. 문질빈빈(文質彬彬)의 소설

한 예술가의 성장 과정을 그린 「날개의 집」에서 우리는 작가의 웅숭 깊은 예술사상을 살펴보았다. 그 내용의 깊이는 수양을 통해 쌓은 작가의 성정과 지적 통찰력과 상상력을 통해 드러나지만, 거기에 부조하는 또 하나의 요소가 기법이라 할 수 있다. 앞에서 지적한 노자의 대교약졸은 어설픈 흉내내기 차원의 기법을 문제삼은 것이지 기법의 무용성을 주장한 것은 아니었다. 장자 역시 바람직한 예술창조의 길을 위도일손(爲道日損)하는 오랜 숙련 끝에 얻어지는 자유라고 이야기한 것을 보면 기법의 불필요를 말한 것이 아니라는 점은 분명하다.

유가미학 또한 예술 기법의 문제를 등한시하지 않았다. 공자는 "바탕(質 : 참된 마음, 진실한 감정)이 형식(文 : 예의범절 등의 격식)을 압도하면 거칠고, 형식이 바탕을 압도하면 태만 난다. 형식과 바탕이 잘 어울려야(文質彬彬) 비로소 군자이다(然後君子)."라고 했다. 여기에서 문질빈빈은 원래 군자의 수양에 대하여 말한 것이지만 동시에 공자의 미에 대한 견해를 포함하고 있다. 이를 소설에 대입시키면 예술의 내용과 형식의 문제로 귀결될 것이다.

이청준 소설 세계를 연구하다보면, 여러 평자들이 내용의 측면에서뿐만 아니라 형식의 문제도 중요하게 거론하고 있음을 알 수 있다. 그것은 대체로 이청준 소설의 격자구조에 관한 논의이다.

> 그(이청준―인용자)의 소설은 빈번히 격자소설의 형식을 취하거나 그 속에서 소설론을 진술하고 있다. 다시 말해서 그것은 소설에 의한 소설의 반성을 개진한다. 그는 어떤 대상을 포착하는 데 일차적인 사고나 언어에 머물지 않는다. 그것은 대상에 대한 인식의 수단으로써 일차적으로 사용된 언어가 아무래도 미흡하기 때문에 이차적으로 계속되는 반성의 태도인데, 그것은 또한 작가 자신의 현실에 대한 인식 태도가 굳어져 있는 것이 아니라 끊임없이 회의와 모색을 하고 있다는 점을 반증해준다.[4]

이청준의 격자소설 기법은 전개될 사건에 대한 호기심을 독자의 수준으로 끌어내려 화자와 독자가 함께 문제를 풀어나가는 착각을 불러일으키게 하는 효과를 거둔다. 이는 독자를 사건의 현장으로 끌어들이는 동시에 작가 자신의 관점이 화자로 대변되는 듯 느끼게 만드는 역할을 하는 것이다. 격자소설이 갖는 장점은 반성과 회의와 모색을 작가가 전달하는 것이 아니라 독자와 공유한다는 사실이다.[5] 이는 독자 역시 작가와 똑같은 무게로 고민하고 반성하기를 촉구하는 방법론이라 할 수 있다. 그런 점에서 이청준의 소설은 반성으로써의 글쓰기 양상을 드러낸다.

그렇다면 작가는 독자에게 무엇을 반성하라는 것인가? 『이청준 깊이 읽기』에 나오는, 작가와 평론가 권오룡의 대담 제목은 <시대의 고통에서 영혼의 비상까지>이다. 이 제목의 함축은 사회적 존재로서의 인간과

---

4) 오생근, 「갇혀 있는 자의 시선」, 『이청준 깊이 읽기』(권오룡 엮음), 문학과지성사, 1999, 123쪽.
5) 권택영, 「이청준 소설의 중층 구조」, 위의 책, 165-166쪽 참조.

인간 본연의 존재론적인 자유에 대해 끝없는 자기 성찰과 반성을 촉구하는 것이 아닐까 싶다. 작가는 과연 그것을 「목수의 집」을 통해 또 한 번 실천하고 있다.

문학에서 집짓기라는 문제는 이제 상투적 차원이 되어버린 인상이다. 인간의 생활에서 집이라는 공간을 배제할 수 없기에 집은 삶의 중심이며 공동체의 상징이 되었다. 바슐라르가 집을 '행복한 공간'으로 규정하고 있는 까닭도 인간이 겪는 불안과 공포가 집이라는 공간을 통해 안전성을 보장받을 수 있다는 인식 때문이다. 그러나 집을 모티프로 한 근래의 소설에 그곳은 폐쇄성이나 감금의 구속력으로 받아지는 경우가 많고, 따라서 집을 나와 거리에서 방황하는 인물이 주로 등장하고 있다. 특히 이즈음 젊은 작가들의 '집 없는 아이들' 서사는 이 점을 쉽게 확인시켜준다. 이런 시대에 이청준은 구투일 수도 있는 집짓기라는 소재로 작품을 썼다. 「목수의 집—혹은 수공업 시대의 추억」이라는 부제까지 표나게 달고서 말이다.

이 소설에는 두 가지 층위의 집에 관한 이야기가 나온다. 하나는 북에 두고 온 고향마을과 같은 지형을 찾아다니는 김승조 노인을 취재했던 소설가 허세훈이 지으려는 소설의 집, 나머지는 한 평생 타인의 목조 살림집만 지었던 노목수가 마음에 짓는 집이 그것이다. 이 두 채의 집을 짓는 경위가 격자구조에 맞물려 소설을 이끌어간다.

우선 그가 친구를 통해 듣게 된 대목장 최 노인은 서슬 퍼런 5공화국 시절에도 자신의 소신에 어긋난다는 이유로 권력자들의 집짓기 명령을 거부한 고집쟁이이자 평생 목조집만을 지어온 괴벽쟁이였다. 최 노인의 집짓기에 대한 철학은 단호하다.

그는 언제나 조상 전래의 목조집을 고집했고, 거의 대부분 그런 집만 맡아 지었다. 그가 처음 배운 것이 목조 가옥일 것이어서도 그랬지만, 그는 나무엔 나무의 숨결과 혼이 있고, 그런 나무의 기운은 원래 햇빛과 땅기운과 비바람을 안고 화동하던 것이라, 사람의 기운이 함께 화응하고 충만해야 할 집을 짓는 데에는 나무의 재질을 앞설 것이 없다는 생각이었다.

「목수의 집」, 같은 책, 20쪽

도가미학은 인간을 포함한 만물은 도의 조화로운 작용에 의해 형태가 있는 것으로 여긴다. 따라서 인간과 만물은 같은 뿌리를 갖는 것으로 보아 초목이나 돌에서도 도를 찾았다. 이처럼 최 노인은 자연과 인간이 자연스럽게 화동하는 집을 가장 이상적으로 꼽았고 그것의 주재료를 자연물에서 구했다. 그러나 현대의 집짓기는 어떤가?

그리고 그런 건축(목건재를 외면하고 벽돌, 시멘트, 석골. 철골재의 많은 쓰임으로 지어진 집—인용자)일수록 사람이 사는 여염집보다 학교나 병원 창고, 무슨무슨 기념관이나 박물관 같은 공공 건물일 경우가 많았다. 하지만 그는 그런 건축물은 집으로 여기려 들지 않았다. …… 그런 집은 그에겐 집다운 집이 아니었다. 그렇듯 무거운 건재를 쌓아올려 규모를 크게 지은 집일수록 그에겐 그저 무겁고 속이 불편한 느낌, 가슴 썰렁한 두려움이 스쳐갈 뿐이었다. 부드럽게 품어주고 함께 흐르기보다는 세상살이에 어떤 큰 매듭을 짓고 우뚝 막아서는 것 같은 건축 자체가 어떤 요란한 사건의 표상 같은 그런 집의 속내는 그가 깊이 알지도 못했고 지으려 하지도 않았다.

「목수의 집」, 같은 책, 21쪽

위의 집은 집 자체의 고유 목적에 벗어나고 있다. 집은 인간이 생활하는데 필요한 범위 내에서만 이상적인 의미를 지닐 수 있다. 필요 이상의 분식이 덧보태진 집은 즐거움을 주는 것이 아니라 오히려 인간의 자연스러운 평형을 상하게 하는 결과를 낳는다. 하여 노자는 오색, 오음, 오미(감정을 흩뜨릴 수 있는 외물(外物로 해석될 수 있는 것들)가 인간에게 미적 감흥을 주는 것으로 여기기는 했어도 그것의 과잉을 경계했던 것이다.

장자 역시 소박미를 강조하기는 마찬가지이다. 소박은 인공을 가하지 않은 자연 본성의 상태를 말한다. 이때 소박은 무욕과 동일한 경지이다. 이러한 소박미의 사상은 이 작품의 화자인 소설가에게서도 마찬가지로 작용한다. 사십 년을 소설 쓰기에 매진한 소설가가 요즈음 겪고 있는 고충을 들어보기로 한다.

> 사람의 심성과 공동선의 질서를 함께 읽어나가야 하는 소설 쓰기 일이 그에게는 늘 천형처럼 버거웠다. 그것은 그의 허약한 정신태에 대한 끝없는 고문이자 감당하기 어려운 육신의 노역이었다. 더욱이 나이 50줄로 들어서면서 급속하게 밀어닥친 정보화 사회의 물결과 몰개성적 가치관은 그의 창작 욕망과 세상 읽기의 의욕을 무참하게 소진시켜갔다. 유통과 대량 모방 복제 위주의 획일적 생산성은 그가 꿈꿔오던 소설 창작의 본령이 아니었다. 그것은 그의 글쓰기의 관심사도 아니었고 능력 안의 일도 아니었다. 무엇보다도 그는 자신도 그 달갑잖은 새 풍조를 뛰어넘지 못한 채 어쩔 수 없는 자기 모방, 거듭된 좌절감 속에서 자기 마모와 소진만을 일삼고 있었다.
>
> 「목수의 집」, 같은 책, 14쪽

작가는 현대 사회의 급격한 변화 속에서 소설 쓰기의 어려움을 토로하고 있다. 장인성을 상실하게 만드는 현대의 속도전, 소설을 통한 인간다운 사회의 열망을 포기하게 하는 현대의 괴력, 그리고 새로운 시대 조류에만 아귀아귀 달려드는 현대의 욕망. 이는 앞에서 예를 들었던 「시간의 문」에서 제기된 인간 부재의 문학이 무슨 의미인가 하는 것과 연장선상에 있다고 볼 수 있다. 또 최 노인의 집짓기는 역시 「시간의 문」에서 문제 삼았던 지나친 문학적 기교가 어떤 의미인가 하는 것과 다르지 않다. 결국 최 노인의 이야기는 소설의 층위로 보면 기교 문제와 다르지 않고, 소설가의 이야기는 내용 문제와 동일하다는 것을 알 수 있다.

그러나 글쓰기의 사회적 조건이 성숙되지 않았다고 해서 작가가 글을 안 쓰는 것은 아니다. 소설가는 언제나 "안 쓰고는 못 배기는 달갑잖은 괴벽증"을 평생 천형으로 짊어진 존재이기 때문이다. 그래서 소설가는 최 노인이 평생 다른 이의 집만 짓고 자신은 마음의 집만 지었다는 이야기를 생산하게 된다. 그 작품은 결국 작가의 마음의 집짓기와 다르지 않다.

> 글쎄다. 그까짓 소설이야 내게 지금 그걸 쓰는 일이 중요하지 나중 가서 힘을 얻으면 어떻고 못 얻으면 어떠냐. 그걸로 우선 내 마지막 마음의 집을 지을 수 있으면 족한 거지.
>
> 「목수의 집」, 같은 책, 42쪽

최 노인이 지은 마음의 집과 소설가의 마음의 집이 삼투되는 지점에서 우리는 이 작품의 주제와 만날 수 있다. 앞에서 이청준 소설의 격자구조는 작가와 독자에게 반성의 기회를 제공하려는 방법론의 일환이라고 지적했다. 그 점을 상기하면 작가가 성찰을 요구하는 것은 과연 이 시대의 집짓기란 무엇인가일 터이다. 이 질문으로 소설의 울림은 한결 증폭되는데, 두 채의 집짓기(소설가의 집과 목수의 마음의 집)를 읽고 있는 독자들은 그 지점에서 스스로를 돌아다보게 될 것이다. 이 시대의 우리는 허울좋은 욕망의 집짓기를 위해 분식과 치장에 여념이 없지 않은가 하고 말이다.

「목수의 집」의 소설가나 최 노인은 모두 마음의 집 한 채를 위해 평생을 건 장인들이다. 그들은 외물에 현혹되거나 억압받지 않는 심성의 소유자들로 올바른 질(質)의 바탕을 이루었다고 볼 수 있다. 거기에 적절한 문(文)을 동원하는데 그것은 소박한 차원이다. 그럴 경우에라야 인간이 안락하게 집안에 깃들 수 있을 것이기 때문이다. 이 문질빈빈의 경지에 이른 작가가 세상을 향해 내는 비판의 목소리는 둔중하지 않을 수 없다.

소설 형식으로 보면 「목수의 집」은 한편의 메타픽션이라 할 수 있다. 이 작품은 한 편의 소설이 완성되는 과정 속에 시대와 소설이 갖는 의미망, 소설 제작에 대한 비평적 의식을 담아내기 때문이다. 이러한 방식으로 소설가의 작품을 따라가면, 「목수의 집」이 이즈막의 현란한 테크닉 위주의 소설을 알레고리 기법으로 비판하고 있음을 발견하게 된다. 인간과 사회는 없고 기교만 휘황한 소설은 외관만 번듯한 건물과 다르지 않으니 말이다.

이러한 비판은 사회를 향한 열린 마음과 문학에 대한 진정한 애정이 있을 때에만 가능하다. 작가는 그런 비판도 다소곳하게 암시할 뿐 격정을 드러내지는 않는다. 이미 중화(中和)의 도를 체득해서일까?

4. 예술가의 사명

이 글 모두에 작가의 글쓰기 기원을 "자신의 구원과 현실의 질서를 거꾸로 세우려는 강한 복수심"이었다고 밝힌 바 있다. 그러나 이제 노작가의 그 언명은 바뀌어야 할 것으로 보인다. 복수심에서 용서와 화해의 기간을 거친 작가는, 이제 타인 속으로 완전히 스며들어 나/남 없는 구원의 글쓰기를 전개하고 있는 것이다. 이 단계를 동양미학의 용어로 무기(無己)라 할 수 있다. 이는 자기중심적 판단과 공명에 속박되는 소아(小我)를 버리고 자기의 정신이 천지정신과 왕래하는 것을 의미한다. 이 경지가 되면 작가가 초월적 세계관으로 경사하고픈 욕망도 생길 법하다. 하지만 작가는 인간을 구속하는 모든 외물에 대한 소설적 싸움이 인간들 속에서 이루어져야 한다는 사실을 알고 있다. 그리고 그것이 진정한 예술가의 사명임을 각인하고 있다.

Ⅲ

속물적 세태와 시속 교정의 노력 및 실패
천승세론

1. 공간적 배경의 이동과 작품세계의 변모

천승세는 1958년 동아일보 신춘문예에 「점례와 소」가 당선되어 등단
했다. 제목에서 짐작되듯 이 작품의 공간적 배경은 50년대 말의 농촌이
다. 이후 그는 「화당리 솟례」, 「봇물」, 「배밭굴 청무구리」, 「종돈(種豚)」,
「백중날」 등 농촌을 배경으로 한 작품을 지속적으로 발표하였다. 동시에
그는 어촌 현실에도 관심을 쏟아 「낙월도」와 「신궁(神弓)」 등의 작품에서
어촌 사람들의 삶을 핍진하게 형상화했다. 작가의 농어촌 배경 설정은
그의 작품세계 한 축이 토속성에 기반한다는 평을 낳게 했는데, 실제 그
계열의 작품에 드러나는 농어촌의 생생한 풍경과 농어민의 곤핍한 생활
상, 질펀한 전라도 방언, 그리고 무속적 세계는 작품의 토속성을 확인해
주기에 부족함이 없다.

이와 더불어 천승세 작품의 또 다른 특징은 민중의 삶에 대한 애정과
관심에 있다. 거기에는 근본적으로 농어촌 사람들 거개가 생계에 곤란을
겪는다는 문제가 개입된다. 1960-70년대 도시·산업화 물결은 농어민의

이촌향도를 촉발했고, 고향에 남아 있는 사람들은 여전히 생계의 어려움에 시달리는 그런 정황에서 천승세는 가난에 힘겨워하는 농어민의 삶을 생생하게 드러낸 것이다.[1]

농어촌에서 힘겹게 살아가는 민중 가운데 천승세가 특히 주목하는 대상은 여성들이다. 작가의 많은 작품들에는 부를 소유한 남성들의 횡포에 수난을 당하는 여성들의 모습이 나타난다. 그들은 억척스런 생명력으로 어떻게든 먹고살 방도를 찾기 위해 애를 쓰지만 현실은 녹록하지 않다. 「낙월도」나 「불」에서 어쩔 수없이 마을 부자들에게 여식(女息)을 시앗이나 첩으로 팔아 양식을 구하는 이들이 등장하는 연유도 극빈한 가계 형편에 있다.[2] 마을의 유지급 남성들은 가난한 여성들을 착취하고 억압하며 악행을 저지른다. 「낙월도」의 최부자, 뜸막 양서방, 석보영감, 「신궁」에서의 악덕객주 판수와 그의 아들, 「불」에서의 최가, 「뙷불」에서 허 영감 등이 그런 인물들인데, 그들은 자신의 재력을 바탕으로 마을 대소사를 좌지우지하며 여성들을 성적으로 농락한다.

그러나 천승세 소설의 공간적 배경이 농어촌에서 벗어나면 작품세계의 양상은 달라진다. 그곳에서는 토속성과 민중들의 경제적 삶이 부각되

---

1) 천승세 작품의 토속성과 민중성에 대한 언급은 백낙청의 다음 글에서 확인되는데 이는 이후 천승세 작품세계의 주요한 특징으로 자리잡는 계기가 된다. 백낙청은 「낙월도」, 「불」, 「신궁」에 대해 "토속의 세계를 일단 떠났고 고향으로서는 이미 상실해버린 현대인의 삶을 올바로 드러내고 넘어서려는 일환으로 토속성 짙은 문학이 창작되는 것이며, 그 과정에서 작가의 현대예술가적 자의식은 실재하는 민중문화·민중언어의 풍성한 아름다움에 대한 객관적 인식과 그것을 되살리는 떳떳한 노동으로 전환되고, 개인적 울분과 소외의식은 민중생활을 침해하는 온갖 압제에 대한 뜨거운 분노와 굽힐 줄 모르는 저항정신으로 승화"된 것으로 본다. 백낙청, 「토속세계와 근대적 작가의식」, 『민족문학과 세계문학Ⅱ』, 창작과비평사, 1989, 287쪽.
2) 양윤의는 「낙월도」를 분석하면서 이 작품에 등장하는 여성들의 고통이 생계를 위한 자연적 조건의 어려움, 섬 안에서의 사회적 폭력, 가부장적 질서의 억압이 복합적으로 얽혀져 더욱 심대하다고 본다. 양윤의, 「황구의 시간, 현실을 껴안는 소설의 윤리」, 『황구의 비명』 해설, 책세상, 2007, 360쪽.

기보다 도시 변두리 공간에서 변모하는 시속이 흥미롭게 형상화되는 것
이다. 작가는 이 작품들에서 서민들의 곤궁에 관심을 기울이는 한편으
로, 개성이 강한 인물을 등장시켜 속물적 세태와 점점 쇠락해가는 시속
의 예의와 법도를 꼬집는다. 1970년대에 주로 발표된 이 계열의 작품들
은 작가가 당대를 정치·경제적 격동은 물론 변두리 도시 서민들의 생
활과 풍속에서도 요동의 시기로 인식하고 있음을 보여준다.

비판의 주체가 주로 남성들이라는 점도 농어촌 배경의 작품과 차이가
있다. 그들은 강렬한 개성으로 독자에게 흥미를 제공하는 동시에 도시·
산업화로 급변하는 당대의 가치관에 숙고를 요구한다. 이 글에서 집중적
으로 논의할 「의봉외숙(義峰外叔)」과 「사비선생(斜鼻先生)」의 주인공, 그리고
「청산」의 춘당노인은 당대의 부박한 세태에 강력히 이의를 제기하는 남
성인물들이다. 예외적으로 「산 57통 3반장」에서 딸의 집에 사는 '죽림
댁'이 있기는 하지만, 도시 서민의 세태를 비판하는 여성으로서는 그가
유일하다.

강렬한 개성을 발휘하며 도시 변두리의 세태를 비판하는 인물들은 천
승세 소설의 또 다른 면모를 보여준다. 물론 1970년대에 도시 변두리 서
민들의 욕망과 부조리, 그리고 천박한 세태와 생활상 등을 실감나게 형
상화한 작가로 천승세가 유일한 것은 아니지만, 이 글에서 논할 천승세
소설은 윤리와 법도의 복원 의지, 그리고 그런 노력에도 불구하고 거주
지를 옮겨야 하거나 고향으로 발길을 돌리는 상황으로 귀결된다는 점에
서 특징을 보인다. 앞에서 언급한 대로 비판의 주체가 개성이 강한 남성
들이라는 점도 이채롭다.

이러한 면모는 기왕의 천승세 소설과 다른 점인 동시에 도시 변두리
를 공간적 배경으로 한 당대의 작품들과도 변별성을 띠게 한다. 그런 점
에서 이들 계열의 작품군은 작가의 작품세계에서 새로운 한 축을 형성

한다고 판단된다. 하지만 그간 천승세 소설의 특장인 토속성과 민중성에 가려 이러한 요소는 그리 관심을 받지 못했다.[3] 이 글에서는 그 점에 주목하여 천승세의 소설을 논의하고자 한다.

2. 허영과 이기심의 만연, 전통적 법도의 붕괴

이 글에서 논할 인물들은 일단 농어촌을 떠나 있다. 그것이 친지 방문을 위한 일시적인 현상이든 아예 도시에 정착한 경우이든 그들은 천승세 소설의 주요 공간적 배경인 농어촌에서 벗어나 있는 것이다. 그렇다고 그들이 머무는 곳이 서울의 도심은 아니다. 그들은 서울 변두리 아니면 수도와 접경한 경기도 지역에서 살아간다. 비록 그들의 거주지가 도심의 근사한 주택가는 아닐지라도, 그곳은 부의 소유 정도에 따라 주택과 거주자의 위계가 엄격히 결정되는 곳이다.[4] 박정희 정권의 경제개발이 한창 진행되던 1970년대는 이미 경제력의 차이가 삶의 수준과 인간

---

3) 물론 이들에 대한 논의가 전혀 없었던 것은 아니다. 가령 최원식은 「의봉외숙」의 의봉 박종갑 노인을 "70년대를 몰아쳤던 급격한 도시화의 물결에 외로운 저항을 시도"한 인물로 규정하지만 이후에 발표된 「오동추야」, 「청산」, 「사비선생」을 「의봉외숙」의 희극적 반추·변형 정도로 간주한다. 최원식, 「민중예술의 길」, 『오늘의 한국문학 33인선―천승세』 해설, 양우당, 1998, 428-436쪽. 이러한 양상은 김이구의 글에서도 대동소이한데, 그는 「청산」에서 춘당노인과 「의봉외숙」에서의 외숙을 "현대를 비판하는 자리에 서는 대비적 존재로서 구세계의 긍정적 인물"로 본다. 김이구, 「민중현실의 탐구와 예술정신」, 『한국소설문학대계43』 해설, 동아출판사, 1995, 568쪽. 최원식, 김이구가 농어촌 인물과 다른 대도시 주변부의 인물을 포착한 것은 의미가 있다. 하지만 그들의 전체적인 논의는 '민중예술' 쪽에 초점이 맞추어져 있어 거론한 인물들의 의미가 상론되지는 않는다.

4) 이러한 양상은 도시가 단순한 물리적 공간이 아닌 자본주의적 상품의 생산과 소비를 둘러싼 주체들 간의 복잡한 사회관계로 구성되어 있기에 발생한다. 도시에서는 상이한 권력과 지위를 가진 집단, 계층들 간의 경쟁, 갈등, 적대 등의 다양한 관계가 내부화되어 사회체제의 역학관계나 계층적 질서가 나타나는 것이다. 특히 한국의 도시는 서구 도시의 특성인 생태공간의 엄밀한 분화가 없어 더욱 다양한 관계들이 혼재된 모습을 보인다. 조명래, 『현대사회의 도시론』, 한울아카데미, 2002, 39쪽 참조.

의 등급을 가르는 시대로 전화한 것이다.

부의 척도 중, 주택 소유 여부와 주거환경은 중요한 요소가 된다. 같은 동네라도 고급주택단지와 하급주택단지 중 어느 곳에 거주하느냐에 따라 주민들의 위상이 달라지는 것이다. 이런 양상은 「오동추야」에 잘 나타나 있는데, 이 작품의 공간적 배경은 이제 막 개발이 진행중인 서울 변두리의 어느 지역이다. 그곳 거주자들은 "비만 왔다하면 무릎까지 빠지는 완만한 진흙탕길"에 고생을 해야 한다. 그런 동네이기는 해도 작품에는 '하수천'을 기준으로 허울만 좋은 문화주택 입주자들과 영세가옥 사람들로 계층이 양분된다.

아파트의 같은 동(棟)에서도 향(向)이나 서울을 접하고 있는가의 여부에 따라 집값이나 임대 보증금의 차이가 나고 그것은 또한 세대간의 경제적 위계를 결정한다. 「사비선생」에 나오는 인물들은 비록 서울과 접경지역인 의정부의 "다섯 채의 낡은 삼층짜리 시민아파트"에서 생활할지언정, 아파트 복도를 기준으로 남향집과 북향집 중 어디에 사는가의 여부로 생활수준을 가늠한다. 또 이 남향집들은 서울과 면하고 있어 의정부 쪽을 향하고 있는 북향집들에 비해 시세가가 높다.

남향집 여주인과 북향집 사비선생의 갈등으로 소설이 전개되는 「사비선생」은 가진 자의 위세를 뚜렷이 보여준다. 이 작품에서 몇몇 남향집 사람들은 북향집 거주자들에게 알량한 우월감을 과시하며 유세를 떨어댄다. 그 유세는 자신들의 집 향이 서울쪽을 향하고 있어 서울시민이고, 집값도 비싸고 집에 빛이 잘 들어 빨래나 장(醬)을 말리기 용이하다는 따위에서 비롯되는 것이다. 「사비선생」에서는 사회 전반에 팽만해진 물질주의적 가치관에 함몰된 남향집 안주인들의 아니꼬운 행태가 비판적으로 묘사되는데, 다음의 인용문에는 교양이나 예의, 이웃에 대한 배려가 전무한 그들의 작태가 고스란히 드러난다.

찌는 삼복더위에 목에다가는 항상 초록색 네크벨트를 매고 이민(미국
으로) 가기에 앞서 익힌다는 서툰 영어를 지껄여대는 307호 영호 엄마며,
육십팔 킬로그램의 둔중한 체격에다 수영복이나 매한가지인 듯싶게 짧
은 핫팬츠를 입고 다른 애가 자기 딸에게 손찌검이라도 했다하면 서슴없
이 입에 담지 못할 상소리를 퍼부어대는 309호 문희 엄마, 그리고 머지
않아 캐나다로 이민 간다는, 그래서 그 일을 하늘에라도 오른 양 자랑삼
아 떠들어대는 311호 철이 엄마가 그들이었는데, 그 중에서도 이 311호
아낙은 유독 못돼먹었다 싶은 것이었다.
　　이 패거리들의 나이라는 것이 기껏 삼십도 못 채운 새파란 것이었지만
이들은 사오십 대의 웃사람들쯤 안중에 두지도 않았다. 그 행동거지의
모든 이유가 이 아파트 3동에서는 제일 잘산다는 것이었다.

「사비선생」, 『포대령』, 387쪽

　　경제력의 우위를 바탕으로 안하무인의 행동을 서슴지 않는 여인들은
천승세 소설에서 낯설다. 이제까지 농어촌을 배경으로 한 작가의 소설에
서 여성은 억센 생명력으로 간난신고를 타개하려는 긍정적인 모습으로
등장했다. 그러나 이 계열의 작품에 나타나는 여성들 거개는 허영과 이
기심만 가득한 천박한 속물들이다. 작가는 이를 급격한 도시화의 부작용
으로 파악하는 듯하다.

　　주지하다시피 박정희 정권 시절 한국사회의 급격한 산업화와 도시화
는 국민들에게 배금욕망을 한껏 고취시켰다. 그 결과 많은 국민들은 경
제적 부의 축적으로 계층상승의 꿈을 여투었다. 실제 1962년의 제1차
경제개발 5개년 계획 이후, 위의 두 작품이 발표된 1977년은 이미 4차
경제개발계획이 진행중이었다. 무수한 부작용을 낳기는 했으나 그 기간
동안 연평균 경제성장률이 약 10% 정도를 기록[5]한 사실을 놓고 보면,

---

5) 석현호, 「한국의 도시화와 사회변동」, 『한국사회의 변동』(사회과학연구소 편), 성균관대학
　　교출판부, 1986, 143쪽.

경제 능력의 향상 욕구는 국민의 삶에 지대한 영향을 끼쳤음을 짐작할 수 있다.

문제는 경제적 성장에 그만큼의 정신적 성숙도 비례했는가에 있다. 「사비선생」의 남향집 여인들이 사비선생의 이삿짐에서 천여 권이나 되는 책을 발견하고 "책장사 하다 망한 집인가?" 하거나 "팔아서 끼니나 때웠겠지."라고 비꼬는 것은, 도시산업사회에서 그들이 책을 정신의 보고로 여기는 대신 생계의 수단 정도로 치부한다는 사실을 단적으로 드러내는 것인데, 이는 그들의 부박한 한 단면을 정확히 포착한 장면이라 할 수 있다. 또한 「청산」에서 춘당노인은 평소 서른세 살의 나이로 아파트 대소사에 나서 주민들 이마에 "심심찮은 주름살을 새겨주던" 아파트 어머니회 회장에게 봉변을 당하기까지 한다. 그녀의 무례에 그는 일갈하지만 상대방은 반성의 기미를 전혀 보이지 않는다.

도시에서 전통적 법도를 경시하는 양상은 대개의 남성들 역시 마찬가지이다. 하지만 이 작품들에서 천승세의 비판적 시선은 여성들을 향하고 있다. 이는 남성 인물들의 유교적 가치관에 대한 숭앙에서 비롯한 것이 아닌가 싶다. 특히 「청산」은 전통적 가치가 쇠락하는 현실에 대응하는 양상으로 전개되는데 춘당노인의 구시대적인 관점에 대해서는 물론 비판도 가능할 것이다. 도시·산업화의 정도에 비례해 신장하는 여권에 대한 무지, 혹은 무시가 그의 의식에 은연중 묻어나기 때문이다.

춘당노인의 이러한 의식에는 과거의 "유교사상이 가부장적 권위주의라는 억압적 이데올로기와 그 기제들로 기능했던 사실"6)이 내재되어 있다는 점을 부정하기는 어렵다. 전통적으로 유교사상에는 남성과 여성의 차이를 인정하면서 남성 중심적 관계성을 성립한다.7) 그렇기에 재래의

---

6) 최영진, 「유교와 페미니즘, 그 접점의 모색」, 『유교와 페미니즘』(한국유교학회 편), 철학과 현실사, 2001, 67쪽.

유교사상을 당대 도시 여성들의 행실에 투영하면 정신적 가치를 중시하는 사비선생이나 구세대 인물인 춘당노인으로서는 탐탁지 않을 수밖에 없다.

1960-70년대의 도시·산업화로 신장된 여권에 춘당노인이 무지한 것은 확실하다. 이 시기에는 사회 전체적인 구조가 경제적인 생산력을 중심으로 재편되는 중이었다. 그래서 공적 영역과 사적 영역의 구별이 서구 사회처럼 중요해지기 시작하여 가부장의 집중된 권위는 약화되고 있었다. 과거 집안 대소사를 가장이 관활하였던 것에서 벗어나, 이제 돈을 버는 등의 공적 영역 업무는 남자가 주관하고 가사는 주부가 중심이 되어 꾸려나가는 것으로 변모하고 있었던 것이다. 이와 동시에 여성 교육의 대중화와 근대적 평등 이념이 전파되면서 남녀평등 사상이 보편화되고 여성의 사회적 진출도 현저히 증가하는 추세였다.[8] 비록 춘당노인이 시골에서 올라온 구순(九旬)의 노인이라 해서 급변하는 시대상을 외면한 점에 무작정 면죄부를 내리기는 어려울 것이다.

이와 함께 70년대 이후 도시의 확장과 위성도시 개발은 변두리와 시골을 급속히 도시화된 양상으로 바꾸었고 사람들의 생활과 의식을 도시적인 것에 도취하게 만드는 데에 심대한 영향을 끼쳤다.[9] 작가가 보기에 도시의 확장으로 인한 가장 큰 부작용은 도시나 변두리 거주자들이 한국사회 고유의 전통적 가치를 훼손하며 살아간다는 데에 있다.

그렇기에 「청산」의 춘당노인은 '서울을 똥 덩어리 땅, 경성분지(京城糞地)'로 폄하한다. 춘당노인은 서울 아파트에 거주하는 아들과 말년을 보내기 위해 상경한 인물이다. 서울에 입성한 후 이웃사람들과 벌이는 춘

7) 오세근, 「조선조 유교의 기(氣)론과 페미니즘의 지평」, 위의 책, 170쪽.
8) 조성남, 「한국사회와 여성의 삶─그 변화를 중심으로」, 『한국문화와 한국인』(국제한국학회 편), 사계절, 1998, 273-274쪽 참조.
9) 이재선, 『현대 한국소설사』, 민음사, 1991, 301쪽 참조.

당노인의 몇몇 행동은 당신의 괴팍한 성정과 시대에 뒤떨어진 구세대 인물의 특성 등에서 비롯하기도 하지만, 근원적으로는 예의범절을 무시하고 설치는 도시 사람들에 더 큰 원인이 있다. 전통적 예절을 숭앙하는 춘당노인이 자식이나 못마땅한 이웃들과 사사건건 분란을 일으키는 것은 그 때문이다.

춘당노인이 바라본 도시사람들의 우행(愚行)으로 우선 자식에 대한 호칭법을 들 수 있다. 그가 보기에 인륜법도를 모르는 도시인들은 "아무 앞에서고 지 자슥 잘났다고 내자식, 내아들 허구 호칭"한다는 것이다. 하지만 그는 '돈아(豚兒)'라는 자기 자식에 대한 하대를 통해, 자식 스스로 자신의 어리석음을 깨닫고 부모 앞에서 몸가짐을 삼가게 해야 한다고 여긴다. 춘당노인은 장유유서의 질서가 붕괴되어 웃어른 공경을 찾아볼 수 없는 도시 세태에도 개탄한다. 이른 아침 아파트 단지 경로당을 찾은 그는 청소부의 막말에 분개한다. 아무리 도시에서의 삶이라 해도 구순의 윗사람에게 예의범절을 갖추지 않는 행태를 그로서는 좌시할 수 없는 것이다. 청소부와의 사단은 <청도 아파트 단지> 노인회 구성원들과의 확전으로 치닫는다. 춘당노인은 그러나 타협대신 자신에게 항의하러 오는 노인회 회원들의 나이에 걸맞지 않게 꾸민 얼굴과 보석반지로 치장한 꼬락서니를 비꼰다.

이 작품에서 관찰자 역할을 하는, 춘당노인 아들에 세를 준 집주인 나는 타인의 일에 관여하기보다 못 본 척, 못 들은 척 하는 것이 편안한 서울생활이라는 것을 알고 있다. 춘당노인의 아들 역시 이미 "서울만두 그러제만 거그다가 인륜법도구 인정사정이구 사악 씨마른 아파트단지"에서의 처세법을 깨닫고 있다. 하여 둘은 춘당노인에게 동네사람들과의 원만한 합의를 권유하지만 그는 그럴 의사가 전혀 없다. 물론 춘당노인의 행동에는 시대착오적인 면이 엿보이기는 한다. 그 점에 대해서는 스스로도 자신의 언사에 '시세격차가 유'했을 것임을 인정한다. 그러나 이웃들과의 다툼 원인이 예의범절 모르고 덤벼든 이웃들에 있다는 점은 명백하다.

　세속도시에서 살아가는 자들의 악행은 무례뿐이 아니다. 도시에서의 삶은 경우에 따라 고향 어른의 돈을 훔치고 자식마저 내팽개치는 비정함도 수반한다. 「의봉외숙」에서 의봉외숙은 이농하여 서울에서 고생을 하는 고향 사람을 농촌으로 다시 데려갈 목적으로 일시 상경한다.[10] 그는 동향의 '장가(張哥)'와 그의 자식을 만나 귀향을 합의한다. 그러나 장가는 자식마저 방기하고 의봉외숙의 돈 십오만 원을 훔쳐 야반도주를 한다. 그 사정을 의봉은 조카에게 의고적 문체의 글로 남기는데, 그 편지에는 시속에 대한 그의 절망감이 짙게 드리워져 있다.

　　<족하보게여. 一字傳言읍시未明을期하야出門하는거슬해량허게. 讚을 擧論할一生이야不及이제만現今까정나는그짓말은못허고살았네. 心中이哀痛하고憤痛하야一時狂舌이였지만事實인즉내가데리고가는이아해는離農者張哥의子로써내가張哥를訓導하고난연후그者의半坪板家에서就寢中아해를방기하고上京時持參한一金拾五萬圓全額을窃取코逃走히야뿌린거실쎄. 世上事는黑幕中에塗布되야있고農者의良心은行方不明이라公德無常하야口聲이不開라. 路資를得하면즉시下鄕을斷行할거시니心慮말게여. 京城이賢者良民을混濁케工作하는糞田일쎄그려. 義峰 筆>

「의봉외숙」, 『이차도복순전』, 203쪽

---

10) 누구나 그렇겠지만 천승세의 고향에 대한 애정은 더욱 각별한 듯하다. 그 사랑이 그의 작품세계를 토속적으로 만드는데 일조하는 것으로 보인다. 목포 출신의 그는 고향에 대한 사랑을 다음과 같이 밝힌 바 있다. "사람이라면 누구나가 평생을 누리치며 기리는 고향-고향은 그런 것이다. 하며 딱히 외통수로 말할 수는 없으되, 그 연분의 정을 으뜸 세워 생각해볼진댄, 고향은 아무래도 아버지의 그늘이라기보다는 엄니의 속살에 가깝다. 그래서 '조국'이 이음매 튼튼한 아버님의 뼈대라면 '고향'은 생시의 눈꺼풀도 절로 감기게 하는 어머님의 젖무덤 아니겠는가." 천승세, 「33인의 자서전」, 『오늘의 한국문학 33인선』(이호철 외 지음), 양우당, 1993, 237쪽.

도시에서 고향 아랫사람에게 당한 배신감과 자식마저 버리는 행태, 그리고 시속의 암담은 의봉의 예상을 훨씬 뛰어넘는 것이었던 듯싶다. 천승세 소설의 인물들이 시속의 교정을 포기하고 이사를 가거나 낙향을 하는 연유는 모두 그런 좌절감에서 비롯된다.

3. 허위적 삶에의 대응, 시속 교정 노력의 실패

천승세가 보기에 도시에서의 생활은 결국 인간이 지닌 윤리와 도덕을 포기하는 '짐승'의 삶과 다르지 않다. 그럼에도 소설 주인공들이 그런 삶의 양태를 외면하지 않는다는 데에 작품의 미덕이 있다. 그들은 어떻게든 타인의 삶에 끼어들어 잘못된 행태를 바로잡으려는 나름의 노력을 기울인다. 그것은 세속적 도시에서 정신적 가치를 추구하는 문사(文士) 지향의 인물이거나 일시적으로 상경해 이런저런 사단을 겪는 노인들에 의해 행해진다. 그들은 눈앞의 비례(非禮)에 방관하지 않고 도시에서 좀처럼 볼 수 없는 오기와 배짱으로 세속적 욕망에 충실한 이들에 맞선다. 그런 방법을 선택할 수밖에 없는 이유는 도시인들과의 소통이 어렵기 때문이다. 작가는 물욕 가득하고 염치와 체면을 잃어가는 도시인들에게서 대화나 타협으로 잘못을 시정시키는 일이 난망하다고 여기는 듯하다.

「사비선생」에서 허영과 이기심이 가득한 남향집 여인들, 특히 복도를 사이로 현관문을 마주한 311호 철이 엄마와 맞서는 사비선생은 돌올한 개성으로 기싸움을 펼친다. 이삿날부터 텃세를 부리던 그녀는 사비선생과 입씨름이 붙는다. 그녀는 사비선생의 남루한 이삿짐을 보고 첫날부터 무시를 해댔다. 하지만 물욕은 없고 오직 '문예현상모집에 응모나 해서 입방'하기만을 염원하는 사비선생에게는 그녀의 '돈자랑'이 되레 가소롭기만 하다. 그에게는 재산보다 정신적 삶이 한결 고귀하기 때문이다. 그는 가난에 주눅 들지 않고 311호 여인에 대응한다.

여기에서 주목할 것은 바로 사비선생의 응전방식이다. 이제까지 누구에게도 기죽지 않고 살아온 탓에 수도 없이 이사를 다닌 그였지만 타고난 오기와 배짱 그리고 야성은 여전히 억누를 수 없다. 그의 대항은 도시적 세련미의 허구성에 대한 투박한 공박으로 읽히는데 그 방식이 기상천외하다. 아파트 복도를 뛰어다니는 자신의 아이에게 무지막지한 욕설과 악담을 퍼붓는 311호 철이 엄마를 본 그는 아이에게 복수극을 사주한다. 그 방법은 바로 311호 현관문 노크 후 철이 엄마가 나오면, "개씨비다"하고 도망치라는 것이다. 자신의 아이에게 상스러운 욕설을 내뱉게 하고 실웃음을 흘리는 사비선생은 보통사람이 납득하기 어려운 인물이다. "눈에는 눈, 이에는 이"의 대항에 공감을 표하기는 어려워도 그 복수는 독자에게 통쾌함을 준다. 또 311호의 돈자랑 비슷한 살림살이 과시욕에도 그는 지지 않는 대거리를 벌인다. 그는 자기 자존심의 최후의 보루라 할 수 있는 책을 팔아가면서까지 311호 안주인과의 일전에서 승부욕을 불사른다.

사비선생이 연출한 한바탕 소동을 통한 복수극[11]은 나름으로 치열하고 절실하여 독자에게 재미를 주고 공감을 불러일으킨다. 아울러 그의 응전은 인물의 강한 개성을 발산하는 효과도 얻고 있다. 즉 평생 "기죽고는 못사는" 사비선생은 도시인의 세련미와는 대척되는 지점에서, 도시에서는 좀처럼 찾아보기 어려운 강렬한 야성을 발휘하는 것이다.[12] 그는

---

11) 311호 여인에 대한 대항과 복수는 마치 한 편의 소극(Farce)을 연상시킨다. 소극의 특징으로 '반항의 세계'와 '보복의 세계 : 맞받아치기'가 있는데, 「사비선생」의 사비선생이 311호 연인에게 응전하는 방식은 바로 그러한 소극적 특성에 잘 부합한다. 이에 대해서는 Jessica Milner Davis, 『소극』(홍기창 역), 서울대학교출판부, 1985, 2, 3장 참조.
12) 천승세 소설의 특성을 특이하게 종말성(終末性)으로 파악한 이는 이보영이다. 그는 천승세 소설에서 종말성이 1970년대 다른 작가들이 즐겨 다룬 소시민을 배제한 것에서 유발된다고 본다. 설혹 소시민이 등장하더라도 그의 행동은 대개 비정상적인 괴팍한 것으로

투박하지만 자신만의 줏대와 배짱으로 도시인의 허세와 치기에 응전한다. 이와 같은 소동을 통한 시속의 교정 노력은 앞에서 살핀 대로 「청산」의 춘당노인에게서도 마찬가지로 나타난다.

「의봉외숙」의 경우는 세태에 대응하는 방식이 위의 작품들과 다르다. 의봉외숙은 탈향한 사람들을 다시 귀향시키려는 목적으로 상경한 인물이다. 즉 그는 애당초부터 고향을 떠나 도시로 나와 타락한 삶을 살아가는 동향인을 다시 고향에 정착시키려는 목적으로 상경한 것이다. 그렇기에 그에게는 도시인들의 시속을 교정할 마음은 아예 없다. 그에게는 이촌향도하여 도시에서 고생하는 동향 사람을 고향으로 데리고 가는 것만이 중요하다. 그들을 고향에 정착시키기 위해 고생한 의봉외숙의 노력은 다음의 인용문에 잘 나타나 있다. 그는 조카인 나에게 돈다발을 꺼내 보이며 다음의 말을 한다.

> "일금 일십 오만원이라아— 이 돈을 만들려고 이 연로불구한 놈이 꼬박 이 년간을 고우 농기계상에서 서무를 봤어. 그러면 이 금전을 여하한 명분에다 사용헐 것이냐아— 이농자 명단을 작성한 결과 우선 서울에서 기중 고상을 체득허고 있는 향인 둘을 뽑았단 마시. 이놈들이 농지를 이탈하야 상경헌 지가 일년이 경과했는디도 청취한 풍문인즉 주색으로 매진하야 패가망신이란 거여. 일차 상면하여 결과를 청한 뒤 허실을 판별하여 농촌으로 압송하든지 불연이면 사업자금으로 분배해 줄 방침이란 말여. 아니 그래, 좋은 땅을 버리고 서울 팔방잡것들 화물을 운반하는 지게꾼신세라니 이것이 될 말이여? 영광 농군이 여하해서 도시 금수만도

이보영은 파악한다. 이보영, 「종말적인 세계의 명암」, 『현대문학』, 1980, 11, 29쪽. 이보영이 주장하는 종말성에 동의할 수는 없으나 그가 천승세 소설 인물의 개성에 주목한 점은 의의가 있다고 생각된다. 이와 함께 천승세의 여러 작품에 등장하는 인물들이 "소심하고 머뭇거리는 성격이 아니라 거개가 직정적이고 활달한 성격의 소유자인바, 이는 거침없이 진행하는 정직한 묘사기법과 더불어 작품에 활력을 넘치게 하는 요소"가 되고 있다는 서술도 천승세 소설 인물의 개성과 관련해 중요한 언급이라 할 수 있다. 김이구, 앞의 글, 570쪽.

「의봉외숙」, 위의 책, 201쪽

비록 그가 동향인에게 돈을 잃고 그의 자식까지 떠맡게 되는 배신을 당하지만, 그의 관심사는 오로지 도시에서 어렵게 살아가는 향인(鄕人)에게만 있다는 점은 분명하다.

그러나 도시의 허위적 삶에 대응하는 그들의 노력은 결국 실패로 돌아간다. 공들인 보람도 없이 의봉외숙이 낙향을 하는 것으로 작품이 귀결되기 때문이다. 하향을 택하기는 「청산」의 춘당노인도 마찬가지이다. 그 역시 아들네 집에 왔다 아파트 주민들과 이런저런 사단을 겪고 아들의 만류에도 불구하고 고향으로 향한다. 어쩔 수없이 정든 터전을 떠나야 하는 이들도 있다. 그들 역시 도시적 삶의 강고한 행태에 <맞서다> 결국은 이사를 가는 인물들인데, 이는 「사비선생」에서의 사비선생과 「오동추야」의 최종복 경우가 그렇다.

사비선생은 311호 철이 엄마가 다람쥐를 들여놓고 아이들의 주목을 끌자 그에 맞대응으로 흰쥐를 들여놓은 것이 문제가 된 것이다. 쥐를 키우는 것에 반대를 하는 주민들의 결탁으로 궁지에 몰린 사비선생은 타의에 의해 이사를 선택할 수밖에 없게 된다. 「오동추야」의 최종복도 이웃들의 성화에 이삿짐을 꾸리기는 마찬가지이다. 그는 고향을 떠나 서울에서 온갖 고생을 한 인물이다. 그는 겨우겨우 모은 돈으로 작은 자기 사업을 하다 수하의 인부가 사고가 나 보상금으로 돈을 날린다. 최종복은 이제 막 개발이 되기 시작하는 동네에서 돼지를 키우며 어렵사리 생계를 잇지만 그마저도 사람들의 항의로 못할 상황이다. 위생 문제와 평소 그의 못마땅했던 거동을 핑계로 주민들이 파출소에 진정서를 냈기 때문이다. 그러나 그 배면에는 '허울 좋은 문화주택' 사람들의 주거환경

훼손에 대한 우려가 깔려 있다.

이처럼 천승세 소설에서 일시적이든 장기적으로든 고향을 떠나온 사람들은 도시적 삶에서 패배하고 만다.[13] 그런 점에서 이 글에서 논한 작품들에는 떠나온 고향에 대한 의미를 새삼 되새겨볼 수 있는 계기를 마련해주고 있다. 아울러 최종복의 경우에서처럼 이촌향도한 사람들이 도시에 정착하기가 얼마나 어려운지를 드러냄으로써 냉혹한 도시적 삶을 역설적으로 보여준다.

4. 인의와 법도를 중시하는 구세대의 뒷모습

이상으로 천승세 소설에 나타나는 도시 변두리 서민의 삶의 양상에 대해 살펴보았다. 작가는 도시에서의 삶이 속물적이며 예의범절의 고귀한 가치를 잃은 '짐승'의 생활이라 여긴다. 그래서 그런 삶의 조건을 개선하려 나름의 인물을 통해 노력하지만 실패한다. 그들이 이웃들과의 갈등으로 거처를 옮기거나 낙향을 선택하는 것은 그런 이유에 있다. 어쩌면 그것은 고향을 떠나온 자들이 숙명적으로 겪을 수밖에 없는 것이다. 도시·산업화의 광풍이 불어대는 서울과 그 언저리 지역은 어쩔 수 없이 새로운 삶의 패러다임에 휘둘릴 수밖에 없고 그 물결은 앞으로 더욱 거세질 것이 분명하기 때문이다.

그런 시대상에서 그들의 노력이 무가치한 것만은 아니다. 「청산」의 결말 부분에서 귀향하는 춘당노인의 뒷모습을 보며 "꼭 계셔야 할 분이…… 꼭 계셔줘야 할 분이 어쨌든지 가시네요!"라며 낮은 탄식을 내뱉

---

13) 천이두는 『황구의 비명』을 논하면서 작가가 농어촌이나 도시에서 패배한 인간들에 연민의 시선을 보낸다며, 이를 천승세의 변치 않는 문학적 개성으로 평가한다. 천이두, 「자기 확인의 문학」, 『한국소설의 관점』, 문학과지성사, 1980, 234쪽.

는 집주인의 말에는 당대의 혼란한 세태를 올바르게 교정하고 이끌어줄 구세대 어른의 필요성이 진솔하게 담겨 있다.

이제 도시에 잘못된 세태를 꾸짖고 바로잡기 위해 노력하는 사람들은 흔치 않다. 「청산」의 춘당노인 아들이나 집주인은 서울, 혹은 도시 변두리에서 살아가는 자의 방식을 이미 깨닫고 있다. 돈이 무엇보다도 중요하고 타인의 일에 무관심하기, 그런 도시적 삶의 양식은 이미 1970년대에 도시인들에게는 보편화되어가고 있는 양태인 것이다. 그런 점에서 춘당노인, 사비선생, 의봉외숙은 인륜과 법도, 정신의 고귀성을 존중하며 지키려는 마지막 세대일 수 있다. 그리고 그들은 점차 세월의 흐름과 함께 사라지고 잊혀지고 있음을 이 글에서 살핀 천승세 작품들은 우울하게 보여주고 있다.

불모의 현실과 여성적 화해의 세계
윤흥길론

1. 질곡의 역사와 여성의 존재 의미

1968년 한국일보 신춘문예로 등단한 윤흥길에게 작가로서 확고한 문명을 얻게 한 작품은 1973년에 발표된 「장마」이다. 이 작품에 대한 감동적인 감상평은 이문구의 <훌륭한 소설>과 우리 분단소설의 수준이 <여기 왔구나!>라는 어구에 짙게 함축되어 있는데, 그는 「장마」에 대해 "언젠가 반드시 나오리라고 기대했던 제대로 쓴 소설"[1]이라는 상찬으로 자신의 벅찬 독후감을 전하고 있다. 아울러 이문구는 1977년을 '윤흥길의 해'로 규정하며 작가의 두 번째 창작집 『아홉 켤레의 구두로 남은 사내』에 수록된 작품의 수준을 고평한다. 이문구의 평이 결코 과장이 아니라는 것은 그간 윤흥길의 작품세계를 언급한 평자들 대개의 견해가 그와 일치했다는 사실로 증명이 될 터이다. 실제 윤흥길의 작품에 대한 다수의 논자는 「장마」를 통해 '분단의 상처와 그 화해'를 언급하거나 『아

---

1) 이문구, 「한 켤레 구두로 산 사내」, 『윤흥길』(오생근 외 지음), 은애, 1979, 175쪽.

홉 켤레의 구두로 남은 사내』 연작에 '산업사회에서 소시민과 도시 하층 민의 그늘'이 핍진하게 형상화되었다는 평가를 내리고 있다.

위의 작품들에서 보듯 윤흥길은 지난 1970-80년대에 한국소설사에서 분단의 상흔과 산업화로 파생된 모순을 적극적으로 형상화하며 문학적 입지를 구축하였다. 윤흥길은 이런 소재들을 이념적 편향이나 민중에의 무조건적인 경사 없이 냉철한 시선으로 그려냈는데, 이러한 점은 윤흥길 소설의 미학적 특징이 된다. 작가는 "문학외적인 표현들이 문학 속에 틈입해 들어오려는 문학외적인 요소들을 경계하고 공격하는 전투적인 효용에서 동원되는 현상에 심한 아이러니"2)를 느낀다고 비판한다. 아울러 그는 "역사의 표면에 떠오르지 못하고 삶답지 못한 삶을 살다가 흐리마리 사라지는 사람들에게 그들이 영웅 또는 위인들과 동시대를 살다 간 흔적을 남김으로써 존재 의의를 부여해주는 작업들이 바로 어려운 시대를 사는 작가가 수행하지 않으면 안 될 중대한 역할"3)로 보고 있다. 이처럼 윤흥길은 소설이 이데올로기에 침윤되어 고유의 미학이 상실되는 상황을 경계하는 동시에 역사의 뒤편에서 이름도 없이 사라져간 수다한 장삼이사들에 애정의 시선을 보내고 있다.

무명의 민초들 가운데 윤흥길이 주목하는 대상 중 하나는 생의 수난을 감내하는 여인들이다. 역사적으로 볼 때 우리나라는 수다한 전쟁에 시달렸다. 이민족의 크고 작은 침략은 현대사 이전까지 줄곧 이어졌고 6·25라는 동족상잔의 비극도 겪었다. 그런 상황에서 다수의 국민들은 전쟁의 무자비한 폭력에 희생되었다. 주지하다시피 냉전시대에 발발한 거개의 전쟁은 헛된 이데올로기를 명분으로 야만적 살육이 자행되는 남

---

2) 윤흥길, 「한국문학작가상 수상연설」, 『제3세대 한국문학4－윤흥길』, 삼성출판사, 1985, 449쪽.
3) 위의 책, 450쪽.

성적 세계의 산물이었다. 생사의 갈림이 예측 불가능한 전쟁터에서는 피아를 막론하고 생존 본능만이 강렬하게 번뜩거린다. 이 잔인한 남성적 공간에서 살아남기 위해 고투하는 병사들의 실존적 고뇌는 50년대의 많은 전쟁소설에서 다루어진 바이다. 그런 한편으로 전쟁의 뒤편에는 출정한 장병의 무사귀환을 기다리는 육친의 세계가 존재한다. 그들 역시 후방에서 전선 못지않은 두려움과 곤핍을 겪는다는 점에서 고통스럽기는 매한가지이다.

전쟁과 분단의 비극적 현실에서 윤흥길이 파악한 한국의 여성들은, 남성들이 저질러 놓은 파괴적이고 야만적인 전쟁의 세계에서 나름의 슬기와 생활력으로 수난을 인고하고 극복해가는 존재들이다. 그들에게 고단한 현재를 헤쳐나가게 하는 제일동력은 모성성[4]이다. 그들은 어머니 특유의 모성으로 자식을 돌본다. 그러나 단지 자기 자식들만을 위한 모성애의 발휘로 역할이 끝나지는 않는다. 윤흥길에게 어머니, 혹은 여성이란 이성적 세계관만으로는 볼 수 없는 삶의 비의를 꿰뚫는 예민한 통찰자이자, 원수의 자식마저 자기 새끼로 보듬는 이타적 애정을 쏟는 화신인 동시에 폭력적 세계를 구원할 수 있는 주요한 인자이다.

전기적 오류를 무릅쓰고 말하자면, 모성이나 여성의 자애로움이 얼마나 위대한 힘을 발휘하는가를 윤흥길은 체험적으로 인식한 듯하다. 윤흥길은 어려웠던 시기마다 어머니와 막내이모의 사랑으로 타락의 길에 빠

---

4) 윤흥길 소설의 모성성에 대해서는 이미 몇몇 평자들에 의해 논의된 바이기는 하다. 그러나 그들이 논한 모성성만으로는 윤흥길 소설에 보다 심원하게 내재된 여성성을 설명하기는 어렵다고 보인다. 그 논의로는 홍기삼, 『이데올로기의 민족적 화해』 ; 홍성원, 『한국전쟁에 대한 새로운 조명』 ; 정명교, 『가족·개인·도구』(이상 오생근 외, 『윤흥길』, 은애, 1979) ; 김치수, 『윤흥길의 세 작품』, 『공감의 비평을 위하여』, 문학과지성사, 1991 ; 김윤식·정호웅, 『한국소설사』, 예하, 1993 ; 황종연, 『인간적 친화를 꿈꾸는 소설의 역정』, 『작가세계』, 1993 여름 ; 배성환, 『윤흥길 소설에 나타난 인물 유형과 형상화 방법 연구』, 건국대 교육대학원 석사논문, 2003 ; 서은선, 『윤흥길 소설 ≪에미≫의 모성신화 형성 연구』, 『한국문학논총』 제43호, 한국문학회, 2006, 8 등이 있다.

지지 않을 수 있었음을 고백한다. 능력 있고 사람은 좋으나 가족을 가난에 허덕이게 한 아버지에 대한 적개심을 어릴 적부터 키운 윤흥길은 그에 대한 반발심으로 초등학교 5학년때부터 중학교 2학년때까지 다섯 번의 가출을 감행한다. 그가 만난 고향 밖의 세계는 거칠고 냉혹한 싸움터를 방불케 하는 곳이었다. 그런 곳에서의 생존방식이란 난폭하고 황량할 수밖에 없는데, 그것은 곧 도시의 야생적 삶이 남성들이 축조한 폭력적 세계와 다르지 않기 때문이다. 일탈과 탈선의 유혹이 만연한 도시에서 윤흥길을 건져올린 이들은 다름 아닌 작가의 어머니와 막내이모였다. 작가의 자전소설인 「궁상반생(窮狀半生)」에는 문제를 일으키기만 하는 작가에게 애정을 베풀어준 막내이모와 가출한 자식의 안위를 걱정하며 눈물로 기도하는 어머니의 모습이 애잔하게 그려져 있다.

전통적으로 한국사회에서 여성은 주변적 위치에서 벗어나지 못한 것이 사실이다. 그러나 역사 발전이 단지 남성 중심의 논리만으로 진행된 것이 아니라는 것 또한 분명하다. 그 점은 윤흥길 소설에서 뚜렷이 드러난다. 『에미』의 경우 화자의 아버지는 가족을 버리면서까지 자신의 출세를 위해 역사적 시류에 휩쓸린 인물로 등장하는데, 그런 남성적 세계야말로 별 볼일 없는 삶에 불과한 것으로 그려진다.5) 되레 윤흥길에게 소중한 것은 남편이 부재하는 현실의 어려움을 딛고 당당하게 자립하는 어머니의 생활력과 자식에 대한 헌신이다. 이처럼 윤흥길 소설 속의 여성들은 생활세계에서 자신의 존재가치를 유감없이 발휘하는 존재이다. 그들이 한편으로는 자신의 본능에 솔직하고 이기적이며 억척을 떨더라도 작가의 시선이 호의적인 것은 그런 연유에 있다고 하겠다.

이 글에서는 그런 점에 주목하여 윤흥길의 작품을 살피고자 한다. 기

---

5) 황종연, 『인간적 친화를 꿈꾸는 소설의 역정』, 『작가세계』, 1993 여름, 36쪽 참조.

왕에 평가된 윤흥길 소설의 모성성을 보다 확장된 여성성의 영역과 접
맥해 고찰하면, 곧 굴곡 많은 역사를 견디어 온 한국여성들의 삶의 의미
를 구체적으로 확인할 수 있을 것이다. 이 글에서는 「장마」, 「무지개는
언제 뜨는가」, 「에미」를 중심으로 그 양상을 고찰할 것이다.

2. 한국 여인들의 지극한 모성애

1) 무한정의 자식사랑

모성애의 사전적 의미는 자식에 대한 어머니의 선천적이고 본능적인
사랑이다. 남성과 달리 임신, 출산, 수유를 하는 여성의 생물학적 조건은
어머니를 자식에게 무한정의 사랑과 헌신을 베푸는 존재로 규정짓게 하
는 데에 기여했다.[6] 이와 같은 양상은 윤흥길 소설에서 중요한 측면을
이루는 요소가 되고 「장마」는 그 대표적인 작품이다. 「장마」에서 주요
갈등 중 하나는 사돈간임에도 불구하고 자기 자식만의 안위를 기원하는
화자의 두 할머니 사이의 대립이다. 그들은 저마다 모성애의 화신이라
할 수 있는 인물들이다. 하여 육군 소대장으로 일선에 나간 아들이 전사
하는 비극을 겪은 외할머니는, 사부인 둘째 아들이 인민군을 따라 나선
후 소식이 두절된 것도 개의치 않고 장맛비에 "더 쏟아져라! 어서 한번
더 쏟아져서 바웃새에 숨은 뿔갱이 마자 다 씰어가그라! 나무 틈새기에

---

6) 물론 페미니즘의 관점으로 보자면 모성애에 대한 과도한 긍정과 부정에는 모두 한계가
있을 수밖에 없다. 페미니즘에서는 모성성을 정신분석학적 차원과 사회적 차원으로 나눈
다. 이 중 전자는 모성성을 임신, 출산, 수유, 육아 등 여성의 생물학적 경험에만 한정하지
않고 가족 구성원들간의 심리적 관계를 통해 형성되는 것으로 이해한다. 또한 후자는 모성
성의 문제가 단순히 가정 내적인 것에만 한정되지 않고 사회·역사적으로 구성되는 담론
임을 확인시켜준다. 이에 대해서는 편집부, 『서문―'딸'의 서사에서 '어머니/딸'의 서사로
―다시 본 모성성』, 『한국문학과 모성성』(서강여성문학회 편), 태학사, 1998, 5-20쪽 참조

엎딘 뿔갱이 숯뎅이같이 싹싹 끄실러라!……”고 저주를 퍼붓는다. 거기에 화자의 친할머니는 자기 자식의 무탈을 장담하며 지지 않는 대거리를 한다. 이들의 심각한 반목은 아들과 며느리는 물론 어린 손주까지 난처하게 한다.

이들의 갈등 원인은 자신의 자식들이 서로 국군과 빨치산이라는 적대적 관계에 위치하기 때문이다. 하지만 그들의 근심은 근본적으로 이데올로기가 끼어들 틈이 없는 본원적인 모성애로부터 비롯한다. 그렇기에 그들에게 전쟁의 승자와 패자를 가름하는 따위는 무의미하다. 그들에게 절실한 것은 집을 떠난 자식의 생사여부일 뿐이다. 자식의 전사통지를 받고서도 손주에게 끊임없이 생전의 외삼촌을 팔방미인의 호남아로 묘사하는 외할머니의 태도는 결국 죽은 자식을 잊지 않게 하려는 안쓰러운 노력과 다르지 않다. 그런 외할머니는 자식이 죽음마저도 편안히 맞았기를 바라는 절절한 모성애를 표출한다. 외할머니의 간절한 소망은 일종의 자기최면 같은 것인데 그것은 어린 화자의 입을 빌어 다음과 같이 표현되고 있다.

> 외할머니는 아들이 기왕이면 잠자듯 곱게 누워 그지없이 평안한 자세로 전사했기를 기원하고 있었다. 악마의 총탄이 제발 급소를 건드려 조금도 고통을 안 느끼고 순간적으로 저세상 사람이 되었기를, 육신의 고통은 물론 홀어미를 남겨둔 채 떠나는 자식 된 도리의 아픔도 일체 없었기를 희망했다. 죽은 후에도 시신이 온전해서 옛날 이야기에 나오는 원귀들처럼 흩어진 제 몸 조각을 찾아 언제까지고 산천을 방황하며 이승에 머무는, 두 번 죽는 거나 다름이 없는 불행한 신세가 되지 않았을 거라고, 절대로 그럴 리가 없다고 고집스럽게 중얼거렸다.
>
> 「장마」, 『황혼의 집』, 108-109쪽

이가 빠지는 꿈으로 예감한 자식의 죽음이 사실로 확인되자 외할머니

는 재빨리 현실적 판단을 한다. 아들이 부상에 시달리다 고통스럽게 죽
기보다는 편안히 세상을 뜨기를 바라는 마음, 거기에 노모를 두고 생을
마감하는 자식의 걱정마저 헛된 사념이라는 냉철한 판단, 자식의 주검이
온전하기를 기대하는 심정, 이 모두는 자식의 마지막 길이 편안했기를
소망하는 역설적인 사랑법과 다르지 않다. 그런 바람에는 자식의 죽음길
이 순탄하기만 하다면, 가눌 수 없는 슬픔마저도 감내할 수 있다는 어머
니의 희생이 전제된다.

자식 사랑의 애절한 정은 친할머니도 결코 뒤지지 않는다. 친할머니는
산에서 집으로 몰래 스며들어온 아들 몰골을 보고 걱정이 태산이다. 그
는 온통 자식의 건강 상태에만 관심을 집중하고 어떻게든 아들을 다시
산에 보내지 않으려는 마음뿐이다. 그러다 밖의 인기척에 화자의 삼촌이
놀라 달아나자 '집밥' 한 그릇 못 먹여 보낸 아쉬움에 가슴을 뜯으며 흐
느낀다.

그런 노인들이기에 둘의 화해가 자식을 매개로 이루어지는 것은 필연
적이라 할 수 있다.[7] 구렁이가 되어 돌아온 화자의 친삼촌을 외할머니
가 고이 돌려보낸 것으로 둘의 대립은 해소된다. 구렁이가 죽은 친삼촌
의 현신으로 해석되는 것이 반근대적 세계관에 기초한다는 평가[8]도 있
지만, 한편으로 그런 세계관은 미신일지라도 토속적 정서에 기반한 노인
들 삶의 반영태일 수도 있다. 이제 친할머니는 사부인에 대한 고마움을

---

7) 이상진은 "두 사돈간의 대립은 본질적인 것이 아니었으므로 이들의 화해도 역시 근본적
인 화해로 볼 수 없다"고 본다. 이상진, 『한국 현대소설사의 주변』, 박이정, 2004, 208쪽.
그의 언술은, 두 할머니가 단지 자식 사랑으로 인해 빚어진 갈등을 극복했을 뿐이었음을
의미하는 듯하다. 그런 점에서 차라리 전쟁과 분단이 파생한 비극의 진정한 화해는, 유년
기 전쟁체험세대인 동만 형제와 "빨갱이가 낳은 자식을 그 빨갱이들한테 불행을 당한"
당숙모가 기른 재종동생 동근과의 혈연의식이 그려진 『무지개는 언제 뜨는가』에서 보다
확연하다고 판단된다.
8) 김윤식·정호웅, 『한국소설사』, 예하, 1993, 453쪽.

표하고 동병상련의 처지가 되었음을 인정한다. 즉 이념과 무관하게 두 노인은 전쟁 중에 참척을 겪는 아픔으로 서로의 입장을 공유할 수 있게 된 것이다.

「장마」의 두 노인이 친자식에 대한 모성애를 돌올하게 부각한 작품이라면 「무지개는 언제 뜨는가」에서는 모성애가 타자, 그것도 원수의 아들에게까지 확장되는 양상이 그려진다. 이 작품에서 화자의 당숙모는 빨치산의 기습으로 남편과 세 아들이 참극을 당하는 상황에서 겨우 목숨을 건진다. 하지만 사건의 충격으로 그는 실성을 한다. 그럼에도 그는 인공 치하때 인민군을 위해 일을 한 전력으로 마을 사람들에게 보복을 당한 차서방네 가족 중 유일하게 생존한 '핏덩이' 동근을 헌신적으로 돌보고 키운다. 그의 행동이 죽은 자기 자식들 생각이 간절한 탓에 행해진 것일 수도 있다. 하지만 미친 그가 "갓난애한테 젖꼭지를 물린" 것은 모성적 본능의 결과로밖에 설명할 수 없다. 그것은 이념이나 가치와는 별개의 문제이기에 당숙모는 원수인 '빨갱이' 자식에게도 거리낌없이 젖꼭지를 물릴 수 있다. 그때 그는 한 사람의 어머니로서 "어린애한테 젖을 빨리면서 행복에 겨"울 수 있는 것이다.

모성애는 혈연을 전제로 행해지는 것이 보통이다. 그러나 이 작품의 경우, 모성애가 무한정의 이타적 사랑으로 그것도 일종의 원수의 자식에게까지 승화하는 양상을 보인다. 당숙모와 동근은 이제 남이 아닌 피붙이 모자지간으로 전화하는데, 이타적인 모성애는 이처럼 이념의 대립과 전쟁의 상처마저 봉합하는 기능을 하게 된다.

2) 남편 부재의 현실과 어머니로서의 숙명

윤흥길 소설에서 아버지란 존재는 무기력한 모습으로 등장하는 경우가 종종 있다. 이는 앞에서 밝힌 대로 작가 자신이 겪은 아버지의 무능력이 작품에 반영된 경우일 텐데, 「집」과 「땔감」에서의 사람은 좋지만 현실적 계산은 서툴기만한 아버지상을 그 예로 들 수 있다. 그리고 아예 아버지가 부재하는 경우가 있다. 여성이 사회에 적극적으로 참여하지 못한 과거를 상기하고 보면, 가산이 넉넉지 않은 상태에서 남편의 부재, 혹은 무능력은 곧 가족 전체의 경제적 곤궁으로 직결된다. 이때 가정의 생계를 떠맡은 어머니들은 냉혹한 현실에서 한 사람의 생활인으로서의 고통을 당할 수밖에 없다. 뿐만 아니라 그 영향은 자식의 교육에도 파급된다.

앞에서 살핀 「장마」에는 전란중이기는 해도 가정을 든든하게 지키는 소년 화자의 아버지가 존재하고 경제적인 곤핍은 드러나지 않는다. 「무지개는 언제 뜨는가」에서 동근은 비록 친아버지는 없지만 화자의 당숙모가 시댁의 도움을 받고 있기에 궁핍을 겪지는 않는다. 하지만 『에미』에서는 사정이 전연 다르다. 출세를 위해 자신을 버리고 떠난 남편대신 남겨진 자식들의 생계와 훈육을 떠맡은 어머니는 지주의 딸임에도 불구하고 친정 집안에서까지 배척을 당해 고립무원의 상태이다. 당장 그는 호구부터가 막막하다. 이런 힘겨운 상황에서 어머니는 자살을 생각하기도 하지만, 끝내는 한겨울에 용담 못에 들어가는 자기만의 의식을 치르고 생의 의지를 다진다. 이제 '에미'에게는 당장의 가난을 면할 일과 자식을 제대로 키우는 일만이 생의 유일한 목적이 되는 것이다. 홀로 어렵사리 키우는 자식에 대한 자부심과 또 그 자식이 운수대통하고 전도양양하기를 갈구하는 어머니의 심정은 하여 그 누구보다 애틋하다. 어머니는 석불사 미륵님(사실은 부처님-인용자) 전에 비손을 하며 다음과 같이 간절한 기구를 한다.

"아무쪼록 앞으로도 이년의 소원을 모르쇠허지 마시고, 아무쪼록 불꽃 같은 눈으로 굽어보시고, 아무쪼록 칠산바대(七山바다) 같은 귀로 들으시

사, 아무쪼록 요놈이 무병장수허게코롬 살펴주시고, 아무쪼록 요놈이 입
신양명허게코롬 살펴주시고, 언젠가는 이 에미년 앙가슴에 선지같이 맺
힌 한덩어리를 봄눈 녹이듯기 지놈 지손으로 풀어줄 날이 하루빨리 찾어
오게코롬 아무쪼록 아무쪼록 살펴주시고 또 살펴주사이다아아!"
「에미」, 『제3세대 한국문학4 – 윤흥길』, 67쪽

　이렇게 자신의 전부인 자식의 성공과 건강을 희구하는 어머니이기에 당신의 희생은 당연하다고 생각한다. 「에미」의 어머니가 맏아들 기범이 잘못을 저지를 때마다 "에미로서 헐 만침 다"했다는 말을 당당히 꺼낼 수 있는 것도 남편 없이 헌신적으로 자식을 키워냈다는 자부심이 강하기 때문이다. 「에미」의 어머니에게 자식 사랑은 이성 이전의 본능적 행위이자 생의 동력이다. 그렇기에 그는 어렵사리 자식을 키우고 집안을 일으킨 자신의 지난 삶에 어떤 후회도 없다. 어머니의 이런 선택은 물론 자의였으나 그것은 결혼 후 바로 남편이 집을 떠난 사정과 무관하지 않다. 남편과 원만한 결혼생활을 했다면 어머니가 그런 고생을 할 리는 없었을 것이기 때문이다.

　그런 점에서 어머니의 무조건적인 희생은 개인적 측면은 물론 사회적 관점에서 고찰이 가능하다. 모성은 남성에 대한 여성의 정신적 우월성을 정당화할 뿐만 아니라 여성들에게 특권을 부여할 수도 있지만, 그런 모성 이데올로기가 여성의 주체적이고 독자적인 삶을 방해할 수 있다는 시각이 바로 그것이다. 여성이 가정을 지키고 가족 구성원을 돌보고 그들에게 정서적 안정을 제공하는 존재라는 통념은 여성들의 자아상실이라는 측면을 간과한다. 그때 모성애는 여성의 자아정체성 형성에 장애물이 되기도 하는 것이다.[9] 이와 같은 모성 이데올로기로 보자면, 「에미」의 어머니는 생활과 자식을 위해 자아정체성에 대한 고민과 스스로의

---

9) 김미현, 『한국여성소설과 페미니즘』, 신구문화사, 1996, 283쪽.

행복을 철저히 방기한 채 평생을 살아온 인물이 된다.

하지만 「에미」의 경우는 모성 이데올로기나 모성신화[10]와는 거리가 먼 작품이다. 이 작품에서 작가는 어머니의 고단했던 삶 자체를 맏아들 기범을 통해 담담하게 서술하고 있을 뿐이다. 기범은 어머니의 삶을 신격화하려는 의도가 전혀 없다. 즉 어머니의 삶에 대한 진술은 모성신화와는 무관하게 어쩔 수 없는 현실에서 당신 스스로가 숙명적으로 짊어져 온 것일 따름이다. 출산에 대한 어머니의 인식만 해도 그렇다. 어머니는 "여자가 아이를 낳는 행위를 굼벵이가 매미로 변하는 과정"으로 인식한다. 즉 여자는 출산의 고통을 인내함으로써 여성 자신의 생애를 재탄생시킬 수 있다는 생각이다. 그렇기에 출산으로 자신의 정체성을 깨닫는 여성이 자식에게 무한정의 정성을 쏟는 것은 당연하다고 어머니는 여긴다.

어머니는 첫 아이를 임신한 며느리에게 "새끼를 위해서 에미는 아궁지 속에 몸을 던지기도" 하고 "새끼가 뜨뜻허고 온전한 저편짝 세상"으로 건너갈 수 있게 '장작개비'나 '징검돌' 노릇도 해야 한다고 타이른다. 자식에 대한 이 무한정의 헌신은, 김현이 「장마」를 분석하며 언급한 그대로 우리 한국인을 '전이해(前理解)'의 공간으로 몰고간다.[11] 이런 어머니의 삶은 마침내 자식에게도 인정을 받아, 기범은 어머니의 생을 통해 모성을 이해하고 세계를 구원할 여성성의 단초를 파악한다.

> "…… 여자들은 폭력에 맞서기보다는 난리도 남자도 한꺼번에 다 자기
> 네 내부에다 수용해 버립니다. 그게 바로 모성 본능이겠죠. 여자는 토지

---

10) 서은선은 이 작품에서의 모성신화를 욕된 삶을 살던 어머니가 용담 못에서 재생의식을 치르고 떳떳한 삶을 살기 위해 노력한 일, 난산의 위기를 극복하는 초인적인 힘, 판길이에 대한 동네의 소문에도 당당하게 대응하며 가부장적 질서를 넘어서려는 일 등등을 통해 형성된다고 본다. 서은선, 『윤흥길 소설 ≪에미≫의 모성신화 형성 연구』, 『한국문학논총』 제43호, 한국문학회, 2006, 8, 333쪽.
11) 김현, 『문학과 유토피아』, 문학과지성사, 1992, 282쪽.

하고 같아서 흉년일수록 오히려 더욱 깊숙이 씨앗을 감싸는 겁니다. 난리
를 견디고 그 난리 뒤에 언젠가는 올 태평성대까지 다리를 놓아 주기 위
해서는 잠시도 생산 활동을 중단할 수가 없는 겁니다. 달리 뭐 거창하게
얘기할 것도 없이 제 어머니가 바로 그런 경우라고 생각합니다……"

「에미」, 같은 책, 255쪽

이제 기범과 평생 어머니를 구박했던 큰외숙은 어머니, 아니 여성의
삶의 원리를 이해한다. 그리고 작가는 「에미」에서 여성적 삶의 주체성을
확인하는 데로 나아간다.

3. 생의 주관자 어머니, 혹은 여성

윤흥길의 소설에 나타나는 모성이 단지 혈연 중심의 모성애에만 고착
되지 않는다는 사실은 「무지개는 언제 뜨는가」에서 확인한 그대로이다.
이타적 모성애는 「에미」에서 주체적 여성의 삶으로 확장되어 작가의 작
품세계를 심화시킨다.

「에미」의 어머니 삶 전체는 사실 인간과 세계에 대한 저항과 쟁투의
과정이었다 해도 과장이 아니다. 왼쪽 눈이 사시인 어머니는 동네사람들
로부터 사팔눈을 얕잡아 부를 때 쓰는 상스런 말인 '할개'라는 소리를
들어도 개의치 않는다. 되레 그는 눈이 정상인 마을 사람들을 빗대어
"두 눈 올바로 뜨고도 세상 삐뚜로 보는 사람이 많"다는 말로 외모에 대
한 평가를 무시하고 자신의 올곧은 삶을 강조한다. 또한 어머니는 신혼
첫날부터 남편에게 소박을 맞고 평생을 홀로 살았다. 도움을 받기 위해
친정에 갔으나 집안 망신만 시켰다고 오빠에게는 문전박대만 당한다. 그
런 멸시에 어머니는 친오빠에게 "이 천벌을 받을 놈아!"라고 욕설을 퍼
붓고 나와 한겨울에 저수지에 들어갔다 나오는 나름의 의식을 통해 삶

에 대한 강력한 결의를 다진다. 어머니는 힘겨운 삶의 난관에 부딪칠 때마다 자신을 내쫓은 오빠네를 향하여 악담을 쏟아내는 오기를 발동하기도 한다. 그것 역시 모진 생의 시련을 이겨내려는 어머니의 자기다짐 같은 언술이라 할 수 있다.

이런 경험들은 인간과 세상에 대해 어머니의 삶의 의지를 더욱 강화하는 동력이 된다. 곤경이 닥쳐올수록 어머니는 삶에 다부진 자세로 응전하는 것이다. 한순간 죽기는 쉬워도 생계를 건사하고 자식을 길러낼 사명은 소중하다. 그것을 위해 살아남아야 하는 것이 어머니에게는 진정한 용기가 된다. 절개나 명분보다는 어떻게든 악착같이 살아남아야 한다는 현실적 사고야말로 어머니에게는 생의 최고 목적이다. 그렇기에 친정 집안에서 자랑하는 선조 할머니의 '은장도' 이야기에 자신만의 삶의 논리로 반박할 수 있는 것이다.

임진왜란 때 선조 할머니께서 왜군들에게 겁탈을 당할 위기에서 은장도로 자결했다는 이야기는 가문의 자랑이자 문중 여성들에게는 귀감이 되는 것이었다. 어머니도 홀로 되기 전에는 친정 집안사람들처럼 정절을 신봉한 인물이었다. 그러나 어머니는 생의 수다한 시련 앞에서 지조보다 중요한 것이 생존이라는 사실을, 그리고 살아 있어야 지조도 숭상 받을 수 있다는 점을 절실히 깨닫는다. 서울에서 4·19 시위에 참여하려는 대학생 아들과 귀향하기 위해 어머니가 내세우는 것도 바로 그 점이다. 그러나 아들은 죽음을 불사하고라도 '비겁자'가 되지 않겠다고 고집한다. 대학생 아들에게 소중한 것은 대의명분, 배반, 비겁, 무서움 같은 관념적인 어휘들이다. 그 중 특히 '비겁'이라는 단어를 인식하는 아들과 어머니의 어감 차이는 확연하다. 아들은 "죽는 게 무서워서 어머니 치마꼬리 붙잡고 고향으로 도망쳐 버리는" 것을 '비겁'이라 생각한다. 대의명분은 차치하고서라도 아들은 남들 다 불의에 저항하는데 자기만 빠진다는 것을 '비겁'이라 생각하고 있다. 거기에는 사내로서의 기개를 어머니에게 과시하려는 의도도 내포되어 있다.

그에 비해 어머니가 받아들이는 '비겁'은 한결 구체적이다. 즉 자기 속으로 난 자식을 책임지지 못한 그것이야말로 '비겁'이라 생각하는 것이다. "하루하루 버러지 같은 목숨을 구질구질하게" 연명할 바에야 차라리 죽는 것이 낫다고 어머니의 또 다른 자아(alter ego)가 속닥거릴 때마다 자신을 다독거린 계기도 바로 '비겁'하지 않으려는 마음가짐에 있었다.

> "…… 그럴 적마다(어머니의 또 다른 자아가 자살의 유혹을 부축일 때마다-인용자) 이 에미는 아랫목 웃목도 없는 썰렁한 냉골에서 세상 모르게 곯아떨어져 자는 느이 두 놈들 얼굴이 물끄레미 들여다뵈았다. 그러고는 가새로 연방 허공을 쑤시면서 그 예편네더러, 썩 물러가라고 소래기를 질렀다. 그 예편네는 바로 이 에미였다. 나는 비겁한 년이 되기가 싫었다. 그래서 새끼들 얼굴 들여다보면서 아득아득 어금니를 악물고 끝끝내 살어남기로 작심을 했다."

「에미」, 같은 책, 148쪽

비겁자가 되지 않기 위해 억척스럽게 산 어머니이지만 그 내면에 전통적 한국 여인네들이 간직한 여성성[12)의 미덕만큼은 잃지 않는다. 「에

---

12) 여성성에 대한 개념과 그간의 논의에 대해 간략히 알아볼 필요가 있겠다. 여성들의 삶의 방식은 다양하기 때문에, 여성성의 개념은 늘 불안정하고 변화가능하며 관계적일 수밖에 없다. 그럼에도 많은 연구자들은 여성성의 개념을 설정하기 위해 노력을 기울였다. 기존의 서구문화에서 여성은 오랜 기간 열등한 인간으로 규정되었다. 그러나 루소가 여성과 남성을 각자 고유한 특질을 지닌 상호보완적인 존재로 규정하면서 여성성에 대한 논의가 본격적으로 개진된다. 이때 여성성은 여성다움의 자질 일반을 포괄적으로 지칭하는 개념으로 이해되었는데, 그것은 곧 남녀의 생물학적 성차가 여성성과 남성성을 가르는 기준이었음을 의미한다. 이에 비해 시몬 드 보부아르는 여성성과 남성성이 생물학적 특성에 따른 구분이 아니라 사회문화적으로 유포된 성적 고정관념에 따른 것이라고 주장해 여성에게 부과된 억압과 통제를 고발했다. 이후 1970-80년대 영미 페미니즘이 내세운 여성성은, 여성의 모성적 경험, 가사노동의 경험, 월경과 같은 생물학적 경험, 성적 경험, 성장과정에서의 심리적 경험, 타자로서의 억압 경험 등이 주요 내용을 이루고 있다.

미」에 나타난 그것들 중 주요한 성질 하나는 만물을 감싸안는 넉넉한 포용력이다. 억척스런 삶과 포용력은 상당히 이질적인 요소인 듯하지만 이 작품의 어머니에게는 그런 요소들이 명징하게 드러난다. 어머니의 억척이야 신산스런 삶의 궤적을 통해 작품에서 무수히 드러난 바인데, 포용력은 다음의 경우들에서 발견이 된다.

우선 어머니는 자신을 버리고 떠난 남편을 용서하고 있다. 미신적이기는 하지만, 어머니는 첫날밤의 소박을 자신이 촛불을 입으로 불어 끈 때문이라며 '내 탓이오'를 한다. 무엇보다도 자신을 버리고 대처로 나가 새로 결혼해 관직에 오르는 남편의 귀가를 위해 평생 비워 놓은 '큰방'을 마치 사람이 살고 있는 듯이 꾸미는 데서 그 점은 확인된다. 일종의 성역이 된 그곳은 자식들조차도 얼씬거리지 못한다. 어머니의 용서는 어쩌면 남편이 자신을 떠났을 때부터 시작된 일이다. 자신을 버리고 떠난 남편을 인민군을 피해 집에 숨겨준 일이나, 체포된 그를 구하기 위해 백방으로 좇아다닌 일, 그리고 남편의 귀가를 기다리며 하얀 머리카락을 달구지 바퀴에 매단 일 등은 어머니의 그런 마음을 예증한다. 그리고 그런 행위는 고향과 집을 떠나 객지에서 살아가는 남편의 불안한 영혼을 위무하는 여성 특유의 성정[13]으로 설명이 가능하다.

이처럼 여성성은 시대적·사회적 맥락 속에서 서로 다르게 해석되어 왔다. 그리고 그들의 논의를 통해 여성성은 기본적으로 월경과 임신, 출산을 할 수 있는 여성의 생물학적 특성과 더불어 아이를 기르는 모성적 경험 및 자신의 성별 정체성을 획득하는 과정에서 얻게 되는 심리적 자질 등에서 파생된 어떤 것으로 정의된다. 이에 대해서는 심진경, 『여성성 혹은 문학적 상상의 원천』, 『문예중앙』, 2006 봄, 329-333쪽 참조.

13) 캐롤 길리간은 성숙한 여성적 형식의 특징을 상호의존성이나 자원의 축적 및 베풂 (giving)으로 규정하면서 '관계성'을 우선시하는 여성성의 개념을 설명하는데, 그의 분석은 여성성의 주요 원리가 '보살핌'에 있음을 일러준다. 캐롤 길리간이 설정한 남성성과 여성성의 대조표 중에서 이 글과 연관되어 유의미한 내용은 다음과 같다. 남성성 : 여성성 → 정의(권리) : 보살핌(책임), 무엇이 우선되는가? : 누가 제외되는가?, 완벽의 이상 (ideal of perfection) : 보살핌의 이상(ideal of care), 독립성을 우선시 : 관계성을 우선시. 이에 대해서는 김미현, 앞의 책, 32쪽에서 재인용.

그 무상(無償)의 포용과 베풂의 행위는 타의에 의한 것이 아니다. 미움이나 증오대신 포용의 행동은 곧 어수선한 시절에 권력과 출세를 꿈꾸며 가정을 내팽개치기도 하는 광포한 남성의 세계와 극명하게 대비된다. 고위 공무원으로 승승장구하고 이승만 정권의 추종자로 국회의원 공천을 받았으나 낙선한 화자 아버지의 초라한 말년은 남성적 세계상의 최후가 어떤 모습일지를 예감케 해준다. 자신의 야망을 좇아 가족에게 무책임한 아버지의 세계는 심정적으로나마 남편과의 관계를 유지하려는 어머니의 '보살핌'의 세계와 극명하게 대비를 이루는 것이다.

「무지개는 언제 뜨는가」에서 이타적 모성애를 그려보였던 작가는 「에미」에서 보다 심화·확장된 양상으로 그것을 드러낸다. 여성의 포용력이 극대화된 정황은 「에미」에서 기춘의 출생 경위를 통해 발견된다. 이 작품에서 기춘의 출생 비밀은 서사의 한 동력이 되는데, 기춘은 야간공습의 와중에 어머니가 "누구 씬지도 모르고" 받아들인 남자 사이에서 생긴 자식이다. 그때 어머니는 남편을 구하기 위해 백방으로 돌아다니던 중이었다. 어머니가 낯선 사내를 어쩔 수없이 받아들인 것은 다름 아닌 "니 남편은 살려줄 테니깨 너는 내가 시키는 대로 허겠느냐?"는 조건때문이었다. 즉 어머니가 낯선 사내를 받아들인 것은 자신의 희생을 감수하고서라도 남편을 살리겠다는 의지의 행동이었다. 그리고 어머니는 그 행위를 바로 미륵님과의 교합으로 승화14)시켜 낯선 사내의 존재를 무화한다. 이때 자기를 범한 당사자의 존재는 소멸된다. 거기에는 상대방의 이데올로기, 신분, 지위, 외모 등이 무의미해진다. 대신 중요한 것은 어머니와 신과의 성합일 뿐이다. 그렇게 해서 얻은 기춘이기에 소중하지

---

14) 이때 미륵신은 어머니의 삶 자체를 지배하는 남신이 되는데 어머니는 그에게서 삶의 위안과 활력을 얻는다. 김만수, 『남신과 여신이 공존하는 환유의 무대—윤흥길의 『에미』』, 『문학정신』, 1992, 12, 147쪽.

않을 수 없다.

일찍이 과부 아닌 과부로 살아가는 어머니에게 성에 대한 갈망은 한 사람의 여성으로서 중요한 문제이다. 그러나 당대의 사회상은 아직 어머니와 같은 조건의 여자가 외간남자를 만난다는 것을 용납하지 않았다. 작품에서 어머니와 판길의 관계에 마을 사람들이 수군거리는 것은 그런 이유 때문이다. 그러나 건강한 성욕은 여성성의 확립에 불가분의 연관을 맺는다. 이 작품에서의 어머니는 남성과 직접 관계를 갖지는 않지만 자신의 후끈한 정념을 나름의 방식으로 해소하는 적극적이고 강렬한 여성상을 보여준다.

우선 어머니가 합환목(合歡木)으로 불리우는 자귀나무 숲에서 반 알몸으로 광란의 춤을 춘 것은 억눌린 성욕을 분출하는 하나의 방법이다. 억척스럽게 살아온 어머니가 달아올라 관능적인 몸짓을 할 때의 광경은 바로 무아지경에 빠져 있는 모습인데 그것이 단지 춤때문만이 아니다. 그 장면을 바라보고 있는 아들은 어머니가 '분홀꽃으로 화'했다고 표현하는데, 그 꽃은 "마치 하늘을 우러러 뭔가를 애타게 갈구하는 듯한 몸짓과 마치 그 기도에 답하여 하늘이 상으로 내리는 뭔가를 소중히 받아 간직하려는 듯한 몸짓"으로 묘사된다. 이는 곧 남녀의 성적 합일을 상징한다고 할 수 있다. 아울러 그것은 "몹시 부끄러움을 타는, 그러면서도 다른 한편으로는 그 부끄러움과 맞싸워 가며 은밀히 본능을 구가하는 여인의 저 복숭아빛 속살과도 같은 꽃"이기도 하다. 이러한 묘사에서 그 분홀꽃은 바로 남성을 갈구하는 여성의 몸뚱이라는 점은 선명해진다. 그리고 그것은 바로 정념을 억압할 수밖에 없는 어머니의 뜨거운 육체이다.

어머니가 이따금씩 아버지를 위해 비워둔 빈방에 알몸으로 홀로 드는 행위 역시 자신의 성욕을 나름으로 해소하는 방법이다. 그 장면을 우연히 지켜본 아들의 전언은 어머니의 성행위를 연상시키기에 충분하다.

　　노르스름한 불꽃의 혀가 닿는 자리마다 어머니의 매끄럽고 하얀 살결
은 보일락말락 가늘게 떨리는 듯했다. 내가 떨리는 것 같다고 생각하니
까 어머니의 몸은 참말로 떨리기 시작했다. 안에다 사팔눈을 묻은 눈두
덩과 긴 속눈썹이 바르르 떨리고, 그 떨림은 이내 탐스럽게 깔린 검고
윤기 흐르는 머리채로 이어졌다. 엎어 놓은 사기대접 모양으로 펑퍼짐하
게 솟은 젖가슴을 타고 흘러내리던 잔물결 같은 떨림은 일단 잘쏙 들어
간 허리 근처로 몰리는 듯하다가는 어느새 또 동글동글 번지는 파문처럼
사방으로 넓게 퍼져나가고 있었다.

「에미」, 같은 책, 90–91쪽

　　이처럼 이 작품의 어머니는 자기만의 방식으로 성적욕망을 해결한다.
동시에 어머니로서의 역할에도 본분을 다한다. 생의 다양한 역경에 맞서
강렬한 삶을 산 어머니는 결국 자신의 운명을 사랑한 여인이라 할 수 있
다. 처음에는 타인들에게 손가락질 받았지만 마침내 그는 그들에게서 외
경심을 얻는다. 그렇기에 어머니는 자신의 삶에 후회가 없다. 임종을 앞
두고 자신의 지난 삶에 감사하는 것도 주체적으로 이끌어온 생애였다는
자부심에 있다.

　　"…… 미친년 늘 뛰듯기 살어온 펭생이지만 서도, 그것도 내가 자청혀
서 순전히 내 신명바람으로 내가 운전허고 여그까장 당도헌 펭생이니께
눈꼽만치도 부족헌 것이 없다. 그 우에 뭣이 더 필요하겠냐. 내 멋대로,
내 허고 잪은 대로 살어왔고, 내가 뜻허는 바를 죄다 이뤘으니께 나는
아무 여한 없이 눈을 깜을 수 있다……"

「에미」, 같은 책, 376쪽

　　아울러 어머니는 세상의 만물에도 감사를 표한다. 어머니는 불모한 인
간사에 때로는 대립하는 한편으로 화해를 이루기도 했다. 하지만 자연에
대해서만큼은 철저하게 감사와 겸손의 처세로 일관한 생애였기에 그런

전언이 가능할 것이다. 자연의 질서와 이치에 대한 감사와 경외야말로 여성적 삶의 원리에 꼭 들어맞는 삶의 방식이다. 그래서 여성은 조포한 남성의 세계를 이겨내고 자연적 순환의 질서에 순응하는 존재들이다. 그리고 그것은 곧 어머니, 아니 수다한 여성들의 삶과 다르지 않다.

4. 여성성과 자연친화를 통한 화해의 지향

이 글에서 살핀 윤흥길의 작품은 모두 질곡의 역사 현장을 배경으로 하고 있다. 그런 삶의 조건에서 윤흥길 소설의 여성들은 억센 생명력과 모성애를 발휘한다. 그 과정은 이런저런 고통의 연속이었지만 그 끝에서는 「에미」의 어머니처럼 자신의 삶과 화해하고 자부심을 느낀다. 이런 화해 지향성은 윤흥길 소설의 한 특징이 되고 있다.[15]

윤흥길 소설에 나타난 여성들의 이런 특성은 캐롤 길리간의 언급대로 독립성보다는 관계성을 염두에 두는 여성 고유의 성정과 관계가 있다고 할 것이다. 가족구성원이나 타자와의 관계성에 대한 고려는 반목과 질시 대신 원만한 상호교류를 목적으로 이루어진다. 이 경우 여성들은 겸손과 인내로 타자를 배려한다. 그것을 한국의 여인들로 한정할 때, 염두에 두어야 할 점은 민족문화이다. 우리 민족문화에서 처음으로 여성, 또는 여성성에 대해 언급하고 있는 단군신화에는 웅녀가 되는 전 과정을 통해 한국 여성의 인내성과 순응성을 잘 보여준다.[16] 이러한 해석은 여성의 주체성과 능동성을 억압하는 굴레로 작동한다고 여길 수도 있으나, 신화가 서사문학의 원형 및 모태가 된다는 사실을 인지하면 민족 신화에 나

---

15) 천이두, 「화해 지향성의 문학」, 『한국소설문학대계60』 해설, 동아출판사, 1995, 505-517 참조.
16) 여성을 위한 모임, 『일곱 가지 여성 콤플렉스』, 현암사, 1992, 26쪽.

타난 모성상, 혹은 여성상이 그 원형을 제시할 수 있다는 점[17]도 외면할 수만은 없다. 특히 질곡의 한국사에서 갈등과 전쟁은 곧 생사의 문제로까지 확대되는 경우가 허다했다. 그런 상황에서 생존과 화합의 주요 원리 중 하나가 여성들의 화해 지향적 삶의 태도에 있었음은 분명하다.

거기에 하나 덧보탤 것은 여성들의 삶의 원리가 자연친화적[18]이라는 사실이다. 일찍부터 윤흥길은 '생래적으로 자연과 친화한 작가'라는 평가를 받았다. 그 중 윤흥길은 『묵시의 바다』를 제외하고는 대체로 농경적 삶을 무대로 한 작품들을 많이 발표했다. 음의 여성원리인 대지는 일반적으로 태모(太母), 대지모신(大地母神), 우주의 어머니, 양육자를 뜻한다.[19] 또한 「에미」에서 어머니를 지탱하는 하나의 지주, 거대한 남근(phallus)처럼 자리 잡은 미륵산은 어머니에게 강력한 주술의 힘을 발휘[20] 하지만 한편으로는 대지로서의 여성을 상징하기도 한다. 어머니가 이 산에서 기원을 하고 삶의 위안과 활력을 얻는 일은 곧 자연의 질서를 숭상하고 또 그것에 자신의 삶을 의지하는 일과 다르지 않다.

그런 삶의 원리는 곧 자연을 지배하려는 남성적 세계와는 다른 화해와 상생의 세계라 할 수 있다. 윤흥길은 여성적 삶의 원리와 자연과의 친화를 통해 바로 조화로운 세계상을 구현하려 한다. 그리고 그것은 자신의 존재감을 낮추고 헌신하는 삶 속에서 가능했음을 이 글에서 다룬 작품들은 보여주고 있다.

---

17) 이수자, 「한국 무속신화에 나타난 모신상(母神像)과 신화적 의미」, 『우리문학의 여성성·남성성-고전문학편』(이화어문학회 편), 월인, 2001, 9쪽 참조.
18) 정명교, 「가족·개인·도구」, 『윤흥길』(오생근 외 지음), 은애, 1979, 150쪽.
19) J. C. Cooper, 『그림으로 보는 세계문화 상징사전』(이윤기 옮김), 까치, 1994, 117-118쪽 참조.
20) 김만수, 앞의 글, 147쪽.

▌▌▌

이동하 소설의 환상기법 연구

1. 머리말

1966년 서울신문 신춘문예에 「전쟁과 다람쥐」로 등단한 이동하는 최근 『우렁각시는 알까?』를 상재하며 건재를 과시하고 있다. 사십여 년이 넘는 세월동안 그가 현역작가로 활동할 수 있었던 데에는 소설에 대한 남다른 애정과 성실성이 있었기 때문이다. 과연 그는 "가슴 밑바닥에 고여 있는, 때로는 목구멍까지 차오르곤 하는 이 절실한 감정"[1]을 토해내는 출구가 소설임을 밝혔다.

이러한 언명은 작가의 창작 동인이 세계보다 자아와 밀접한 상관성을 맺고 있음을 또한 일러준다. 실제 이동하는 거대담론을 전경화하기보다 미시적 생활세계를 꼼꼼하게 형상화한 작가로 잘 알려져 있다. 그의 작품에 요란한 지적조작이나 공허한 관념의 나열이 배제되는 까닭도 자아의 체험을 바탕으로 한 세계에의 미시적 접근 태도에서 비롯한다. 그의

---

1) 이동하, 「나에게 소설은 무엇인가」, 『밝고 따뜻한 날』, 나남, 1987, 11쪽.

대표작 중 하나인 『장난감 도시』에서 전쟁의 본질이나 원인을 탐구하는 대신, 그것에 상처 입고 희생당한 사람들의 삶을 섬세한 기억으로 복원한 것은 그러한 창작방법론을 증명하는 좋은 예가 될 것이다.

그와 함께 작가는 비교적 초기작에서부터 최근의 「가엾은 영혼들」까지 환상기법을 도입한 작품도 발표했다. 비록 과작이지만 지속적으로 그런 유의 작품을 썼다는 사실은 그가 그 방식에 나름의 애착을 가지고 있다는 증거이자 소설의 방법론적 측면에 고심한 결과라 할 수 있다. 그럼에도 불구하고 그 계열의 작품에 관한 연구는 그리 활발하지 못한 편이다. 작가의 소설에 내장된 환상적 방법론은 인물의 일탈이나 범속성 속의 예외성, 그리고 기행이나 기벽2) 정도로 평가받고 있다. 하지만 작가의 작품 세계를 철저히 구명하기 위해 그 영역은 반드시 탐구되어야 할 지점이기도 하다. 이 글에서 환상기법을 중심으로 이동하 소설을 고찰하고자 하는 이유도 바로 거기에 있다. 견고한 생활세계의 촘촘한 묘사와 환상적 기법의 결합을 살피면 이동하 소설의 지평은 한결 넓어질 것이기 때문이다.

연구 목적을 성취하기 위해 선행해야 할 문제는 환상의 개념 규정이다. 여러 연구자들의 노력에도 불구하고 환상의 개념은 아직 명확하게 정립되지 않았다. 이는 개념의 모호성에서 기인하는데 일반적으로 정신분석학에서는 환상을 백일몽과 동의어로, 검열 기제가 허락하는 범위 안에서 의식이 상상과 욕망을 자유로이 활동하게 놓아두는 명상의 상태를 말한다.3) 환상을 문학작품의 구조적 특징과 연결한 이는 토도로프이다. 그는 환상을, 사건이 자연과 초자연의 영역에서 발생하는 그 틈새에서

---

2) 조남현, 「장삼이사(張三李四)의 서사, 그 프락시스」, 『작가세계』, 1998 여름호, 71-73쪽 참조
3) J. Childer & G. Hentzi, 『현대 문학·문화 비평 용어사전』(황종연 역), 문학동네, 1999, 183쪽.

진위 여부를 놓고 작중인물과 독자가 망설이게 되는 것으로 보았다.[4] 토도로프 이래 연구가들은 환상과 리얼리티의 연관성을 밝히는 데까지 논의를 진전시켰다. 캐스린 흄은 환상을 "등치적 리얼리티로부터의 일탈"[5]로 정의했다. 이 연구의 의의는 환상이 리얼리티와 무관하지 않음을 보여주었다는 데에 있다. 환상에 관한 로즈마리 잭슨의 해석은 한층 적극적이다. 그는 문학적 환상물이 사회적 맥락 안에서 생산되고 결정된다고 보았다. 또한 그는 환상이 초월적인 것이 아니라, 이 세계의 요소들을 전도시키는 것으로 규정하여 환상의 현실 전복력을 중시했다.[6]

황병하는 라틴아메리카 신소설의 주요 흐름을 형성하는 환상적 사실주의의 갈래를 나누면서 '일상의 비현실화'[7]라는 용어를 사용한다. 그는 이 용어의 의미를 "우리가 늘 접하고 행하는 아주 사소하고 평범한 행태 속에 깃들여 있는 보이지 않는 틈과 균열을 부각시키거나 과장법으로 포장해 그것의 불확실성을 보여주고자 하는 문학 태도"로 규정한다. 이러한 정의는 환상기법이 도입된 이동하 소설을 분석하는데 유용한 개념이 된다고 생각된다. 즉 환상을 '일상의 비현실화'로 정의하고 그것을 소설로 구체화하는 방법론을 기법으로 규정한다면, 거칠게나마 이동하 소설의 환상기법을 논의할 토대는 마련되는 셈이다.

---

4) Tzvetan Todorov, 『환상문학 서설』(이기우 역), 한국문학사, 1996, 133쪽 참조.
5) Kathryn Humme, 『환상과 미메시스』(한창엽 역), 푸른나무, 2000, 17쪽.
6) R. Jackson, 『환상성－전복의 문학』(서강여성문학연구회 역), 문학동네, 2001, 11-18쪽 참조
7) 황병하, 『메타비평을 위하여』, 민음사, 1997, 317쪽. 이 용어는 기본적으로 현실원칙의 질서가 어떤 계기에 의해 위반되고 있음을 전제로 한다. 이는 환상에 대한 정의를 내린 다양한 연구자들의 대체적인 견해이기도 하다. 이동하 소설의 한 축은 일상성의 측면에서 접근할 수 있는데, 이 토대에 환상(비현실화)이 조합되는 양상을 '일상의 비현실화'로 볼 수 있을 것이다. 이는 김태환이 환상소설의 두 가지 형식을 분리형과 혼합형으로 나누고 이 중 혼합형을, "작품 속에 기본현실과 그것을 벗어난 현실이 공존하는 것으로, 평범한 현실에 속한 인물이 환상 세계로 빨려 들어가거나 환상적 존재가 평범한 현실에 침입하는 이야기들"로 보는 것과 유사한 관점이다. 김태환, 『문학의 질서』, 문학과지성사, 2007, 221-222쪽. 이동하의 환상소설 대개는 혼합형으로 현실과 밀접한 상관성을 맺고 있다.

환상기법이 우리 문학에 적용된 예는 고전소설에서 쉽게 찾아볼 수 있다. 고전소설의 특징 중 하나인 전기(傳奇)적 구성은 현대문학의 환상성과 크게 다르지 않다. 「홍길동전」 유의 영웅소설에 나타나는 비현실성이나 「심청전」에서 심청의 환생 같은 것이 모두 그런 예에 포함될 것이다. 천상과 지상의 이원적 세계를 배경으로 하는 「구운몽」은 환상기법이 구현된 고전소설의 백미라 할 수 있다. 그러나 인과성과 필연성을 중시하는 서구 근대소설의 파급은 우리 소설에 환상적 요소를 감소시키는 요인으로 작용했다. 격동의 역사를 형상화하는 방법론으로 환상기법이 적절한 대접을 받지 못했다는 사실은 그간의 문학사가 증명하고 있다.

그런 점에서 이제하, 최상규, 최인훈 등과 함께 이동하는, 과거 우리 소설사에서 쉽사리 발견하기 어려운 환상기법을 활용한 많지 않은 작가 중의 한 명이다. 그렇다고 그의 소설이 허무맹랑한 기괴와 공상을 담고 있다는 것은 아니다. 이동하는 특유의 꼼꼼한 묘사로 작품의 리얼리티를 확보한 후 환상적 장치를 도입함으로써 일상과 환상의 절묘한 조화와 반전을 제시한다. 그런 방법론으로 낯선 세계를 창조한 작가는 독자에게 망설임과 삶을 성찰케 하는 계기를 제공하는 것이다.

2. 분신 모티프를 통한 자아와 타자의 등치

문학의 환상성을 논할 때 가장 빈번하게 등장하는 것이 변신 모티프이다. 서구의 그리스·로마 신화에서는 물론이고 단군신화의 웅녀 역시 곰이 인간으로 몸이 바뀌는 변신 모티프의 결과물이다. 변신 모티프는 현재에 불만족한 존재가 몸을 바꿔 욕망을 충족한다는 내용이 서사의 주를 이룬다. 현대 소설에 사용된 변신 모티프 또한 인간의 실존적 위기 상황에서 주로 도입된다. 그레고르 잠자가 벌레로 변신해 자신의 실존적 위기를 깨닫는 카프카의 「변신」은 이 계열의 대표작이라 할 수 있다. 변신 모티프와 더불어 주요하게 사용되는 모티프는 분신(分身)이다. 이 계열의 작품에는 겉모습이 동일한 두 인물이 등장해 그들의 진위를 판별하는 문제가 제기된다. 외양이 똑같은 진옹(眞翁)과 가옹(假翁)[8]이 등장하는 「옹고집전」은 이런 유의 형식에 딱 들어맞는 작품이다.

이동하 역시 주인공의 분신과 같은 존재를 등장시켜 환상성을 부여한다. 「열외(列外)」의 주인공 양생(梁生)은 회사에서 또 다른 양생과 대면하는 난처한 상황에 직면한다. 자신과 똑 같은 가짜 양생이 먼저 출근해 자리를 지키고 있는 까닭이다. 둘은 서로의 진위를 가리는 과정에서 평범한 월급쟁이의 회사 생활이 완벽하게 일치한다는 점을 확인한다. 아울러 직장에서 억눌린 감정을 풀고 싶어 하는 욕망까지 동일하다.

> "그렇죠. 무어든지 한바탕 저질러 대고 싶은 충동에 온통 사로잡히고 맙니다. 퇴근길엔 걸레가 됩니다. 억병으로 취해 버리는 거죠. 그러면 참 다음날은 말짱해집니다. 더없이 얌전해져서 출근길에 오른다 그런 얘깁니다."
>
> "약간 겁에 질린 채 말이죠"
>
> 「열외」, 『제3세대 한국문학10 − 이동하』, 336쪽

서로의 진위를 다투는 대화임에도 둘은 역설적으로 동병상련의 처지에 공감한다. 정작 문제는 오랜 시간 함께 근무했던 동료들이 진짜 양생을 알아보지 못한다는 것에 있다. 동료들은 진짜 양생의 존재를 판별해 줄 수 있는 사람들이다. 지난 칠 년간 거의 날마다 회사에서 동고동락했건만 그들은 진짜 양생을 몰라본다. 이것은 현대인이 단지 노동으로 연

---

8) 고전적 분신담은 대체로 진짜가 가짜를 통해 자신의 과오를 뉘우쳐 개과천선한다는 교훈적인 요소를 담고 있다. 이에 비해 이동하의 분신 모티프는 현실비판의 목적으로 사용되고 있다.

결된, 비정한 기계적 관계에 불과하다는 사실을 단적으로 보여준다. 회사에서 내몰린 진짜 양생이 단골다방에서 마담과 레지들에게 자신의 존재를 확인하는 장면은 그의 실존적 위기가 극대화되는 지점이다.

자신의 존재를 증명할 방법이 없는 답답한 상황에서 작가는 타자인, 그러나 자기와 똑 같은 분신이기도 한 인물을 통해 자아의 실존적 양상을 살핀다. 이는 자본주의 사회에서 노동자는 얼마든지 대체가능하다는 전제하에 성립된다. 주지하다시피 1970년대 우리나라는 산업화의 열풍으로 탈향민들이 대거 도시로 몰려들었다. 도시에서 생산수단을 소유하지 못한 사람은 생존을 위해 생산과정의 단순한 도구로 전락하게 된다. 이제 노동자의 존재가치는 노동력으로만 평가되는 시대가 된 것이다. 그 과정에서 인격적 측면은 무시되기 일쑤인데 그것은 근본적으로 자본주의 사회의 엄청난 노동 대체능력에서 기인한다.

산업화 시대에 노동력 대체 가능성은 이 작품에서 누가 양생이 되더라도 무관하다는 말과 다르지 않다. 그런 점에서 양생의 진위를 가리는 일은 어쩌면 무의미하다. 누가 양생이라도 그들은 동일 노동을 제공하며 먹고살 수밖에 없는 인물들에 불과하다. 작가는 이처럼 산업화 시대에 접어든 한국사회의 우울한 단면을 분신 모티프를 통해 냉정하게 고발한다.

「손오공」 역시 주인공과 또 다른 '그'9)가 등장하여 소설이 전개된다. 출근할 때마다 과중한 업무로 "참담한 기분"을 느끼는 그는 늘 빡빡한 일정에 마음을 졸인다. 바쁜 일상 중에 대학원 강의까지 하는 그는 시간에 좇겨 학교에 갔다가 뜻밖의 상황을 맞는다. 이제 막 강의실에 들어섰는데 칠판에 '종강'이라고 자신의 필체로 판서되어 있는 것이다. 곤혹스

---

9) 이 작품에서의 '그'는 도플갱어(Doppleganger)와 같은 존재라 할 수 있다. 도플갱어란 같은 시공간에서 보게 되는 자기라고 범박하게 정의할 수 있다. 동일한 장소에서 서로 마주치지는 않지만, 주인공이 자신과 똑같은 타자를 감지한다는 점에서 '그'는 변형된 도플갱어라 하겠다.

런 상황에서 그는 "누군가가 자신보다 한발 앞서 걸어가고 있는 느낌"을 받는다.

> 그랬다, 하고 그는 중얼댔다. 언제나 나보다 한 걸음 앞서 가는 자가 있었다. 일상의 톱니바퀴에 물린 채 깊은 곤혹감에 떨어져 있던 순간마다 공허한 울림을 남기며 한 걸음쯤 앞서 걸어가곤 하던… 그는 누구인가?
>
> 「손오공」, 『삼학도』, 261쪽

이 작품에서 '그'의 정체는 끝내 드러나지 않는다. '그'는 주인공보다 한발 앞서 나타나 다양한 일을 대신할 따름이다. '그'는 주인공이 담당해야 할 회사의 중견간부 승급심사에도 먼저 나타나 처리하고 결혼 주례마저 대신 수행한다. 이런 상황에 주인공 그는 "자신의 숨통 막히는 일상의 리듬들이 엄청나게 겉돌아가고 있다는 느낌"을 받는다. 그러나 그로서는 정체불명의 '그'가 한 발 앞서 행하는 일들에 속수무책이다. 문제는 그의 일을 '그'가 하더라도 아무런 문제가 되지 않는 데에 있다. 이 역시 자본주의사회의 가공할 노동 대체력을 증명하는 것인데, 이때 인간은 자신과 노동으로부터 소외를 느낀다.

산업사회를 살아가는 인간의 위기를 이동하는 분신과 같은 존재를 등장시켜 형상화한다. 즉 「열외」에서 양생이 또 다른 양생을 만나고 「손오공」에서 그가 정체불명 '그'의 흔적을 감지하는 일은 결국 자기이자 자기가 아닌 인물을 통해 자아의 실존을 확인하는 과정과 다르지 않다. 현실과 환상의 경계에서 사실주의적인 독법에 익숙한 독자는 이때 망설임을 경험하고 자신의 삶을 그 상황에 투사할 것이다. 그때 작품의 환상적 요소는 더 이상 이질적이지 않다. 실직과 해직 걱정은 평범한 사람들이 직장에서 늘 겪는 고민거리가 아닌가.

환상기법이 도입된 소설이 나름의 가치를 지니려면 작품의 내적 리얼리티가 필연적으로 확보되어야 한다. 이때 작품은 '사실주의적'인 것과 '경이로운 것' 사이에 위치하여 자본주의 사회의 모순을 날카롭게 부각하는 기능을 한다.[10] 잭슨의 언급대로 환상은 어떤 방식으로든 현실세계와 밀접한 관련을 맺는데 이는 환상이 단순히 초월적이고 신비한 세계에 대한 상상이나 공상이 아니라 현실 속의 모순에 직접 개입하는 형식으로 이루어진다는 점을 의미하는 것이다.

이동하 역시 존재의 실존적 위기가 감지되는 지점에서 환상기법을 도입한다. 작가는 그 전까지 특유의 꼼꼼한 묘사로 내적 리얼리티를 확보한다. 그러다 돌연 비현실적인 정황을 제시해 독자의 보편적 인식에 강력한 의문을 제기하는 것이다.

3. 비가시적인 것의 가시화 : 영혼의 등장

그리스어 판타지엔(phantasein)에서 파생된 단어인 환상(fantasy)은 보이지 않는 것을 보이게 하다라는 의미를 지니고 있다. 현실에서 귀신, 영혼, 요정 등은 비가시적인 대상이지만 환상기법이 사용된 작품에서 그것들은 가시적인 존재로 전화한다. 이때 소설은 자연의 질서에서 이탈하여 초월적인 세계로 틈입한다.

「가엾은 영혼들」에서는 시작부터 영혼이 등장해 초자연적인 상황을 연출한다. 작품의 주인공 택시기사 나는 운행 도중 영혼들과 조우한다. 작가는 기사가 '헛것'을 보았다는 언술로 독자를 사실적 측면과 환상적 경계에서 머뭇거리게 하지만 그 영혼들은 '헛것'이 아니다. 왜냐하면 인간들은 "그림자인 양 누구나 다 그런 것을 하나씩 지니고 있다는" 사실

---

10) R. Jackson, 앞의 책, 237쪽 참조.

을 기사는 무수히 체험했기 때문이다.

영혼의 연쇄적 등장은 인간에게 가장 근원적인 죽음의 문제를 환기시킨다. 이동하의 영혼들 역시 죽음의 현장에서 자주 목격된다. 교통사고로 죽은 빨간 가죽 코트를 입은 젊은 여자의 영혼이나 부부싸움 끝에 남편의 방화로 불에 타 죽은 부부의 영혼이 그렇다. 이런 영혼들을 통해 내가 깨달은 것은 세상에 던져진 인간이 단지 '외롭고 가엾은 혼'들에 불과하다는 것이다. 하지만 막상 인간들은 생활에 시달려 그것의 존재조차 망각하고 살아간다.

> 마치 자기 그림자인 양 누구나 그런 것을 하나씩 지니고 있다는 생각을 나는 품었다. 어찌 헛것이라 말할 수 있담. 어둠 속에서도 결코 지워지지 않는, 오히려 더 잘 보인다는 점에서 그것은 그림자보다 더 확실한 존재라고 나는 믿었다. 단지, 대다수 사람들이 전혀 보지 못하고, 보지 못하므로 존재 자체를 의식하지 못하고 있을 뿐……. 그 주인으로부터 잊혀진 채 버림받고 있는, 외롭고 가엾은 혼들을 나는 무수히 보았던 것이다.
>
> 「가엾은 영혼들」, 『우렁각시는 알까?』, 139–140쪽

영혼에 대한 작가의 연민은 곧 영혼의 주인인 인간에 대한 애정과 다르지 않다. 그것은 일확천금을 꿈꾸며 덤벼들었던 경마를 끝내고 택시를 탄 네 명의 지친 승객 곁에 "쌍둥이 같은 얼굴을 한 사람들이 하나씩 붙어 앉아" 있는 인간과 영혼에 대한 연민에서 구체적으로 확인된다.

앞장의 분신 모티프가 현실 비판적 의도로 사용되었던 것과 달리, 영혼 모티프는 생사의 문제를 통찰하는 장치로 기능한다. 작품의 주인공이 지긋한 나이인 것도 비교적 생사를 초탈한 연륜의 위치에 있어야 할 필요성 때문이다. 밥벌이를 위해 신물이 날 정도로 운전을 한 예순여섯 살의 내가 「열외」나 「손오공」의 삼십대 직장인보다 죽음의 문제를 한층

깊이 있게 바라볼 것은 당연하다.

「가엾은 영혼들」에서 인간과 영혼이 함께 등장한 것은 삶과 죽음의 양면을 비추는 효과가 있다. "오밤중에 불현듯 가족을 생각"해 엄동에 "맨발에 슬리퍼 차림"으로 찾아간 사내의 모습은 생전에 가족에게 그리 자상하지 못했던 자가 영혼으로나마 가족애를 확인하려는 안타까운 몸짓이다. 싸움만 하다 끝내 죽음에 이른 부부의 영혼이 "춤추는 불꽃 속에서도 아주 온전한 모습으로 서로 마주보고 선 채 말없이 눈물을 흘리고 있"는 모습은 애정 없이 살아온 부부의 지난날에 대한 회오와 다르지 않다. 작가는 이런 영혼들을 통해 살아 있는 사람들에게 삶의 의미와 가치가 무엇이어야 하는지 묻는다.

이제까지 작가가 인식했던 삶의 한 단면은 치열한 일상에서 살아남기 위해 고투하는 것이었다. 그가 고단한 장삼이사들에 동정의 시선을 보인 것도 그런 까닭이다. 그러나 「가엾은 영혼들」에서는 작가의 시선이 생명체는 물론 영혼에게까지 확장되었다.

『문 앞에서』와 『우렁각시는 알까?』의 수록 작품에는 죽음을 소재로 한 것이 많다. 그것은 기본적으로 작가의 물리적 연령 증가와 통찰의 깊이에서 연유한다. 아울러 「사모곡」에서 치매에 걸린 팔순의 아버지에 대한 연민은 곧 당신의 죽음에 대한 걱정 때문일 것이다. 어머니에 대한 간절한 그리움 역시 당신의 죽음으로 비롯한 것이다. 일상의 많은 죽음을 통해 작가는 삶이 죽음으로 가기 위한 기나긴 여정임을 깨닫는다. 하여 작가는 「가엾은 영혼들」에서처럼 불행한 혼으로 전락하지 않아야 한다고 생각한다. 그런 삶을 살지 않기 위한 방법으로 작가는 가족애, 부부애와 같은 사랑을 중시한다. 작가는 환상기법으로 영혼을 가시화해 그것을 역설하고 있다.

4. 공간 변형과 인물의 공간 이동

인간은 시간과 공간의 토대 위에 살아가는 존재이다. 그렇기에 인간의 삶을 다루는 문학작품에 시·공간은 배경이 되어 분리되지 않는다. 그것은 본질적으로 연관성을 지니며 문학작품에서 상호작용을 하는데 바흐찐은 이를 크로노토프(chronotope)로 지칭했다.[11] 바흐찐의 지적대로 소설은 시·공간의 좌표 위에서 주도면밀하게 이야기가 축조되는 예술장르이다.

이에 비해 환상기법이 도입된 많은 소설에는 대체로 물리적 시·공간이 해체되거나 추상화된다. 환상의 크로노토프는 실제 세계를 초월한 초현실적인 차원이기에 인과성의 지배를 받지 않고 우연적 사건이 무시로 중첩되는 것이다. 이처럼 환상은 근대적 의미의 직선적 시간과 절대적 공간이 전복된 초월적 세계의 제시로 현실의 지배적 질서를 거부하고 전복하려 한다.

그러나 환상기법이 사용된 이동하의 작품에서는 물리적인 시간이 현실에 수용되는 특징을 지닌다. 이는 그의 소설에 등장하는 인물이 일상적 삶에 얽매여 있다는 반증이기도 하다. 근대 일상인들은 매일 되풀이되는 삶을 허겁지겁 살아간다. 작가는 「손오공」의 서두에 주인공의 일과를 구체적으로 제시해 바쁘게 살아가는 현대인의 일상을 환기시킨다.

    9시 30분   · 회의
    10시 50분 · 로젠 박사 일행 내방, 12시20분까지 공장 안내
    오후 2시   · 대학원 강의

---

11) 바흐찐은 문학예술의 크로노토프에서 "시간은 부피가 생기고 살이 붙어 예술적으로 가시화되고, 공간 또한 시간과 플롯과 역사의 움직임들로 채워지고 그러한 움직임들에 반응"한다고 보았다. Mikkail Bakhtin, 『장편소설과 민중언어』(전승희·서경희·박유미 역), 창작과비평사, 1988, 261쪽.

3시 30분	· 심사
4시	· 주례
4시 50분	· P씨 면담(장소 미정)
6시 30분	· 재경회 모임, 경영자 세미나, 오미각 만찬…

「손오공」, 『삼학도』, 253쪽

이토록 빡빡한 일정이 그에게는 일상적인 업무이다. 「빈 江」의 그가 인식하는 세계 역시 "여섯시에 기상, 일곱시면 5층 아파트 계단을 허둥거리며 내려가야 하는 일상"이 있는 번쇄한 곳으로 그려져 있다. 그는 일상적인 시간의 흐름에서 삶의 특별한 의미를 찾지 못한다. 「저당 잡힌 사내」의 그는 천신만고 끝에 전당포 창고에서 전당 물건을 정리하는 일자리를 얻는다. 그러나 출구가 봉쇄된 그곳에서 견디며 얻은 결론은 미래에도 자신의 삶이 변화가 없을 것이라는 암담한 전망이다.

> 시간의 흐름, 그거야 아무려면 어떠랴 싶었다. 10년 혹은 20년 이쪽 저쪽을 접어보아도 그다지 다를 것 없는 자신의 생애였다. 어차피 무의미한 시간들이었다.

「저당 잡힌 사내」, 『삼학도』, 278쪽

이동하 소설의 인물들은 희망 없는 미래를 물리적 시간의 흐름에 내맡긴 채 살아간다. 그렇다고 과거에 찬란했던 시절이 있었던 것도 아니다. 단지 반복되는 일상에 순응하는 인물들이기에 그의 작품에는 시간을 전도하는 환상기법이 부재한다. 「저당 잡힌 사내」의 그는 구직을 위해 전당포 주인과 면접을 하는 장면으로 시작되어 동일한 장면으로 끝이 난다. 이는 그의 일상이 단순한 반복의 연속에 지나지 않음을 암시한다. 환상기법이 사용된 대개의 작품과 변별되는 이러한 특징은, 인생을 시간의 질서에 순응할 수밖에 없는 것으로 인식하는 작가의 세계관에 기인한다.

　대신 작가는 공간 형태의 변형으로 환상적인 세계를 축조한다. 「빈 江」의 그가 늘어지게 늦잠을 자고 일어나 본 "온통 죽은 듯이 정지"해 있는 세상의 풍경처럼 말이다. 일상의 잡사로 번잡하기만 하던 아파트 단지와 차도가 조용하고 인적마저 뚝 끊긴 모습에서 그는 "세상이 온통 비어 있다는 사실"을 깨닫는다. 민방위 훈련을 하는 것도 아니었기에 이 낯선 풍광은 현실에서 도저히 발생할 수 없는 것이다. 거기에 도무지 믿을 수 없는 광경이 또 펼쳐진다.

> 그랬다, 참으로 한참 동안은 아무 생각 없이 그저 두 눈만 껌벅거리고 있었다. 눈앞의 현상을 도무지 이해할 수도 믿을 수도 없었기 때문이다. 강은, 비어 있었다. 빈 강… 강바닥엔 단 한 방울의 물도 남아 있지 않았다. 상류에서부터 저 아래쪽 하류까지 시선이 닿는 한 마찬가지였다.
>
> 「빈 江」, 『삼학도』, 42쪽

　인물의 공간 이동을 통해 환상을 도입하는 방법도 있다. 「공간의 유희」에서 회사 운전기사 강위수는 근무 중에 자신의 의사와는 무관하게 돌연히 낯선 거리를 기웃거리게 되는 인물이다. 가령 식당을 갔는데 다방이고 북창동을 갔는데 덕수궁 뒷길을 걷고 있는 식이다. 그런 비현실적인 상황의 반복으로 그는 현재 회사에서 징계를 당할 입장에 처해 있다. 그럼에도 그는 의지와 상관없이 자꾸 미지의 곳에 가 있는 자신을 발견하게 된다.

> ─상경하는 기차를 기다리면서 몇 자 적습니다. K시입니다. 분지의 여름 기후답게 염천입니다. 지난밤 자정도 넘은 시간에 이곳 중앙로를 어슬렁거리고 있는 나 자신의 모습을 발견했습니다.
>
> 「공간의 유희」, 『삼학도』, 297쪽

강위수가 공간이동을 하게 되는 이유가 드러나지는 않는다. 작가는 비실제적인 상황을 제시하고 있을 뿐이다. 그러나 바로 그 지점에서 환상적 측면은 드러난다. 논리적으로 설명이 불가능한 상황의 발생은 그의 무의식에 도사리고 있던 일탈 욕망이 실현된 것으로 유추할 수 있다. 일탈은 일상에서의 일시적, 혹은 상시적 이탈을 의미한다. 이때 일상이란 매일 되풀이되는 평범한 나날의 삶을 의미하는데, 그것은 날마다 반복되어 하찮고 진부해 보이지만 범속한 인간이 지속해야 하는 실존적 삶의 양태이기도 하다.

일상적 삶에 대한 작가의 비호의적 태도는 여러 작품에 나타난다. 「저당 잡힌 사내」에서 그는 구직을 위해 발버둥치고 「헹가래」의 강부돌은 어떻게든 회사에 붙어 있기 위해 전전긍긍하는 일상을 살아간다. 또한 「앙앙블락」에서는 "구린내 나는 입 속에는 한결같이 날카로운 송곳니들을 감추고" 있는 인간들과 상대해야 하는 삶이 일상사로 제시되어 있다. 작가는 대신 일상의 이면에 잠재되어 있는 일탈의 욕망에 가치를 부여한다. 「바다 이야기」는 통근버스로 출근하던 직장인들이 가까운 바다로 가 한나절 동안 편안하게 바람을 쐬고 온다는 내용이다. 이 작품의 인물들은 저마다 바다에 얽힌 추억을 가지고 있음에도 번잡한 일상사로 그곳에 갈 여유가 없었다. 이에 비해 「실종(失踪)」의 '한씨'는 아내와 아이를 팽개쳐두고 사라진다는 점에서 조금 극단적인 일탈의 면모를 보인다.

비루한 현실에서 작가가 궁극적으로 욕망하는 공간은 "인간이 떠나버린 도시"이다. 그 도시에서 염원하는 것은 다름 아닌 태고적의 원시성이다. 그가 단 한 방울의 물방울도 남아 있지 않은 '빈 강'에서 떠올린 것도 바로 야생의 자연이다.

　　마침내 분명한 기억 한 컷을 그는 찾아냈다. 그것은 인공위성이 찍은

사진이라 했다. 중동의 사막지방을 잡은 것이라는 그 사진은 끝간 데 없
이 펼쳐진 모래벌판뿐이었다. 그러나 아래쪽의 사진 설명대로 차근차근
뜯어보면 거기, 이제는 두터운 모래층 아래 깊이 매몰되어 버린, 저 태고
의 거대한 강줄기가 흡사 인체의 대동맥처럼 또렷이 드러나는 것이었다.
한때는 양안에 울창한 원시림을 거느린 채 도도하면서도 유장한 흐름을
이루었을 그 강들……

「빈 江」, 『삼학도』, 42쪽

일탈한 인물의 최종 안식처는, 그가 잠결에 들었던 "저 원시림 속을
누비던 종미상(種未詳)의 짐승" 울음소리를 통해 원시성과 야만성이 가득
한 태고적 세계이다. 그러나 일탈만으로 소망하는 세계에 다다를 수 없
다. 그들이 원하는 초월적 공간은 현실에서 결코 존재할 수 없는 곳이기
때문이다. 아울러 일상의 틀은 견고하다. 「빈 江」에서 주인공이 그 돌연
하고 낯선 상황에서도 "출근 시간에 맞춰 직장까지 가볼 작정"을 하고
「공간의 유희」에서 강위수가 끈질기게 원래의 위치로 회귀하기를 염원
하는 것은, 그들이 일상의 굴레에서 결코 벗어날 수 없다는 운명을 자각
하고 있기 때문인 것이다.

5. 맺음말

이상으로 이동하 소설에 내장된 환상기법을 살펴보았다. 이동하는
1970년대부터 환상기법을 선취해 작품을 쓴 작가이다. 이 계열의 소설
이 그의 작품세계 본령은 아니지만 궁극적으로 그의 시도는 우리 소설
의 외연을 넓히는 것이기도 했다. 그러한 작업은 작가에게도 나름의 의
미를 지닌다. 당대의 많은 작가들이 사실주의적 관점에서 사회 현실에
접근했던 것과 달리, 이동하는 미학적 방법론을 통한 소설 의미의 창출

에 많은 고민을 했다는 점이 우선 그렇다. 그래서 다음의 발언은 인상적이다.

> 소설문학에 대한 참다운 관심은 이야기적인 것의 재미 자체가 아니라 ─또는 메시지 그 자체가 아니라─그것의 의미에 바쳐져야 하며, <u>그 의미의 상징체계가 세계와 인생을 보는 우리의 시각을 얼마나 새롭게, 그리고 감동적으로 열어주느냐에 주어져야 하리라고 믿는다.</u>[12](밑줄은 필자)

70-80년대는 소설 형식의 탐색보다 암울한 현실을 사실적으로 그려내는 것이 급했던 시대였다. 당대 사회를 비판하고 고발한 작품들의 의의는 그래서 소중하다. 그러나 한편으로 지나치게 메시지 전달에 치중해 소설의 기법적 측면을 소홀히 한 것도 부정하기 어렵다. 그런 상황에서 작가는 소설의 의미를 새로운 방식으로 전달해 독자의 인식지평과 기대지평을 확장하는 것에 가치를 두었다. 그러한 고심의 결과가 환상기법을 도입한 작품을 낳지 않았을까 생각된다.

그의 환상기법 차용은 괴담 유의 황당함는 거리가 멀다. 작가는 내적 리얼리티를 확보한 후 환상기법을 도입한다. 이때 소설은 삶과 자연스럽게 연관을 맺어 사회 비판적 기능을 담당한다. 견고한 일상의 토대가 없었다면 이러한 성과를 거두기는 어려웠을 것이다. 다만 「가엾은 영혼들」은 초자연적인 상황으로부터 시작된다는 점에서 「열외」나 「손오공」과 차이가 있는데, 이것은 영혼이라는 비가시적인 대상을 가시화하기 위해 어쩔 수 없이 도입된 장치이다. 작가는 이러한 방법론을 통해 삶의 진정한 의미와 가치를 묻는다.

환상소설에서는 일반적으로 물리적인 시·공간이 해체되어 나타난다.

---

12) 이동하, 「제9회 한국문학작가상 수상연설」, 『제3세대 한국문학10─이동하』, 삼성출판사, 1985, 436쪽.

그러나 이동하의 소설에서는 근대의 직선적 시간관이 수용된다. 이는 현대인들이 곽곽한 생활세계에서 벗어날 수 없다는 우울한 진단을 작가가 내리고 있기 때문이다. 대신 작가는 공간의 변형이나 인물의 공간이동을 통해 환상성을 축조한다. 이러한 방식은 일상에 찌든 현대인들에게 잠재된 일탈의 욕망을 잠시나마 충족시키는 것이기도 하다.

반면에 그의 소설에 쓰인 환상 모티프가 기존에 사용된 그것과 별반 차이가 없다는 점은 아쉬움을 준다. 환상기법이 차용된 작품에 일반적으로 나타나는, 변신, 분신, 절대적 시공간의 해체, 꿈과 현실, 혹은 지상과 천상의 이원적 세계, 요괴 등의 모티프는 이미 오래 전부터 사용된 것들이다. 아울러 이 계열의 작품이 많지 않다는 점도 아쉽다. 원래 과작의 작가이기는 해도, 양산되었더라면 작가의 작품세계 한 축을 보다 굳건히 구축하지 않았을까 싶은 것이다.

조세희 소설에 나타난 공장과 기계의 의미 고찰

1. 조세희 소설 속의 공장과 기계

공장의 사전적 의미는 "인간생활에 필요한 물품 또는 다른 생산품을 계속적으로 생산하기 위하여 일정한 고정적 시설을 설치한 장소"[1]이다. 단순한 도구를 사용하여 노동자가 일을 하던 이전의 수공업이나 매뉴팩처(manufacture)와 달리 공장은 기계[2]를 주요 동력으로 대량생산을 가능하게 했는데, 산업혁명 이후 기계를 통한 생산방식의 급격한 변모는 전 세계의 산업화와 근대화에 지대한 영향을 끼쳤다. 그런 점에서 "공장은 그것을 어떻게 정의하든 근대 산업혁명의 산물이자, 그것을 가능하게 한 시간-공간적 배치의 변환을 응축하고 있다. 그것은 특히 공간적 배치의

---

[1] 동서문화사 간, 『파스칼 백과사전』 3권, 동서문화사, 1996, 1356쪽.

[2] 기계(machine)라는 말은 원래 숙련을 필요로 하지 않는 단순한 작업에 쓰이는 도구를 가리켰다. 그러던 것이 18세기 후반에 이르러 '자신의 손(도구)'을 가진 장치라는 의미로 사용되면서 인간의 손기술 또는 도구와 대립하는 의미를 지니게 되었다. 기계에 달려 있는 도구는 방적기의 방추처럼 단순한 작업을 하도록 고안되었고, 점차로 가짓수가 많아짐에 따라 새로운 동력원과 연결되었다. 이러한 기계를 맑스의 표현으로 바꾸면 동력기, 전동기, 작업기로 구분된다. 이영석, 『공장의 역사』, 푸른역사, 2012, 177쪽.

변환이라는 관점에서 근대적 공간-기계가 갖는 분절기계로서의 특성"3)
을 잘 보여준다고 할 수 있다.

서구에서 공장을 활용한 본격적인 기계제 대공업4)은 18세기 후반 면
방적업에서 시작되어 19세기 전반기에 공작기계의 생산으로 형성되었
다. 이후 공장은 자본주의의 고도화에 비례해 산업이나 생필품의 대량생
산과 품질 개선을 위한 장소로서 보다 기능적인 역할을 담당했다. 하여
공장은 "18세기로부터 현재에 이르기까지 정치적으로나 경제적으로 기
술적·사회적 혁명, 디자인과 공정의 혁신, 그리고 바로 그 혁신의 순간
을 나타내는 표식"으로 자리매김한다.5)

근대 산업화의 표상인 공장의 생산력은 다양한 기계와 노동자들의 존
재로 가능하다. 매뉴팩처나 가내공업의 작업용 도구와 달리 동력장치가
공급되는 기계는 대규모 공장의 생산성을 담보하는 제일의 요소이다. 공
장 기계화의 발전은 노동생산성의 향상을 이끌어, 노동자의 노동 경감
및 작업시간 단축 등 노동자의 삶의 질 향상에 긍정적으로 작용한다. 그
러나 현장에서 공장 기계화의 결과는 여성과 아동의 노동 증가, 노동일
의 연장, 노동의 강화 등 오히려 노동자의 삶에 악조건으로 작동하였다.
이는 맑스의 지적대로 기계가 노동자의 복지가 아닌 잉여가치의 생산수
단으로 악용되기 때문에 비롯된 일이다.6) 그로 인한 '노동자와 기계의
투쟁'은 당연한 일이었고 그 실례를 맑스는 『자본』에서 여실히 증명하
고 있다.

서구에서의 공장-기계의 발달은 우리나라에도 영향을 끼쳤다. 우리

---

3) 이진경, 『근대적 시·공간의 탄생』, 푸른숲, 1997, 125쪽.
4) 기계제 대공업이란 기계체제를 기술적 기초로 한 공장제도를 기반으로 대규모 생산양식
   을 가능하게 하는 시스템을 의미한다. 安孫子誠男, 『맑스사전』(的場昭弘 외 엮음), 도서출
   판 b, 2011, 69쪽.
5) Gillian Darley, 『공장』(김보현 옮김), 홍디자인, 2007, 13쪽.
6) Karl Marx, 『자본 I -1』(강신준 옮김), 도서출판 길, 2010, 534-564쪽 참조.

나라 역시 개항과 일제의 식민지 산업화 영향으로 기존의 공장(工匠)들을 대체하는 가운데 공장이 건설되기 시작했다. 이 시기 일제의 산미증식계획으로 수탈이 심해진 농촌을 떠난 농민들 중 일부는 공장노동자로 편입될 수밖에 없었다. 그들은 열악한 노동조건과 민족적 차별로 생존의 고통을 겪었는데 이는 당시의 소설들에 잘 나타나 있다.[7] 해방 직후에도 노동자의 삶을 다룬 소설들은 여전히 창작되었다.[8] 그리고 1970년대의 대표적 노동소설이라 할 수 있는 황석영의 「객지」, 80년대의 노동자 대투쟁 이후 나타난 방현석의 「새벽출정」, 「내일을 여는 집」, 안재성의 『파업』, 정화진의 「쇳물처럼」, 『철강지대』 등은 변모하는 공장 노동자의 의식과 저항성을 드러낸 작품들이다.

거론한 작품들 거개는 당대 노동자들의 열악한 상황과 그것을 극복하려는 의지가 반영된 작품들임에는 분명하나 한편으로 작가들이 노동대중을 지나치게 미화하고 낭만화했다는 병폐도 부인할 수 없다. 아울러 그들은 공장에서 야기되는 다양한 문제를 노사간의 경우로만 한정하는 편협성을 노출했다. 작가들의 관념적이고 협소한 시각은 근대의 동력 중 하나인 기계와 공장 그 자체에 대한 깊이 있는 탐색을 제약하는 근인(根

---

7) 대표적 작품들로 공장 내의 열악한 작업환경과 노사간의 갈등을 다룬 이북명의 『질소비료공장』, 『암모니아 탱크』, 대공장 파업을 다룬 윤기정의 『양회굴뚝』, 노동조합 결성 과정을 다룬 김남천의 『공우회』와 『공장신문』, 노동자의 단결을 통해 척박한 상황을 해결하려는 송영의 『석공조합대표』 등이 있다. 이 외에도 노동자의 산업재해에 대해 다루고 있는 한인택의 『불구자의 고민』, 한설야의 『365일』, 미성년의 노동력을 착취하는 자본주의의 현실을 고발한 이명식의 『소년직공』, 농촌에서 도시 노동자로 전락하는 양상을 다룬 이북명의 『공장가』, 한설야의 『그 전후』, 송영의 『늘어가는 무리』 등이 있다. 이에 대해서는 김성수 편, 『카프대표소설선Ⅱ』, 사계절, 1994와 김영숙, 『일제시대의 노동소설 연구』, 건국대 대학원 석사논문, 1990 참조.
8) 이 시기의 작품들로, 노동자의 자주관리운동을 형상화한 이동규의 『오빠와 애인』과 홍구의 『석류』, 어느 제약회사 여노동자의 의식 각성과 사랑을 다룬 이동규의 『소춘(小春)』, 당대 노동현장에서의 파업과정을 구체적으로 형상화한 김영석의 『폭풍』 등이 있다. 장두식, 『해방직후의 노동소설 연구』, 단국대 석사논문, 1991, 29-63쪽 참조.

囚)으로 작용한다. 즉 공장을 단순히 노사간의 '투쟁의 장'으로만 여기지 않고, 노동조건에 작용하는 의미와 기계의 힘에 좀더 숙고했다면 작품들의 양상 역시 변화가 있었지 않을까 싶은 것이다. 물론 노동자들에게 당장의 생존권 확보에 대한 위협, 작업환경 개선 등은 언제나 첨예하고 시급히 해결해야 할 현안이었음은 분명하다. 그러나 특정 사안만의 집중은 노동소설의 폭을 한정하는 결과를 낳았고, 이는 기계와 공장 그 자체에서 파생되는 노동조건의 본원적 문제점들을 간과하게 했다는 아쉬움을 준다. 공장제와 대규모 기계설비는 노동자와 사용자 사이의 대립은 물론 노동에서 인간이 소외되는 등의 근원적 난제를 내장하고 있었던 것이다. 그런 현상을 단지 노사간의 갈등 해소나 작업 환경의 개선으로만 해결하려는 것은 본질적 처방이 아니다.

이 글에서 논할 조세희의 『난장이가 쏘아올린 작은 공』(이하 『난쏘공』)은 급격한 산업화가 진행되던 1970년대 한국사회의 다양한 모순들을 다룬 작품집이다. 소설집의 주제적인 측면으로만 보자면, 그간 대개의 평자들은 이 소설집을 비인간적인 대우로 고통 받는 노동자들의 삶과 조직화, 급격한 도시화·산업화로 삶의 터전을 잃은 도시 빈민의 생활상 등에 주목해 분석했다. 그러나 『난쏘공』에 관한 많은 논의가 있었음에도 불구하고 이 작품집을 공장이나 기계와 연관해 깊이있게 논의한 글은 찾아보기 어렵다. 평자들의 글에 공장과 기계의 의미 분석이 간간이 드러나기는 하지만 상론은 이루어지지 않는 것이다.

『난쏘공』은 한국사회의 산업구조가 소규모 수공업시대에서 대단위 공장제로 이행되는 상황을 뚜렷이 보여주고 있다는 점에서 의의를 지니는 작품이다.9) 그런 변동성은 노동자들에게도 공장과 기계에 대한 새로운

---

9) 김윤식·정호웅은 『난장이가 쏘아올린 작은 공』 연작이 "한국사회의 발전에 따라 대단위 공장 노동자"의 문제를 본격적으로 다루었다는 점에서 소설사적 의미를 지닌다고 본다.

인식 정립에 영향을 끼칠 수밖에 없다. 그런 정황에서 파생되는 다양한 문제점들은 조세희의 『난쏘공』과 함께 「시간여행」, 『침묵의 뿌리』에 잘 드러나 있다. 이를 분석하면 이 글에서 의도한 공장과 기계의 의미, 그리고 그것들에 억압당하는 노동자들의 실상과 올바른 대응방안의 방향이 드러날 것으로 생각된다. 이 글에서는 그 점에 주목하여 논의를 전개하고자 한다.

2. 공업구조의 고도화와 대공장제로의 전환

조세희가 공장과 기계, 그리고 그것들이 노동자에게 가하는 고통에 일찌감치 관심을 기울였다는 사실은 『난쏘공』은 물론 그의 제3작품집 『침묵의 뿌리』에서 확인된다. 이 책에는 조세희가 1970년대에 개인적으로 경험했던 내용이 많이 서술되어 있는데 그 중 하나는 작가의 산업현장과 공장지구 답사내용이다.[10] 뿐만 아니라 서적을 통해 공장제의 역사에 대해 공부하고 그것을 당대 우리나라의 현실에 결부해 고민했던 내용도 소개된다.[11] 조세희의 공장답사와 노동현실에 대한 공부가 『난쏘공』으로 작품화되었다는 점은 어렵지 않게 짐작할 수 있다.

김윤식·정호웅, 『한국소설사』, 예하, 1995, 397쪽.

[10] 조세희는 산업현장 방문에서 "공장이 인간이 필요로 하는 모든 제품을 생산한다는 것과 그것이 인간과 톱니바퀴에 의존하지 않고서는 아무것도 생산할 수 없다는 사실"을 인식한다. 그런 공장에서 일하는 노동자들은 "생활의 리듬을 기계에 맞추고 생각이나 감정을 기계에 빼앗긴 채" 생활한다. 또한 공장에서 쏟아내는 '황갈색의 폐수와 폐유'가 오염시킨 바다에서 작가는 제품 생산량과 환경오염 정도가 비례한다는 점을 발견한다. 조세희, 『침묵의 뿌리』, 열화당, 1986, 60쪽.

[11] 작가는 기계제 대공장제도가 처음 도입되었던 1820년대 영국의 어린 공원들의 참혹한 생활상을 언급하고 그것을 1970년대 한국의 노동현실과 비교한다. 작가가 보기에 약 백오십여 년의 시간이 지났음에도 한국 공장에서의 노동현실은 그때와 비교해 크게 개선된 것이 없다. 노동자들은 저임금, 장시간의 노동, 열악한 작업환경에 여전히 시달리고 있는 것이다. 위의 책, 61-63쪽 참조.

작가가 위의 작품집들에서 우선 주목하는 것은 우리나라 공업구조의 변모 양상이다. 그 과정이 『난쏘공』에서는 「칼날」, 「난장이가 쏘아올린 작은 공」, 「은강 노동가족의 생계비」에 중점적으로 나타나고 있다. 먼저 「칼날」에서는 수공업 시대에 제작된, 신애가 아끼는 '칼'이 나온다. 이 칼은 예전에 대장간에서 대장장이의 손으로 만들어진 것이다. 수공업 시대에는 용구가 한곳의 작업장에서 전문화된 공장(工匠)들에 의해 생산되었다. 그들은 풀무로 화로의 불을 피워 쇠를 달군 후 메질과 담금질을 반복하여 하나의 연장을 생산하는 것이다. 그러나 현재는 한꺼번에 어마어마한 수량을 생산해내는 기계제작 방식이 그들을 대체한다. 「칼날」에 나오는 대로 기계제작 방식은 "언제 어디서나 비슷한 값으로 살 수 있는 막칼"을 대량생산하는 것이 가능하다. 그런 제품이 인간이 손수 긴 시간의 노동으로 꼼꼼히 제작한 칼보다 질이 떨어질 것은 자명한데, 수공업으로 생활을 영위하던 이들은 이제 쇠락하거나 소멸했다. 다시 복원되지 못할 수공업 시대의 장인들의 노고와 사멸에 대해 작가는 다음과 같이 서술하고 있다.

> 대장장이는 수많은 담금질, 수없이 많은 망치질을 했을 것이라고 말한다. 대장장이 아들은 풀무질을 했을 것이다. 풀무질을 했을 대장장이 아들은 아직 살아 있는지 모른다. 살아 있다고 해도 할아버지가 다 되었겠지. 그 아들도 언젠가는 죽을 것이다. 대장장이는 벌써 전에 죽었을 것이다……
>
> 「칼날」, 『제3세대 한국문학2 − 조세희』, 22쪽

난장이는 점점 소멸하는 수공업세대의 마지막 인물이라 할 수 있다. 그가 작업현장에서 사용하는 도구는 대략 "절단기·멍키 스패너·렌치·드라이버·해머·수도꼭지·펌프 종지굽·크고 작은 나사·T자관·U자관, 그리고 줄톱들"이 고작이다.12) 이런 연장들이야말로 난장이

작업의 수공업성을 여실히 보여준다. 비록 그가 전통적 수공업제의 방식으로 물품을 생산하는 인물은 아니지만 그의 작업방식은 수공업 시대의 그것과 닮아 있다. 그는 기계대신 간단한 연장들을 사용해 오로지 수작업으로 공사를 완료하는 것이다.[13] 하지만 난장이로 대표되는 수공업자들이 근대의 대량생산체제에서는 버텨내기 어렵다. 그런 점에서 신애의 '좋은 칼'을 만든 대장장이의 죽음과 그 아들의 노쇠는 바로 과거의 전통적인 수공업 시대의 쇠락과 종말을 암시한다고 하겠다.[14]

수공업 시대의 쇠퇴는 증가하는 대규모 공장의 건설로 촉진된다. 그 사이에서 영세 공장들과 중소 규모의 공장들도 수공업 시대를 위협하는데, 이는 공업구조의 고도화로 파생하는 자연스러운 변모이기도 하다. 『난쏘공』에서 난장이 자식들이 '은강공업 지대'의 공장에 취직하기 전 일을 하는 공장들이 바로 그런 규모의 공장들이다. 난장이가 더 이상 일을 하기 어렵게 되자 난장이 아내와 아이들은 공장에 나간다. 난장이 아내는 인쇄소 제본공장에서 인쇄물을 접고 영수는 인쇄소 공무부 조역으로 출발해 공목·약물·해판의 과정을 거쳐 정판에서 일하고 있다. 다니던 학교마저 그만두게 된 영호는 처음에 인쇄소에서 영수와 함께 근무하다 철공소 조수직과 가구공장을 거친다.

---

12) 도구는 인간의 손으로 움직이지 않으면 쓸모가 없는 것이다. 즉 위의 연장들은 오로지 인간의 손길이 닿았을 때만 활용이 가능하다. 이에 비해 기계는 인간의 손과 정신과 두뇌의 생산물이기는 하지만, 인간으로부터 일정한 독립성을 갖고 작동하는 것이 두드러진 특징이라 할 수 있다. 今村仁司, 『근대성의 구조』, 민음사, 1999, 101쪽. 난장이가 사용하는 도구들은 기계가 아니다. 이것들은 대장간이나 소규모 영세 공장에서 생산된 것일 수 있으나 그것들은 오직 난장이의 손이 갔을 때만 활용될 수 있다는 점에서 도구가 된다.
13) 오생근은 난장이의 노동을 수공업시대의 산물로 여기며 그 까닭을 "혼자서 하는 노동"에서 찾는다. 오생근, 『진실한 절망의 힘』, 『창작과비평』, 1978 가을, 360쪽.
14) 이는 『기계도시』에서 윤호가 난장이의 죽음을 '한 세대의 끝'으로 보는 것과 궤를 같이 한다. 그의 죽음은 곧 "근로업종의 변화는 한 사회의 변모 혹은 근로 대중의 질적 변모를 말해주는 것"과 맥락이 닿아 있다고 볼 수 있다. 김병익, 『대립적 세계관과 미학』, 『상황과 상상력』, 문학과지성사, 1988, 214쪽.

영수와 영호가 근무하는 공장이 기계제 대공업의 규모는 아니다. 영호가 근무한 철공소나 가구공장은 어쩌면 중소기업도 안 되는 영세 공장이었을 가능성이 높다. 1970년대에는 제조업이나 경공업의 비율이 한국의 공업구조에서 적지 않은 비율을 차지하고 있던 시기였다. 본격적인 공단이 설립되기 전 위 업종의 공장들은 도농(都農) 도처에 산재했고 그것은 전통적인 수공업제의 몰락에 일정한 영향을 끼쳤을 것이다.

위의 단계를 거쳐 공업구조는 이제 중화학공업 중심으로 틀을 바꾸게 된다. 박정희 정권의 경제개발 계획 시행 이래 산업구조의 고도화는 급격히 이루어졌다.15)『난쏘공』이 창작되는 70년대 중후반기는 우리나라의 공업구조가 점차 경공업에서 중화학공업으로 이동하던 시기였다.16)「내 그물로 오는 가시고기」에서 경훈 할아버지의 은강그룹은 이제까지 경공업 분야에 치중하며 수익을 올렸다. 그러나『침묵의 뿌리』에서 작가 스스로「내 그물로 오는 가시고기」에 이어져야 할 작품으로 밝힌「1979년의 저녁밥」에서 경훈 할아버지가 "황금기로 안 60년대는 나뭇잎과 사

---

15) <산업구조의 변화와 공업구조의 고도화>   (%)

	1961	1970	1981	1983
I 농림 · 어업	38.7	26.8	15.8	13.9
II 광공업	15.4	22.3	29.5	28.8
(제조업)	13.5	20.8	28	27.4
경공업	9.9	12.9	12.2	11.0
중화학공업	3.6	7.9	15.8	16.4
III 사회간접	45.9	51.0	54.7	57.3

자료 : 경제기획원, 여기에서는 김기태,『경제규모의 확대와 독과점구조의 심화』,『한국사회의 변동』(사회과학연구소 편), 성균관대학교출판부, 1986, 26쪽에서 재인용.

16) 박정희는 1973년 1월 12일, 일종의 연두교서를 발표한다. 후일 '1 · 12 중화학공업화선언'으로 불리는 이 발표에서 그는 중화학공업의 대대적인 육성 정책을 제시한다. 이에 따라 1972-1976년에 실시된 제3차 경제개발 5개년 계획은 중화학공업 육성을 중심으로 진행되었다. 박정희는 철강 · 전자 · 석유화학 · 조선 · 기계 · 비철금속 부문의 중화학 전략 산업을 선정해, 80년대 초 '국민소득 1,000 달러와 수출 100억 달러' 목표를 강조하였다. 강준만,『한국현대사산책-1970년대편』 2권, 인물과사상사, 2003, 15-16쪽.

금파리에 비누·설탕·모직·제분 같은 것들을 나누어 놓고 한 소꿉장난 시절"에 불과할 따름이다.

국가원수의 훈시가 없었더라도 경제규모의 확대는 공업구조를 경공업에서 중화학공업으로의 재편을 필요로 했다. 재벌 역시 그러한 시대의 흐름에 뒤떨어지지 않으려 애를 쓰는데, 「내 그물로 오는 가시고기」의 경훈 아버지와 숙부는 시대의 변화에 재빠르게 업종 전환을 한다. 변화를 두려워하던 경훈 할아버지는 두 아들의 공격적인 경영에 처음에는 부정적이었으나 아들들의 능력을 확인하고 결국은 감탄을 한다.

> 아버지와 숙부가 합세해 변화에 대한 할아버지의 저항을 깨뜨려 버렸다. 우리는 무언가 잘못하고 있다고 아버지는 말했다. 우리가 지금까지의 경영 방법을 고수한다면 1년 후에 우리의 이익은 줄어들 것이고, 2년 후에는 현상유지도 어려울 것이며, 3년 후에는 선두 그룹에서 탈락하게 될 것이라고 말했다. (……) 아버지는 머리를 썼다. 경제 규모가 커지고 그 구조가 고도화됨에 따라 기업의 행동 양식도 달라져야 된다고 생각했다. 아버지는 경공업 분야에 머물러 있는 할아버지의 기업 그룹을, 머리와 지원만으로, 기계·철강·전자·조선·건설·자동차·석유화학 등 중화학 공업을 망라한 체제로 끌어올렸다……
>
> 「내 그물로 오는 가시고기」, 같은 책, 192–193쪽

위의 인용문에서 보듯, 「내 그물로 오는 가시고기」가 창작된 해인 1978년에는 이미 한국의 산업구조가 대기업을 중심으로 중화학 공업 쪽에 무게를 두고 개편된 사실을 알 수 있다. 물론 중소업체 다수는 여전히 경공업 체제로 운영되고 있었고 대기업 재벌들은 이 시기 중화학 공업에 치중해 사업을 확장했다.[17] 공장 운영을 위해 대규모 설비와 값싼

---

17) 대규모 설비와 투자가 필요한 중화학공업 특성상 재벌 중심으로 개발이 진행된 점은 어쩔 수 없지만, 이는 한편으로 재벌들에 막대한 특혜와 지원을 통해 국내자본의 독점화와

노동력은 필수적이다.[18]

3. 기계제 대공업 공장 시스템의 폐해

박정희 정부의 중화학공업 육성 의지는 특화된 공업단지 조성으로 가시화된다. 당시 지배층은 대기업에 다양한 특혜로 참여를 유도했는데, 그 결과로 울산(석유화학·비료), 구미(전자), 포항(철강), 옥포(조선), 온산(비철금속), 창원(기계) 등의 공업단지를 건설하였다. 「기계도시」에는 경공업과 중화학공업 공장이 혼합된 공단인 '은강공업지대'가 나온다. 서울에서 그리 멀지 않은 서해 반도부에 자리잡은 그곳은 중앙부 구릉을 경계로 시가지와 공장지대로 구획된다. 근대 산업도시로서의 위용을 자랑하는 은강 공단의 풍경은 다음과 같이 묘사된다.

> 공장 지대는 북쪽이다. 수없이 솟은 굴뚝에서 시커먼 연기가 오르고, 공장 안에서 기계들이 돌아간다. 노동자들이 그곳에서 일한다. 죽은 난장이의 아들딸도 그곳에서 일하고 있다. 그곳 공기 속에는 유독 가스와 매연, 그리고 분진이 섞여 있다. 모든 공장이 제품 생산량에 비례하는 흑갈색·황갈색의 폐수·폐유를 하천으로 토해낸다. 상류에서 나온 공장 폐수는 다른 공장 용수로 다시 쓰이고, 다시 토해져 흘러내려가다 바다로 들어간다. 은강 내항은 썩은 바다로 괴어 있다.
>
> 「기계도시」, 같은 책, 131쪽.

산업발전을 명분으로 공장들을 한 곳에 모아놓은 공단은 위의 인용문에서처럼 천연의 자연환경을 파괴하며 생산량을 증대시킨다. 심각한 대

복합기업화를 가속화하는 부작용을 초래했다. 위의 책, 17쪽.
18) 특히 "한국의 중화학공업은 생산재공업의 개발로서가 아닌 노동집약적인 조립형 중화학공업의 개발"이었기에 재벌들의 노동력 수탈은 심해질 수밖에 없었다. 위의 책, 20쪽.

기오염과 수질오염은 모든 국민의 안식처인 자연을 훼손하는 첨병이다. 조세희는 공장의 폐기물 배출에 대해서만 문제를 제기하지 않는다. 「기계도시」에 언급된 대로, 작가는 "공장 기계를 돌리기 위해 물리적 힘"을 사용하는 공장 경영자들과 오염 상태를 감독·계도해야 할 정부의 무관심 내지는 방조도 문제를 삼는다. 이 경우 기계제 대공업 하에서 발생하는 공해의 문제는 단순히 생태학적 측면으로만 국한되지 않는다. 이 부조리한 상황이 "사회학적 측면에서도 면밀히 탐구되어야 할 중요한 문제"[19]라는 언술은 정곡을 찌르는 바라 하겠다.

생태에 대한 작가의 관심은 단순히 공장의 오염물질 배출에 국한되지 않는다. 생태문제는 공단에서의 부작용일 뿐 아니라 도시에서도 그 심각성이 증가하고 있다고 작가는 본다. 『시간여행』에 수록된 「죽어가는 강」에서 그 정황은 여실히 드러난다. 작품의 서술자는 이미 죽어가고 있는 도시의 강을 발견하는데 그것은 강에서 건설 투기업자들이 자갈과 모래를 마구잡이로 채취한 결과이다.

1970년대는 한국의 아파트 역사에서 중요한 전환점이 된 해였다. 1962년 단지(團地) 개념이 도입된 마포아파트가 건설된 이후, 점점 아파트 보급비율은 증가 추세였다. 처음에는 '현대적 문화생활'의 상징으로 인식되었던 아파트는 서양식의 편리한 생활공간에서 투기의 대상으로 변질된다. 이제 아파트는 고액의 프리미엄이 붙어 거래되어 호기를 놓치지 않으려는 건설사들이 아파트 짓기에 박차를 가했다.[20] 그 결과 많은 골재들이 필요해 서울의 젖줄인 한강에는 모래와 자갈 채취선이 늘 떠 있었다. 「죽어가는 강」에서 조세희는 인간의 탐욕으로 강이 죽어가고 있음을 탄식한다. 그러한 개발의 광풍은 뿐만 아니라 "햇빛과 달빛과 별빛을

---

19) 김현, 「공업 사회와 공해 문제」, 『김현문학전집14』, 문학과지성사, 1993, 112쪽.
20) 박해천, 『콘크리트 유토피아』, 자음과모음, 2011, 208-238쪽 참조.

죽였고, 은하수를 죽였고, 가로수를 죽였고, 꽃을 죽였고, 나비·벌·잠자리에 반디까지” 무자비하게 살상했다고 작가는 여긴다.

「기계도시」에 나타난 오염된 환경은 은강시 거주민과 노동자들의 건강에 해를 끼친다. 유독 가스와 매연이 가득한 은강시 공기는 바람이 주거지 쪽으로 불면 심각한 위험을 초래한다. 멀쩡했던 아이들이 갑자기 호흡장애를 일으키기도 하고 위급한 아이를 병원에 데리고 가는 어른들마저도 악취에 제대로 숨을 쉬지 못한다. 뿐만 아니라 오염된 환경 탓에 거주자들은 만성적 고통에 시달리기도 한다. 「잘못은 신에게도 있다」에서 영수 어머니는 은강에 내려온 후 계속 두통으로 고생하고 호흡장애·기침·구토증상도 자주 일으켰다. 은강의 환경이 이렇기에 은강그룹 본사 관계자들은 이곳에서 근무하기를 꺼려한다. 「1979년의 저녁밥」에서 나의 당숙이 호흡기가 나쁘다는 핑계로 은강 공장 발령에 불만을 표출하는 것도 그런 이유에서이다.

기계제 대공업의 폐해는 이것들만이 아니다. 대기와 수질오염, 그로 인한 주민과 노동자들의 고통이 상시적인 것이라면, 예측불허의 대재앙은 돌발적으로 발생하지만 그 피해는 참혹하다.

> 알루미늄 전극 제조 공장의 열처리 탱크가 폭발했을 때였다. 주물공장 용광로에 연결된 탱크가 폭발하는 순간 시뻘건 불기둥이 하늘 높이 솟았다. 쇳물·쇳조각·벽돌·슬레이트 부스러기들이 하늘에서 쏟아져내렸다. 주위의 공장들도 지붕이 날아가고 벽이 무너지는 피해를 입었다. 우리가 달려갔을 때 공장 부근에는 공원들의 몸이 잘려진 채, 여기저기 널려져 있었다.
>
> 「잘못은 신에게도 있다」, 같은 책, 155쪽

공장이 밀집된 공단에서는 위와 같은 참상이 언제 벌어질지 알 수 없다. 사고방지를 위한 점검과 대비를 한다 해도 급작스런 사고 위험성은 상존한다. 중화학공업 공장에서 사고가 발생했을 때 그 피해는 더욱 치명적이다. 그렇다고 공장 가동을 중단할 수도 없는 노릇이기는 하지만, 기계제 대공업 체제에서의 사고는 인명을 손상하는 등의 폐해가 심각한 것만은 분명하다.

기계제 대공업 체제가 야기하는 문제들에 대한 해결책이 없는 것은 아니다. 오히려 대공업 체제에서는 안전과 환경 설비에 과감한 투자로 사고와 오염을 미연에 방지할 수 있다. 그것은 기본적으로 경영주의 윤리성에 기반한다. 하지만 「기계도시」에서 확인되는 것처럼 경영자들은 그런 일에는 별다른 조치를 취하지 않는다. 그들에게 중요한 것은 물리적인 힘을 조직해 공장을 가동하여 최대의 이윤을 창출하는 일이다.

그런 점에서 「503호 남자의 희망공장」의 경영자는 거대자본 경영자들과 변별성을 띤다. 물론 경영 규모의 차이로 그들에게 윤리적 잣대를 동등비교하기에는 어려움이 있으나, 중요한 점은 윤리적 경영만으로도 위의 폐해들을 상당히 감소시킬 수 있다는 사실이다. 「503호 남자의 희망공장」의 사장은 거의 무학(無學)과 다름없는 학력으로 어려서부터 주물공장에서 일한 인물이다. 마흔다섯에 최초로 자신의 공장을 갖게 된 그는 오염물질 배출에 주의를 기울인다. 그래서 그의 "공장 굴뚝으로 뿜어지는 연기는 깨끗하다." 조세희는 그렇게 양심적으로 공장을 경영하는 사람들이 있어야 공장에서 야기되는 오염과 사고를 예방할 수 있다고 본다. 국민들이 "그의 공장을 보호할 의무"가 있는 것도 바로 그런 까닭에 있다.

4. 기계에 의한 노동시간 강제와 노동 강도의 증가

『난쏘공』에는 다양한 공구와 기계, 그리고 제품 생산 공정에 대한 진술이 종종 드러난다. 뿐만 아니라 '뫼비우스의 띠'나 '클라인씨의 병'과 같은 자연과학적 개념도 소설에 언급된다. 이 점은 우선 조세희의 과학과 기술에 대한 개인적인 애정으로부터 발원되었을 것이다. 또한 『시간여행』의 「과학자」 편에서 과학자가 조세희로 생각되는 소설가에게 보낸 편지 내용으로도 작가의 과학기술에 대한 애정을 추론해볼 수 있다. 그 서신에서 과학자는 과학과 문학의 성격은 다르나 본질은 같은 것이라는 의견을 제시한다. 조세희 역시 이에 동의하기에 "이학(理學)의 건조한 것들에까지 따뜻한 정"을 보내는 것이라 과학자는 생각한다. 경위야 어떻든 과학과 기술에 대한 작가의 관심은 곧 조세희의 '근대성에 대한 긍정'21)이라 할 수 있을 것이다. 물론 그가 과학에 대해 일방적인 찬양을 하는 것은 아니지만 그럼에도 작가의 과학에 대한 태도가 기본적으로는 긍정적이라 할 수 있다.

과학의 발전상을 이 글에서 논하는 공장과 기계로 한정할 때, 「풀밭에서」에 나오는 대로 1980년대 중반에는 "은강 그룹 내 생산 공장에 이미 한두 대씩 도입해 설치한 그 기계(자동 작업장에 설치된 수입 기계—인용자)들은 인간처럼 생각은 못 하더라도 지시자가 명령 내려놓은 대로 관절을 움직여 언제나 대량 작업을 정확하게 해"놓는다. 이제 자동화된 기계들은 서서히 인력을 대체한다. 『침묵의 뿌리』에서도 조세희는 대공장이 "제품에 따라 자동화를 이룬 부분도 뜻밖으로 많"다는 사실에 놀란다.

이와 같은 기술의 진전은 공장 현장에서 일하는 노동자들에게조차도 경이적으로 다가온다. 「은강 노동가족의 생계비」는 난장이의 죽음 이후, 그 자식들이 은강 그룹의 계열 공장에 취직해 일하는 상황이 나온다. 생산수단을 소유하지 못한 그들이 생계를 위해 공장노동자가 되는 일은

---

21) 김우창, 「역사와 인간 이성」, 『작가세계』, 2002 가을, 73쪽 참조.

불가피했을 터이다. 그들 중 영호는 '은강 전기 제일 공장'에, 영희는 '은강 방직 공장'에 그리고 영수는 '은강 자동차'에서 공원으로 근무한다. 공장에서 일을 하며 조립라인의 선참 공원들이 하나의 기계로 보였음에도 영수는 묘하게 '기술의 진보나 변혁'에 대해 생각한다. 그는 정밀하게 작동하는 선반을 보고 매력과 인간으로서의 동질감을 느낀다. 그리고 그것은 선반 소유에의 욕구로까지 발전한다.

> 나는 선반 일을 배우고 싶었다. 작업을 하는 자동 선반이 더없이 아름답게 보였다. 내가 본 선반은 그때 타이어 공기 밸브 나사를 깎고 있었다. 공구대가 주축의 회전을 리이드 스크루우에 전했고, 바이트는 공작면에 나선을 그으며 작고 예쁜 나사를 깎아냈다. 내가 그 앞에 서 있을 때, 주축대에서 흐른 기계 기름이 오일 팬에 흘러내렸다. 나에게는 그것이 땀으로 보였다.

「은강 노동가족의 생계비」, 같은 책, 142쪽

신참 공원 영수는 기계와 인간의 이상적인 공존을 꿈꾸고 있다. 이때 노동에서 인간은 소외되지 않을 것이다. 그러나 맑스의 지적대로 기계화는 노동력의 가치를 저하시켜 노동자를 비인간적인 상황으로 내모는 일등공신이 되었다. 공장제도가 가장 먼저 생겼던 1820년대의 영국이 그랬고 『난쏘공』의 시간적 배경인 1970년대의 한국도 사정은 다르지 않았다. 회사 측은 생산량의 증대를 위해 우선 공장의 "공간 자체를 특정한 방식으로 분할하고 구획"[22]하고 그 결과 노동은 기계 시스템 중심으로 운용되어 노동자의 시간낭비를 최소화하고 노동 강도를 증가시켰을 따름이다.[23]

---

22) 이진경, 앞의 책, 129쪽.
23) 여기에는 '노동시간의 강제'라는 근대의 시간적 분리 이데올로기도 중요하게 반영되어 있다. 사용자는, 공장에서 고용된 시간은 노동자 개인의 시간이 아니라 임금을 주고 노

이는 영세 공장이나 중소 규모의 공장에서 노동자들을 억압하는 것과
차원이 다르다. 난장이 자식들이 은강 그룹 공장에 들어가기 전 근무했
던 인쇄소에서 그들을 압박하는 것은 기계가 아니었다. 그들은 공장의
'탁한 공기와 소음' 등의 작업환경과 노동 강도에 비해 영양가 없는 식
단, 삼십 분의 짧은 점심시간, 그리고 저임금 같은 열악한 작업환경과
경영자의 노동력 착취에 의해 힘들었다. 즉 대규모 기계제 이전의 영세
혹은 중소기업에서 벌어지는 노사갈등은 인적 차원의 배려 문제인 것이
다. 이러한 문제들은 사용자의 의지에 따라 얼마든지 개선될 수 있다.
물론 자본가의 거대한 탐욕성을 보면 쉽지 않은 일이기는 하겠으나 공
장의 열악한 환경은 노동자에 대한 사랑과 배려만 있으면 바로잡을 수
도 있는 것이다.[24]

이에 비해 기계제 대공업에서는 시스템에 의해 노동자들을 통제하고
억압한다는 점에서 더욱 냉혹하다. 이 체제에서는 생산과정이 각종 공정
으로 분할되어 기계가 설치·조합된다. 이에 따라 노동자의 배치와 작업
분담이 결정된다. 노동자의 역할은 이제 공장 기계의 보조자로 한정된
다. 그들은 기계에 속박되어 단순반복의 노동만을 하게 되는 것이다. 「은
강 노동가족의 생계비」에서 은강 자동차에 들어간 영수는 입사 한 달이

동력을 산 고용주의 시간이라는 점을 노동자에게 각인시키는 것이다. 그 결과 이제는 과
거와 달리 생활과 노동의 시간적 분리가 엄격히 기계화된다. 위의 책, 112-113쪽 참조.
24) 성민엽은 노동자에 대한 자본가의 사랑이 윤리적 결단의 차원 문제는 아니라고 본다. 자
본가는 인간이 아니라 자본에 의해 움직이는데, 그것은 언제나 더 많은 이윤을 찾아 이
동한다. 그렇기에 자본가에게 사랑을 호소하는 일은 현실의 세계가 아니라 추상적 세계
일 뿐이라고 그는 본다. 성민엽, 「이차원의 전망」, 『지성과 실천』, 문학과지성사, 1985,
165쪽. 이 추상적 사랑이나마 실천을 위해 강제성을 부여해야 한다고 본 이는 난장이이
다. 가령 사랑의 무가치를 신봉하는 은강 그룹 총수와 경영진에게 사랑이나 교육만으로
그것을 갖도록 할 수는 없기에 그렇다. 이에 대해 조세희의 직접적인 언급은 없으나 한
지섭, 목사, 과학자는 난장이의 의견에 동조하는 이들로 볼 수 있다. 이에 대해서는 오세
영, 「사랑의 입법과 사법」, 『세계의 문학』, 1989 봄, 385쪽.

채 못 되어 자동차 공정 라인에서 작업하게 된다.[25] 그는 권총 모양의 손드릴로 승용차 시이트 뒤에 달려 있는 트렁크에 구멍을 뚫고 거기에 십자나사못을 박는 일을 한다.[26] 작업 중에 그는 처음으로 기계에 구속을 당하고 있음을 인식한다.

> 일을 하면서 처음으로 기계에 의한 속박을 받았다. 난장이의 아들에게 이것은 아주 놀라운 체험이었다. 컨베이어를 이용한 연속 작업이 나를 몰아붙였다. 기계가 작업 속도를 결정했다.
>
> 「은강 노동가족의 생계비」, 같은 책, 143쪽

한 대의 자동차가 만들어지기 위해서는 수많은 부품 조립의 공정을 거쳐야 한다. 그때 조립공들은 하나의 보조기계로서 생산의 역할을 담당한다.[27] 「궤도회전」에서 윤호의 말대로 공원들은 생활의 리듬을 기계에 맞추고 생각이나 감정을 그것에 빼앗길 수밖에 없는 것이다. 처음 자신을 그토록 매혹시켰던 공장의 선반에 대한 낭만적 인식은 영수에게 더 이상 없다. 이제 영수는 기계가 인간을 기계화시키는 공포의 장치라는

---

25) 기계화의 가장 유효한 수단의 하나이며 연속한 생산과정을 목표로 하는 어셈블리 라인(Assebly-Line)은 대량생산에 대한 기대와 긴밀하게 연결되어 있다. 이때 어셈블리 라인은 전면적인 기계화와 거의 동의어가 된다. Siegfried Gedion, 『기계문화의 발달사』(이건호 역), 유림문화사, 1992, 52-53쪽.

26) 영수가 자동차 생산 공정 중, '십자나사못을 박는 일'을 하는 것은 기계제 대공업 체제가 분업에 의해 가동되고 있음을 보여준다. 아담 스미스(Adam Smith)는 분업이 노동 생산력 향상의 동력이라는 전제 아래 핀 작업장을 예로 들어 분업의 중요성을 설명한다. 그는 분업이 생산력을 높이는 까닭을, 작업을 단순화함으로써 노동자의 기능을 개선하고 시간을 절약하며 기계를 쉽게 응용할 수 있다는 것에서 찾는다. 여기에서는 이영석, 앞의 책, 188쪽에서 재인용.

27) 이는 포드 시스템의 특징인 '컨베이어 벨트에 의한 일관조립공정'의 특성을 여실히 보여준다. 포드 시스템은 컨베이어 벨트를 통해 자동차 생산에 필요한 철광석 운반에서부터 조립라인까지 운송과 화물취급의 직선화를 통해 낭비시간을 줄이고, 부품생산이나 조립라인 내에서도 공정을 세분화하고 공정 간의 이동 시간을 단축시킴으로써 생산성을 향상시켰다. 위의 책, 270쪽.

점을 여실히 깨달은 까닭이다.

5. 노동자들의 저항 대상과 방향의 착오

『난쏘공』에서는 이처럼 공장과 기계의 의미가 비교적 구체적으로 드러난다. 그리고 그것은 노동자들을 억압하는 양상으로 나타난다. 그러나 그런 문제 해결의 의지나 노력은 강력하게 드러나지 않는다는 아쉬움을 준다. 「잘못은 신에게도 있다」에는 열악한 노동조건을 타개할 수 있는 장이 유일하게 마련되어 있다. 노사협의회가 바로 그것인데 이 자리에서 노동자들은 야간작업 시 조는 노동자에게 옷핀으로 찔러 깨운다는 비인간적인 사용자 측에 대한 항의와 개선, 임금 25% 인상, 상여금 200% 지급, 부당 해고자의 무조건 복직 등을 요구하는 것이 전부이다. 물론 회사 측의 비인간적인 처우에 대한 요구사항은 당연하다. 하지만 노동조건과 인권 증진을 위한 보다 근본적인 문제점에 대해서 그들은 주목하지 않는다. 심지어 노사 교섭 장소에서 근로자1은 "저희들은 돌아가는 기계를 더욱 빨리 돌아가게 하기 위하여 애쓰고 있"다는 말을 하기까지 한다.

비록 백육십여 년의 시간적 격차가 있기는 하지만 그들이, 영국의 노동자들이 자신들의 비참한 상황을 야기하게 한 근본적 원인인 기계와 공장에 대항한 사실을 알고 있음에도 말이다.

더 이상 참을 수 없게 된 영국의 노동자들은 공장을 습격했다. 그들이 제일 먼저 때려부순 것은 기계였다. 프랑스의 철공장에서는 노동자들이 (기계를 부수는—인용자) 망치 소리에 맞추어 노래를 불렀다. 그 노래는 절망에서 나온 부르짖음이었다.

「잘못은 신에게도 있다」, 같은 책, 152쪽

난장이 삼남매 중 가장 의식이 깨어 있는 영수조차도 영국과 프랑스에서 벌어진 그 일은 과거사이고 그것을 "지금 은강에서 생각한다는 것은 우스운 일"로 치부하고 그만이다.

이에 비해 사용자 측은 기계와 공장의 중요성을 노동자에 비해 더 깊이 이해하고 있다. 노사 협의회에서 사용자5는 "모든 걸 법대로 하자면 은강에서 돌아가는 기계들 대부분을 지금 세워야" 함을 인식하고 있고, 사용자4는 "기계는 세워두면 녹이 슬어요. 공장문도 닫아야" 한다는 사실을 알고 있다. 즉 그들은 기계와 공장이 이윤창출의 가장 핵심적인 수단이라는 사실을 각인하고 있는 것이다. 아울러 기계 가동의 여부가 곧 노동자들을 압박하는 유효한 수단이라는 점도 잘 알고 있다.

이러한 그들에게 노동자들의 투쟁 방향은 조준이 잘못되어 있다.『난쏘공』의 한계 중 하나는 바로 이 지점에서 발생한다고 판단된다.28) 조세희는 당대의 여느 작가와 달리 과학과 기계, 그리고 공장에 깊은 관심을 가진 작가이다. 그 스스로도 과학의 진보와 공장과 기계가 노동조건을 악화시킨다는 점에 대한 명확한 인식도 있었다. 그럼에도 문제에 대한 해결책은 사랑이라는 추상적인 어휘로 대체했다. 어쩌면 조세희의 서술이 당대 노동자의 의식 수준을 정확히 반영하는 것일 수도 있다. 또 사용자의 거대한 생산수단에 대한 직접적인 공격이 야기하는 제반문제들에 주의를 기울였을 수도 있겠다. 하지만 당시 기계와 공장이 파생하는 노동 상황에 대한 정확한 인식이『난쏘공』에 보다 적극적으로 진술되었으면 하는 아쉬움이 남는다. 만일 그랬다면 억압적 노동 조건에 맞서는 이후의 많은 노동소설의 양상 역시 달라지지 않았을까 싶다.

---

28) 이는 앞의 각주 24)에 나타난 성민엽의 견해가 대표적일 것이다.

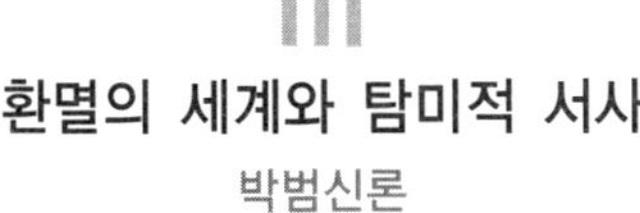

환멸의 세계와 탐미적 서사
박범신론

1. 자기 확인으로서의 소설

1973년 중앙일보 신춘문예에 「여름의 잔해」로 등단한 박범신은 93년부터 약 삼 년여의 절필기간을 제외하고는 줄곧 왕성한 작품 활동을 펼치고 있다. "문학, 무릎 꿇어 받고 싶은 성찬"이라는 작가의 말마따나 그는 현재에도 한 계간지에 『古山子』를 연재하며 여전한 필력을 과시하고 있는 중이다. 물론 작품 생산량이 질과 항상 정비례할 수는 없지만 박범신의 지속적인 집필이 줄기찬 창작열을 보증하기에는 부족함이 없다. 그러나 박범신의 열정적인 창작에 비해 작품세계에 대한 온전한 평가가 이루어졌다고 보이지는 않는다. 그의 작품에 대한 기존의 논의는 부박한 현실을 비판하고 고발한 초기 단편의 일부와 70-80년대에 대중문학 논쟁과 관련해 당시의 인기 있는 대중작가군에 편입되어 평가된 것이 대부분이다. 거기에 삼 년여의 침묵을 깨고 1997년 상재한 『흰 소가 끄는 수레』와 이후의 『더러운 책상』에 관한 평이 덧보태지는데, 이들 역시 개별 작품론에 치우쳐 있어 작가의 작품세계 전반을 관통하는 특징을 조망하기에는 한계가 있다.

그의 작품세계를 고찰하기에 우선 어려움이 따르는 것은 작가가 단편보다 신문이나 대중지의 장편연재에 역량을 집중한 사정을 들 수 있다. 박범신의 "장편소설 어느 하나도 접하지 않은 채 먼저 단편이나 중편소설을 읽게 되는 일이 희귀한 경험"[1]이 될 정도라는 언급은 그런 저간의 정황을 일러준다. 1979년 중앙일보에 연재되었던 『풀잎처럼 눕다』의 대중적 성공은 이후 작가에게 장편연재 지면을 확보하는 데 커다란 기여를 했다. 지면의 특성상 신문과 대중지는 불특정다수를 독자로 상정하기에 연재되는 소설은 문학에 특별한 조예가 없는 일반인들도 부담 없이 접할 수 있다는 특징이 있다. 신문연재 역사소설을 논외로 하고 보면, 이러한 조건은 작가에게 독자의 가독성을 높이는 데 필요한 홍미로운 요소, 독자와 공유할 수 있는 동시대적 문제, 독자에게 익숙한 구성, 간결한 문체 등을 요구한다.[2]

이 점은 작가가 단지 대중의 기호에만 영합한다는 대중문학의 부정적 속성을 고스란히 드러내는 요소가 되는 한편으로, 연재소설의 대중적 성공에는 지면의 여건에 부합하는 작가의 남다른 재능과 고민을 필요로 한다는 사실을 일러준다. 하지만 지난 시절 작가의 대중적 성공은 대체로 상업적인 대중작가라는 굴레로 작용한 경우가 많았다. 익히 알려진 대로 박범신의 대중적 성공작은 연재소설에 필요한 요소를 도입해 독자의 감정을 쥐락펴락하는 작가의 특장을 유감없이 보여주었다. 화려하지만 비정한 도시의 양면성과 거기에서 이전투구하는 인물의 욕망과 좌절을 감각적인 필치로 그려낸 박범신의 인기작들이 지난 연대에 대중문학 논쟁의 한가운데에서 자유로울 수 없었던 것도 그런 연유에 있다.

<hr>

1) 채명식, 「박범신 문학의 토대를 이루는 것들」, 『작가세계』, 1993 겨울, 65쪽.
2) 김창식, 『대중문학을 넘어서』, 청동거울, 2000, 215-235쪽.

인기작가로 쾌속 항진하던 작가의 돌연한 절필선언도 그런 맥락에서 이해가 가능하다. 박범신은 후에 「흰 소가 끄는 수레」에서 그 즈음의 심경과 정황을 진솔하게 회상하고 있는바, 그것은 오랜 작가생활을 했음에도 데뷔작의 세계에서 "한 발자국도 나아가지 못했음을 깨닫지 않을 수 없었다는" 자기반성으로 요약될 수 있다. 그 고백은 작가에게 지난 세월이 소설세계의 깊이와 넓이의 측면으로만 볼 때, 어쩌면 철저히 무위한 시간이었다는 통절한 고해성사와 다르지 않다. 그런 점에서 일종의 자성(自省)소설3)이 되는 『흰 소가 끄는 수레』에 수록된 몇몇 작품은 박범신의 자기갱신의 서사라는 점에서 의의가 있다. 이와 더불어 2003년에 출간된 『더러운 책상』은 박범신이 힘겹게 건너온 청년기의 궤적을 통해 그의 성장통과 남달리 예민했던 청춘의 내면을 들여다보게 하는 작품이다.

모든 소설에 작가의 직·간접체험이 반영되어 있음은 주지의 사실이지만 오랜 작가의 이력에도 불구하고 박범신의 이전 작품에는 상대적으로 자기체험의 서사화가 뚜렷하지 않은 편이었다.4) 이에 비해 위에서 거론한 작품들에는 작가의 소설 쓰기의 기원과 세계관, 그리고 작품세계를 새롭게 조명할 해석소가 다수 내장되어 있다. 이 글에서는 그 점에 주목하여 그의 소설세계를 살피고자 한다.

---

3) 김경수는 소설의 인물이 그 소설을 쓴 작가와 다름없는, 그래서 소설 자체가 작가 개인의 사적인 내밀한 기록이라든가 소설쓰기에 대한 나름의 자의식을 강하게 드러낸 유의 작품을 자성소설의 범주에 넣는다. 김경수, 『문학의 편견』, 세계사, 1994, 55쪽.

4) 그런 점에서 절필 이후 『흰 소가 끄는 수레』나 『더러운 책상』과 같은 자아성찰과 자기 확인의 작품들이 발표된 것은, 작가의 문학적 도정으로 볼 때 일종의 통과제의적인 의미를 지닌다고 생각된다.

2. 비극적 세계, 환멸의 기원

하이데거에 따르면 인간은 자기의사와 무관하게 세상에 내던져진 투사체에 불과하다. 박범신 또한 인간의 출생 그 자체는 주체의 의지와는 전연 상관없는 일이라는 입장이다. 이런 시각은 『더러운 책상』에서 인간의 숭고한 탄생을 "세상 속으로 내쫓기는" 행위이거나 "피에 젖은 신문지에 싸여 버려지는" 정도로 치부하게 한다. 그것은 자신의 출생에도 똑같이 적용된다. 「골방」에서 작가는 환상적인 기법을 사용해 자신이 태어나는 순간을 서술하는데, 어머니의 자궁 "밖으로 밀려나지 않기 위해 용을" 쓰는 화자의 태도는 세상으로 나가기를 철저히 거부하는 몸짓에 다름 아니다. 그러나 인간은 자의와 상관없이 세상과 대면할 수밖에 없고 태생적 운명의 한계 속에서도 <세계-내-존재>로서 세계와 관계한다. 그때 인간은 우주에 무의미하게 나열된 단순한 사물로 전락하지 않고 존재의 의미를 획득할 수 있는 것이다.[5]

하지만 화자가 태어나 최초로 목도한 "세상의 광채는 표독스럽기 그지 없"다. 인간의 출생과 세상에 대한 박범신의 생래적 시선은 이처럼 비관적이다. 세계에 대한 염세적 시각은 성장하면서 가족이나 사회와의 교류를 통해 변모할 수 있다. 사회적 질서에 반하지 않고 각각의 구성원과 조화를 이루는 행위를 범박하게 사회화로 규정한다면, 유·소년기에 가족이나 학교, 지역사회 등의 주변 환경이 한 인간의 영육(靈肉) 성장에 지대한 영향을 끼칠 것은 자명하다. 특히 성년이 되기 전까지 일상에서 가장 많이 접촉하는 가족과의 관계는 다른 요소들보다 그 역할이 한결 중요하다. 박범신이 유·소년기에 맞부딪친 가족은 그러나 "각자 주체할 수 없는 한을 가진 식구들간의 사정"[6]으로 늘 불화를 일으킨다. 어린

---

5) Martin Heidegger, 『존재와 시간』(소광희 역), 경문사, 1995, 79-93쪽.

시절 작가에게 깊이 각인된 가족 구성원들 사이의 불화의 정황은 다음
과 같이 서술되어 있다.

> 불화(不和)는 내가 만난 최초의 세계였다. 아무 희망도 없이 논 다섯
> 마지기와 함께 피폐한 고향집에 버려져 있다시피 했던 고단한 어머니의
> 삶을 떠올리면, 신경줄이 갈래갈래 찢어진 예민한 어머니와 떠나고 싶어
> 도 어디든 떠날 수 없었던 네 분 누나가 한통속으로 빚어내는 불화의 연
> 속이 하나 이상할 것 없었다. 누나와 누나끼리, 누나와 어머니가, 어머니
> 와 이웃이 걸핏하면 불같은 격정으로 부딪치던, 삿대질, 욕설, 저주, 드잡
> 이……
>
> 「골방」, 『흰 소가 끄는 수레』, 145쪽

온유하고 평화로워야 할 가족간의 극단적 불화는 박범신에게 세계의
비극성을 심화시키는 계기가 된다. 불화로 가득한 삶의 탈출구로 작가는
기존의 질서에서 일탈하는 방식을 선택한다. 고등학교 시절, 완고한 제
도권 교육의 가치에 반하는 행동과 자살 시도, 가출로 이어지는 그 행로
는 지극히 자학적이고 자기파멸적이다.

성장소설은 일반적으로 미성숙한 청소년이 타자나 세상과의 교류를
통해 정신적 각성을 이루어 새로운 사회로 입사하는 과정을 다룬 소설
유형이라 할 수 있다. 그러나 『더러운 책상』의 청소년들은 그러한 깨달
음을 갈구하는 대신 세계를 지극히 부정적으로 바라보고 온갖 일탈적
행위를 자행하는 정신적 반성장(anti-growth)의 면모가 약여하다. 이와 같
은 '반성장으로서의 성장' 서사는 위의 작품에 잘 나타나 있다. 고등학
생인 그의 병적인 낭만성과 퇴폐, 그리고 살아있음으로 인한 굴욕감, 생
의 이중성 등을 통해 그가 결론적으로 파악한 세상은 "책상보다 철인동

---

6) 김외곤, 「고독과의 허무주의적 대결에서 깊고 넓은 현실통찰로」, 『작가세계』, 1993 겨울,
21쪽.

유곽의 창녀들이 더 더럽지 않다는 것"인데, 이는 이성에 대한 거부감으로 내면화된다. 그곳에는 가진 자의 거만이나 배운 자의 잘난 체나 강고한 이데올로기의 규율이 없다. 무질서하고 혼란스럽지만 인간 본래의 모습이 꾸밈없이 드러나는 그들의 삶에 박범신은 애정 어린 시선을 던진다. 이러한 나름의 인식은 소중하지만 인간과 세계 이해에 미성숙한 고등학생의 일방적 판단이라는 점에서 『더러운 책상』의 그가 보이는 시각은 아직 편협하고 단선적이다.

그 시절의 체험에서 보다 중요한 점은 작가의 글쓰기 기원을 유추할 수 있다는 데에 있다. 비록 생에의 성숙한 대면은 아니었어도 학창시절의 이러저러한 일탈적 비행은 작가에게 막연하게나마 '거짓말의 천재'를 꿈꾸게 한다. "교묘하고 잔인한 거짓말"에의 열망이 이후 작가에게 소설쓰기로 전화되었음은 어렵지 않게 짐작할 수 있다. 작가의 거짓말에의 절대적 신봉은, 체험의 서사화보다 개연성 있는 사건의 지적조작을 통한 극적구성이 박범신 소설의 주요 방법론이 될 것임을 예감하게 해준다. 아울러 그것은 박범신에게 생의 굴욕을 견디게 하는 유일한 수단임을 확인시켜준다.

작가의 학창시절에 비해 서울에서의 도시체험은 생활세계에 대한 보다 구체적인 인식의 확장을 이루는 계기가 된다. 작가는 서울생활에서 고향과는 또 다른 세계의 비참함을 목격한다. 도시체험의 비극적 양상 중 하나는 가난과 직결되어 있다. 가난의 문제는 도시와 시골 예외 없이 하층민들의 삶을 힘들게 한다. 지난 60-70년대 한국사회는 경제개발이 본격적으로 시행되던 시기였다. '보릿고개'라는 참혹한 단어가 통용되어야 했을 만큼 그 시대의 가난은 무엇보다도 선결해야 할 사회적 과제였다. 고향에서의 가난의 참상은 「논산댁」에서 살펴볼 수 있다. 이 작품에서 논산댁은 부대에서 나오는 '짬밥'을 얻기 위해 명수씨에게 육체적 능욕을 당하기까지 한다. 이 시기 산업화의 열풍은 많은 농어민에게 호구의 방책을 찾아 도시로 이동하게 했다. 그러나 그들은 서울에서 생활기반은 고사하고 당장의 끼니도 걱정해야 할 만큼 곤핍한 처지였다. 서울 변두리 무허가 판자촌에 겨우 자리를 잡은 그들은 남루한 생활이나마 버텨가기 위해 고투한다.

박범신의 도시 체험 역시 서울 변두리에 거처를 정해 살아가는 탈향민들과의 틈바구니에서 형성된다. 이는 "1969년 무작정 상경하여 모래내 판자촌의 누나집에 얹혀 지냈던"7) 작가의 고단했던 체험과도 무관하지 않은데, 이와 같은 도시빈민의 암울한 생활상은 「식구」 등에 핍진하게 그려져 있다. 이 작품에서 주인공 만득은 막막한 현실을 타개하기 위해 보상금을 목적으로 죽음을 택한다. 비정한 도시의 생태는 생활세계에서 삶의 처절함을 이처럼 구체적으로 확인시켜준다.

세계의 비극적 참상은 사회제도의 억압이나 지배 권력의 문제 같은 거대담론의 차원에서 발생하기도 하는데 그 양상이 돌올한 초기작은 바로 『틀』8)이다. 『틀』에는 권력의 생성과 유지, 그 과정에서 파생하는 권력자와 민중의 역학관계가 정치하게 그려져 있다. 이 작품에서 권력은 권위적인 지배자가 자신의 체제를 강고히 하고 민중을 억압하는 데 필요한 강력한 힘에 다름 아니다. 강 진사로 대표되는 권력자는 자신의 힘을 행사하기 위해 마을 사람들에게 '당근과 채찍'을 활용하는데 '채찍'의 사용 빈도가 단연 높다. 그 채찍으로 강 진사는 오랜 세월 마을의 절

---

7) 김외곤, 앞의 글, 24-25쪽.
8) 이 작품은 1976년 「역신(疫神)의 축제」라는 제목으로 이미 발표된 것이다. 작가는 1993년 『틀』을 출간하면서, 기존의 작품에 "우리 고유의 문화적 요소"를 덧붙여 확대·개작했음을 밝히고 있다. 이 글에서 주목하는 내용은 작가의 권력에 대한 환멸이다. 이는 『틀』과 「역신의 축제」에 드러나는 바가 서로 다르지 않기에 이 작품을 작가의 초기작으로 분류했다.

대군주로서 사람들을 억압하고 착취한다.

이 예속적 관계에 균열의 기미가 보이기 시작하는 것은 정지하 전도
사의 등장 때문이다. 피지배층 스스로 지배층에 저항하지 못할 때, 어떤
절대 권력이 다른 권력으로 이동하거나 변화하기 위해서는 외래적 충격
을 반드시 필요로 한다.[9] 강 진사와 대립적 위치에서 마을 사람들을 조
종하는 전도사는 어느새 또 다른 지도자로 부상하고 있다. 마을 사람들
은 전도사의 치밀한 계략에 가담해 기존의 강씨 세력을 몰아내기 위해
힘을 모은다.[10] 고착된 주종관계의 붕괴 징후는 곧 완강히 지속된 권력
관계의 역전을 예감하게 한다. 전도사의 계책대로 움직이는 마을 사람들
은 강씨 일족을 몰락시킨다. 장기간 강씨 집안에 예속되어 있던 그들은
마침내 '역전 군중(Umkehrungsmasse)'[11]으로 전화한 것이다. 문제는 강씨
일족이 쥐고 있던 권력이 마을 사람들에게 분배되지 않고 전도사에게
고스란히 이양된다는 점이다. 그 결과 그들은 이전과 다르지 않은, 아니
오히려 전보다 더 엄혹한 지배를 받는다. 이제 마을의 일상사는 전도사
에 의해 좌지우지된다. 마을사람들을 장악한 전도사의 위세와 민중들의
무력감은 다음과 같이 대조적으로 표현된다.

우리 같은 놈들이야 언제는 뭐 우리 뜻이 있어 살았남? 모든 뜻은 전

---

9) 신철하, 「권력의 재생산에 관하여」, 『작가세계』, 1993 겨울, 87쪽.

10) 러셀은 사람들이 지도자를 추종하는 이유가, 그 지도자가 거느린 집단을 통해 권력을 획
득하려는 의도에 있다고 본다. 그들은 자신이 집단을 승리로 이끌 능력을 지니지 못한다
고 여겨 목적달성을 지휘할 우두머리를 찾으려 한다는 것이다. Bertrand Russel, 『권력』
(안정호 역), 열린책들, 2003, 17쪽.

11) 이 용어는 엘리아스 카네티가 군중을 그들이 지니는 감정 내용에 따라 구분한 것 중의
하나로, 역전 군중은 한 계급이 다른 계급에 오랜 기간 예속되어 일상생활에서 계급 역
전의 필요성이 제기되었을 때 그 역할을 수행하는 군중을 말한다. 그는 역전 군중을 사
회 전체를 장악하는 사건의 한 과정에서 파생하는 집단으로 보고 있다. Elias Canetti, 『군
중과 권력』(강두식 · 박병덕 역), 바다출판사, 2002, 75-80쪽.

도사에게 있었다. 강 진사에게 있던 뜻이 전도사에게 다 옮겨갔다는 걸 사람들은 알았다. 결정하는 건 전도사였다. 팽나무가 예배당 제단이 될 줄 뉘 알았겠어? 이따금 어른들은 한숨을 쉬었다. 암, 하고 어떤 이는 고개를 끄덕였다. 암, 또 몇십 년이나 몇백 년 지나다 보면 예배당 제단이 뭔가 딴 걸로 둔갑하는 세상이 오겠지.

『틀』, 184쪽

무소불위의 힘을 지닌 전도사를 통해 권력은 철저히 강자의 편에서 행사됨을 알 수 있다. 지도자의 계획을 성취시키는 도구에 불과한 민중들은 자신들이 당연히 누려야 할 권리조차 주장하지 못하고 현실에 순응한다. 이 작품은 지배층에 대한 민중의 저항이 결국은 무위에 그치고 만다는 박범신의 비관적 역사인식을 명확히 보여주고 있다. 또한 권력 획득의 암투에는 비정한 음모가 서슴없이 자행된다. 그 과정에서 파생하는 수다한 비인간적인 행태 역시 새로운 권력자에 의해 묻히고 만다. 『틀』에서 전도사의 모략으로 희생양이 된 나의 누나나 하나님의 뜻을 명분으로 사람들을 선동하는 전도사의 간계가 바로 그런 예지만 헤게모니를 쟁취한 권력자는 자신의 행적을 문제 삼지 않는다.

사회 다방면에서 모순이 팽배했던 70-80년대에 작가의 이와 같은 세계인식은 부당한 현실에 대한 숙명론적 순응으로 보일 수 있다. 많은 작가들이 지사의 역할을 감당하며 시대에 저항했던 당시의 상황으로 미루어볼 때, 박범신의 도저한 비관주의는 일견 현실외면의 포즈로 비칠 소지가 농후한 것이다. 박범신을 논하는 평자들 대개가 작가의 역사적 허무주의와 패배주의를 언급[12]하는 것도 그런 이유에서 비롯한다.

세계에 대한 박범신의 비관적 인식은 그러나 단지 정치·경제적인 현

---

12) 이는 『작가세계』 박범신 특집호에 작가의 연대기, 작가론, 작품론을 쓴 네 명의 문학평론가 김외곤, 한만수, 채명식, 신철하의 글에 공히 나타나는 바이다.

상뿐 아니라 보다 본원적인 데서 발원한다고 보여진다. 인간의 탄생 의미마저 부정적으로 바라보는 작가의 염세성은 광기와 욕망에 휩싸인 비극적 세계와 맞물려 한층 절망적인 면모가 강화되고 그런 시대적 모습에 작가는 환멸을 느낀다. 환멸의 세계에서 이상이나 희망이 자리 잡을 영토는 없다. 작가의 소설에 민중의 각성, 변혁에의 전망과 대안이 부재하는 것은 그런 까닭이다. 아무것도 기대할 것 없는 환멸의 현실에서 박범신은 탐미의 세계로 경사한다.

3. 탐미성의 심화와 구현 방식

일반적으로 한 작가의 데뷔작에는 작가의 본연적인 면모가 내장되어 있는 경우가 많아 이후의 작품세계를 예견해볼 수 있는 척도가 되기도 한다. 박범신의 데뷔작 「여름의 잔해」 역시 그런 기미를 살펴볼 수 있게 하는 요소가 함유되어 있는데 가장 눈에 띄는 것은 탐미성이다. 외딴 산속 재실(齋室)이라는 공간적 배경은 이 작품이 현실세계와 일정한 거리를 둔 유폐적 인물들의 이야기로 전개될 것임을 암시한다. 또한 쌍둥이 남매가 그림을 그리고 글을 쓰는 예술지향적인 인물이고 석진이 자신의 예술적 완성을 위해 타자의 고통을 방기한다는 점, 사팔뜨기 미친 여자와 다리가 불구인 화자의 오빠에게서 나타나는 기형의 이미지, 꽃뱀, 꿈틀거리는 벌레, 팔딱거리는 금붕어 등에서 보이는 그로테스크와 관능성, 그리고 감각적인 문체 등은 작가의 탐미주의적 성향을 고스란히 드러내는 요소들이다.

이것들은 생명체에 대한 석진의 태도에서 극명하게 표현된다. "꿈틀거림을 사랑"하는 석진은 "유리병 속에 벌레를 잡아 가두"고 날개나 발을 잘라 버둥거리는 모습을 그림으로 그린다. 또한 그는 꿈틀거리는 뱀

을 나이프로 찍어대며 죽어가는 것의 "마지막 떨림"을 즐기고 물 밖에
서 지느러미를 떨고 있는 금붕어의 고통스러운 모습에 탐닉한다. 미친
여자를 화폭에 옮기는 것도 그런 성정의 예술적 반영이라 할 수 있다.
이처럼 「여름의 잔해」는 타인의 목숨마저 희생해 예술적 완성을 이루려
는 석진을 통해 작가의 탐미적 취향을 극명하게 드러낸다.

　심미(審美)주의, 혹은 탐미(耽美)주의는 19세기 중엽 이후 문학과 예술의
아름다움을 통하여 개인이 자기를 완성하고 자신의 삶에 의미를 부여하
려는 포괄적인 경향을 뜻하는 말이다.13) 탐미주의는 인간 정신의 위기와
사회적 격변 속에서 이성이 인간의 행동을 통제하고 다양한 문제를 해
결할 수 있다는 믿음의 붕괴로 파생되었기에, 예술에서 도덕, 윤리, 종교
따위의 교훈 대신 사회적 금기를 위반하여 새로운 미를 구현하기 위한
노력을 중시했다. 그러나 탐미주의는 현실과의 일방적인 괴리만 내세우
지는 않는다. 탐미주의적 작품에 인간의 미에 대한 열망이 집요하게 천
착되고 아름다움에 대한 광적인 집착을 보이는 인물이 등장하는 것은,
미의 추구 그 자체의 의도 외에도 그것을 통해 시대 현실을 문제 삼는
작가들의 숨은 의도가 깃들어 있기 때문이다. 그때 탐미주의는 병적이고
감각적인 유희의 차원에서 벗어나 사회적 의미를 획득할 수 있을 것이
다.14)

　박범신은 예술적 성취를 통해 비정한 현실에서 구원과 보상을 받을
수 있다고 생각한다. 박범신의 소설쓰기가 생의 굴욕을 견디기 위한 방
편이라는 점은 앞에서 살핀 그대로이다. 그 상황은 작가에게 문학이 현
실의 삶보다 우월하고 현실은 문학으로써만 조명되고 해석할 수 있다는
인식을 확립시킨다.15) 이는 존슨이 탐미주의를 구분한 것 중의 하나에

---

13) R. V. Johnson, 『審美主義』(이상옥 역), 서울대학교출판부, 1987, 19쪽.
14) 강진호, 「미에 대한 집착, 그 황홀경의 의미」, 『문화예술』, 2000 3, 31쪽.

포함되는 것이기도 하다. 존슨은 탐미주의가 첫째 예술관의 측면에서 예술을 위한 예술과 상통하여 예술을 인생으로부터 분리하고자 한다는 점, 둘째 인생관의 측면에서 삶을 '예술의 정신'으로 보고 그것이 지닌 아름다움과 다양성 그리고 극적 장면들과 관련해서 감상될 수 있는 무엇으로 여긴다. 셋째로는 문학, 예술의 실제적 경향으로서의 탐미주의이다. 이때 탐미주의는 당대의 삶으로부터 벗어난 소재, 일반대중에게 드러내기 어려운 심리상태 묘사, 감각적인 이미저리와 묘사 중시, 주제를 모호하게 만드는 것을 특징으로 제시할 수 있다고 존슨은 보았다.16)

박범신의 작품에는 대략 세 가지의 탐미적 성격이 구현되고 있다. 첫째는 비정상적인 것과 죽음에의 동경을 들 수 있다. 작가는 의도적으로 추의 미학을 제시하려는 듯 기이한 인물과 상황을 등장시킨다. 관능적이며 그로테스크한 장면이 곳곳에 펼쳐지는 「여름의 잔해」의 한 대목이다.

> 꽃뱀은 꿈틀거리고 있었다. 수진 언니는 고개를 반듯하게 들고 숨을 죽인 듯이 보였다. 뱀은 꼬리 쪽으로 고개를 사려 묻고 온몸을 가늘게 떨었다. 그리고 다시 화면처럼 밀착한 뱀의 표피, 거의 발작적인 오빠의 행동은 바로 이때 시작되었다. 그는 폭 넓은 병의 입구를 열고 끝이 뾰족한 팔레트 나이프로 뱀의 머리통을 정확히 찍었던 것이다.
> 나는 꿈틀거림을 사랑해. 꿈틀거려! 꿈틀거려!
> 숨가쁜 오빠의 외침이 뱀의 육신을 찍어대는 나이프의 끝으로 자지러들었다. 꼬리를 떨며 죽어가는 꽃뱀의 마지막 떨림, 생명의 잔해.
>
> 「여름의 잔해」, 『식구』, 19−20쪽

위의 인용문은 미에 대한 석진의 가학적 취향을 보여준다. 소아마비

---

15) 방민호, 「몰락하는 읍, 대도회의 어둠, 그리고 인간의 정신적 구제라는 문제」, 『토끼와 잠수함』 해설, 세계사, 2000, 376쪽.
16) R. V. Johnson, 앞의 책, 22-41쪽.

화가인 그는 죽어가는 것, 즉 사멸의 이미지를 통한 아름다움의 세계에 집착한다. 죽음에서 미적황홀을 느끼는 석진의 태도는 죽음이 모든 것의 종결로 생각하는 작가의 생의 인식과 다르지 않아 보인다. 실제『더러운 책상』에는 작가의 자살 기도가 서술되어 있거니와, 「흰 소가 끄는 수레」에도 작가는 "카미까제가 되어 그 무엇, 그리운 이에게 직진 강하(降下), 통렬한 죽음에 닿고 싶었던 것은 평생 내가 숨기고 산 본질적 욕망의 하나"였음을 고백한다. 이처럼 삶에 냉소적이고 죽음을 찬미하는 성향은 현실세계의 가치관을 거부하고 위반하는 것으로 작품에 발현된다. 작가는 사회에서 금기시하는 성, 죽음, 폭력, 퇴폐, 잔인함 등에서 아름다움을 발견하게 되는 것이다.

박범신 소설에서 탐미적 성향의 또 다른 양상은 비정상적인 성애(性愛)에서 확인된다. 초기작에는 남녀관계가 작가 특유의 섬세한 감수성에 의해 감각적으로 그려진 것이 많았는데 다음의 인용문은 그 적절한 예가 될 것이다.

> 조그맣게 접힌 은지는 한 마리 새였다. 호르래 호르래. 그녀의 몸 어딘가에서 새벽보다 정결하게 우는 새소리가 들려왔다. 도엽의 입술이 아래로 미끄러졌다. 은지가 파르르 속눈썹을 떨었다. 너무 작고 깨끗해서 해만 떠오르면 그녀의 육신이 눈처럼 녹아 지층에 스며들 것 같았다. 파르스름한 정맥이 흰 피부에 조용히 떠 있었다.
>
> 「풀잎처럼 눕다」, 『제3세대 한국문학20 − 박범신』, 48쪽

언어의 절제, 감성적인 어휘의 구사 능력, 음률적인 문장의 구성 방법17)은 청신한 이미지를 창출하는 동시에 소설의 서정적인 분위기를 조

---

17) 백승철, 「「풀잎처럼 눕다」의 호칭구조」, 『제3세대 한국문학20 − 박범신』 해설, 삼성출판사, 1985, 461쪽.

성하는 데 기여한다. 그것은 근래에 올수록 점점 도착적이고 가학적으로 표현된다. 『더러운 책상』에서의 열아홉 살 그가 유랑하며 흘러든 여수의 <여심다방> 살림방에서 안주인에게 불려가 섹스를 할 때, 커튼 뒤에서는 안주인의 외팔이 남편이 그들의 행위를 훔쳐본다. 성불구자 외팔이는 신체적 접촉을 통해 성적만족을 얻는 대신, 엿보는 행위로 시각적 쾌락을 맛본다. 도착의 한 형태인 훔쳐보는 자의 시각쾌락증(scopophilia)은 새디즘과 연관되어 있다.18) 새디즘적인 섹스가 보다 강렬한 장면은 『주름』에서 그려진다. 『주름』은 IMF의 위기가 시작되는 1997년 '오십대 끝물'의 나이인 김진영이 시인 천예린을 만나 지난 시절의 무위한 삶을 깨닫고 일탈하며 자아를 찾아가는 과정을 다룬 소설이다. 구소련의 땅 얄타에서 천예린은 불치의 병을 앓고 있는 중이다. "아침에 일어나면 잠옷 전체가 피고름투성이"인, 죽음이 언제 불시에 들이닥칠지 모르는 그녀와의 섹스는 기이하고 섬뜩하다.

> …… 나의 아래턱과 위턱은 미친 피바람을 타고 점점 고조되어 죽음의 종환들을 격렬히 먹어치웠다. 나는 피고름을 핥고 빨았다. …… 그녀의 음부는, 누렇고 희끄무레하게 변색한 성긴 털 밑으로 짚불처럼 꺼져들어가 있었으나, 그렇다고 완전히 죽은 것은 아니었다. 더러운 종환들과, 응집력이 사라져버린 채 검버섯에 뒤덮인 아랫배의 비곗덩어리들과, 피비린내 뒤섞인 악취들도 상관없었다. 그녀의 애액이 너무 적었으므로 나는 침과 밀크로숀을 사용했다. 통렬하고 끔찍한 섹스였다.
>
> 『주름』, 400-401쪽

박범신은 평범한 생활세계에서 추의 미학을 통해 그로테스크한 분위기를 연출한다. 작가는 위의 인용문에서 정상적인 육체에 비해 부조화한

---

18) J. Childers & G. Hentzi, 『현대 문학·문화 비평 용어사전』(황종연 역), 문학동네, 1999, 379쪽 참조.

그것, 그리고 역겨움을 유발하여 역설적인 추의 미학을 제시하는데 이역시 탐미적 취향의 표출이라 할 수 있다. 애정이 전제한 아름다운 성애로 미를 구현하는 대신, 작가는 미에 언제나 대타적인 추가 현실에서 자연과 정신과 예술작품에 일상적으로 공존하고 있음을 드러내고 있는 것이다.[19] 이처럼 그로테스크하고 가학적인 섹스는 결국 죽음본능(death instincts)의 명확한 외현이거니와, 작가 역시 사드의 입을 빌어 그러한 섹스를 "죽음과 친숙해지려는" 행위와 다르지 않다고 보고 있다.

박범신 소설의 탐미성이 발현되는 또 하나의 양상은 감각적 언어의 활용이다. 감수성 넘치는 언어로 "감각을 최대한 활용하면서 명징스런 문장을 만들어내는"[20] 방식은 작가의 특장이 되었음은 물론 대중의 호응을 얻는 데에도 크게 기여했다. 아울러 박범신에게는 그것이 환멸의 세계에서 도피하는 수단으로 기능한 면이 있다.

박범신에게 감각적 문장은 그의 대중적 평판작에서 많이 발견되는 것이 사실이기는 하다. 작가의 초기 중단편에서 지적되는 다소 거칠고 투박한 문체가 『풀잎처럼 눕다』 이후의 연재물에는 감수성 넘치는 것으로 변모하고[21] 그의 서정적 문체는 대중 및 평자에게 널리 인정받는 계기가 되었다. 그러나 작가의 문체적 특장이 단지 연재소설에서부터 구현된 것은 아니다. 대상에의 직관적 인식으로 구현한 감각적 필치는 이미 초기작에서도 부분적으로 확인되는바, 작가는 「골방」에서 절필 이전 자신의 "감각의 안테나는 언제나 기름칠이 반지르르했고 감수성의 칼날은 예리하게 갈려" 있었음을 밝히고 있다. 작가의 언술을 예증하는 문장은 앞에서 확인한 「여름의 잔해」를 비롯해 초기의 여러 작품에서 보인다.

---

19) 추의 미학에 관해서는, Karl Rosenkranz, 『추의 미학』(조경식 역), 나남, 2008, 31-68쪽, 1장, 3장 참조.
20) 김외곤, 앞의 글, 29쪽.
21) 위의 글, 28쪽.

(1) 저수지 물빛조차 짙은 암회색으로 가라앉아 있어서 멀리 고내 곡
재 아래는 하늘과 수면이 한 덩어리였다. 침침한 제방이 마을에서 오륙
백 미터 텃논을 건너뛴 자리에 쭉 곧게 저수지의 수면을 자르고 동구 앞
의 삐죽이 올라선 수문에 닿고 있었다.

「역신의 축제」, 『식구』, 243쪽

(2) 바위에 떨어지는 구둣발소리가 짧게 스타카토되었다. 내려다보면
그대로 자신의 닳아빠진 발자국이 선명히 찍혀 있을 것 같았다. 소나무
한 그루가 그의 발걸음을 막았다. 잎이라고는 거의 달려 있지 않은 늙은
소나무였다. 그는 소나무에 기대고 서서 팔짱을 꼈다. 발 앞에서 돌산은
툭 부러져 7, 80도의 급경사를 이루고 있었다. 강을 거슬러온 바람이 그
곳에 목매달며 비명을 질렀다.

「풀잎처럼 눕다」, 『제3세대 한국문학20』, 9쪽

(1)과 (2)는 각 작품의 서두에 해당되는 부분이다. (1)은 정지하 전도사
가 등장하는 장면을 그리기 위해 공간적 배경이 밑그림처럼 묘사되어
있다. 근경에서 원경으로 확장되는 시선의 궤적은 그 반대의 경우보다
긴장감을 떨어뜨린다. 그러나 이완된 감정의 상태에서 갑자기 등장하는
낯선 이(정지하 전도사)가 독자에게 놀람과 호기심을 불러일으키는 효과를
거두고 있다. 작가는 시각을 동원하여 정지하 전도사의 등장을 극대화시
키고 있는 것이다. (2)는 시각과 청각을 주요 이미지로 사용해 상황을 묘
사한 글이다. 시각과 청각의 적절한 혼합은 독자에게 배경의 선명한 이
미지를 떠오르게 한다. 거기에 바람을 의인화해 독자에게 을씨년스러운
겨울 풍경을 떠올리게 하고 아울러 긴장감을 유발하는 효과를 거두고
있다.

대중적 작품의 여부와 무관하게 위의 예문들은 감각적 묘사가 박범신
문체의 특징이라는 점을 확인시켜주고 있다. 이 점은 그의 수다한 작품

에 전반적으로 나타나는데, 대상에의 감각적 접근은 지적인 사유의 산물이라기보다 직관적이고 즉물적인 인상에 작가가 민첩하게 반응한 결과이다. 그것은 필연적으로 작품의 사상보다 분위기를 조성하는 데 기여하고 작가는 그 감각적 이미지를 활용하여 독자에게 미적 쾌감을 제공한다. 대상에 대한 감각적 직관은 작가의 세계인식 방법이자 환멸의 세계에서 지성과 이데올로기에 대한 의식, 혹은 무의식적인 거부로 발생한다고 여겨진다. 박범신은 실제 「흰 소가 끄는 수레」에서 자신의 소설쓰기 방식이 세계에 대한 주의 깊은 관찰이나 천착보다 직관적인 상상력에 의존하고 있음을 밝히고 있는데, 이는 휘황하게 나래를 펴는 상상력으로 어떤 '어휘의 나비떼들'을 원고지에 옮겨 적을 것인가를 고민할 정도였다는 대목에서도 확인할 수 있다.

직관을 통한 세계인식과 글쓰기 방식은 작가의 탐미적 성향을 이끄는 토대가 된다. 작가의 그것은 대상의 본질을 제시하고 이념적 내용을 사유하는 지적직관이나 지각에 의하여 직접 외적 대상과 연관하는 지각직관보다 상상에 의하여 대상의 내적 감각상을 현전시키는 상상직관의 활용을 선호한다. 지적직관이 일반적인 미적 향수의 기본적 구성 분자로 정관성(靜觀性)을 특징으로 하는 것에 비해 상상직관은 예술창작의 주요 성분으로 창조성을 드러낸다. 일반적으로 예술작품은 이 두 개의 직관이 종합·통일을 이룬 상태에서 예술성과 철학성을 확보하게 된다.[22] 이에 비해 박범신의 작품에는 양자의 조화보다 상상직관이 우위를 차지하고 있다. 거기에 작가 특유의 탐미적 성향이 결합되어 작품세계가 구축되고 있는 것이다.

---

22) 김문환, 『미학의 이해』, 문예출판사, 2003, 121-122쪽 참조.

4. 지성과 감성의 조화, 혹은 탐미성의 극단

박범신이 인기작가로 전성기를 구가하던 70-80년대 한국사회는 그 어느 때보다 격동의 시기였다. 급속한 경제개발로 인한 소외계층과 분단의 문제와 더불어 가혹한 유신체제에 연이은 신군부 세력은 철권통치로 사회를 억압했다. 수난의 현실에서 많은 작가들은 저항의 목소리를 높였다. 이에 비해 박범신의 작품은 초기작을 제외하고는 현실 응전력이 부족하다는 평가를 받는다. 꾸준히 동시대의 문제를 다루고 있음에도 근본적으로 세계와 이데올로기에 대한 강한 환멸을 품은 작가는, 사회와의 교통 대신 개인주의적 탐미의 세계로 함몰되는 경향을 보이는 것이다.

앞에서 살핀 대로 탐미주의는 예술의 미적 성취를 통하여 자아완성과 삶의 의미를 구현하는 예술사조이다. 박범신의 탐미성에 대한 경도는 작가의 생래적 기질과 척박한 세계에서의 탈출구로 선택된 미학적 방법론이라 할 수 있다. 이러한 소설 쓰기가 작가 고유의 특장을 구축하기는 했지만, 한편으로 어쩔 수 없이 모순된 세계에의 고민과 인문학적 통찰의 부족이라는 한계를 노출한 것이 사실이다. 즉 작가는 미적대상과 세계를 꼼꼼히 따지고 천착해 그 실체와 모순을 추적하기보다 직관적 인식과 발화하는 상상력에 의존해 세계의 모순을 깊이 있게 투시하지 못한 것이다.

한편의 예술작품이 감성과 지성의 조화로운 결합으로 예술철학을 형성한다고 볼 때 그의 작품은 여전히 감각이 우위에 있다. 그런 점에서 앞에서 언급한 대로, 박범신의 탐미적 취향이 미의 추구 그 자체의 의미 외에 시대 현실을 문제 삼는 숨은 의도를 포괄하고 있는가에 대해서는 의문의 여지가 있다. 작가는 비정하고 모순으로 가득한 세계의 엄격한 규율을 위반해 독자에게 미적 쾌감을 제공하지만 정작 지향하는 세계는 모호하기 때문이다. 숨 막히는 현실을 일탈하고 가로질러도 목적지 없는 유랑이란 언제나 허망할 수밖에 없고 그 길 끝에서 허무가 임계점에 달했을 때 작가는 절필을 할 수밖에 없었을 것이다.

그렇다고 절필 이후 작가의 탐미적 성향이 감소되었다고 보이지는 않는다. 되레 작가의 탐미성은 심화되어 『더러운 책상』이나 『주름』 같은 작품을 생산한다. 특히 『더러운 책상』에서 고등학생 시절 이미 포착한 "책상보다 철인동 유곽의 창녀들이 더 더럽지 않다는" 반지성주의에 대한 옹호는 2003년 실제 박범신의 목소리로 여겨지는 다음의 진술에서도 똑같이 확인된다. 작가는 위의 작품에서 "인문학의 이중적 바리케이드를 친 자들, 외국문학의 화려한 슈미즈를 엽기적으로 걸친 자들, 이데올로기의 때늦은 갑옷에 제 눈물을 숨긴 자들, 세계화의 숨 가쁜 질주를 좇아 사생결단 달려가라고 부추기는 자들"에게 여전한 경멸의 시선을 보내고 있는 것이다.

이성과 이데올로기, 그리고 경제제일주의를 무기로 위선과 탐욕에 물든 자들에 대한 비판은 물론 가식적인 일부에게 향해 있다. 그러나 작가의 내부에 여전히 도사리고 있는 이성주의의 허울, 이데올로기의 허구성, 경제제일주의의 폭력성에 대한 거부감은 강고하다. 문제는 작가의 강력한 문제제기가 탐미적 세계의 그늘에 가려 온전히 드러나지 않는다는 점이다. 앞에서 거론한 작품들이 자기 성찰의 성격을 띤 것이라 그랬을 수 있고 작가가 의도적으로 그런 문제를 배제했을 수도 있다. 그런 점에서 이후 박범신의 작품이 탐미적 세계와 인문학적 통찰이 조화롭게 결합되어 나타날 것인지, 아니면 탐미성을 극단으로 밀어붙여 그 끝에서 새로운 세계를 펼쳐보일지는 독자나 연구자 모두에게 흥미로운 일이 아닐 수 없다.

III

황제의 인생 역정과 허무주의로의 귀결
이문열의 『황제를 위하여』론

1. 이문열 소설의 한 예표

이문열은 1977년 대구매일신문 신춘문예에 「나자레를 아십니까」로 가작 입선과 1979년 동아일보 신춘문예에 중편 「새하곡」의 당선으로 등단했다. 이후 왕성한 작품 활동을 벌인 작가는 등단 초기에 이미 『사람의 아들』(1979), 『그대 다시는 고향에 가지 못하리』(이하 『그대…』, 1980), 『그해 겨울』(1980), 『젊은 날의 초상』(1980)을 상재하며 자신의 문학적 색채를 발휘했다. 그런 가운데 작가는 『황제를 위하여』(이하 『황제…』)를 1980년부터 1982년까지 『문예중앙』에 연재하며 창작에 매진한다.

이들 중 "새로운 신을 찾아 방황하는 어느 신학도의 고뇌를 그린" 『사람의 아들』을 제외하고 보면, "옛 정신의 권화와 우리의 고향이 갖는 정서적, 문화적, 역사적, 윤리적 감동을 유장한 산문시투의 문장으로 그려낸"[1] 『그대…』와 혼란스러웠던 작가의 청춘시절과 그런 혼돈의 와중에

---

1) 이순원 정리, 「문학적 연대기—방황·독서·여행」, 『작가세계』, 1989 여름, 20-21쪽.

발현된 낭만성 및 유미주의적 세계관이 담겨 있는 『젊은 날의 초상』은 이후에 전개될 이문열 소설세계의 단초를 보여준다. 특히 이 글과 관련해 『그대…』는 이문열의 상고적 취향을 여실히 드러내는 작품으로 이에 대해서는 여러 평자들의 논의가 있었다.2) 이 작품집들과 함께 이문열의 세계관을 작가생활 초기에 선명히 표출한 작품으로 『황제…』가 있다. 어쩌면 이문열의 자전적 면모가 투영된 『그대…』에 작가가 그리워하는 과거의 세계가 그려져 있다면, 『황제…』에서는 작가가 『정감록』을 토대로 해 가상의 공간에서 한 나라를 건국3)하는 이야기를 창조하여 그가 염원하는 이상적인 세계를 공표한 것으로 볼 수 있다.

　그런 점에서 『황제…』는 이문열 소설에서 중요한 의미를 지니는 작품이라 할 수 있다.4) 일단 이 작품에는 서구문명에 대비되는 동양정신의 가치가 곳곳에서 드러난다. 또 구한말에서부터 1972년 황제가 죽음에 이르는 시기까지 격동의 한국 근현대사가 통시적으로 고찰되어 있다. 그

---

2) 이는 대체로 이문열에게 고향은 곧 문중이자 혈연적 원리로 지탱된다는 것과 유교적 질서에 대한 향수, 엘리트주의, 근왕주의에 대한 관심 등으로 대별된다. 전자에 관한 논의로는 류철균, 「이문열 문학의 정통성과 현실주의」, 『이문열』(류철균 편), 살림, 1993, 13-21쪽. 특히 후자와 관련된 평에서는 작가의 그러한 사고가 곧 소설의 한계로 지적되는 경우가 많다. 이에 대한 대표적 견해로는 김명인, 「한 허무주의자의 길찾기」, 『이문열론』(김윤식 외), 삼인행, 1991, 177-178쪽과 이동하, 「낭만적 상상력의 세계인식」, 같은 책, 40-47쪽을 들 수 있다.

3) 김현은 이를 '환상의 나라'로 지칭했다. 김현, 「베끼기의 문학적 의미」, 『제3세대 한국문학24─이문열』 해설, 삼성출판사, 1985, 436쪽.

4) 김현은 『황제…』를 "이문열의 가장 중요한, 그리고 가장 좋은 소설"로 고평했는데, 그 이유를 "이문열의 무의식에서 일어나고 있는 전통적 문화에 대한 회귀욕망과 거부의지 사이의 섬세하지만 치열한 싸움의 무의식적 결과"이기 때문으로 보았다. 위의 글, 435쪽. 또한 권성우는 "『황제…』에 대한 탐구가 당신(이문열-인용자)의 문학적 매력과 비밀을 해결하는 첩경"으로 의미를 규정한다. 권성우, 「작가에게 보내는 젊은 비평가의 편지」, 『작가세계』, 1989 여름, 62쪽. 뿐만 아니라 류철균은 『황제…』가 전통세계의 어떤 정수와 아름다운 집단적 가치들을 '황제'라는 순수한 바보를 통해 웅변적으로 보여주었다는 점과 한국의 구전문학들이 갖고 있는 이야기성의 예술적이고 가치공동체적인 미덕을 담보한다는 점을 거론하며 이 작품의 우수성을 주장한다. 이문열·정현기·김종회·류철균 좌담, 「문학의 눈으로 시대의 중심을 보다」, 『문학수첩』, 2004 겨울, 239-240쪽.

런 역사적 배경에서 발생한 다양한 에피소드들과 해석은 작가의 세계관을 정밀히 살필 수 있는 계기를 제공한다. 그럼에도 이 작품에 대한 평자의 집중적인 논의는 그리 많지 않다. 이 작품은 이문열 소설세계의 전체적인 의미망 속에서 부분적으로만 언급되어 김현과 김욱동의 작품론을 제외하면, 『그대…』에서 보여준 기왕의 이문열 문학에 대한 평가를 논증하는 보조 작품 정도로 언급된 것이 전부였다.[5]

하지만 앞에서 언급한 대로 이 작품은 이후에 전개될 이문열 소설세계를 살피는 데에 중요한 예표가 된다. 이는 특히 작가의 정치적 허무주의와 연관되어 『영웅시대』와 『변경』, 그리고 작가 특유의 예술지상주의적 세계관이 드러나는 『시인』이 생산되는 토대로 작용하기에 더욱 그렇다.

2. 동서양 사상의 충돌과 기술문명에의 동경

『황제…』의 시간적 배경은 황제가 태어난 1895년에서 황제가 사망한 1972년까지이다. 이 시기는 한국사에서 유례없는 격동의 시기였다. 특히 구한말은 이국의 문물이 밀려들던 과도기였다. 사회 구성원들은 이제까지 익숙했던 삶의 방식에서 가치의 혼란과 신문명의 충격을 경험한다. 이에 비해 도시에서 생활하다 흘러든 신하들을 제외하면, 『황제…』에 등장하는 인물들은 도시인들의 문화적 충격 자체를 아예 경험하지 못했다. 계룡산 자락에 자리를 잡고 살아가던 그들은 급변하는 사회상을 거의 알 수 없었던 것이다. 그들이 『정감록』이라는 비기(秘記)를 신봉하고 도참(圖讖)에 빠져 황제를 우상화하는 것도 세상과의 교류가 현저히 부족

---

5) 이제까지 『황제…』는 이문열의 작품세계 전반을 다루는 과정에서 부분적으로 분석된 것이 대부분이었다. 그 가운데 비교적 『황제…』에 비중을 두고 논의한 글로 권성우, 김경수, 박일용 등의 것이 있다.

했기에 가능했을 터이다.

세상 물정을 모르기는 황제도 마찬가지이다. 나름으로는 흰돌머리마을[白石里]의 영재이자 식자(識者)인 황제마저도 새로운 세상의 도래에 대해서는 무지하기 그지없다. 황제는 불과 열여섯 살의 나이로 유가(儒家), 묵가(墨家), 도가(道家), 법가(法家), 음양가(陰陽家), 명가(名家) 등 동양고전의 본체를 꿰뚫은 인물이지만 막상 한반도 정세나 신문물의 위력에 대해서는 체계적으로 공부한 적이 없다. 일제에 의한 을사보호조약과 한일신협약으로 허수아비가 된 조선 이씨 왕조의 무기력을 비탄하던 황제가 한일합방의 국치를 이기지 못하고 무모한 거병(擧兵)을 하는 이유도 바로 시국과 국제정세에 몽매했던 탓이다. 그러나 변변한 무기도 없고 군사훈련도 제대로 받지 않은 오합지졸들이 『삼국지』에나 나올 법한 전술로 많은 병력과 성능 좋은 무기로 무장한 일본군에 맞서는 것은 자살행위나 다름이 없다. 게다가 그 무렵 일본군은 파죽지세로 대륙을 향해 북진하던 중이었는데, 일개 마을의 민간인들로 그들과 대항하기란 애당초 무리였다. 그럼에도 황제는 군사를 일으켜 결국 패퇴한다.

새로운 문물에 대한 황제의 충격은 기차를 처음 보았을 때도 여실히 드러난다. 세상 공부를 위해 백석리를 떠난 황제는 한밭[大田]에서 생애 처음으로 기차와 대면한다. 1912년 삼월말께의 일인데, 그는 그곳에서 고향에서는 보지 못했던 자동차들, 이삼층 양옥집, 점포의 유리창들, 온갖 상품들에 놀라움을 금치 못한다. 그런 상태에서 그는 한밭 사람들 모두가 알고 있는 기차에 대한 이야기를 듣고 "흰돌머리에 한때 무슨 전설처럼 어렴풋이 떠돈 적이 있는 화룡차(火龍車)"를 떠올린다. 그리고 실제 본 기차에서 그는 살아있는 한 마리의 무시무시한 괴수(怪獸)를 연상하는 시대착오성을 드러낸다.

이처럼 급변하는 정세와 서구에서 유입된 문명의 발전에 황제는 무지하다. 하지만 동양 고전을 근간으로 하는 그의 사상적 토대는 굳건하다. 그 밑바탕에는 자신이 황제가 될 운명이라는 강력한 확신이 전제하는데 그것은 바로 천명(天命)사상과 가천하(家天下) 사상이다.6) 이 두 사상은 황제가 개국은 물론 왕권을 유지하는 데에 중요한 기반이 된다. 먼저 천명사상은 우주 최고 주재자의 명령을 의미한다. 동시에 이 용어는 인간의 운명이 태어나기 전부터 하늘에 의해 결정되는 것을 뜻한다. 그렇게 본다면 『황제…』에서 무시로 등장하는 천명사상은 황제의 입지를 공고히 하는 데 결정적 역할을 하는 사상으로 기능하고 있음을 알 수 있다. 게다가 황제의 아버지 정 처사는 자신의 아들이 황제가 되는 것이 "하늘이 정하신 일"로 규정하여 마을사람들이 아들을 우상화하게 만들고 자식의 훈육도 '제왕과 치자(治者)'를 중심으로 이끌어간다. 그리고 황제가 받은 천명에 해가 될 일들에는 온갖 계책을 발휘해 미연에 방지한다.

가천하 사상 역시 황제의 권력 유지에 필수적인 토대이다. 범박하게 말하자면 이는 모든 권력이 왕족일가의 소유라는 의미이다. 이때 황제의 권력은 마을사람들로부터 보위받기에 수월하다. 이것은 "천하를 가부장적 씨족사회의 대연합으로 보고, 천자를 천명을 받은 대종중(大宗中)의 수장으로 생각"하여 왕도주의의 실천을 용이하게 한다.7) 『백제실록(白帝實錄)』에 적대자들의 비난도 보이기는 하지만 적어도 백석리의 황제 신봉

---

6) 점점 복잡다단해지는 당시의 사회에서 천명사상이나 가천하 사상이 시대에 부적합한 것은 자명하다. 그럼에도 황제는 "고전적 성인의 이상"에 근거하여 통치를 하는 "시대착오적인 성인의 면모"를 보이는 인물이다. 김경수, 「부조리한 세계와 소설의 주인공」, 『이문열론』(김윤식 외), 앞의 책, 141쪽. 이태동은 황제의 이와 같은 시대착오적인 면모가 비극미를 유발한다고 본다. 즉 황제는 시대에 뒤처진 인물이기는 해도 "<요순시대>와 같은 목가적인 이상세계를 세워 전통적인 자존심을 지키려는 처절한 노력"을 보이며, "극한적 상황에서도 자신의 위엄을 지키면서 거대한 외부적인 힘에 끝까지 저항하는 모습에는 우리가 인간적인 의미와 존경을 발견하지 않을 수 없"기에 그렇다. 이태동, 「비극과 비장미」, 『세계의문학』, 1992 겨울, 375쪽.

7) 기세춘, 『동양고전산책1』, 바이북스, 2006, 350쪽.

자들에게서 그의 위상이 확고한 것도 이러한 사상의 뒷받침 덕이다.

이와 같은 사상적 배경 아래 확립된 황제의 국가에 서구의 사상이 틈입할 여지는 협소하다. 황제가 서구문화에 적대적이고 동시에 그것을 논박하는 데에 필요한 이론적 기반이 바로 강고한 천명사상과 가천하 사상으로부터 비롯하기 때문이다. 그래서 그는 서구에서 유래된 종교와 사상에 거침없는 비판을 가한다. 이 작품에서는 황제가 일갈하는 서구문화와 사상으로 기독교와 사회주의를 대표적으로 들 수 있다. 먼저 황제는 기독교를 "양이(洋夷)가 동방을 침모함에 앞서 요망한 사교(邪敎)의 무리를 보내 민심을 현혹"하는 것으로 본다. 그리고 기독교가 전한 폐해로 "첫째, 부모가 끼친 머리칼을 자르고 열성(列聖)이 정하신 법복(法服)을 폐한 것, 둘째, 종묘(宗廟)와 조상의 제사를 폐한 것, 셋째 터무니 없는 사랑의 가르침을 전한 것"을 드는데 황제의 언변에는 동양사상을 바탕으로 한 나름의 논리가 있다.

또한 김광국이 신봉하는 민주주의를 논파하는 자리에서도 황제는 "민주(民主)라는 것도—제왕을 대신하여 백성들 위에 군림하려는 사특한 자들의 술수이거나, 동방을 침놓기에 앞서 그 군주를 내몰고 자기들의 앞잡이를 대신 세우려는 양이의 간교로운 계략"으로 일소에 부친다. 또 공산주의자 이현웅을 "허자(許子=허행(許行)—인용자)의 아류"로 취급하며 다음과 같이 강력하게 논박한다.

　　"너희들이 입만 벌리면, 인민, 인민하며 오직 백성들만을 위해 일하는 것처럼 꾸미지만, 실제로 너희가 구하는 것은 순리(順理)로는 얻을 수 없는 다스리는 자의 자리이다. 이 백성이 너희들의 달콤한 꼬임에 빠져 나라의 대권을 너희 손에 쥐어주기만 하면, 너희들은 지금에 다스리는 자의 몇 배로 혹독하게 이 백성을 착취하고 부려먹을 자들이다. 결국 너희들은 무슨 천지개벽이나 되는 것처럼 혁명을 말하고 있으나 이 백성의 입장으로 보면 다스리는 자가 달라지고 빼앗기고 혹사당하는 구실이 달라질 뿐이다. 너희들이 말하는 낙원(공산주의 낙원)은 오직 새로운 무하유지향(無何有之鄕)일 따름이다……"

「황제를 위하여」, 『제3세대 문학전집24 – 이문열』, 181쪽

이처럼 황제는 나름의 논리로 서구에서 유래한 종교와 사상을 비판한다. 황제는 동양고전에 제시된 통치행태로 서구의 그것을 대체할 수 있다는 강한 자신감으로 상대를 공박하는 것이다. 물론 황제가 신봉하는 동양고전의 현실 적용이 언제나 말대로 되지는 않는다. 그럼에도 이론적으로는 서구의 그것과 비교해 뒤지지 않는다는 강한 자신감과 동양 고전에의 박학이 황제에게는 있다. 그렇기에 그 자체를 김명인의 언술대로 "역사발전의 청사진을 지닌 어떤 이념에 대해서도 적의를 드러낸다고"[8] 몰아칠 수만은 없는 것이다. 황제가 비판 받아야 할 지점은, 동양적인 것이 최고라는 편협성과 그가 말년에 이를수록 정치에 대한 허무주의 쪽으로 경사하는 데에서 찾아야 할 것이다.

서양의 종교와 사상에 비해 서구문물에 대한 황제의 태도는 한결 개방적이다. 큰 세상과의 만남을 목적으로 향리 백석리를 생애 최초로 떠난 황제는 대처에서 "색목인들이 전해온" 새로운 문물을 경험한다. 그 경험에서 황제는 "색목인들이 한낱 서쪽의 오랑캐로 보기에는 그 문명이 놀라운 데"가 있다는 점을 인정하고 고향에 내려가 실사구시의 진리를 구하려 노력한다. 황제는 기차의 원리를 살피던 실험 중에 대장간 풀무를 박살내고, 철선(鐵船)을 건조하려다 자재 부족으로 우죽선(羽竹船)을 고안했으나 시운전에서 실패하고, 비행기를 만든답시고 "참나무 뼈대에 광목을 바른 일종의 글라이더"를 제작해 역시 실패하지만, 그런 시도는

---

8) 김명인, 앞의 글, 182쪽.

곧 서구 문물에 대한 황제의 강한 호기심과 동경의 현실적 응용이었음을 알 수 있다.

3. 실록을 통한 황제 이해의 문제

황제가 백석리에서 개국하고 천자의 위치를 유지할 수 있었던 것은 그의 아버지 정처사의 간계와 소수의 맹렬한 추종자들이 있었기에 가능했다. 또 우발산, 신지숙, 마숙아, 김광국 등과 같은 충신들의 헌신적인 보필도 권력을 유지하는 데에 결정적인 역할을 했다. 그런 한편으로 황제의 무리를 비아냥거리는 이들도 역시 존재했다. 황제가 벌인 다양한 에피소드들에 관한 내용이 편년체로 기술되어 있는 『백제실록』에는 황제의 입장을 옹호하는 측과 그 반대자들에 대한 기록이 나온다.

『백제실록』을 적은 사관은 황제 측의 사람이다. 그렇기에 그는 황제의 일거수일투족에 과다한 의미를 부여하여 내용을 황제 업적에 치중해 왜곡·과장하고, 말미에 적대자들의 반응을 사족처럼 간단하게 달아놓는다. 그리고 이 실록을 또 나름의 시각으로 해석하는 기자가 등장한다.9) 이와 같이 연의(演義) 형식의 『백제실록』 해석은 독자에게 소설 속 인물이나 사건의 진위를 혼란케 한다. 이는 독법의 문제와도 연관이 된다. 『황제…』를 읽어내는 두 가지 방식이 제시되는 것도 그러한 이유에서이다.10) 이 작품에서 당장 황제라는 인물의 정체성에 대한 혼란이 야

---

9) 김현은 이를 두고 이 작품의 베끼기 층위가 삼중적이라고 본다. 그 이유는 ① 황제는 비기들의 예언을 고쳐 베껴 자신의 삶을 만들었으며, ② 실록은 그의 삶을 실록에 맞춰 고쳐 베꼈으며, ③ 기자는 그 실록을 다시 고쳐 베꼈기 때문이다. 이에 대해서는 김현 앞의 글, 438쪽. 이 삼중의 베끼기는 황제의 실체가 정확히 무엇이었는가를 판단하기 어렵게 하는 주요소가 된다. 즉 동일 사건임에도 기록한 관점에 따라 황제의 면모는 정반대로 해석이 될 수 있기 때문이다. 또 실록에 사관의 개입, 연의에 해석자의 주관적인 판단이 섞이면 황제의 실상은 더욱 오리무중에 빠질 수밖에 없다.

기되는 까닭도 바로 그런 독법의 차이로 비롯한다. 사실 황제를 어떻게 볼 것인가에 대한 문제는 『황제…』를 읽어내는 데에 아주 중요한 문제이다. 작품에 드러나는 황제의 시대착오적인 면모나 기행은 이 작품을 우스꽝스러운 소극(笑劇)으로 전락시키는 동시에 황제를 신뢰할 수 없는 인물로 추락시킨다. 동시에 그는 논전을 벌일 때 매우 정연한 논리로 상대방을 무력화하는 인물이기도 하다. 독자의 그런 혼동에 작가는 이 작품의 에필로그를 통해 황제에 대한 이해의 단서를 어렴풋이나마 제공한다. 물론 그 진위도 전적으로 독자가 판단해야 할 몫이기는 한데 그것은 황제와 인터뷰를 한 교수와의 대화에서, 황제가 "광인(狂人)에 지나지 않았는지, 또는 시대와 맞지 않았을 뿐 비범한 인물이었는지"를 언급하는 대목에 나온다.

"그래서 마지막에 단도직입적으로 <세상 사람들이 당신을 미쳤다고 하는데 정말입니까?> 하고 물었죠. 이리저리 대답을 피하며 실토를 않았지만. 열여섯에 열병으로 머리를 상한 뒤 대개 6·25를 전후해서는 차츰 정신을 되찾게 되지 않았나 싶습니다. 나중에 무턱대고, 미치지도 않았으면서 무엇 때문에 그렇게 행동해 왔느냐고 물으니까 숙연한 표정이 되어 대답하더군요. <믿음이라는 것은 수(數)에 있지 않다. 단 하나라도 내게 내려진 천명(天命)을 믿어주는 사람이 있는 한, 내 스스로 그들을 상심하게 만들 수는 없었다.>라는 것이었습니다. 그 말을 듣자 다시 이상

---

10) 박일용은 『황제…』의 독법에 두 가지 방식이 있다고 본다. 그 하나는 『정감록』에 대한 믿음을 바탕으로 하여 신화적으로 읽기, 또 하나는 소설 인물들의 삶의 궤적을 현실적인 눈으로 읽기가 그것이다. "전자의 시각으로 읽어가면 이 작품은 환상과 관념 속에서 황제의 위업을 완성시켜 나가는 과정 및 그 과정에 나타나는 갈등을 그린 것이라 할 수 있으며, 후자의 시각으로 읽어간다면 등장인물 스스로가 어떻게 생각하느냐를 막론하고 식민지 시대 및 6·25를 거치는 한국 현대사를 배경으로 하여 한 부농층을 중심으로 한 조그만 산간 마을의 이야기를 그린 것"이 된다. "문제는 독자가 이 작품을 읽어 나가면서 이 대극적인 시각 중 어느 하나도 버릴 수 없다는 것임"을 박일용은 주장한다. 박일용, 「관념적 보수주의 이념의 서사적 구현」, 『이문열』, 살림, 1993, 154쪽.

한 기분이 들더군요. 하지만 어쨌든 그는 좀 특이한 사람인지는 몰라도
미친 사람만은 분명 아니었습니다."

같은 책, 340쪽

대학교수의 말은 황제의 기행이 지극히 정상적인 상태에서 이루어졌
음을 강변하는 듯하다.

이처럼 황제의 본모습과 실록에 기록된 다양한 사건의 진상을 파악하
기 위해서는 먼저 실록의 성격에 대한 이해가 선행되어야 한다. 실록은
제왕을 중심으로 편년체(編年體)로써 역사를 기록한 사체(史體)의 하나이다.
이를 기록하는 사관이 조정에 있었다는 점을 감안하면 필요에 따라 사
안의 내용이 가감되었으리라 짐작이 된다. 여기에서 실록의 신뢰성의 문
제가 일차적으로 발생한다.

실제 『백제실록』에서는 황제의 일거수일투족을 침소봉대하기에 급급
하고 적대자들은 황제가 벌인 소동을 비웃기에 여념이 없으나 그것은
대체로 약술된다. 과연 작품에는 일개 소동으로 끝났을 일도 황제의 인
품이나 업적을 과시하는 것으로 조작되는데, 기미년 벽두의 삼일운동 당
시 벌어진 해프닝은 그 점을 여실히 보여준다.

장날에 주막에서 술잔을 기울이던 황제는 "조선 독립 만세"와 "황제
폐하 만세"라는 함성에, 그것이 자신을 부르는 소리로 착각을 한다. 밖
으로 뛰어나간 황제는 마침 출동한 일본경찰에게 호통을 치며 장작으로
순사를 내리친다. 얼떨결에 황제의 공격을 막다 순사는 자신의 군도(軍刀)
에 목이 베인다. 일순 당황한 황제는 공포감을 느끼고 백석리로 도망친다.

하지만 그 상황은 곁에 있던 우발산에 의해 턱없이 과장되어 되레 황
제를 우상화하는 데 유용한 일화로 탈바꿈한다. 또 사건의 진상을 파악
하기 위해 현장에 간 마숙아도 실상을 알아내기는 어렵다. 당시 현장에

있던 사람들은, 그 사건을 통해 일제에 억눌렸던 자신들의 감정이 일소에 해소되는 기분을 맛보아 황제의 행위를 칭송하기에 여념이 없었던 것이다. 아무튼 이 사건은 황제의 새로운 신화 창출에 일조한다. 그리고 사관은 그 정황을 『백제실록』에 <己未 二月 황제 神力으로 倭를 斬하시다.>로 과장해 기록한다.

황제에 대한 신성화는 이 외에도 작품 곳곳에 드러나는 바이다. 물론 황제의 행동에 조소를 보내는 적대자들에 대한 언급도 우발산을 통해 기자가 들을 수 있었으나 그것은 황제의 위용과 신성에 비하면 조족지혈에 불과하다.

4. 황제의 사상적 변모와 정치적 허무주의

『황제…』는 황제의 이상을 품고 살다간 한 인물의 인생 역정에 관한 보고서이다. 77세를 살다 간, 그것도 평생 제왕이 되기 위해 애쓰고 마침내 개국을 하여 시골의 작은 마을에서나마 나름의 국가를 통치한 인물의 삶이 결코 평범할 수는 없다. 그의 돈키호테 식의 기행과 때로는 광인으로서의 면모도 『황제…』에는 드러나지만 무엇보다도 간과할 수 없는 것은 황제의 사상과 정치에 대한 식견이다.

어릴 적부터 황제는 '큰선생'이 말한 대로 '제왕과 치자(治者)'에 관한 학문을 공부했고 한학에서도 상당한 성취를 이루었다. 황제의 풍부한 독서량과 삼 년여의 세상편력은 그의 사상에 지대한 영향을 끼쳤다. 황제의 학문적 토대는 아무래도 동양 경전에 있다고 할 수 있다. 황제가 우선 몰두한 공부는 육가(六家)인데 이들 경전은 황제에게서 무시로 인용되고 있다. 또한 황제의 동양 경전 공부는 개국 후 통치에 중요한 이념으로 자리한다. 그 중 덕치주의(德治主義)는 황제의 평생 통치 이념이었다.

황제가 공산주의자 이현웅과 논전을 벌이고 신기죽과 시문(詩文)을 즐기다 자존심이 상해 법가(法家)의 용인술을 한때 활용하기는 했으나 황제에게 덕치가 통치의 주요한 수단이었음은 명백하다.

공자는 『논어』 「위정」 편에서 "덕으로 정치를 하는 것은 비유컨대 북극성이 제자리에 고요히 있어도 뭇 별이 그것을 받드는 것과 같다(爲政以德 譬如北辰居其所 而衆星共之)"라 했다. 물론 덕치주의에도 법령이 존재하지 않는 것은 아니다. 다만 권력이나 무력보다 교화로 국민을 다스리는 것을 더 중시했을 뿐이다.[11] 황제의 이러한 통치이념은 황제를 헌신적으로 보필해온 우발산이 기자에게 한 말에서도 확인된다. 우발산은 생전의 황제가 펼쳤던 통치론을 다음과 같이 약술한다.

> "대개 나라를 다스리는 길은 세 가지가 있으니, 그 하나는 백성을 힘으로 위협하는 것이며, 그 둘은 법으로 묶어두는 것이고 그 셋은 덕으로 보살피는 것이오. 그런데 힘으로 위협하는 것은 법으로 묶느니만 못하고 법으로 묶는 것은 덕으로 보살피느니만 못하오……"
>
> 같은 책, 17쪽

이처럼 덕치에 충실했던 황제는 그러나 말년에 노장(老莊)의 무정부주의적 세계로 선회한다. 변약유 앞에서 황제는 그런 심사를 터놓는데 이는 이제껏 살아온 자신의 삶과 허무를 회고하는 것과 다르지 않다. 동시에 황제의 그런 언급은 도를 통해 자신이 부질없는 미망에서 각성했음을 일러준다. 온갖 고초를 겪은 황제가 겨우 세운 나라는, 그것이 아무리 강대하고 백성들이 풍요로운 생활을 한다고 해도 결국 "차고 꽉 차 있어도 있는 데가 없는 우(宇)를 하늘로 삼고 길이길이 있어도 처음과 끝이 없는 주(宙)를 땅으로 삼는 나라"에 비할 것이 못 된다는 것이다. 황제

---

11) 기세춘, 앞의 책, 360쪽.

의 이와 같은 깨달음은 끝내 자신의 뜻을 펼치지 못한 회환과 급변한 당시의 현실정치 여건에서 비롯된다.

이 작품에서 황제의 예지와 총기가 돋보이는 대목 중 하나는 바로 현대사에 대한 분석이다.[12] 가령 황제는 1950년의 한국전쟁을 타국의 힘을 빌어 자신의 목적을 이루려는 위정가의 술책으로 치부한다. 신라가 당군의 원조를 받고 고려가 원나라의 힘을 빌리고 조선이 왜(倭)를 끌어들여 자기 백성을 도륙하는 것과 마찬가지로, 한국전쟁 역시 공산주의자들이 중국과 당시의 소련 힘을 등에 업고 백성들을 괴롭히는 것에 불과하다고 본다. 전쟁에서 황제가 걱정하는 것은 남북 누가 승리하느냐가 아니라 전쟁으로 인한 백성들의 고초이다.

또 1960년의 4·19의 주체에 대한 황제의 의견도 경청할 만하다. 황제는 변약유에게 4·19의 주체가 학생들이라는 말을 듣는다. 황제는 대학생들이 "한 나라의 식자(識者)들을 대표"할 만하다는 점에서 신뢰를 보낸다. 동시에 그들의 혹시 모를 부조리한 작태에 대해서도 경계심을 늦추지 않는다. 그는 중국의 역사를 거론하며 그 우려를 다음과 같이 드러낸다.

"그러나 송대(宋代)에도 (학생들의─인용자) 폐단 또한 적지 않았으니, 그 중에 일부는 권력에 영합하여 선량한 자들을 훼방하고 혹은 못된 무리의 재물을 받고 공연히 동료들을 선동하여 쓸데없는 소요를 일으키는가 하면, 심지어는 무식한 백성들을 사기하는 무리들까지 있었소. 그런

---

12) 한국 현대사의 해석은 황제의 입을 빌어 이문열의 견해를 밝히는 일종의 작가적 개입이다. 이문열은 동아시아적 서사 양식에서는 작가의 개입이 서사의 한 요소가 될 만큼 두드러진다고 보았다. 또한 그는 동아시아 서사 전통에서 '재학소설(才學小說)'의 전통도 작가적 개입을 용이하게 하는 이유가 된다고 본다. 여기에서 재학소설은 "대개 현학적인 소설들을 묶어 말한 것이지만, 한편으로는 소설을 통해 자신의 학식과 능력, 포부를 드러냄으로써 세상의 쓰임을 기다린다는 중국의 전통적 글쓰기 태도와 연관"이 깊다. 이문열, 「한국소설과 동아시아적 서사 양식」, 『신들메를 고쳐 매며』, 문이당, 2004, 198-200쪽.

데도 조정은 함부로 그들을 제어하지 못해 그것이 송대의 정치가 혼미한 한 원인을 이루었소. 다만 바라는 바는 이 나라의 대학생 중에는 그와 같은 부류가 없는 것뿐이오……"

같은 책, 310쪽

황제는 학생들의 순수한 동기와 열정에 대해서는 인정한다. 또한 황제는 송대의 예를 반면교사 삼아 시위자가 행여 목적에 반하는 행동을 저지를까 하여 경종을 울린다. 동시에 정권 담당자들도 불순한 동기로 시위에 가담하는 자들은 강력히 처벌해야 한다고 황제는 주장한다. 그러나 이듬해의 5·16에 대한 의견은 없어 아쉬움을 준다. 작품에서는 문무에 관한 황제의 장황한 논의가 있었다고 쓰여져 있으나, "모두 기억하기도 힘드려니와, 설령 기억한다 해도 그대로 전하기에는 그리 적합한 내용이 못된다"고 작가는 발을 뺀다. 그리고 이후로 황제는 더 이상의 현실 정치에 개입을 하지 않는다.

황제는 이제 도교의 세계로 경사해 현실정치는 물론 자신의 대업마저 한갓 부질없는 행위였음을 고백한다. 변약유를 그의 아들에게 보내며 황제는 그와 함께 했던 지난 과업을 무위로 돌리는 "우리들의 진정한 나라는 드높은 정신 속에 있"다는 식의 말을 하는 것이다. 또 두충의 상여가 나갈 때에는 "두공(杜公)이여, 그대와 나는 모두 꿈을 꾸고 있었다"고도 한다.

황제의 자기 처지에 대한 직시와 속세의 정치 현실에 대한 각성은 결국 그에게 정치적 허무주의자의 모습을 띠게 한다. 그렇게 해서 황제가 이룬 나름의 역사는 무화(無化)된다. 이는 기존의 왕조 중심의 한국사 역시 다르지 않다.[13] 비록 말년이기는 해도 황제가 역사의 허구성을 깨닫

---

13) 한국 근대사에 대한 이문열의 사관은 이미 『그대…』에서도 확인되는 바이다. 이 작품에
   서 작가는 "한국의 근대사는 주자학적 세계관에 입각한 공동체적 사회질서가 서구적 근

고 인간의 성선(性善)에 대한 교육에 의지해, 법과 나라가 없는 일종의 무정부주의를 지향한 것도 바로 강자 중심의 역사관에 대한 회의에서 발원한다고 볼 수 있다. 이 허무주의는 곧 김명인의 언급대로 "이념 없는 세상, 노장적 무정부주의의 세계에 대한 지향을 최후의 대안으로 제시"[14] 한 것과 다르지 않다.

마침내 황제 보령 일흔다섯에 그토록 열망했던 즉위식이 열린다. 자신의 즉위를 천지신명께 알리는 그 자리에서 황제는 "다스림을 잊"겠다는 극적인 아이러니를 연출한다. 즉 황제가 되었으나 통치하지 않겠다는 말인데, 이는 황제 즉위의 의미 자체가 무화되는 것과 다르지 않고 이제껏 '황제를 위하여' 살아온 자신의 삶 전체를 부정하는 것이다. 그런 그의 언술에 황제 즉위식을 참관한 지방지 기자가 "다스리려고 하지 않는다는" 말의 의미를 물을 때, 황제는 "다스리지 않음으로써 내 백성을 그같은 사슬(한 국가의 국민으로서의 의무—인용자)에서 풀어주고자 한다"고 답한다. 이런 태도야말로 정치적 허무주의자, 황제의 모습이 아닐 수 없다.

대문명의 유입으로 인해 서서히 무너져가는 과정"으로 파악하고 있다. 이동하, 앞의 글, 40쪽. 『황제…』에서의 역사의 허구성을 미셸 푸코를 비롯해 몇몇 포스트구조주의자들의 새로운 역사이론과 유사함을 지적한 이는 김욱동이다. 그는 이 작품에 드러나는 역사의 허구성을 발견하면서, "역사라는 것도 엄밀히 따지고 보면 <힘 세고 꾀 많은 자들>이 만들어낸 이데올로기의 산물로서 어디까지나 권력 의지의 표현에 지나지 않는다"는 문장을 예로 든다. 김욱동, 『이문열』, 민음사, 1994, 230쪽.
14) 김명인, 앞의 글, 같은 쪽.

제 2 부

|||

홍성원 소설에 나타난 지식인의 특성 고찰

1. 현실 참여형 지식인소설과의 변별성

전통적으로 우리나라의 지식인들은 부조리한 현실을 개선하기 위해 고뇌하고 행동하는 위치에 있었다. 부당한 권력에 기생하여 일신의 영달만 꾀하고 지배층의 억압에 신념을 훼절한 자들도 없지 않았으나 역사를 되돌아볼 때 많은 지식인들은 그 단어의 기원[1])에 부합하는 길을 걸어왔다. 인권수호와 정의구현을 위해 불의의 지배층에 저항하거나 민중계도를 위해 헌신한 그들은 사회발전에 적잖은 기여를 했고, 나름의 소명의식을 실천하는 과정에서 권력층으로부터 수난을 당하기도 했다.

한국사회에서 지식인의 다양한 양상을 반영한 작품들이 대거 생산된 연유도 격변이 심했던 우리 역사와 밀접한 연관이 있다. 근대소설의 효시라 할 수 있는 이광수의 『무정』에 등장하는 계몽적 지식인이 우선 그

---

[1]) 지식인이라는 용어는 1894년 프랑스에서 발생한 드레퓌스(Dreyfuss) 사건의 전개과정에서부터 유래하였다고 본다. 이 사건은 유태계 드레퓌스 대위가 독일의 첩자였다는 죄목으로 종신형을 선고받은 데에 항의하는 사람들이 '지식인 선언'으로 재심을 요구해 그의 무죄를 입증한 것을 말한다.

렇거니와 진보적 사고로 불의의 현실에 저항했던 이들의 무력감과 전향을 다룬 90년대 초의 후일담소설까지, 지식인을 주인공으로 한 작품들은 사회의 격동을 증거하는 한 예가 되었다.

이처럼 지식인이 주요인물로 등장해 생활과 이념의 측면에서 갈등을 벌이는 일련의 작품들은 '지식인소설'로 유형화되었는데, 이 용어를 최초로 사용한 사람은 티보네이다. 하지만 그에게서 지식인소설의 명확한 정의를 추출하기는 어렵다. 그는 단지 "지식인의 지적활동을 중심으로 한 소설"[2]이라고 막연하게 규정하고 있어 전통적인 지식인소설에 관한 틀은 조남현의 글에서 도움을 받는 것이 효과적이라 생각된다. 조남현은 지식인소설의 요건으로 첫째 지식인이 주요 인물로 나타날 것, 둘째 대체로 현실적 욕구와 이상 사이의 갈등이 주요 플롯이 되어야 할 것, 셋째 지식인의 본질과 역능(役能)에 관한 사유와 각성이 포함되어야 할 것을 들었다.[3] 조남현의 정의에 부합하는 지식인소설에는 부조리한 현실을 개조하기 위해 의지를 불태우는 모습이나 불우한 시대에의 절망과 그로 인한 도피 혹은 순응, 그리고 이념에의 치열한 번민을 하는 지식인상이 주로 나타난다.

이 글에서 다룰 홍성원은 1970-80년대에 지식인소설을 다수 발표한

---

2) 송재영, 「지식인소설의 전개」, 『현대문학의 옹호』, 문학과지성사, 1979, 22쪽.

3) 조남현, 『한국지식인소설연구』, 일지사, 1984, 12쪽. 지식인소설의 요건이 충족되기 위해서는 지식인의 개념 확립이 선결되어야 한다. 그러나 많은 논의가 있었음에도 불구하고 지식인의 개념은 여전히 유동적이다. 그것은 지식인의 의미가 특정한 시대적·사회적 상황에 따라 달라질 수 있음을 의미하는 증표라 하겠다. 이 글에서는 그 점에 유의하여 1970-80년대의 대표적인 지식인 계층을, 당대에 지식인의 대사회적 책무를 성실히 수행했던 학생, 종교인, 언론인, 문인, 교육자, 학생운동권 출신 현장 노동자 등으로 한정하고자 한다. 이는 당시의 참여적 지식인 거개가 위의 계층에 속해 있었기 때문이기도 하고, 홍성원 지식인소설의 인물들 역시 그 계층에 포함되는 까닭이다. 아울러 당대 지식인층의 역능과 홍성원 소설에 등장하는 지식인들의 그것을 비교·대조하면 이 글의 논지가 보다 명확해질 것이라 판단된다.

작가이다. 주지하다시피 그 시절 한국사회는 급격한 사회변동으로 요동치던 시기였다. 정치적으로는 암울했고 경제적으로는 다양한 부작용이 파생했는데, 그로 인한 피해는 고스란히 민중에게 전가되었다. 그런 현실에서 70년대 한완상은 '민중적 지식인론'을 통해 "민중을 의식화하는 지식인 역할"[4]의 책무를 강조했는데 그것은 당대의 많은 지식인들에게 일종의 소명의식처럼 여겨졌다. 문인들 역시 그 의무에서 자유로울 수 없어 "70년대 소설가의 사회적 의식은 그 전보다 크게 강화"[5]되었고 그 결과는 작가들의 현실 비판적이고 저항적인 작품에 대거 반영되었다.[6]

그러나 홍성원의 지식인소설이 동시대에 주로 쓰여졌다는 점을 감안할 때, 그의 소설 속 지식인들은 당대 여타 작가들 작품에 등장하는 전형적인 지식인상과 다소 궤를 달리한다는 특징이 있다. 작가의 지식인소설에 지식인이 등장해 현실과 이상 사이에 괴로워 하기는 하지만 그것은 정치적 문제라기보다 생계나 물신화되는 세계에 대한 작가의 고민 등으로 나타난다. 그렇기에 그의 지식인소설에는 지배층에 대한 적극적인 저항이나 고발, 그리고 민중을 계도하려는 의지가 드러나지 않는다. 되레 그의 소설 속 지식인들은 이념보다 냉혹한 생활세계를 수긍하고 그 안에서나마 생계와 나름의 자존심을 유지하려 안간힘을 쓰는 존재들에 불과하다. 하여 홍성원 소설의 지식인들은 모순된 시대에의 저항이라는 명분으로 공허한 구호나 외치고, 현실을 면밀히 간파하지 못한 채 도덕적 이상주의에만 사로잡혀 무분별한 집단행동을 이끄는 무모한 지식인상[7]보다 한결 생활세계에 밀착되어 있다.

---

4) 강수택, 『다시 지식인을 묻는다』, 삼인, 2001, 222쪽.
5) 이동하, 「유신시대의 소설과 비판적 지성」, 『1970년대 문학연구』(문학사와 비평연구회 편), 예하, 1994, 25쪽.
6) 그 대표적 사례로 윤흥길의 「아홉 켤레의 구두로 남은 사내」 연작, 조세희의 「난장이가 쏘아 올린 작은 공」 연작, 황석영의 「객지」 등을 거론할 수 있을 것이다.

어떤 면에서는 지식인의 고유한 사명을 포기한 채 지나치게 지엽적인 문제에만 매달리는 모습으로 보일 수도 있겠으나, 한편으로 이는 부조리한 당대 사회를 살아가는 많은 지식인들의 진솔한 삶의 양태일 수도 있다고 보인다. 작가의 「무사와 악사」에서 나타나듯, 실제 당대의 지식인들 중에는 '무사(武士)'에 칭송곡이나 불러주는 '악사(樂士)'로 처신하거나 아예 침묵으로 자신의 일상사에만 전념한 이들도 적지 않았기 때문이다.

홍성원 소설의 지식인들은 이념대신 생활을 선택하고 냉엄한 현실에서 빚어지는 힘의 논리를 수긍한다. 그들의 그런 처세가 기회주의적 행태로 비판 받을 소지도 다분하다. 하지만 홍성원은 그런 면모를 지식인 이전에 하나의 인간다운 모습이라 여긴다. 작가는 "그 사회를 총체적으로 파악하고 그 사회에 대한 총체적인 평가를 내리는 것은 어차피 그 당시의 오피니언 리더들, 어느 정도 그 사회 전체를 조망할 수 있는 지식을 소유한 사람들"8)이라며 지식인에 대한 신뢰를 접지 않는다. 그런 한편으로 그는 지식인 역시 "사람은 사람 이상도 아니고 사람 이하도 아니라"9)는 시각을 견지한다. 즉 홍성원은 지식인 또한 생활세계에서 살아가는 평범한 하나의 인간에 불과하다고 보는 것이다. 단 하나의 예외로 전업 문필가의 생활이 있는데 그에 관한 내용은 점점 물신화되는 소비사회에서 예술적 자존심을 고수하려는 작가 스스로의 다짐으로 읽힌다.

이제까지 홍성원의 지식인소설은 고단한 시대를 살다간 김기범이라는

---

7) 이는 지식인사회의 종말을 논하는 레지 드브레의 근거와 유사하다. 그는 2000년대 지식인들을 '최후의 지식인'이라 칭하면서, 그들이 과도한 현실감 상실증과 도덕적 자기도취증에 사로잡혀 있다고 보았다. 또한 그들은 미래에 대한 비전을 제시하지 못하는 만성적 예측 불능성과 시대 변화에 민감하게 전향하는 순간적인 즉흥성을 드러낸다고 레지 드브레는 질타한다. 이에 대해서는 Régis Debray, 『지식인의 종말』(강주헌 역), 예문, 2001, 47-133쪽 참조.

8) 홍성원·홍정선 대담, 「자신과 세상을 향해 던지는 '그러나'라는 질문」, 『홍성원 깊이 읽기』(홍정선 엮음), 문학과지성사, 1997, 46쪽.

9) 위의 책, 33쪽.

지식인의 행적을 다룬 「무사와 악사」, 그리고 아마도 홍성원 자신의 일상사를 소재로 했을 「즐거운 지옥」, 「서울 보통시민」, 「탈신(脫身)」 등이 중점적으로 분석되었다. 그러나 이 작품들만으로는 홍성원 지식인소설의 다양한 군상과 지식인이 고유의 역능을 발휘하기 어렵게 하는 조직에 관한 탐색이 어렵다. 이 글에서는 기존의 연구 성과와 접맥하여 홍성원 중·단편 소설에 등장하는 지식인들10)과 그들을 구속하는 사회적 요건에 대해 살피고자 한다. 그 과정에서 비록 현실참여의 적극성은 부족하지만 생활을 위해 고투하고 나름의 자존심으로 힘겹던 시대를 버텨내야 했던 당대 지식인들의 면모와 그들을 억압하는 한국사회의 조건을 파악할 수 있을 것이다.

2. 생활과 실천 지향의 지식인

「탈신」에 서술된 "끈기와 인내로 치장된 한국인의 장점도 결국은 자기 집 쌀뒤주를 걱정하는 이 밀착된 철저한 생활일 따름"이라는 대목은 홍성원 소설 전체를 관류하는 핵심사상일 것이다. 생활이 그 어떤 명분보다도 우선한다는 작가의 논리에는 지식인들도 예외일 수 없다. 섬으로 도피했다 체포되었으나 구속되기 전에 풀려나는 「삼인행(三人行)」의 청년은 현재 대학 운동권 학생이고, 대학시절 운동권 학생으로 명성이 자자했던 「일부와 전부」의 태수와 규호, 마찬가지로 대학 삼학년 때부터 극렬 운동권 학생이 된 「짠맛으로 남은 사람들」의 김인호 등은 가난한 지방 출신의 서울 명문 대학생들로 저마다 사회의 부조리에 저항의 목소

---

10) 이 글에서는 홍성원의 작품을 중·단편으로 한정해 논의하고자 한다. 작가의 『남과 북』
　　이나 『먼동』에는 보다 다양한 지식인 유형이 등장하지만, 이 작품들은 이 글에서 논할
　　작품들과 시대적 배경이 다르기에 함께 묶어 논의하기가 어렵다고 판단된다.

리를 높였던 인물들이다.

하지만 생계라는 현실의 장벽 앞에서 그들은 무력할 수밖에 없다고 홍성원은 본다. 그렇기에 부조리한 현실을 연이은 '젊음의 충격'으로 변혁시키려는 의지가 충만한 「삼인행」의 대학생에게, 그런 행동이 결국은 생활의 논리 앞에서 부질없는 것이라는 점을 작가는 중년 형사의 입을 빌어 말한다. 가난의 무서움과 "이상은 멀었고 정의는 무력"한 현실을 깨닫고 생활의 현장으로 투신한 「일부와 전부」의 태수 역시 '생활과 돈'의 위력을 절감한 인물이다. 대학시절에는 한국사회의 모순을 타개하는 데에 헌신한 운동권 출신인 그는 자신의 수감으로 집안이 '가난의 악착스러움'에 시달리는 모습에 충격을 받고 마음을 바꾼다. 그는 이제 변혁 대신 낚싯배를 몰며 생계 전선에 뛰어들었다. 그가 그 치열한 현장에서 뒤늦게나마 깨달은 것은 "삶은 포기할 수 있어도 생활은 중단할 수 없"는 것이며 또 생활은 '살아가는 기본 동작'이라는 냉정한 진실이다. 그렇기에 그는 여전히 과거에 투쟁하던 시절의 향수와 그 의미에만 매달려 있는 규호에게 당시의 '부분적인 성공'만으로도 의미가 충분하다는 사실을 충고할 수 있다.

물론 그들의 헌신으로 한국사회가 정치적으로 조금이나마 진전했다는 점에 대해서는 이론의 여지가 있을 수 없다. 정치문화의 형태가 국민의 참여로 주도된다기보다 정부정책에 거의 무조건적인 복종으로 이루어졌던 당시의 상황[11]에서, 대학생들은 지배 권력층에 대한 직접적인 저항과

---

11) 장을병 교수는 정치문화의 유형을 미분화형, 미개형, 복종형, 소극형, 참여형의 다섯 가지 형태로 본다. 이 중 1970년대 상황에서 한국의 정치문화 형태는 복종형에 가깝다고 판단된다. 복종형 정치문화는 개발도상국가들에서 쉽게 발견되는데, 이때 구성원들은 정치체계와 정치체계의 산출기능, 그리고 정치의 궁극적 목표에 대해서는 인식하고 있다. 하지만 권력자의 폭정을 체험하면서도 구성원들 다수는 자신의 힘으로 그것을 시정할 수 없다고 여긴다. 이런 형태의 정치문화에서 현실에 참여하는 층은 구성원 전체의 10%, 복종하는 층은 60%, 정치에 아예 무관심하거나 막연하게 알고 있는 층은 30% 정

기층민중과의 연대를 꾀하는 등의 방식으로 폭압적인 군사정권 체제에 저항해 사회의 진보에 기여했던 것이다.

그럼에도 불구하고 홍성원은 그들이 학창시절 지식인으로서 사회변혁을 도모한 일도 가치가 있지만 먹고사는 일의 고단함을 외면했다는 잘못 역시 명백하다고 본다. 그렇기에 작가는 「일부와 전부」에서 태수의 변신을 비난하지 않는다. 일견 태수의 처세를 현실에의 투항으로 폄하할 수도 있겠으나, 어떤 면으로는 현실의 벽 앞에서 타협을 하는 것도 하나의 삶의 방식이라고 작가는 이해하는 것이다. 작가는 태수의 변모 근거를 다음의 인용문을 통해 수긍하고 있다.

> 후회와는 다르다. 부끄러워하지 않기 위해 사람은 가끔 엄청난 대가를 지불할 때가 있다. 이 세상 어디에도 무죄의 땅이 없듯, 이 세상 누구도 부끄럼 한 점 없이 살다 간 사람도 없다. 문제는 크게 부끄럽지 않은 선에서 적당히 타협하는 지혜를 배울 일이다. 삼십육계도 계책의 하나라면 힘 앞에 무릎을 꿇는 것도 경우에 따라 아주 좋은 계책일 수 있다. 사람이 어디 일생 동안에 한 번만 굽히고 살겠는가?
>
> 「일부와 전부」, 『폭군』, 348쪽

이와 같은 홍성원의 생활 중시 사고는 자신의 체험과 무관하지 않은 듯하다. 팔남매 집안의 장남인 작가는 대학 입학 후 부친이 사무착오로 부정 사건에 연루되어 가세의 몰락을 경험한다. 군 제대 후 겪은 적빈은 더욱 끔찍했다. 작가는 당시를 "하루 세 끼 밥만 먹여주면 우리 가족은 그때 아마 지옥이라도 마다하지 않았을 것"이라고 회상한다. 그 절박한 가난의 경험은 작가에게 생활세계에서의 생존 그 자체야말로 고귀한 일

도의 비율로 나뉜다. 이 형태의 정치문화에서는 소수의 현실참여형 계층의 역할이 매우 중요하다. 이에 대해서는 장을병, 「한국 정치문화의 변화」, 『한국사회의 변동』(성균관대학교 사회과학연구소 편), 성균관대학교출판부, 1986, 188-193쪽 참조.

이라는 것을 일깨워준 듯하다. 부정을 저지르지 않는 선에서 힘겨운 생존을 위한 적당한 타협과 순종은 지식인에게도 어쩔 수없이 필요한 삶의 방식이라 작가는 여긴다.

홍성원에게 생활과 더불어 중시되는 것은 지식인의 실천적 자세이다. 홍성원은 어느 위치에서나 나름의 역량을 실천하는 지식인의 태도가 중요하다고 본다. 그에게 지식인 특유의 관념적인 탁상공론은 공소하기 그지없다. 「무사와 악사」는 그런 무책임한 지식인들에 대한 질타이자 '실천하는 인간'에 대한 예찬[12]이 잘 드러난 작품이다. 작품의 주인공 김기범은 식민지 시대에 일본으로 유학을 간 인텔리이다. 대동아전쟁 막바지에 일본정부는 조선 유학생들을 지원 입대의 형식으로 전선에 끌고나가려는 만행을 저지른다. 그에 맞서 조선인 유학생들은 합동 장행회(壯行會) 때 '조선만세'를 부르자고 결의한다. 만세를 선창할 세 명의 동지까지 결정되었고 그 중 제일 먼저 '조선만세'를 외치는 중책은 김기범이 맡는다. 그러나 식장에서 막상 '조선만세'를 외친 이는 김기범뿐이다. 목숨을 걸고 구호를 외쳤지만 나머지들은 침묵으로 일관한다.

모의와 다짐만 하고 실천하지 않는 이런 지식인들의 행태는 무책임한 허위의식에 불과한 것이다. 아울러 정작 사회적으로 용기를 필요로 할 때 침묵하다 시대가 바뀌면 활개를 치는 지식인들도 비난의 대상이 된다. 작가가 보기에 그런 지식인들은 기껏해야 '무사'에 아부하는 '악사'에 불과한 것이다. 무사의 행위에 대한 정당성은 차치하고 악사들은 칭송곡을 부르기에 여념이 없다. 정작 정의의 목소리를 드높여야 할 때 그들은 침묵하다 부조리한 시대가 지나가면 지식인의 책무를 다하는 것처럼 목청을 돋우는 것이 고작이다.

---

12) 김만수, 「정글의 논리에 의해 역조명된 인간의 세계」, 『작가세계』, 1993 가을, 27쪽.

정권이 한번씩 바뀔 때마다 엄청난 얘기들이 쏟아져 나온다. 그러나 그것들은 정권이 바뀌었을 때 비사(秘史)나 비록(秘錄)으로 버스 지나간 뒤 나올 뿐이다. 무수한 양심이란 것들이 그것들의 진행을 목격했지만 그것들이 진행될 동안은 누구 하나 끽소리도 없었다. 그 많은 정의와 양심들은 그때는 모두 어디 틀어박혀 있는 거냐? 이것이 바로 네가 말하는 그 파렴치한 <의의 있는 삶>이라는 거냐?

「무사와 악사」, 『폭군』, 398쪽

그런 점에서 작가는 차라리 자신의 위치에서 소박하게나마 지식인의 임무를 수행하는 인물에 호의적 시선을 보내는데, 「짠맛으로 남은 사람들」의 김인호가 그 대표적 예라 할 수 있다. 그 역시 극렬 운동권 학생에서 부동산 중개업자로 변신한 인물이다. B면 출신으로 명문대 법학과에 재학중이던 그는 한때 경찰 수배를 받을 정도의 전국 학생 조직 리더였다. 그는 제대 후 학업에 전념하는 얌전한 복학생이 되었고 이후 고교 교사로 취직한 후 교육 개혁 운동에 참여하여 또 다시 지명 수배자가 된다. 그리고 마침내는 고향에서 부동산 중개업을 하며 정착한다. 삶의 굴곡이 심했던 김인호는 그러나 현업에 종사하면서 자신의 이득만 챙기는 인물은 아니다. 그는 아직 집행유예인 형기 탓에 직접 나서지는 못하지만, 고향땅에 간척사업을 강행하려는 개발 사업단 측의 주장에 논리적인 반론을 펼치며 사업을 철수시키려 한다. 비록 투쟁에 앞장서지는 않더라도 나름의 위치에서 자신의 역할을 감당하려 한다는 점에서 그는 특수적 지식인[13)]의 모습을 보인다.

---

13) 푸코는 지식인을 보편적 지식인(universal intellectual)과 특수적 지식인(specific intellectual)으로 구분하며 전통적 지식인의 퇴조를 예견했다. 그는 보편적 지식인을 권력, 폭정, 부의 남용 대신 정의의 보편성 확보를 위해 법률, 권리, 헌법 등에 정치적 투쟁을 하는 사람으로 보았다. 이에 비해 특수적 지식인은 가족, 병원, 실험실 등 특수한 부문과 자신의 삶의 조건, 혹은 노동조건에서 활동하는 지식인을 의미한다. 서구사회 전반에 과학기술 영향력의 증대로 파생한 이들은 비판적 전문가이자 실천적 시민으로서 사회에서 더욱

자신의 영역에서 실천적 행동을 통해 잘못된 정책을 시정하려는 김인호의 노력은 의미가 적지 않다. 그 역시 자본주의 세상에서 '돈'의 위력을 잘 알고 있다. 간척사업을 반대하던 주민들이 개발사 측에 하나둘씩 회유되는 상황도 어느 정도는 이해를 한다. 하지만 그는 자신의 위치에서 나름의 최선을 다한다. 투쟁의 승리로 전부를 얻을 수는 없더라도, 「일부와 전부」에서처럼 "사노라면 실패가 훨씬 많지만 간혹 부분적으로 성공하면 그것으로 충분"하다는 생의 교훈을 이제는 수용할 수 있기 때문이다. 그것을 현실과의 타협으로 매도할 수는 없다. 작가는 공허한 논의 대신 목적의식을 갖고 나름의 위치에서 비록 일부만을 성취하더라도 그것을 위해 실천할 수 있는 지식인이 세상에 더욱 유용하다고 판단하는 것이다.

3. 전업 문필가의 자존심 고수

근대적 지식인의 상징으로 우리나라에 커다란 영향을 끼쳤던 사르트르는 지식인을 "실제적 지식(savoir pratique)의 대리인으로서 자신의 주요 모순으로 인해 소외 계급의 보편화 운동에 참여하게 되는 사람"으로 정의했다. 또한 지식인의 역할로 그는 대중의 계급의식을 일깨우는 일과 지식인의 지속적인 자기비판을 강조했다. 그의 주장은 1970년대에도 한국 지성계에 강력한 영향력을 행사했는데, 많은 문인들이 현실참여적인 작품들을 다수 생산한 것도 그런 지식인의 의무감이 크게 작용했을 터이다. 시대를 막론하고 한국사회에서 지식인 대접을 받아온 대표적 계층

큰 역할을 할 것이라고 푸코는 예측했다. 이에 대해서는 Michel Foucault, "Truth and Power," *The Foucault Reader*, edited by P. Rainbow(N.Y. : Penguin Books, 1991), pp.68-70. 여기에서는 강수택, 앞의 책, 118-136쪽에서 재인용.

중 하나인 작가들14)은 1970년대의 성장하는 민중주의에 대한 적극적인 개입으로 시대조류15)에 동참해 목전의 부조리를 비판하고 고발한 많은 문학작품을 산출했다.

지식인을 등장시켜 힘겹던 당대의 모습을 그려낸 작품들 중에는 나름의 객관성을 확보한 것도 있지만 민중을 계도하는 지식인을 영웅적으로만 형상화한 작품도 적지 않았던 것이 사실이다. 이에 비해 홍성원 지식인소설에 등장하는 전업 문필가는 자본주의가 점차 위세를 떨치는 한국 사회에서 자본의 논리에 침윤되지 않는 작품 생산에의 고충을 토로한다. 앞에서 거론한 대로 「즐거운 지옥」, 「서울 보통시민」, 「탈신」과 같은 이 계열의 작품에는 작가 홍성원의 일상적 삶이 담담하게 투영되어 있다. 작가는 이와 같은 사소설 유의 작품을 쓴 이유를, "내 생활에 어떤 자각적 질서를 부여"하기 위한 것으로 밝힌다. 아울러 그는 작가의 삶이 "생활인으로서의 삶과 작가로서의 삶, 이렇게 이중구조로 되어 있습니다. 이 두 삶을 어떻게 균형 있게 조절해가느냐가 나로서는 커다란 문제"16)라고 부연한다.

위의 진술로 보아 홍성원은 생계와 예술 사이에서 발생하는 어떤 충돌이나 간극을 이 계열의 작품을 통해 점검하고 조정하려 한 듯하다. 실제 위의 작품들에는 생활과 예술 사이에서 야기되는 물질적 유혹과 그로 인한 갈등이 세밀하게 그려져 있는데 「즐거운 지옥」은 그 대표적인

---

14) 김주연의 다음과 같은 언술은 한국사회에서 지식인 작가의 임무를 알려주기에 부족함이 없다. 그는 우리나라에서 "작가는 문사로, 문사는 곧 지사로 인식되는 풍토는 시대의 변화에도 불구하고 여전히 문학 예술계의 잠재적 의식을 지배한다"고 보았다. 김주연, 「한국문학 예술의 토대」, 『오늘의 한국지성, 그 흐름을 읽는다』(김병익 외 지음), 문학과지성사, 1995, 463쪽.

15) 김윤식 · 정호웅, 『한국소설사』, 예하, 1995, 398쪽.

16) 홍성원 · 전영태 대담, 「나의 소설, 나의 작법」, 『어제와 오늘, 이 땅의 문학』(전영태 지음), 새미, 2010, 611쪽.

성격을 띤다.

이 작품에 등장하는 인물들은 작가, 언론인, 출판인들로 당대의 식자층이다. 그들은 각자의 직업에 종사하며 작가나 문학평론가로 활동하고 있다. 모두가 글을 쓰는 그들의 교류법 역시 세상의 글들에 대한 감상평을 통해 주로 이루어진다. 그러나 누구보다 열심히 공부하고 많은 글을 쓰지만 그들은 "짜증이 날 만큼 가난한" 생활을 하고 있다. 그들에 대한 처우는 열악하기만 하다. 되레 사회는 지식의 가치대신, 오로지 돈을 많이 번 사람들만 우대하는 쪽으로 바뀌고 있다. 이는 경제개발이 시작된 한국사회의 한 단면을 예리하게 포착한 것이기도 하고 그것이 문화·예술계에 끼치는 영향에 대한 작가의 우려와 유혹에의 두려움이 표출된 것이기도 하다. 실제 생활과 예술 사이에서 고뇌하는 작가는 「서울보통시민」에서 "투지도 보람도 없이 국화빵처럼 척척 찍어내야 되는 밥벌이 글"에 대한 곤혹스러움을 밝히고 있다.17) 그런 한편으로 작품의 주인공은 이따금씩 자본의 유혹에 흔들리기도 한다. 그러나 이는 전업 문필가로서의 자존심을 훼손하는 일이다.18) 하여 작가는 전업 문필가로서 오직 "네모 반듯한 이백 개의 구멍들이 그려진 원고지 장수로만 돈을" 벌겠다는 결의를 다지며 세속의 굴레에 빠지지 않고 전업 문필가의 길을 고

---

17) 「즐거운 지옥」은 1970년에, 「서울보통시민」은 1973년에 발표된 작품이다. 두 작품이 1970년대의 상업소설이 성행하기 전에 발표된 것이기는 하지만 문화와 예술의 영역이 자본의 논리에 침윤될 위험성에 대한 작가의 우려는 뚜렷하다. 홍성원의 자기 작품에 대한 '문화산업'에의 염려는 『계몽의 변증법』에서의 "위대한 예술 작품의 양식이 옛날부터 자기 부정에까지 이르는 좌절에 스스로를 노출시킨다면 열등한 예술 작품은 '동일성'에 대한 대용물로서 다른 작품과의 유사성에 매달린다"는 대목을 떠오르게 한다. 즉 작가가 말한 '국화빵'은 '문화산업'에 절대적인 '모방'품과 다르지 않은 것이다. 인용문장은 Th. W. Adorno & M. Horkheimer, 『계몽의 변증법』(김유동 옮김), 문학과지성사, 2002, 198-199쪽.

18) 김병익은 이와 같은 안온한 일상의 유혹과 편안을 거부할 사명 그리고 작가로서의 자부심을 지키는 것을, 지식인의 진정한 몫을 스스로 맡기로 결단하는 것으로 보고 있다. 김병익, 「지성, 혹은 좌절과 결단」, 『현대문학』, 1980, 5, 331쪽.

수한다.

> — 씨팔, 지금까지 넌 깨끗하게 살아왔다. 두 눈을 뜨고 귀를 활짝 열
> 고 누구한테나 <넌 틀렸어!> 하고 삿대질을 하며 살아왔다. 헌데 이제
> 와서 귀를 막고 눈을 가리고 달팽이 껍질 속으로 <본인 후퇴합니다> 하
> 고 기어들어가? 곤란한데, 곤란하지, 곤란하고 말고. 넌 아마 지금의 상
> 태를 지옥이라고 생각하는 모양이다. 그래 그건 지옥인지 모른다. 아니
> 분명히 지긋지긋한 지옥이다. 그곳에는 길잡이도 없고, 명령하는 사람도
> 없고, 오직 순도(純度) 백 프로 이상의 완전무결한 자유가 있을 뿐이다.
> 그건 지옥 같은 자유다. 사막 같은 자유다. 길도 없고 의무도 없고 오직
> 성실만이 대뚝하게 남아 있는 자유다.
>
> 「즐거운 지옥」, 『폭군』, 124쪽

이와 같은 자기다짐은 순도 높은 글쓰기를 통해 전업 문필가 고유의
사명을 수행하겠다는 의지라 할 수 있다. 그리고 그것은 점점 '문화산업'
화하는 문화·예술계의 조류에 휩쓸리지 않겠다는 지식인 작가로서의
비판적 자기성찰과 다르지 않다. 당대의 많은 작가들이 현실의 모순된
정치·경제학적 문제에 집중할 때, 홍성원은 이처럼 자신의 입지에서 가장
가까운 문화·예술계 분야에서 세상에의 비판과 자기 다짐을 강화한다.

물론 작가의 의지가 늘 뜻대로만 행해지는 것은 아니다. 홍성원 소설
의 지식인들이 여행을 떠나려는 이유도 그런 답답한 현실의 탈출구를
찾기 위해서이다. 그러나 그들은 대체로 원고 때문에 여행마저도 제대로
떠나지 못한다. 「즐거운 지옥」에서 C가 "어디 한번 놀러 안 갈래?" 했으
나 나머지들은 답이 없고, 「서울 보통시민」에서 J가 "남해 안 갈래?"라
고 제안했으나 다른 화제에 이내 묻혀버린다. 그나마 「탈신」에서 S도(島)
로 떠나는 지식인들이 등장한다. 열흘쯤으로 일정을 잡았지만 '매부리
코'와 '안경잡이'는 결국 일정을 다 채우지 못 한다. '매부리코'의 연재

원고 때문이다. 그들은 일상을 벗어나기 위해 여행을 떠났음에도 의식은 언제나 써야 할 원고에 매달려 있다. 그것은 전업 문필가에게 일종의 숙명 같은 것이다. 문제는 그 숙명적 삶에서 자존심을 훼손하지 않는 일인데, 그것이 곧 앞에서 말한 전업 문필가 지식인의 의미 있는 삶인 까닭이다.

그렇기에 지식인은 특히 자기 점검에 충실해야 한다고 홍성원은 본다. 물론 "머릿속에 지식이 꽉 차 있으면서도 왜 우리는 가난하게 살아야만 하는가를 생각하다 보면 잔소리도 나오고 투정도 쏟아지"지만, 하여 작가는 "지식인이 제대로 대접받지 못하고 박해받는 풍토 같은 것"19)을 작품에 자주 등장시키지만, 결국에는 전업 문필가의 자존심으로 그것을 극복해야 한다고 생각한다. 작가의 그런 갈등과 의지를 다음의 문단에서 확인할 수 있다.

> 이제 매부리코의 작업은 아주 쉽거나 아주 위태롭다. 생활비만을 벌기 위한 목적이면 그는 사어(死語)들로 국화빵만 찍어내면 된다. 문제는 그가 이 사어들의 허망한 유희를 얼마만큼 견딜 수 있는가 하는 것이다.
>
> 「탈신」, 『폭군』, 161쪽

'매부리코'의 작업이 쉬울 수 있는 때는 '문화산업'의 체제에 편입되어 그들의 이윤창출에 기여하는 경우이다. 그때 작가의 생활 역시 안정을 얻을 수 있다. 위의 문맥으로는 그런 유혹에 작가의 분신이라 할 주인공이 자유롭지 않은 것처럼 보인다. 그럼에도 유혹에 빠져들 수 없는 것은, 자신의 작품이 사회에 부정적인 영향을 주고 또 창작자로서 진정한 충일감을 맛 볼 수 없기 때문이다. 이처럼 홍성원은 문화·예술계에 도래할 '문화산업'의 위험성에 맞서 전업 문필가로서의 자존심을 지키기

---

19) 홍성원·전영태 대담, 앞의 책, 같은 쪽.

위해 고투한다. 이것은 당대의 많은 작가들의 현실참여적인 작품에 비해 소극적 응전으로 보일 수 있지만, 자본주의의 파고가 점점 심해지는 한국사회에서 지식인 작가의 진지한 자기성찰을 통한 다짐으로 보아도 무방할 것이다.

4. 폭력적 사회구조에서의 지식인 위상

앞에서 살핀 대로 홍성원 소설의 지식인들이 적극적으로 불의의 지배층에 저항하는 모습을 보이지는 않지만, 한국사회에서 나름의 고충을 겪는 것은 분명하게 확인된다. 그래서 작가는 한국사회에서 지식인들의 운명을 가혹하게 만드는 원인을 탐색하는데 그 단초가 되는 작품은 「무사와 악사」이다. 작가 스스로도 이 작품의 역설적 기능을 "지식인을 부끄럽게 만드는 이 나라의 몰염치한 폭력적 구조의 드러냄에 있을 수도"[20] 있다고 밝힌다. 김병익은 이 작품에 대해 "한국적 지식인의 취약할 수밖에 없었던 위상을 밝히려는 야심작"[21]으로 고평하는데, 그의 주장 역시 한국사회에서 기반이 허약할 수밖에 없는 지식인의 처지를 간파한 결과이다.

이와 더불어 작가는 이제 이 나라 지식인 거개를 그렇게 만든 국가와 역사에 대해 문제를 제기한다. 그는 한국사회에서 허위적인 삶을 사는 지식인도 문제이지만 근본적으로 그 원인을 제공한 사회적 조건에도 문제가 크다고 판단한다. 가령 김기범이 친일파를 변호하다 화자에게 지청구를 들을 때, 그 문제 역시 근원적으로는 국가가 일제의 식민지가 된 때문이라는 것이다.

20) 홍성원, 「주요작품 소사전」, 『우리시대 우리작가3 — 홍성원』, 동아출판사, 1987, 431쪽.
21) 김병익 앞의 글, 328쪽.

해방 후 김기범이 S일보 사회부 기자로 있으며 "친일파 거두 몇 사람에 대한 변호기사를 발표"한 것도 그런 의식의 소산인데, 그는 그것이 빌미가 되어 '반민족친일분자 특별처단 본부' 원들에게 끌려가 고초를 당한다. 김기범은 그들이 원하는 대로 자백을 해주고 풀려나기는 했으나 작품 화자와의 만남에서는 친일파 변론에 관한 소신을 굽히지 않는다. 그가 자신의 주장 근거로 삼는 것은 친일과 반일의 행동 여부는 용기의 문제이지 그들의 행동을 유발한 근원적인 문제는 아니라는 것이다.

> 「세상에 적극적으로 불효했던 자식이란 없는 법일세. 내가 이해해 달라는 건 그 사람들(친일파들 — 인용자) 나름으로 당했던 무수한 고통일세. 그들은 고통이 너무 심해서 잠깐 용기를 잃었을 뿐이야. 용기가 부족한 게 무슨 잘못인가? 겁이 많은 것도 죄가 되나?」
>
> 「무사와 악사」, 『폭군』, 385쪽

위의 진술은 친일파들의 행적에 대한 책임을 단지 그들 개인에게만 물을 수 없다는 의미로 읽힌다. 용기의 여부로 판단되어야 할 문제를 반민족적 행위로 몰아붙이는 것은 부당하다고 김기범은 강변한다. 물론 일제에 저항한 지사들의 기개는 높이 살 일이다. 그러나 그것을 개인의 용기의 문제로 환원할 때, 친일을 한 이들에게 모든 책임을 물을 수는 없다. 그들은 단지 일제의 억압이 무서웠을 따름인 것이다. 그렇기에 김기범에게 잘못된 "세상은 서푼어치 밥이나 먹여주고 우리한테 너무나 많은 고통을 강요"하는 곳일 따름이다.

이처럼 홍성원은 어떤 행위의 시비를 개인에게 묻기보다 그 개인에게 그런 행동을 하게 만드는 세상에 문제를 제기한다. 그 세상은 주로 조직화된 강고한 힘으로 개인의 삶을 구속하고 해체하는데, 그 대표적인 예가 바로 작가의 초기작에 주로 등장하는 군대이다. 그는 「빙점지대」, 『디

데이의 병촌』과 같은 작품에서 군대라는 비정한 조직을 통해 인간의 존엄성을 역설적으로 보여준 바가 있다.[22]

이후 홍성원은 넓게는 개인 저마다의 삶, 좁게는 지식인의 역능을 억압하는 조직이 국가라는 데에까지 인식이 확장된다. 그것을 드러내는 대표적인 작품으로 1984년에 발표된 「귀로」[23]가 있다. 이 작품에는 재미(在美)학자 김유진이 학회와 선산문제로 귀국해 겪는 이런저런 일이 서술되어 있다. 모처럼 조국을 찾았지만 그에게 특별한 감회는 없다. 되레 그는 조만호를 통해 "1950년의 초겨울에 대한 전쟁의 난폭한 광기와 그것이 불러일으키는 두려움과 미움"을 떠올려야 했다. 그리고 그 끝에 결국 국가는 개인을 억압하는 하나의 거대한 집단에 불과하다는 사실을 다시금 깨닫는다.

> 그(김유진－인용자)는 그해 겨울 모질게 춥던 바다 위에서 늑골 사이에 탄환을 지닌 채 나라[國]가 개인에게 주는 것은 고통뿐이라는 사실을 알았다. 그렇다. 이 나라에 태어나서 그는 넉넉한 밥상도 따뜻한 잠자리도 단 한 철의 평화로운 안식도 나라로부터 베풀어 받음이 없었음을 알았다. 그러나 터럭만큼의 베풀어줌도 없으면서 나라는 당연한 권리인 듯 그에게 거푸 감당하기 어려운 의무만을 지우곤 했다. 그의 늑골에 총탄이 박힌 것도 나라가 그에게 요구한 의무의 수행중에 당한 고통이다. 당시 전쟁중에 있던 나라는 그를 병사로 뽑아갔고, 그는 나라가 명하는 대로 전쟁을 치르다가 총탄을 맞은 것이다.
>
> 「귀로」, 『투명한 얼굴들』, 157쪽

---

22) 김치수, 「남성문학의 세계」, 『작가세계』, 1993 가을, 45쪽.
23) 작가 스스로도 이 작품의 작의를 다음과 같이 밝히고 있다. "가장 가까운 곳에서 우리를 억압하는 것은 여러 가지 거룩한 이름으로 불리우는 국가라는 것이다. 국민을 편안하게 해준 나라만이 국민에게 의무를 강요할 권리가 있다. 주고받은 손익계산을 해보았을 때 우리나라는 국민에게 준 것보다 빼앗은 것이 몇 배나 더 많은 불편한 나라다." 홍성원, 「주요작품 소사전」, 앞의 책, 같은 쪽.

김유진에게 조국은 늘 박해자의 모습으로 각인된다. 그의 피해의식은 국가의 횡포가 개인의 생명을 담보로 자행된 것이기에 더욱 뼈저리다. 그런 까닭에 홍성원에게 군대, 사회, 그리고 국가와 같은 조직체는 개인에게 폭력적 억압을 행사하는 거대권력 기관이 된다. 특히 전쟁과 같은 상황에서 국가가 권력을 행사한 정황으로 보자면 개인은 단지 국가의 부속품에 불과할 따름이다. 그리고 그것은 홍성원 소설에 등장하는 지식인들에게도 마찬가지이다. 뿐만 아니라 그들은 자신의 능력을 발휘할 기회마저 거대한 권력집단에 의해 박탈당하는 경우가 허다하다. 국가는 근본적으로 지식인에게조차 그런 사명을 부여하지 않는다. 한국의 많은 지식인들이 기껏해야 '악사'로 전락하는 이유는 근원적으로 그러한 사회 구조에 기인한다. 「무사와 악사」에서 김기범이 세상을 등지고 은둔하는 것도, 「귀로」의 김유진이 미국으로 되돌아가는 것도 결국은 그런 현실에 대한 좌절감의 결과이다.

그렇다고 홍성원 소설의 지식인이 세상과 국가를 향해 저항을 하는 것은 아니다. 작가는 썩은 세상이나 국가에 개인의 비판과 항거는 무의미하다고 판단하는 듯하다. 「무사와 악사」의 김기범이 그러했듯, 썩은 세상 스스로 자정(自淨)이 될 때까지 기다리는 것이 더욱 효과적이라는 것이다.

> 「그분(김기범―인용자)은 세상이 어지럽구 더러울 때는 그것을 구하는 방법이 한 가지밖에 없다구 하셨습니다. 세상을 좀더 썩게 해서 더 이상 그 세상에 썩을 것이 없도록 만들어야 한다는 것입니다. 그걸 썩지 않게 고치려구 했다가는 공연히 사람만 상하구 힘만 배루 든다는 것입니다. <모두 썩어라, 철저히 썩어라>가 그 분이 세상을 보는 이상한 눈입니다……」

「무사와 악사」, 『폭군』, 417쪽

위의 언술은 홍성원 지식인소설의 커다란 특징을 보여준다. 현실에의 적극적인 응전대신 잘못된 현실에서 구성원들의 자정을 기대하는 것, 이것이야말로 홍성원 고유의 대응법일 터이다. 따라서 지식인의 현실 참여 역시 썩은 세상을 정화하는 데에 별반 도움이 되지 못할 뿐 아니라, 세상에는 그들의 역능을 발휘할 여건도 마련되어 있지 않은 상태라고 홍성원은 여기고 있다.

5. 자유의지의 지식인상

홍성원 지식인소설의 주인공들은 역사적 상황이나 시대적 이념과 결부되어 적극적 저항을 펼친다기보다 현실에서 버텨내기조차 힘겨워 하는 모습을 보인다. 그 점은 바로 작가의 인물들이 모순된 시대에 소극적 대응 내지는 침묵으로 일관한다는 지적을 받을 이유가 된다. 우리나라의 긴박했던 현대사와 많은 지식인들의 희생을 고려할 때 현실에 대한 작가의 대항이 미진한 것으로 보이기 때문이다. 김현의 말대로 홍성원에게 "항상 엉망인 것은 세상이며, 자기는 그 세계를 관찰하는 역할만을 맡"24) 는 데에만 충실해, 홍성원이 시대의 고통에 동참하지 않는 듯한 인상을 줄 수도 있는 것이다.

그럼에도 불구하고 홍성원 지식인소설이 한국사회에서 관념적이고 추상적인 이미지로 인식되어 있는 지식인들을 현실의 장에 입지시켰다는 점에서는 의의가 적지 않다. 즉 지식인들 역시 먹고사는 문제에서 자유로울 수 없으며, 공론만 일삼는 그들의 삶은 결국 허위적일 수밖에 없다는 냉엄한 진실을 작가는 몇몇 작품에서 구체적으로 보여주었다. 이와

---

24) 김현, 「미지인의 초상1」, 『김현문학전집2』, 문학과지성사, 1991, 262쪽.

더불어 정치적으로 엄혹한 시대적 현실에서 '문화산업'에의 우려와 그 파급력의 확산을 경계하며 작가적 자존심을 고수하려는 태도는 점차 물신화되고 있는 사회에서 홍성원 나름의 현실에 대한 응전이라 할 수 있다. 이는 곧 지식인 고유의 사명이 꼭 정치적으로만 해석될 필요는 없다는 홍성원의 세계관으로부터 비롯되었다고 보인다. 불의의 현실에 저항하는 지식인의 대사회적 책무는 물론 중요하지만, 한편으로는 일상의 억압으로부터 이탈할 수 있는 자유와 그로 인한 책임감, 아울러 사회를 총체적으로 조망할 수 있는 능력 등도 그에 못지않은 비중을 차지한다고 작가는 보는 것이다.

홍성원이 국가와 같은 거대권력 기관의 억압성에 탐구하는 것도 곧 자유의지의 지식인 면모를 여실히 보여주는 예라 할 터인데, 그의 이러한 문제의식은 곧 한국사회에서 지식인의 역능에 관한 진지한 고민의 결과이다. 그리고 이것은 이후『남과 북』,『먼동』등에서 고단했던 당대의 민중은 물론 지식인들의 삶을 정밀하게 형상화하는 것으로 확장된다.

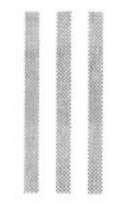

다중에의 불신과 지식인의 역능(役能) 방기
최인호론

1. 다중과 지식인에 대한 냉담

최인호가 등단해 본격적으로 창작활동을 시작한 1967년은 우리나라가 대중사회로 도약하던 무렵이었다. 1962년부터 시작된 박정희 정권의 경제개발은 우리사회를 급속히 변모시켜, 급격한 경제성장과 국민소득의 비약적인 증가세를 이루어냈다. 아울러 산업구조는 농림수산업 등의 1차 산업에서 제조·서비스업 중심으로 재편되고 있었다. 중심 업종의 변화는 도시로의 인구유입을 촉진했는데, 특히 서울은 여느 도시보다 폭발적인 인구 증가가 이루어져 거대도시로서의 면모를 구축하게 되었다.[1]

이호철의 표현대로 '만원'이 된 서울 거리의 다중은 상황에 따라 익명성과 간접성을 특징으로 하는 불특정다수의 대중, 어떤 사건을 매개로 일시적으로 모인 군중, 공통적인 규범을 바탕으로 조직력을 갖춘 집단에 소속되어 일상을 영위한다.[2] 즉 그들 개별적으로는 대도시를 거니는 개

---

[1] 추광영, 「1960-70년대의 한국의 사회변동과 매스미디어」, 『한국사회의 변동』(성균관대학교 사회과학연구소 편), 성균관대학교출판부, 1986, 245-252쪽 참조.

인에 불과하지만 어떤 형태로든 무리를 이루면 집합체에 귀속되는 것이다. 이 집합체의 시대적 의의는 우리나라가 다중사회로 발돋움해 사회구조가 변모하고 있었다는 데에 있다. 이제 그들은 한국사회에서 나름의 위상으로 다방면에서 위력을 발휘하기 시작한다.

최인호는 다중의 위세가 강화되는 와중에 행복과 불행을 동시에 경험한 작가들 중의 하나이다. 감각적 문체, 위악적인 아이들을 통한 허위의 세계 비판, 휘황한 도시적 감수성, 그리고 새롭게 접근한 역사소설 등에 대한 호평은 독자들에게 최인호 소설의 개성을 보증해준다. 한편으로 1972년 조선일보에 연재한 『별들의 고향』을 위시해 높은 판매고를 올린 일련의 작품들은 그에게 상업적 대중작가의 굴레를 씌운 것이 사실이다. 독자들은 최인호 작품에 열광하고 그를 청년문화의 기수로 떠받들었으나, 그들에게 호명되고 통속적인 소설이 성가를 높일 때마다 최인호는 대개의 평론가들에게 고언을 들어야 했던 것이다.

그 예를 70년대에 활발한 활동을 펼친 다음의 평론가들에게서 찾을 수 있다. 그들이 중시한 최인호의 초기작은 「미개인」과 「무서운 복수(複數)」이다. 그 작품들에 대해 김치수는 "「미개인」에서와 같은 역사에 대한 애정이 지속되는 한"이라는 단서 하에 최인호 문학의 가능성을 예견했고, 김현은 "우리는 그(최인호의 재능이 큰 작품을 얻을 수 있을) 가능성으로 「미개인」과 「무서운 복수」를 갖고 있다"고 했으며, 김병익은 「미개인」

---

2) 이 글에서는 대중·집단·군중을 포괄하는 용어로 다중(multitude)을 선택했다. 이때의 다중은 단순한 양적 개념으로 필자가 자의적으로 선택한 단어이다. 다중은 네그리와 하트에 의해 "삶의 모든 시간으로 확장된 사회화된 노동 안에서, 이 지구 위에서의 삶을 공유하고 자본주의적 생산과 착취의 체제를 공유하는 이들"로 의미가 부여되고 있다. 하지만 이 글에서는 그런 정치경제학적인 입장이 아닌 일종의 집합적 범주로 정의하여, 대중·집단·군중의 상위개념으로 다중을 상정하고 논의를 전개했다. 네그리와 하트의 견해는 김정하, 「누구를 위한 다중인가」, 『연세학술논집』43호, 연세대 대학원 총학생회, 2006, 2, 5쪽에서 재인용.

이 "최인호 소설이 이런 유의 것으로 더욱 발전되었더라면 하는 아쉬움을 다시 환기"시킨다고 평했다.3) 세 비평가의 발언은 최인호가 「미개인」이나 「무서운 복수」에서처럼 당대의 비극적 현실에 보다 적극적인 탐사를 했으면 하는 바람을 담고 있는데, 그것은 『별들의 고향』 계열로 경사하는 작가에 대한 경계의 촉구이자 아쉬움의 토로와 다르지 않다.

그러나 정작 최인호는 평자들의 충고에 별로 개의치 않은 듯하다. 그는 「무서운 복수」에서 작가의 역사의식을 힐난하는 운동권 대학생 김오진에게, 최인호의 분신인 듯한 화자 최준호를 통해 "그런 거(작가의 역사의식-인용자)야 천천히 배워나갈 수 있잖아요?" 하고 반문한다. 최인호에게 역사의식은 고단한 현실에서 고투하여 획득하는 것이 아니라 차후에 학습으로 습득해야 할 미래의 문제에 불과하다. 작가의 그런 사고는 오랜 시간이 흐른 후에도 변함이 없어 보인다.4) 그것을 생래적으로 미약한 작가의 역사의식 탓으로 돌릴 수 있다. 김종욱이나 한수영은 최인호의 그러한 성향을 작가의 '자기정체성에 대한 불안'이나 '타자에 대한 비연대성'에서 찾고 있다.5)

그들의 논의와 연계해 당대의 최인호 소설에 나타나는, 성장하는 다중에 대한 냉담한 시선과 불신 또한 간과할 수 없다. 엄혹했던 박정희 정

---

3) 김치수, 김현, 김병익의 언술은 성민엽, 「불화와 허위의 세계의 비극성」, 『다시 만날 때까지』 해설, 나남, 1992, 409-410쪽에서 재인용.

4) "작가는 모두 나름대로의 역할이 있고 자신이 옳다고 생각하는 방향으로 이동할 수 있는 자유가 있습니다. 오히려 작가가 사회에 대해 어떤 역할을 하리라고 생각할 때 문제가 생기는 법이죠. 그건 작가에게 무시무시한 덫입니다." 최인호·송은영 대담, 「역사와 접신하며 미래를 꿈꾸는 구도자 최인호」, 『문학사상』, 2005, 12, 54쪽.

5) 김종욱은, 최인호 소설이 한국사회의 압축적 근대화가 빚어내는 부정적인 양상을 포착하고 있음에도 불구하고 적극적 저항으로 나아가지 못하는 이유를, 작가 특유의 자기정체성에 대한 불안으로 꼽았다. 김종욱, 「근대화의 유혹과 개인적 자유 사이에서의 줄다리기」, 『문학사상』, 2002, 3, 49-53쪽 참조. 이에 비해 한수영은 그 이유를 최인호의 '배타적 자기 동일성에 기반한 모든 연대'에의 의심으로 보고 있다. 한수영, 「억압과 에로스」, 『최인호 중단편 소설전집2』 해설, 문학동네, 2002, 306쪽.

권 시절, 많은 사람들은 지배체제에 저항했고 그들의 열망과 헌신은 우리 사회의 민주화를 앞당기는 데 기여했다. 설혹 직접 맞서지는 못했을지라도 많은 이들이 심정적으로나마 지배층에 대한 항거에 동조한 점은 분명하다. 당시의 그런 구체적 상황과 다중에의 신뢰는 여러 작가들이 사회학적 상상력으로 길어 올린 작품들에서 확인된다.

그에 비해 최인호 소설에 나타나는 다중은 시대의 모순에 적극 개입하지 않는다. 그의 작품에서 다중은 지극한 헌신과 희생, 그리고 강고한 연대로 현실을 개선하려는 의지의 소유자라기보다, 무지몽매하거나 물화된 세계에서 욕망으로 가득한 군상 아니면 타자에게 억압적인 힘을 행사하여 개인의 자유를 구속하는 야만적 횡포자로 그려진다. 이 점은 앞의 세 평론가가 상찬했던 「미개인」과 「무서운 복수」에서도 마찬가지로 나타난다. 즉 이 작품들이 비극적 현실을 고스란히 보여주고는 있으나 그것을 극복할 주체인 다중에 대한 작가의 시선만큼은 냉담한 것이다.

물화된 세계에서 개인의 실존과 소외의 문제를 섬세하게 그려낸 작품군은 당시에 최인호 득의의 영역이라 할 수 있을 것이다. 그러나 다중에 대한 근원적 불신은 이후의 작품을 과도한 주관성과 온정적 가족주의로 매몰시킨 측면이 강하다. 비극적 현실을 극단적으로 외면할 때, 작가는 통속적이거나 관능적 에로스의 세계로 초월하는 경향을 드러내기도 한다. 아울러 작가는 부조리한 시대에 지식인을 등장시켜 다중을 계도하고 그들과 연대6)할 의지도 내비치지 않는다.

그런 점들은 바로 최인호 소설의 주관성과 허무적 세계인식을 부각시키는 주요 원인이 된다. 다중에 대한 기대와 지식인에 대한 신뢰의 기운

---

6) 물론 지식인이 다중을 계도하고 그들과 연대해야 한다는 시각에는 다중에 대한 지식인의 우월성이 전제되어 있다. 여기에는 엘리트 중심주의의 함정에 빠질 위험성이 존재하지만, 70년대에 각성하지 못한 다중을 계도하고 이끄는 것이 지식인의 주요한 사명이었던 점만큼은 분명하다.

이 충만했던 당대의 정황으로 볼 때 최인호의 그와 같은 세계관은 다소 이질적이다. 이 글에서는 그 점에 주목하여 최인호 중단편 소설에 나타나는 다중과 지식인의 양상을 분석하고자 한다. 다중에 대한 불신과 지식인의 현실 방기는 작가의 작품에 시대성을 거세시킨 제일의 요인으로 여겨지기 때문이다.

2. 최인호 소설에 나타나는 다중의 구체적 양상

1) 비등한 욕망, 상징조작의 대상 – 대중

일반적으로 대중은 계급·지위·직업·학력 등을 초월한 불특정다수의 집합체로 정의되고, 간접적 관계로 맺어진 구성원들은 익명성의 특징을 갖는다. 산업혁명 이후, 자본주의의 발달에 따른 전반적인 사회변동은 서구에 대중사회를 태동시켰다. 이 시기 서구사회는 과거의 엘리트중심주의에서 벗어나 대중들의 위세가 점점 강화[7]되는 추세였다. 대량생산, 대량소비, 대중문화의 창출과 향유, 고등교육의 수용, 다양한 정치참여 등이 가능해진 환경은 그들에게 사회 다방면에서 주도권을 행사할 토대를 제공했다. 그런 한편으로 대중사회는 여러 문제점을 노정하기도 하였다. 자본주의의 발달로 인한 인간의 획일화, 집단 속에서 단자화된

---

7) 대중에 적극적인 신뢰를 든 이로 미셸 마페졸리를 들 수 있다. 마페졸리는 대중을 객관적 인식의 소재나 동원의 대상으로 바라보는 대부분의 지식인이나 운동가의 입장을 비판한다. 그는 대중이 단순히 수동적 존재에 불과한 것이 아니라 삶의 의지와 지혜를 지닌 적극적 존재임을 강조하며, 한 사회의 동력은 엘리트들이 주장하는 공식적 교의나 도덕과 관계없이 대중들의 삶의 에너지에 의존한다고 본다. 그는 대중의 교활한 간지(奸智)가 사회를 지탱하는 힘이고, 대중의 이러한 침묵, 방종, 간지를 무조건 비판하기보다 그 자체로 인정할 수 있어야 한다고 주장한다. 이에 대해서는 박재환, 「일상생활에 대한 사회학적 조명」, 『일상생활의 사회학』(M. 마페졸리, H. 르페브르 외 지음, 박재환, 일상성·일상생활연구회 엮음), 한울아카데미, 1994, 37쪽; 박재환·이상훈, 「옮긴이의 말」, 『현대를 생각한다』(Michel Maffesoli 지음), 문예출판사, 1997, 246-247쪽.

개인의 소외, 수동적인 삶의 양태 등은 대중사회에서 발견되는 부정적 속성들[8]이다.

모두에서 언급한 대로 최인호는 대중에 비판적 시선을 견지하는데, 그들의 부정적 삶의 양태를 형상화한 작품으로 1977년 발표된 「개미의 탑」을 들 수 있다. 이 작품에서 개미떼로 비유되는 대중은 물신화된 자본주의 사회에서 보다 감각적이고 자극적인 소비 욕망을 충족하기 위해 안달하는 존재들이다. 당장은 설탕이 최고의 가치이지만 그것에 흥미를 잃으면 보다 강렬한 맛을 좇아 그들은 종착지 없는 행렬을 계속한다. 그에 비례해 광고는 한층 더 자극적으로 제작되어 대중의 무분별한 소비욕을 추동한다. 광고회사 직원인 화자가 대중의 소비를 부추기기 위해 문안 작성에 골몰하는 것도 그런 이유이다. 하지만 그는 '광고전쟁'에서 이길 수 있는 유일한 방법이 "보다 참신하고 보다 선동적이고 보다 선정적인 문안"이라는 사실도 잘 알고 있다. 대중의 잠재된 욕망을 들추어내는 지름길은 바로 '섹스'를 충동질하는 것이다.

소비자들의 피부를 파고드는 최고의 비결은 보이지 않게 인간 내부에 잠재되어 있는 섹스를 충동질하는 것이었다. 섹스는 광고의 최대 무기였다. 모든 광고 문안의 구성과 장면은 은연중에 섹스를 암시하고 있었다. 새로 나온 과일 주스를 팔기 위해서라도 섹스를 연상시키는 문안을 고정 캐치프레이즈로 사용해야 했으며 화장품은 두말할 나위도 없었다.

「개미의 탑」, 『최인호 중단편 소설전집3』, 277-278쪽

8) 대중을 부정적으로 인식한 대표적 논자 중 한 사람으로 오르테가 이 가세트를 들 수 있다. "대중들이 오고 있다!"고 경악한 그는 전통적 엘리트문화를 붕괴시키는 대중들의 반란을 비판적으로 응시한다. 그는 오늘날의 대중이 과거 소수의 전유물로 여겨진 것과 대부분 일치하는 중대한 역할을 행사한다고 보며, 대중이 소수에 복종하지도 않고 그들을 존경하지도 않는다고 여긴다. 그는 대중에 의한 지배가 고급스러운 품위나 전통을 결여한, 단순한 기술적, 실용적 가치에 의해 이루어진다고 간주하기에 올바른 민주주의가 될 수 없다고 주장한다. Jose Ortega y Gasset, 『대중의 반역』(황보영조 옮김), 역사비평사, 2008, 31쪽.

이 작품에서 대중은 생활세계에서 능동적으로 활동하는 존재가 아니다. 그들은 기껏해야 매스미디어의 유혹에 지각없이 휘둘려 지극히 통속적이고 일차원적인 삶을 살아가는 존재들일 따름이다. 그들은 자아와 세계를 성찰하기보다 눈앞의 '당의정'만을 추구한다. 탐닉을 멈출 줄 모르는 그들은 자본이 양산하는 매혹적인 광고에 무비판적으로 몰입하는 악순환을 반복한다. 작가는 「개미의 탑」을 통해 소비사회에서 욕망만 비등한 대중의 비자각적인 행태를, 설탕을 찾아드는 개미떼로 비유해 묘파하고 있다.

대중사회의 변모는 매스미디어의 보급 확대와 궤를 같이 한다. 우리나라는 1960-70년대에 매스미디어의 보급률이 급증했다.[9] 이제 대중은 안방에서 텔레비전, 라디오, 신문 등을 통해 세상을 바라보고 소비욕을 증식한다. 경쟁이 치열해진 매스미디어 시장에서 중요한 가치는 정론이 아니라 시청률이나 판매부수로 바뀐다. 물론 언론정의를 실현하기 위해 고심하는 언론인들도 있었지만 70년대 상황에서 그들의 저항은 정치적 사안에 집중된 측면이 강하다. 그 방면을 예외로 하면, 대개의 언론 종사자들은 사주(社主)의 영업방침에서 자유로울 수 없어 시청자와 독자의 기호에 맞게 정보를 조작하고 왜곡하기도 한다. 「가면무도회」에서 "기사 한 줄 한 줄에 과민한 반응을 보이는 독자들을 만족"시켜야 한다는 언론인의 고충은 이전과 달라진 대중의 위상을 증거한다.

그러나 대중의 안목과 취향이 언제나 합리적이지만은 않다. 그들 대개

---

9) 주요 매스미디어의 보급실태

	일간신문(보급부수)	라디오(보급대수)	텔레비전
1962	1,500,000	1,303,000	32,000
1970	4,396,000	4,012,000	418,000
1979	6,496,000	4,880,000	5,661,000

이 자료는 추광영, 앞의 글, 258쪽.

는 매스미디어에 대한 주체적 자각이나 비판이 부족하다. 매스미디어가 수용자에게 거의 절대적인 영향을 행사하는 데에 비해 대중 거개는 수동적 수용에 익숙할 뿐이다. 매체의 능동적 수용을 중시한 앙리 르페브르는 그래서 다음과 같은 우려를 표명한다. "만일 당신이 TV·라디오·영화·신문 등을 듣고 보면서 거기에 표명된 수많은 기호들을 받아들이고, 당신에게 어떤 의미를 고정시켜 주는 해설들을 확인한다면 당신은 벌써 상황의 희생자일 뿐"10)이라고 말이다.

언론인들 역시 대중의 욕구 시비는 차치하고 그들의 기호에 영합하는 보도내용을 찾기 위해 혈안이 되어 있다. 거기에는 전쟁과 분단, 그로 인한 희생자들의 한 맺힌 사연과 같은 민족적 비극에도 예외가 없다. 최인호의 표현대로 대중사회에서는 매스컴이 "대중의 맹목적인 사디즘, 가학 취미에" 놀아나기를 암묵적으로 강요당하는 것이다.

「가면무도회」에서 신문사 부장이 동족상잔으로 생이별한 약혼자들의 비극과 상봉을 추석특집 프로그램으로 이용하는 것도 그런 까닭에 있다. 부장은 전쟁 중에 약혼했던 여인을 찾아 이십여 년 만에 브라질에서 귀국한 황철진의 기사를 보도하고 마침내는 계열사 방속국에서 둘의 재회 방송을 마련한다. 과거의 약혼녀에게는 황철진 사이에서 난 아들이 있다. 또한 그는 이미 다른 사람과 새로운 가정을 꾸리고 있는 상황이기에 만남은 비공개로 행해져야 마땅하지만, 부장은 그들의 처지를 아랑곳하지 않는다. 부장에게는 어떻게든 "독자들의 심중을 꿰뚫을 수 있는 가장 자극적인 것"이 중요할 뿐이다.

부장의 왜곡된 언론관도 문제이지만 그를 그렇게 몰고 가는 대중들의

---

10) 소수의 비판적 수용층을 제외하면, 대중 다수는 르페브르의 우려대로 "덧없이 스러져버리는 대중매체의 시니피앙들, 이미지·대상·말에 속아 넘어가는" 것이 현실이다. Henri Lefebvre, 『현대세계의 일상성』(박정자 옮김), 主流·一念, 1990, 59쪽.

통속적 취향에도 비난의 소지는 다분하다. 둘의 상봉을 고대하는 방청객과 시청자의 심리를 최인호는 다음과 같이 비판하고 있다.

> 관객들은 모두 무대를 지켜보고 있었다. 그들을 만족시켜주는 인물과 사건이 나와주기를, 그들의 기대는 단지 객석에 앉아 있는 방청객의 기대로 국한되지 않았다. 텔레비전 수상기 앞에 앉아 채널을 돌리는 시청자의 마음에도 역시 같은 기대감이 충만하고 있었다.
> 그들의 마음속에는 홈런이 터지기를, KO되기를, 벌거벗기를, 얻어맞기를, 물바가지 뒤집어쓰기를 바라는 집단화된 못된 사디즘이 충만하고 있었다……
>
> 「가면무도회」, 『최인호 중단편 소설전집3』, 252쪽

대중은 이슈가 되는 사건이나 인물에 지극히 세속적이고 가학적인 관심을 증폭시킨다. 가릴 것 없이 사생활이 공개된 여인과 그의 아들의 입장은 고려하지 않고 과도한 감상에만 빠져드는 것이다. 현상에 대한 주체적 판단이나 냉철한 비판 대신, 그들은 매스미디어가 보여주는 내용을 액면 그대로 수용한다. 문제는 대중이 그것의 이면에 감추어진 본질에 대한 탐구에는 게으르고 "집단화된 못된 사디즘"을 발동하여 보다 강렬하고 자극적인 방송만을 원한다는 사실이다. 이 작품에서 최인호의 대중 비판은 바로 이 지점에 겨누어져 있다.

2) 물신화와 배타적 폭력성 – 집단

최인호 소설에서 대중은 단지 소비와 천박하고 자극적인 욕망만 갈구하는 존재들이 아니다. 「개미의 탑」에서 "목표가 정해지면 주저함 없이 먹이를 향해 행군하는 집단의 떼, 집단의 공격, 집단의 시위"를 감행하는 그들은, 「미개인」에서 자신의 이익만을 위해 타자를 배척하는 횡포자 집단으로 전화한다. 1971년 발표된 「미개인」의 배경인 S동은 당시 개발

열풍에 들뜬 우리나라의 부박한 실상을 축약하고 있는 공간이다. S동은 "남서울 근처 어디쯤으로 최근에야 비로소 서울시에 편입"된 동네이다. 현재 개발의 광풍에 휩싸여 마을 사람들은 저마다 '신흥재벌'의 환상에 사로잡혀 있다. 이는 지난 연대에 강남의 사례에서 보았듯, 당대의 혼란한 개발상을 여실히 드러낸다.

소설의 주된 갈등은 강 건너 나환자촌 아이들이 S동 초등학교로 편입하면서부터 시작된다. 나환자촌 아이들은 의학적 소견으로는 정상이지만 마을 사람들은 병균의 전염을 핑계로 그들의 등교를 막는다. 뿐만 아니라 요구가 관철될 때까지 자기 자식들도 등교를 시키지 않는다. 그들은 문화인을 자처하지만 자신들의 이해관계에 있어서는 철저히 모순적인 행동으로 일관한다. 그들은 나환자촌 아이들에게 "더러운 문둥이 새끼들"이라는 욕설을 거침없이 내뱉으며, "단 한 명의 흑인 소녀를 입학시켰다고 해서, 전교생이 수업을 거부한" 미국의 인종차별적 사례를 문화의 표본으로 호도하며 선동하는 박의 말에 무비판적으로 동조한다.

그러나 그들이 정작 아이들을 몰아내려는 이유는 다른 데에 있다. 표면적으로는 의학적 문제를 내세우지만 그들 내면에는 선동자 박의 말에서처럼 나환자촌 아이들 때문에 경제적 손실을 볼지도 모른다는 음험한 이해관계[11]가 도사리고 있는 것이다.

> 그러던(이전에 경제적으로 어렵게 살던─인용자) 것이 지금에 이르러서야 빛을 보기 시작했습니다. 서서히 개화의 빛을 보기 시작한 셈이지요. 이때 저 강 건너의 나병 환자들이 무리져 우리 마을로 들어온다면 무엇보다도 먼저 우리는 애써 싹튼 경기(景氣)의 씨를 스스로 짓밟는 결

---

11) 장세진은 이를, "당대의 물질적인 부가 어렵지 않게 여타의 정신적 가치 위에 최상의 척도로 자리잡기 시작했으며 이에 방해가 될 만한 정신적 가치들은 제거되거나 왜곡되는" 가치전도의 현상으로 파악하고 있다. 장세진, 「최인호 단편 소설 연구」, 연세대 대학원 석사논문, 1998, 11쪽.

과를 보아야 할 것입니다. 저들이 눈썹 없는 얼굴로 이 거리를 돌아다니
며 활보하는 모습을 상상해보십시오. 이 마을이 문둥이촌 되어버리는 꼴
을 말입니다.

「미개인」, 『최인호 중단편 소설전집1』, 275쪽

마을 사람들은 개발이익을 나환자촌 아이들 때문에 놓치고 싶지 않다.
그들의 집단이기주의는 개발의 환상을 심어주고 파행적 개발로 졸부를
양산한 정부정책에서 근원한 것일 수도 있다. 그렇더라도 물신주의에 사
로잡혀 사회 공동체의 원만한 공존을 파괴하는 배타성 역시 비판받아야
한다. 이 소설에서 최인호의 비판적 시선은 후자 쪽에 가 있다. 즉 최인
호는 건전한 시민의식이 부재하는 집단은 이기적인 집합체에 불과하다
고 본다. 그런 집단의 의사관철 방법 또한 비합리적일 수밖에 없다. 「미
개인」에서 확인되듯, 구성원들 사이에 긴밀한 의존 관계를 맺고 있는 집
단은 동일한 목표를 수행하는 과정에서 강력한 응집성을 발휘한다. 거기
에는 사안의 시비와 무관한 집단 특유의 획일적 사고와 행동만 존재한
다. 이는 목표를 이루기 위한 행위 중에 파생하는 구성원들의 불안감을
집단이 보호해주기 때문에 가능[12]한데, 작가가 보기에 그것은 집단의 부
당한 강제와 다를 바 없다.

이 작품에서 집단의 힘은 결국 야만적 폭력으로 행사된다. 이성적 소
통 없이 자행되는 폭력은 원시적이고 야만적인 강압의 하나라 할 수 있
다. 그것이 집단적으로 외현될 때 광기가 덧보태져 보다 잔악해지는데,
마을 사람들이 아이들에게 폭력을 행사하는 경우가 바로 그렇다. 그들은
아이들의 등·하교 수단인 배를 숨겨 놓고 당황하는 초등학생 아이들에
게 술을 마시라거나 너희가 사람고기는 먹겠다거나 문둥이 종자 새끼라

---

12) Donelson R. Forsyth, 『집단심리학』(서울대학교 사회심리학 연구실 편역), 학지사, 1996,
21-25쪽 참조.

는 등의 언어 폭력을 가한다. 뿐만 아니라 아이들에게 강제로 술을 먹이
려 하고 한 아이의 얼굴을 강물에 처박기도 한다. 이 폭력과 광기의 제
의에 마을 사람들은 아무런 거리낌이 없다. 그리고 마침내 아이들을 구
하러 온 최 선생에게 박은 무차별적인 발길질을 가한다.

　개발을 통한 도시·산업화에 영합한 마을 사람들은 물적 욕망으로 가
득하다. 돈을 목적으로 한 이기적 행태를 보이는 그들에게는 건전한 시
민으로서의 소양이 전무하다. 자신들의 경제적 이익만이 최고 가치이기
에 그들은 방해물을 몰아내는 데에만 여념이 없다. 스스로는 문화인이라
우쭐대지만 그들은 여전히 천박한 물질적 욕망의 수렁에서 헤어나지 못
하는 것이다. 작가는 그것을 박의 입을 빌어 '개백정의 문화'라고 자조
한다. 이처럼 구성원 개개인의 시민적 성숙도가 결여된 집단에는 가공할
위험성이 내재한다. 최인호가 이 작품에서 그려내는 것은 바로 그런 미
개한 집단의 광폭성이다.

3) 시위의 비진정성과 무분별한 선동 — 군중

　현대사회로 올수록 인간은 복잡다단한 관계망 속에서 살아가게 된다.
미분화된 사회에서 그것은 현대인의 생존방식이기도한데 그때 개인의
삶은 다수의 규율에 복속되는 경우가 허다하다. 또한 다수에 속한 개인
은 의지와 무관하게 무리의 힘을 앞세워 나름의 권력을 행사하기도 한
다. 1972년에 발표된 「무서운 복수」는 제목에서부터 이러한 다수에 대
한 두려움이 제시되어 흥미롭다.

　이 작품에는 당대의 정치상황이 시대적 배경으로 제시되어 있다.
1971년 국가비상사태를 선포한 박정희는 다음해 10월 유신체제를 선포
한다. 이 시기 권력 상층부의 강력한 경제개발 정책은 여러 부작용을 파
생했고 정치적으로는 엄청난 인권유린을 자행했다. 그런 상황에서 70년

대가 소설가의 사회적 의식이 그전보다 크게 강화되었다는 사실[13]을 염두에 두면 '복수'의 주체로 흉폭한 지배층이 연상되지만, 예상 외로 이 작품에서 형상화되는 '무서운 복수'는 데모를 하는 대학생들이다.

이 작품에 등장하는 대학생 시위대에 대한 최인호의 시각은 앞에서의 대중이나 집단과 마찬가지로 부정적이다. 「무서운 복수」에는 최인호 작품 중 이례적으로 데모하는 군중들이 나오지만 작가는 그들의 진정성을 신뢰하지 않는다. 작품에서 대학생들은 예비역 군인들이 진행하던 요식적인 교련 수업대신 현역군인의 엄격한 통제로 진행되는 수업에 저항의 방편으로 데모를 한다. 그러나 그들의 데모는 사태의 본질을 정확히 꿰뚫고 잘못된 점을 시정하려는 사명감의 발로로 행해지는 것이 아니다. 되레 그들은 전통적인 지식인의 역능은커녕 온정주의적이고 기회주의적인 처신에 능하다. 가령 학생회장단 선거에서는 짜장면을 사준 쪽보다 함박 스테이크를 사준 측에 표를 찍고는 짜장면 쪽에 투표를 했다고 하는 식이다. 그럼에도 그들은 언제나 시대의 국면을 곁눈질한다. 또한 그들의 데모는 불의에 대한 피 끓는 저항이라기보다 "젊은 시절에만 느껴지는 좌절의식"의 분출구일 뿐이기도 하다. 그들의 데모가 관성적이고 의례적인 까닭이 바로 거기에 있다. 그에 대한 비판적 입장은 아래 (1) 교수의 자문자답이나 시위 주동자 오만준의 (2)의 고백에서도 확인된다.

> (1) "학생들은 이렇게 과격한 데모를 할 만큼 과연 자기 자신의 판단이 냉철하고 또한 사회의식에 밝다고 생각하는가?"
> 교수님은 연거푸 재채기를 하면서 말을 했다.
> "하는 측이나 막는 측이나 둘 다 맹목적인 것 같다."
>
> 「무서운 복수」, 『최인호 중단편 소설전집2』, 248쪽

---

13) 이동하, 「유신시대의 소설과 비판적 지성」, 『1970년대 문학연구』(문학사와 비평연구회 편), 예하, 1994, 25쪽.

(2) "솔직히 말씀드려서 나도 가끔 회의를 느낄 때가 있어요. 내가 하는 행동이 과연 내 투철한 신념에서 나오는 일인가 하고 말이에요. 물론 난 심사숙고 끝에 행동에 옮겨요. 하지만 주위의 모든 사람들은 그렇지 않아요. 나는 가끔 주위에서 소외되었다는 느낌을 받곤 해요."

같은 작품, 같은 책, 254쪽

이들의 언술로 보자면 시대 모순의 척결 의지 없이 시위에 참여한 학생 군중 다수[14]가 지고의 선일 수만은 없다. 그런 점에서 이 작품의 요체는 당대의 상황에서 "진정한 용기란 무엇인가?"를 규명하는 데에 있다고 여겨진다. 물론 시대적 소명의식으로 위험을 감수하고 시위에 참여하는 소수의 학생들이 진정한 용기의 소유자임은 분명하다. 하지만 군중심리에 휩쓸린 다수의 시위대가 용기 있는 행동을 했다고 볼 수는 없다. 그래서 소설 화자 최준호는 교수에게 "우리들에게 진정한 용기는 이런 것(데모하는 것-인용자)으로 알려져 있다"고 고백한다. 그러나 작가가 보기에 '진정한 용기'는 시위대만의 독점물이 아니다. 작가에게는 시위에 참여하지 않고 강의실을 지키는 소수의 학생이나, 모든 수업이 휴강임에도 강의를 고집하는 예술철학 담당 교수의 행동 역시 용기 있는 것이다. 그리고 그것은 시위대열에 합류할 것을 촉구하는 함성에 못 이겨 강의실 밖으로 나가려는 학생들이 "출석은 어떻게 하실 겁니까?" 하는 현실적인 판단에도 마찬가지로 적용된다.

시위 군중들은 하지만 개인 저마다의 삶의 방식을 고려하지 않고 자기들의 대열에 동참하기를 강권한다. 그들은 자신들의 명분을 앞세워 수

---

14) 이런 양상은 군중심리로 설명될 수 있을 것이다. 귀스타프 르 봉은 군중 고유의 특성으로 첫째 개인이 군중에 포함되면 단지 다수가 되었다는 입장만으로 무소불위의 힘을 지녔다는 감정을 품는다는 것, 둘째 군중의 모든 감정과 행동은 타자에게 감염력을 지녔다는 것, 셋째 일종의 암시에 걸린 듯한 군중은 상호작용을 통해 강력한 위력을 발휘하는 것을 들었다. Gustave Le Bon, 『군중심리』(김성균 옮김), 이레미디어, 2008, 50-51쪽 참조

업을 듣고 있는 학생들에게 "창피하고 부끄러운 기분"을 들게 하고 급기야는 수업중인 강의실에 뛰어들어 교수에게 휴강을 요구하는 무례를 범한다. 그것은 남아 있는 자들을 참혹하게 만드는 폭력적 억압과 다르지 않다.

개개인의 입장을 고려하지 않는 군중의 대열에 화자가 끝까지 참여하지 않는 것도 그런 세계관에 입각해 있기 때문이다. 9년째 학교에 적을 두고 있는 예비역 학생이자 작가인 화자는 자신을 그저 평범한 "소시민에 불과하"다고 생각한다. 화자의 소시민적이고 기회주의적 처세술은 근본적으로 거대한 권력의 힘 앞에 노출된 자아의 생존본능에 연계[15]되어 있고 시위 군중에 대한 불신의 표현이기도 하다. 화자에게는 그래서 진압 경찰에 대한 분노의 표출이기 십상인 데모보다 소설 쓰기가 더 가치가 있다. 최인호는 그것이야말로 사회의 한 구성원이자 작가로서 '진정한 용기'를 발휘하는 것이라 생각할지도 모른다. 그것이 비록 「무서운 복수」에서 화자가 그토록 형상화하려 한 관능적인 '황진이'였을지라도 말이다.

3. 지식인으로서의 소명의식 방기

최인호가 작품 활동을 시작한 무렵에는 비판적 지식인론이 확립되어 권력비판이 지식인의 중요한 역할로 인식되고 있었다. 그 결과로 이 시기의 참여적 지식인론은 지식인에게 시민사회 형성에 기여할 사명을 적극적으로 부여했는데, 그 중 이 글과 관련된 지식인상 하나는 '대중 속의 지식인'이다. 그것은 다중의 권력이 점차 증가하는 상황에서 지식인

---

15) 김종욱, 앞의 글, 50쪽.

이 그들 속으로 파고들어가 그들을 일깨우고 세력화하는 데에 일조해야 한다는 내용이다. 이는 1970년대에 민중적 지식인으로 전개되어 앞 시대보다 한층 위상이 높아진 노동자, 농민 등의 민중에, 기존의 학생, 종교인, 문인, 언론인 등이 연대하고 지원투쟁을 벌여야 한다는 내용으로 발전한다.16)

상론한 작품들에도 전통적 기준의 지식인 범주에 포함되는 화자들이 등장한다. 「가면무도회」에서의 신문사 기자와 부장, 「미개인」에서의 초등학교 선생, 「무서운 복수」에서의 교수, 그리고 대학생이자 작가 등이 그들이다. 그러나 이들은 당대 지식인론에 부합하는 행동을 하지는 않는다. 「가면무도회」에서 부장은 대중의 감상적이고 자극적인 기호를 충족시키기 위해 황철진과 그의 옛 약혼녀와 자식의 상봉 장면을 방송국에서 만천하에 공개한다. 부장의 태도에 이문후 기자는 그들의 사생활 보호를 명분으로 항의하지만 그의 소극적 저항은 무력하기만 하다. 「무서운 복수」에서 교수는 시위대와 진압 경찰 모두에게 동정을 보이는 어정쩡한 태도를 취하고 있으며 화자 최준호는 대학생 시위대의 진정성을 신뢰하지 않는다. 또 작가로서 그는 사회적 모순이나 역사에 대한 치열한 관심보다 탐미와 관능의 세계에 매료되어 있다. 「미개인」의 정 선생 또한 심각한 현안에 "맹목적인 방관자"라고 자조할 따름이다. 즉 그들 개개는 사회에서 지식인의 역할을 포기하거나 방관하는 자세를 취하고 있는 것이다.

그들에게서 다중과 연대하여 시대적 소명을 다하는 모습을 찾기는 어렵다. 거기에는 기본적으로 그들이 고단하게 살아온 시대의 탓이 크다. "참 더럽게 운이 나쁜 시대"를 겪은 사람에게는 피해의식과 자조적 푸

---

16) 강수택, 『다시 지식인을 묻는다』, 삼인, 2001, 209-217쪽 참조.

넘, 그리고 어떻게든 살아야 한다는 끈질긴 생존의 본능만 남는다. 그것은 「미개인」의 정 선생이나 「무서운 복수」의 화자 최준호에게 공히 드러나는데, 「미개인」의 정 선생은 그것을 다음과 같이 넋두리한다.

> 이봐요, 최 선생. 우리들의 시대란 것은 용감하기도 했지만 비굴하기도 했단 말이에요. 용약 출전해서 전사한 친구도 있지만 마루 밑에 숨어서 쥐처럼 목숨을 견디어낸 친구도 있단 말이야. 전쟁이나 해방이란 것은 먼 바깥의 세상일이었단 말이거든. 오히려 타인의 죽음, 타인의 슬픔 가운데에서두 우리는 잡초처럼 질긴 삶의 욕구를 터득했었는데, 이봐요.
>
> 「미개인」, 『최인호 중단편 소설전집2』, 264쪽

그들에게 중요한 것은 생의 끈질긴 본능이지 형식이 아니다. 생존 욕망은 타자와 무관한 전적으로 개인적인 문제이다. 그런 세계관의 정 선생에게 타인들의 삶의 방식이나 역사가 아무리 찬란하거나 비참하더라도 본질적으로 당사자와는 연관이 없다. 오로지 자신의 기준에서만 그 가치가 결정되는 것이다. 그때 그들에게 '전쟁'이나 '해방' 같은 거시적 담론은, 어떻게든 살아야 한다는 본능 앞에서 너무도 동떨어진 이야기가 된다. 최인호 소설에서 지식인의 역할 역시 그런 맥락에서 이해가 가능하다. 비록 지식인이라 할지라도 타자와 역사의 상황에 개입할 여유가 없다. 거기에는 생존을 최우선의 가치로 삼아야 했을 만큼 절박했던 한국사의 불행이 결정적 배경으로 전제된다.[17)

최인호 소설 중 「미개인」의 최 선생은 지식인의 사명을 충실히 이행

---

17) 이와 더불어 최인호 소설 인물의 현실방기를 다음의 이유로 분석한 장세진의 견해도 주목할 만하다. 장세진은 「미개인」의 정 선생을 최인호 인물의 원형질적 존재로 파악하면서, "그(정 선생)는 당대의 야만과 폭력을 이제는 아무도 피해 나갈 수 없게 되었음에 절망했지만 그것은 자신의 의지와는 상관없이 피해자가 될 수 있다는 것뿐만이 아니라 모르는 사이에 자신 역시 폭력적인 현실의 공모자, 가해자가 될 수 있다는" 존재로 규정한다. 장세진, 앞의 논문, 43쪽.

하는 유일한 인물이다. 그는 S동 사람들의 부당한 요구에 끝까지 소신을 굽히지 않고 대항한다. 한 사람의 양심적 지식인이 부조리한 사회의 폐부를 정확히 인지하고 실천적 노력으로 극복하려 한다는 점에서 앞의 평론가들은 이 작품을 고평했다. 하지만 화자에게 무자비한 폭력을 행사한 주체가 바로 계도하고 연대해야 할 평범한 다중의 구성원들이었다는 점에서, 작가는 그들에 대한 맹목적 신뢰에 의문을 제기한다. 그것은 곧 '대중 속의 지식인' 역할이 늘 정합적인 것인가에 대한 문제제기와 다르지 않다. 그런 점에서 최인호의 다중은 얼마든지 악을 행사할 수 있는 인물들이다. 그런 그들에게 작가는 지식인 고유의 사명을 수행하려 들지 않는다.

한수영은 1972년이 최인호 소설의 중대한 전환기였음을 밝혔다.[18] 이는 1972년에 발표된 「무서운 복수」에서 시위 군중에 대한 화자의 냉담한 시선에서도 확인할 수 있고 이후 모순된 세계와 맞서는 인물이 등장하지 않는다는 점에서도 알 수 있다. 가령 1982년 작품 「깊고 푸른 밤」에는 1980년 5월 광주의 비극으로 짐작되는 사건에 울분을 삭이지 못하

---

18) 한수영은 최인호에게 1972년을 작가 "자신을 둘러싸고 있는 세계와 현실에 관한 소설쓰기의 모든 가능성과 한계가 동시에 소용돌이치는 하나의 임계(臨界) 상황을 의미하며, 동시에 그 임계점을 경계로 하여 달라지는 최인호 문학의 변화를 예감"케 하는 해로 보았다. 그리고 그 근거로 그해에 생산된 작가의 많은 작품들과 그것들의 이질적이고 모순적인 세계상을 제시한다. 실제 그해에 발표된 최인호의 작품들로 「전람회의 그림」 연작세 편, 「황진이」 연작 두 편, 「영가」, 「병정놀이」가 있다. 작가는 「전람회의 그림」에서 일상을 낯설게 비틀고, 「황진이」에서는 관능적 에로스의 세계로 빠져든다. 한수영, 앞의 글, 297-311쪽 참조. 아울러 「영가」에서는 현실과 환상이 교차하는 신화적 세계를, 「병정놀이」에서는 제목 그대로 병영의 세계를 그려낸다. 일반적으로 한 작가가 한해에 이처럼 다양한 작품세계를 내보이기는 쉽지 않을 터인데, 최인호는 1972년에 이와 같은 작업을 수행하고 그 다양성은 이후에도 작가 작품세계의 큰 특징을 이룬다. 거기에 무엇보다도 커다란 작가의 변환점은 『별들의 고향』의 대성공에 있다고 보인다. 그리고 1971년에 발표된 「미개인」에서 나타난, 다중의 저열한 의식 수준과 이익집단의 이기심은 작가에게 그들에 대한 긍정과 지식인의 사명 자체에 깊은 회의감을 들게 하지 않았나 추측케 한다.

고 미국으로 떠난 소설가 화자가 등장한다. 화자 준호가 고국에서 지식인으로서 나름의 역할을 하려 했다는 정황이 작품에 나타나기는 한다. 화자는 자신이 아는 모든 것을 "원주민들에게 가르쳐주는 것만이" 지식인의 역할로 믿고 실제 그렇게 했으나 그것이 '명령에 의해 불법'이 되고만 것이다. 그런 상황이 잠시 고통스럽기는 했으나 화자는 더 이상 저항할 생각을 하지는 않는다. 분노는 분노로 끝날 뿐, 그는 결국 현실을 승인하고 귀국을 결심한다. 현실에 맞대면할 결의 대신 "원한도, 증오도, 적의도, 미움도, 아무것도 가질 이유가 없다"며 울분을 다독거린다. 고단한 현실에서 그는 쉽사리 허무의 세계로 초월하는 것이다.

이처럼 최인호는 현실에 대한 지식인의 사회적 책임에 더 이상 연연하지 않는다. 연대를 통해 사회를 개선할 세력과의 비연대는 작가에게 개인의 삶에 관심을 기울이게 했다. 그는 산업화된 현실에서 소외된 개인의 실존적 삶의 방식을 문제 삼는다. 한편으로 사회성이 결여된 파행과 관능의 세계로 현실을 초월하는가 하면, 가족에 대한 애정[19]을 담은 작품세계로 나아가는 것이다.

해방둥이로 태어나 전쟁을 경험하고 실향민 부모 밑에서 가난한 세월을 살아야 했던 최인호에게 가족은 구성원들 서로를 보듬고 이해해주는 유일한 안식처가 된다. 최인호가 가족에 대해서만큼은 따뜻한 시선을 잃지 않는 이유도 바로 여기에 있을 터이다.

---

19) "내 소설의 원동력은 가족"(최인호·이문재 대담, 「<문학사상>과 최인호」, 『문학사상』, 2002, 1, 131쪽)이라고 말하는 최인호는 실제 투병으로 연재를 중단한 최근까지 『샘터』에 「가족」 연작소설을 연재했고, 다른 지면에서도 가족을 소재로 한 작품을 많이 발표했는데 그 예로 「순례자」, 「죽은 사람」, 「신혼일기」, 「방생」, 「천상의 계곡」, 「이별 없는 이별」 등을 들 수 있다.

4. 최인호 소설의 비역사성 근인(根因)

인간은 태어나면서부터 다양한 사회적 관계를 맺는다. 사람들과의 연관은 곧 의지와 상관없이 개인을 무리 속에 포함시킨다. 그 속에서 인간은 다양한 구성원들과의 접촉으로 사회화를 경험하고 성장한다. 타자들과의 교섭은 비단 개인 차원의 문제로만 국한되지 않는다. 개인은 사회 속에서 어떤 형태로든 다중에 포함되어 사회활동에 참여하기 때문이다.

그런 다중의 역할이 긍정적으로 작용한 경우를 혼란했던 한국의 정치 상황에서 찾아볼 수 있다. 지배층이 국민에게 부조리하고 포악한 행태를 보일 때마다 그들은 어김없이 저항했고 그 결과로 한국사회의 민주화는 조금씩 진척되었던 것이 사실이다. 물론 침묵하는 사람들도 없지 않았으나, 그들 대다수가 정의를 명분으로 한 항거에 심정적으로나마 동조했음은 분명하다. 그런 한편으로 다중은 이율배반적인 모습을 보이기도 한다. 이 글에서 살핀 대로 그들은 개인의 물질적 욕망을 채우기 위해 타자를 배척하고 배타적 폭력을 행사하기도 하는 것이다. 또한 그들은 지배층과 언론기관의 상징조작의 대상이 되는 우매함을 드러내기도 한다.

이와 같이 양면성을 지닌 다중에 작가는 호의적이지 않다. 최인호는 데모하는 대학생들의 진정성에 의문을 제기하며 그들의 무분별한 선동에 거부감을 느낀다. 당시의 시대적 상황으로 보자면, 다중의 위세가 점차 강화되고 있었지만 작가는 그들에게 아무런 기대를 하지 않는다. 기대는커녕 다중의 부당한 권력 행사에 작가는 환멸의 시선을 던질 따름이다. 그렇기에 작가는 다중을 향한 지식인의 사회적 책무에 대해서도 회의적이다.

이는 최인호가 활발히 활동하던 1970-80년대 많은 작가들이 보여준 세계와 궤를 달리 한다. 최인호의 언급대로 작가는 "자신이 옳다고 생각하는 방향으로 이동할 수 있는 자유”가 있다. 하지만 억압적 정치상황과 급속한 경제개발로 다중이 고통 받던 당대의 상황을 감안하면, 그의 이동 방향이 현실을 외면한 쪽으로 행해진 점은 작가가 시대의 고통을 너무 안일하게 인식한 결과가 아닐까 싶다.

물론 산업화 시대에 개인의 삶을 정치하게 들여다본 「타인의 방」과 같은 작품은 최인호 득의의 영역이라 할 수 있다. 그 작품에서 작가가 개인의 실존적 삶의 조건을 섬세하게 살핀 것은 의미 있지만, 그런 세계관에서 이탈해 관능과 탐미적 세계에의 과도한 집착과 통속적 상업소설로 이동할 때 그의 작품에 현실은 사라지게 된다. 그리고 그렇게 현실에서 벗어나게 된 근인은 다중에의 불신과 지식인으로서의 소명의식을 방기한 것에서 비롯한 것이라 할 수 있다.

지식인소설의 새로운 양상
1990년대에 발표된 소설을 중심으로

1. 지식인의 위상 하락과 지식인소설

1989년 11월, 베를린 장벽의 붕괴는 세계사적 전환을 예고하는 충격적인 사건이었다. 사건의 여파는 소련에 자본주의 체제를 받아들이게 했고 이후 소련식 사회주의를 표방하던 동유럽 국가들은 체제 전환을 고민하지 않을 수 없었다. 이러한 격변은 한국사회에도 커다란 영향을 끼쳤다. 지난 연대의 좌표가 급작스럽게 상실된 현실에서 진보적 지식인들은 우왕좌왕했는데, 그들의 혼란은 사회주의권 체제의 변화에 일차적 원인이 있지만 그것만이 전부는 아니었다. 대중의 위세가 그 어느 때보다 강해진 것도 지식인들의 설자리를 잃게 한 계기가 되었고 정보기술의 발전 역시 그들 고유의 전문적 영토를 협소하게 했다.

이후 문민정부의 등장으로 과거에 비해 민주화 기틀이 어느 정도 마련된 것도 위상 하락의 한 요인이었다. 리오타르의 언술대로, 거대서사와 계몽적 이성이 위력을 상실한 탈근대 사회에서 이제 지식은 시민을 계화하고 육성하는 데에 기여하지 못하고 단지 고소득을 올릴 수 있는 자격에 불과한 도구로 전락했다. 무지로 부당한 대접을 받을 필요가 없는 사회에서 지식인은 존재하지 않는다고 그가 단언한 까닭도 그런 연유에 있다고 하겠다.[1]

하지만 전통적으로 우리나라의 지식인들은 모순된 현실에 맞서 고뇌하고 투쟁하는 모습을 보였다. 물론 정통성 없는 지배층과 결탁하여 자신의 안위에만 급급했던 이들도 없지 않았으나, 불의에 저항하고 민중을 계도하는 등 지행일치의 길을 걸으며 지식인의 소명을 다한 이들도 적지 않았다. 그런 와중에 그들이 억압적인 권력층으로부터 수난을 당하기도 한 것은 물론이다.

이와 같은 지식인들의 모습은 90년대 초반까지만 하더라도 우리 소설의 주요한 소재거리 중 하나였다. 이광수의 『무정』에 등장하는 계몽적 지식인이 우선 그렇거니와, 농촌을 계몽하기 위해 헌신하는 동혁이 나오는 심훈의 『상록수』, 정치적·경제적으로 고통을 당하는 지식인 김만필이 주인공인 유진오의 「김강사와 T교수」, 이인국이라는 인물을 통해 지식인의 기회주의적 행태를 핍진하게 그려낸 전광용의 「꺼삐딴 리」 등은 당대 지식인들 나름의 소명의식과 기회주의적 속성을 예리하게 살핀 작품들이다. 뿐만 아니라 최인훈의 『회색인』에는 소설을 쓰는 국문학도 독고 준과 김학을 비롯한 정치학도 <갇힌 세대> 동인들, 그리고 황 선생 등 많은 인물이 등장하는데, 이들 모두는 1960년대 한국의 척박한 현실을 타개하지 못하는 지식인의 모습으로 형상화되었다. 이청준의 「조율사」 또한 박준과 지훈을 통해 1960년대라는 엄청난 변화의 시대 앞에서 좌절하는 지식인상을 보여주었다.

윤흥길의 『아홉 켤레의 구두로 남은 사내』 연작은 지식인의 또 다른

---

1) Jean-François Lyotard, 『지식인의 종언』(이현복 편역), 문예출판사, 1993, 218-229쪽.

면모를 보여준 작품이라 할 수 있다. 이 작품에서 오 선생은 소시민적 지식인의 계층적 속성을 여실히 보여주는 인물인데, 이는 이념보다 냉혹한 생활세계를 수긍하고 그 안에서나마 생계와 자존심을 유지하려는 홍성원의 「즐거운 지옥」이나 「무사와 악사」의 인물들과도 맥락이 연결된다. 아울러 이데올로기의 선택으로 고민하는 이동영을 통해 고뇌하는 지식인상을 부각한 이문열의 『영웅시대』 역시 지식인을 소재로 한 주요 작품이라 할 수 있다.

이에 비해 90년대 소설은 탈이념화와 탈정치화, 욕망, 미시담론, 포스트모더니즘, 다원주의적 자유주의 내지는 문화주의, 신세대 문학의 등장 등 앞 시대와는 전혀 다른 양상으로 전개[2]되어 지식인이 소설의 주인공으로 등장하는 경우가 흔치 않다. 이는 어떤 면에서는 그간 한국에서 나름의 역할을 담당했던 지식인이 소설에서조차 사라지는 형국이라 할 수 있다. 그리고 그 점은 이제 지식인의 위상이 현실 사회나 문학에서 많이 하락했음을 의미하는 동시에 그런 유의 소설이 퇴조할 것을 암시하는 하나의 징후였다.

유동하는 세계상에 따라 지식인의 정의가 변하듯, 90년대에 발표된 많지 않은 우리의 지식인소설 역시 이전과는 사뭇 다른 양상으로 전개된다. 이제 지난 연대에 사회 변혁을 위해 목청을 높이던 소설 속의 많은 지식인들은 어느덧 하나둘 자취를 감추고 그 자리는 개인의 자질구레한 일상사와 인물들의 비등한 욕망으로 대체된 것이다.

어쩌면 좌우의 이념적 굴레에서 자유로울 수 있었던 이 시기가 진정한 지식인소설을 꽃 피울 수 있는 호기였는지 모른다. 그간 좌든 우든 이념의 일방적 편향성으로 상대 진영을 억압한 것이 사실이었다. 자신이

---

2) 최강민 외 좌담, 「90년대 문학을 결산한다」, 『비평, 90년대 문학을 묻다』(작가와비평 엮음), 여름언덕, 2006, 13쪽.

추종하는 이념의 맹목적 집착에서 벗어나 각각의 이념의 가치와 폐해를 객관적으로 평가·수용하고, 새로운 시대에 적합한 이념적 대안을 창출하는 치열한 논의가 이 시기에 "새로운 지식인소설의 탐구"로 가능했을 수 있었다는 것이다.[3] 그랬더라면 우리는 좌우 이념을 보다 객관적으로 비교·대조하여 이념의 스펙트럼을 조화롭게 확장할 수 있었을 터이다. 하지만 아쉽게도 이 시기에 치열한 사유와 고민으로 새로운 지적 체계를 확립하려 고투하는 지식인들이 소설에서 쉽게 눈에 띄지 않는다.[4]

그럼에도 불구하고 이 글에서는 90년대에 발표된 소설에 잔영처럼 남아 있는 지식인상을 찾아보려 한다. 그들의 모습을 정확히 파악하고 제시하는 작업은 역사의 무대에서 초라해진 지식인들의 초상을 들여다보는 일이자 광속으로 변하는 오늘의 세계에서 지식인의 새로운 역능(役能)이 무엇이어야 하는가를 모색하는 것이 된다.

이 글에서 필자는 그 양상을 전통적 지식인의 범주에 포함되는 작가, 교수를 주인공으로 등장시킨 양귀자의 「숨은꽃」, 김원우의 「모기발순(發巡)」에서 살피고, 복고적 선비와 시민적 지식인의 생활세계를 이윤기의 「숨은그림찾기1」에서 고찰할 것이다. 일종의 후일담 소설인 「숨은꽃」은 90년대의 많은 작가들이 쓴 소설쓰기의 고민과 창작과정을 다룬 소설가소설과는 달리, 소설가 화자를 등장시켜 지난 시절의 이데올로기를 객관적으로 다루고 있다는 점에서 90년대 지식인소설로서의 의미가 있다. 「모기발순(發巡)」의 안 교수 역시 전통적인 교수 모습과는 거리가 먼 지식인이다. 대학 역시 자본의 손아귀에서 자유로울 수 없는 현실이고 교수들

---

3) 김병익, 「새로운 지식인 문학을 기다리며」, 『문학과사회』, 1990 여름, 512쪽.
4) 이에 비해 사회학계에서는 새로운 시대에 적합한 지식인 담론을 도출하기 위한 다양한 모색이 있었다. 그 결과로 90년대에 산출된 지식인론은 '탈근대적 지식인론', '게릴라 지식인론', '복고적 선비론', '신지식인론' 등이 있다. 이에 대해서는 강수택, 앞의 책, 255-305쪽과 전상인, 『우리 시대의 지식인을 말한다』, 에코리브르, 2006, 23-46쪽 참조.

역시 이전과는 다른 위상이라 이제 다수의 그들은 생활세계에 안주하는 경향이 약여하다. 아울러 「숨은그림찾기1」의 일모 선생이나 하 사장은 성격과 인품이 천양지차이지만 변화한 세상에서 이 시대의 선비, 혹은 시민적 지식인으로서의 역할을 잘 구현하고 있는 인물로 90년대의 지식 인상에 잘 부합한다고 판단된다.

2. 지난 시절의 회고와 새로운 모색

세계사적인 격변의 파장이 한국사회를 엄습한 풍경은 박상우의 「샤갈의 마을에 내리는 눈」에 잘 나타나 있다. 작품의 시간적 배경인 90년대 벽두는 사회 분위기가 앞 시대와 확연하게 달라졌다. 소설의 인물들은 어느덧 정치적 허무주의에 빠져 있는 것이다. "지난 연대가 막을 내리기 서너 달 전"에 정치 이야기로 갑론을박을 벌였던 그들은 더 이상 정치문제를 입에 올리지 않는데, 그들의 만남을 그나마 유지시켰던 것이 정치적 관심사였음을 고려한다면, 그것은 이제 환멸의 대상으로 추락했을 따름이다. 이 시기의 정치적 허무는 변혁운동에 적극 참여했던 사람들뿐 아니라 일상인 전반에도 만연되어 있음을 이 작품은 여실히 보여준다.

그러한 일상의 정황을 소설가 화자를 등장시켜 살핀 작품이 양귀자의 「숨은꽃」(1991)이다. 전통적으로 작가는 학자, 언론인, 변호사 등과 함께 지식인을 대표하는 계층이었다. 아마도 많은 작가들이 현실을 비판적으로 바라보고 모순을 고발하는 문사의 역할을 담당했기 때문일 것이다. 불의의 시대에 문학과 행동으로 저항한 작가들의 예에서 알 수 있듯, 그들은 고난의 시대에 나름의 소임을 다했다. 그것은 87년 6월 항쟁 때 민중들에게서 변혁의 동력을 체험한 양귀자 역시 다르지 않다.

그러나 시대의 급변은 사회 진보의 출구를 봉쇄했고 그 앞에서 작가는 당황한 기색이 역력하다. 시대상이 작가에게 미치는 반향은 소설쓰기와 직결된다. 작가는 화자의 입을 통해 현재의 자신이 교활한 '미로'에 빠져있다고 실토한다. 이제껏 "자신의 지식과 열정을 지탱해주던 하나의 대안이 무너"진 상황에서 창작은 어렵고, 새로운 정치 지형이 파생한 "너무나도 거대하고 음흉한 세계"에 대항하기도 버겁다는 전언은 곧 양귀자 자신이 처한 사정과 똑같다. 현실 타개책이 막막한 상황에서 내가 할 수 있는 일이란 지금 이곳에서 벗어나는 것이 고작이다. 삶이 문학보다 우선이어야 한다는 점을 굳게 믿고 있음에도 작가가 급기야 길을 떠나는 것은 그런 이유이다.

나는 지난 가을에 친구들과 왔던 '귀신사(歸神寺)'를 다시 찾는다. 그때 화자에게 귀신사는 "영원을 돌아다니다 지친 신이 쉬러 돌아오는 자리"로 의미화되었으나 볼품이 있는 절은 아니었다. 게다가 다시 찾았을 때는 보수 공사중으로 과거의 모습과 완전 딴판이다.

> 거기는 신이 지친 몸을 쉬기 위해 돌아오는 자리가 아니라 이제는 병들어 옴짝달싹도 못하는 신이 마지막 숨을 거두기 위해 돌아오는 음산한 자리라고나 해야 맞을 것 같았다. (중략) 신의 영혼들, 사다리를 타고 아득바득 하늘로 오르는 귀신들의 도포자락이 보였던가. 그제야 바라본 지붕은, 절망의 빛깔 같은 기와를 이고 기와 틈 사이로 가늘가늘한 풀포기도 숱하게 살려내고 있던 그 지붕은, 남김없이 벗겨져 흉측한 속살을 부끄럼도 없이 드러내고 있었다
>
> 「숨은꽃」, 『슬픔도 힘이 된다』, 193쪽

적요한 사찰이라기보다 수선스러운 공사판이 된 귀신사. 헐벗은 귀신사의 형해가 의미심장한 것은 그것이 바로 이념이 퇴조한 현재의 세계상과 일맥상통하기 때문이다. 지난 시절 이상으로 삼았던 사회에의 열망이 앙상한 잔해만 남긴 채 붕괴 위기에 봉착한 것처럼 귀신사의 형용도

하나 다르지 않다. 진보를 향한 열정이 수그러든 자리에 새롭게 도래할 모습을 예상하기란 어렵지 않다. 귀신사는 이제 울긋불긋 꽃단장을 하고 새롭게 태어날 터인데, 그것은 곧 개인의 비등한 욕망과 자본주의의 고도화와 이기주의가 판을 칠 앞으로의 사회상과 다르지 않다.

그곳에서 만난 김종구의 존재가 의미심장한 것은 화자에게 각성의 계기를 제공한다는 데에 있다. 단순한 삶을 살아가는 그는 세상의 변화에 무관심하고 보편적 상식에도 아랑곳하지 않는 인물이다. 그는 본능과 욕망에 추동되는 삶을 사는 무교양주의(philistinism)의 전형적인 인물인 것이다. 그가 신봉하는 것은 당연히 관념보다 생활이며 정신보다 육체여서 "머릿속에 먹물 담아놓고 주위에 검정물 뿌려대는 인간"은 경멸하기까지 한다. 김종구의 이러한 이분법적 태도는 다양한 인간상과 사회구조에 대한 단선적 이해로 전락할 위험성이 높다.5) 그럼에도 이 작품에서 그의 존재의미는 작지 않은데, 그것은 공사로 요상하게 변할 귀신사를 "조금이라도 덜 웃기게 만들기 위"한다는 데에 있다. 즉 그는 '파시스트적인 속도'로 변모할 자본주의 세상에 휘둘리지 않고 나름의 정신적 가치를 지키려는 인물인 것이다.

그와의 대화 또한 '글쓰기의 미로'에 갇힌 나에게 시사하는 바가 크다. "어둠을 통해 세상을 보라는 신의 섭리", 쉽지 않은 그 일을 작가가 감당해야 한다는 말이 바로 그것이다. 작가란 암흑의 세상에서 포착한 부조리한 세계를 고발해 더 썩지 않게 하는 방부제라는 의미의 전언은 지식인의 시대적 소명을 촉구하는 동시에 작가의 혼란을 정돈해주는 일침이 된다.

작가의 학력이나 시대상과 무관하게 한 편의 소설은 지적활동의 소산

---

5) 김병덕, 「한국 여성작가 소설에 나타난 일상성 연구」, 중앙대 대학원, 박사논문, 2003, 121쪽.

이 분명하다. 이 작품에서 작가가 화자로 등장해 급변한 시대에 소설쓰기의 의미와 고충을 성찰한 것은 급격한 사회변동과 화자의 사회적 신념, 혹은 작가의식 간의 크나큰 간극 때문일 터이다. 그것은 한편으로 지식인으로서의 작가가 얼마나 꾸준하게 사회를 관찰하고 열린사회를 열망했는지 역설적으로 증명한다.

3. 우리 시대의 선비, 혹은 시민적 지식인의 생활세계

서구의 지식인과 유사한 개념을 우리나라에서는 선비라는 단어에서 찾을 수 있다. 서구의 전통적인 지식인은 현실문제에 비판적으로 성찰하고 참여하여 사회 발전에 이바지했다. 마찬가지로 평소 인품도야와 학문 정진에 매진하는 선비는 학행일치를 중시하여 난세에도 지조를 굽히지 않고 사회의 본보기가 되었다. 그것은 선비가 기본적으로 공의(公義) 실현에 최대의 가치를 두었기에 가능한 일이다. 그들은 다 함께 살아갈 수 있는 공동선의 실현을 위해 지식인으로서의 풍모를 잃지 않았던 것이다.6)

이와 같은 선비상에 부합하는 인물로 이윤기의 「숨은그림찾기1」(1998)에 나오는 일모 선생을 들 수 있다. 화자가 중학생일 때, 국사와 세계사를 가르쳤던 일모 선생은 "늦발에 시작한 사람공부"를 통해 졸업한 제자들의 근황을 살피며 인간에 대한 살아 있는 공부를 하는 인물이다. 그는 화자인 나에게 '도회(都會)의 은자'로 추앙받는데, 그것은 내가 지치고 힘들 때마다 그가 "내 몸과 마음의 항상성(恒常性)"을 회복시켜주기 때문이다. 세상사에 줏대 없이 흔들리지 않는 그는, "한중간의 부동의 중심"

---

6) 정옥자, 『우리가 정말 알아야 할 우리 선비』, 현암사, 2002, 28-29쪽.

을 표상하며 나에게 기회를 엿보아 사특하게 움직이는 마음인 기심(機心)을 경계시킨다. 그는 원칙을 중시하되 고고한 선비의 풍모로 추상적인 고담준론이나 들먹거리는 고루한 위인은 아니다. 그의 태도는 복잡다단한 현대사회가 투명하고 정의롭지만은 않다는 인식과 관념만으로는 진흙탕의 현실을 개선할 수 없다는 통찰이 있기에 가능하다.

> 사람은 무영등(無影燈) 아래서 사는 것이 아니다, 사람의 모듬살이는
> 무균실(無菌室)이 아니다.
>
> 「숨은그림찾기1」, 『나비넥타이』, 150쪽

문제는 그늘이 드리워지고 잡균이 우글거리는 세상을 살아가는 방식이다. 구정물 같은 세상 속에서 선비의 삶을 지향하더라도 의사와 무관하게 흠집이 날 수밖에 없다. 중요한 점은 어쩔 수 없는 모순된 삶 속에서도 "사람의 향기"를 잃지 않는 것이다. 그때 한 인간이자 선비로서 편벽하지 않을 수 있는데, 그것은 당사자의 올곧은 성정과 세상에 대한 정확한 이해 없이는 곤란하다. 경산에서 유지급인 일모 선생이 결코 사리와 공명을 앞세우지 않고 제자들을 공평하게 대하며, 간혹 어려움에 처한 제자들에게 '활법(活法)의 묘수'를 구체적으로 처방해주는 것도 세상사의 넓이와 깊이를 아우르는 도량이 있기에 가능하다. 일모 선생의 이러한 면모는 스승이자 사표로서 지행합일하는 선비다운 품격이 아닐 수 없다.

이 작품에는 일모 선생과 외견상으로는 대조적인 하 사장이 등장한다. 하 사장은 고등교육을 받지 않은 인물이고 천하의 자린고비이다. 게다가 편협한 세상 이해에 속물의식도 강하다. 이러한 하 사장을 지식인으로 규정할 수 있는가에는 이견이 있을 수 있다. 하지만 변화한 세상은 그에 부합하는 지식인상을 요구한다. 그런 측면에서 그를 지식인의 자격조건

에서 배제하기에 곤란한 점이 있는데, 강수택이 제시한 시민적 지식인의 틀을 빌면 하 사장 역시 지식인으로 간주하기에 부족함이 없다.

강수택은 시대에 걸맞은 새로운 지식인상을 모색하면서 시민적 지식인을 내세운다. 과거 지식인의 전유물이었던 현실 비판과 참여, 계몽, 세계의 해석 등은 오늘날 일반 시민들도 자신의 생활세계에서 공적인 담론으로 확장시킬 수 있다고 그는 본다. 그 결과 "생활세계를 지키고 개선하기 위해 결성된 여러 사회단체의 활동적 참여자 가운데에는 스스로의 지적 훈련을 통하여 실천으로써뿐 아니라 지성으로써도 문제 해결에 기여하는 자들이 적지 않게 발견된다"[7]고 그는 주장한다. 그는 이러한 사람들을 미래의 사회를 변화시킬 가장 의미 있는 집단으로 상정하는데, 다만 이들에게는 공적 이익을 토대로 그러한 일들이 실행되어야 한다는 전제조건이 따른다.[8]

강수택의 견해에 비추어 보면, 하 사장은 시간을 아껴 쓰고 환경보호에 앞장서며 독학으로 외국어를 습득하고 또 절약해서 모은 돈으로 장학재단을 설립해 기금을 지원한다는 측면에서 지식인 대열에 동참하기

---

7) 강수택, 앞의 책, 323쪽. 이와 연관해 1990년대의 선비상과 시민적 지식인의 상관관계에 대해 논할 여지가 있다. 앞에서 간략히 언급한 대로 1990년대에 모색된 몇몇 지식인상 중 하나가 바로 '복고적 선비론'이다. 그러나 이를 과거의 전통적 선비상과 동일시해서는 곤란하다. 이 시기의 '복고적 선비론'은 "지식인의 본질과 역할에 대한 보다 근원적인 성찰"의 결과로 나왔는데, 이 논의는 전통적 선비론이 남긴 과도한 정치지향성과 그로 인한 권력과 지식의 유착으로 인한 폐해는 극복하고 공의(公義) 실현에 가치를 두자는 쪽으로 귀결된다. 이는 곧 거대담론의 지향대신 생활에 밀착하여 시민사회의 이익에 부합하는 보다 현실적인 지식인상의 추구라 하겠다. 그리고 그것은 시민적 지식인의 모습과 크게 다르지 않다. 이에 대해서는 정옥자, 앞의 책, 같은 쪽과 전상인, 앞의 책, 40-46쪽 참조.

8) 강수택은 시민적 지식인의 역할에 대해서도 상술한다. 그는 그것으로 ① 주체화의 역할─생활세계 주체로서의 시민에 대한 지식인의 신뢰를 회복하고 시민이 자신의 삶에 주체적으로 행동할 수 있는 역할 ② 해석적 역할─급변하는 세계를 민감하게 해석하고 거기에 대응할 수 있는 역할 ③ 비판적 역할─기존의 이론이나 이념이 아닌 인격적 주체와 경험에 근거한 비판 역할 ④ 공공 영역의 활성화 역할─생활세계를 발전시킬 공론을 조성하고 공론화의 과정을 민주적으로 처리하는 역할을 든다. 강수택, 위의 책, 335-347쪽.

에 부족함이 없다. 나름대로 자신을 선비로 인식했던 화자가 작품의 결말에서 되레, 저술을 위한 자신의 한국 체류 숙박비가 하 사장의 '운담 프로그램'에서 지원되었다는 사실을 알고 참담한 부끄러움을 느끼는 대목은 오늘날 시민적 지식인의 역능을 명확히 제시해준다.

이념의 시대가 종말을 고한 현실에서 하 사장은 나름의 입지점에서 묵묵한 실천으로 세상에 기여한다. 이에 비해 화자는 하 사장 같은 인간이 선비인 자신을 푸대접하는 세상을 원망했다. 그것은 일모 선생의 말마따나 화자가 "너무 고상한 일을 하느라고 발밑 분별을 제대로 하지 못" 했던 탓일 수도 있다. 어쩌면 그것은 냉정한 생활세계를 경시하고 저술 활동에만 가치를 부여했던 문필가 지식인의 뼈저린 과오에 다름 아니다. 작가는 자신의 참담함을 다음과 같이 표현한다.

> 무서운 일이다.
> 잃어버린 물건이 내가 이미 뒤짐질해 본 곳에 있을 수도 있다는 것은.
>
> 「숨은그림찾기1」, 같은 책, 197쪽

화자가 잃어버린 물건은 무엇인가? 그것은 바로 세상의 진실이다. 화자에게 글쓰기는 세상의 진실을 찾는 과정인데, 화자는 하 사장과 적지 않은 시간을 생활했으면서도 그의 표면적인 삶 이면에 내장된 진실[9]을 찾아내지 못했다. 하지만 세상의 참된 진실이 정작 하 사장에게 있었음을 깨닫고 화자는 자신의 실수를 부끄러워한다.

이처럼 이 작품에는 전통적으로 지식인 대접을 받는 문필가를 각성시

---

9) 이윤기 스스로도 이 작품의 작의를 다음과 같이 밝힌다. "삶의 배후에는 삶의 이치를 두루 설명할 수 있는 어떤 공식이 숨어 있는 것은 아닌가, 우리의 희로애락은 이 공식에 대한 무지에서 오는 것은 아닌가, 이 공식, 이 숨은 그림을 읽어 버리면 삶은 자연스러움을 획득하게 되는 것은 아닐까……" 문흥술, 「무쇠 솥을 뚫는 모기의 기」, 『소설과사상』, 1998 가을, 271쪽.

키는 시민적 지식인이 등장한다. 우리 소설사에서 하 사장 같은 유의 지식인상은 전에 볼 수 없었다. 하 사장과 같은 인물들은 변모한 시대가 산출한 새로운 지식인이다. 전통적 지식인의 위엄이 급전직하한 오늘날, 생활세계에 밀착한 시민적 지식인 나름의 역능이 빛을 발하는 모습은 시대에 부응하는 지식인상의 창출이라는 점에서 의의가 적지 않다.

4. 지식인 교수의 공허한 일상과 자조적 푸념

우리 사회에서 교수는 대표적인 지식인으로 대접 받는다. 언론 매체에서 전문지식을 자문 받을 때, 주로 교수의 견해가 인용되는 것은 우리 사회가 그들의 학문적 권위를 용인한다는 단적인 증거이다. 실제 그들의 전문적 지식은 저술과 실험 성과물로 사회에 이바지하는 동시에 동량을 길러내는 데에도 활용된다. 교육자이자 전문가라는 신분은 교수에게 인격과 학문을 겸비해야 할 필요성을 제기한다. 양자의 조화로운 결합은 그들이 사회에 영향력을 행사할 수 있는 토대가 되는 것이다.

이들의 위상이 하향세로 접어들기 시작한 때는 역시 90년대 이후이다. 정보화 사회의 도래는 그들 고유의 영역을 잠식하며 지식의 대중화에 기여했다. 누구라도 인터넷에 접속해 마우스를 클릭하면 궁금했던 부분에 일정 수준 이상의 지식을 얻을 수 있는 시대가 된 것이다. 사표로서의 권위도 이전에 비해 현저히 추락했고 대학당국의 연구업적 강화와 학생들의 강의평가도 교수들의 촉각을 곤두세우는 요인이 되었다. 이런 상황에서 교수는 이제 평범한 생활인으로서 당면한 문제에 충실하기도 바쁘다. 물론 여전히 연구와 교육에 몰두하고 활발하게 사회참여를 하는 교수들도 있지만 다수의 교수들은 학내 현안에 골몰하는 형편이다.

이와 같은 교수들의 무미한 일상적 풍경을 다룬 작품으로 김원우의

「모기발순(發巡)」(2000)이 있다. 이 작품은 종강을 앞둔 안 교수10)의 하루를 다루고 있는데, 그 소소한 일상사는 곧 이 시대의 대학사회와 교수상의 한 단면이라 할 수 있다. 안 교수가 보기에 오늘의 대학은 "연구 안 하는 교수에 공부 안 하는 대학생들로 똘똘 뭉쳐진" 곳이다. 화자는 특유의 꼬장꼬장한 어투로 학계를 꼬집는다. 그는 전 지구가 단일화하고 있는 시기에 약소국의 학자가 세계적인 연구 성과를 내기는 어렵다고 생각한다. 자생적 학문 배양의 장애물은 우리 사회 내부에도 도사리고 있다. 그가 보기에 우리 사회는 아직 수준 높은 학문을 자생할 만큼 성숙하지 않았다. 그래서 수준 높은 학자 대신 "지적 허영을 일삼는 추수주의자들", "분별력 없는 박수부대 같은 정색주의자들", "쓸데없는 노력만 펴붓고 있는 부지런한 필사주의자"들만 양산된다. 안 교수 역시 부임 초기에는 연구에 비교적 열성적이었으나 어느새 그런 의욕도 시들해졌다. 학생들도 취업을 위해서는 열심이지만 그것은 진리탐구라는 대학인 본연의 사명과는 거리가 멀다.

그렇다고 해서 대학구성원들이 현실문제에 관심을 집중하는 것도 아니다. 오늘날과 달리 광주민중항쟁으로 국가의 폭력성과 미국 대외정책의 이중성을 확인한 80년대 대학은 전체적으로 현실 비판적인 분위기였다. 그것은 학생뿐 아니라 교수층에서도 마찬가지였다. 70년대 학생운동에 참여하거나 최소한 그에 심정적으로 동조하던 젊은 지식인층은, 80

---

10) 이상섭은 70년대 작가들이 소설에서 교수를 그릴 때, 추상적 관념을 제시하기 위한 입간판 같은 평면적 인물로 등장시킨다고 비판한다. 즉 70년대 작가들은 지성인으로서의 교수 특유의 정신적 드라마를 잘 파악하지 못한 채, 수신교사처럼 시대에 잘 어울리지 않는 '스승'으로만 이해하고 있다고 본다. 이상섭, 『언어와 상상』, 문학과지성사, 1991(5쇄), 198-199쪽 참조. 교수들의 이러한 정형성(定型性)은 80년대에도 마찬가지여서 그들은 대개 불의의 시대에 침묵하거나 저항하는 모습으로 나타난다. 이에 비해 「모기발순」의 안 교수는 기존의 교수상에서 벗어나 안일하고 세태추종적인 모습으로 그려져, 그것의 긍정·부정을 차치하고서라도 나름의 개성을 확보하고 있다.

년대에 대학 정원 증원을 배경으로 교수에 임용되어 대학을 진보적 분위기로 끌고 가는 데 일조했던 것이다.[11] 그러나 90년대 중반 이후의 대학은 사회와 배리된 장소로 변질되었다. 현실과의 유리는 안 교수 역시 마찬가지인데 그 저간에는 지식인으로서의 회의와 사회적 역할의 무력감이 짙게 배어 있다.

> 왜냐하면 오늘날의 모든 문제는 어느 특정한 지식인이 감당하기에는 너무 벅차기도 하려니와 자기 자신의 견해만이 옳다고 고집을 부리기에는 여러 이해집단의 드센 압력이 거세어서 그 소위 주관이 아무리 정당하다고 하더라도 곧장 무화되어버리고 말기 때문에 그렇다.

「모기발순」, 『객수산록』, 426–427쪽

시대에의 무기력증은 사회가 너무도 복잡다단해서 부조리한 사안을 혼자 감당할 수 없다는 현실적 한계에서 비롯한다. 그것은 굳이 교수사회뿐 아니라 사회 제 분야에서도 마찬가지이다. 이제는 전문가 한두 사람이 나서서 사회 갈등을 봉합하기가 어렵다. 각 이해집단간의 갈등 중재에도 지식인의 역할은 미약하다. 대중사회에서 이익단체가 갖는 사회적 힘의 총량은 지식인들의 그것보다 우위에 있는 시대가 되었기 때문이다. 그런 상황에서 교수들이 신경 쓰는 일은 대학이라는 조직에서의 몸건사이다. 안 교수가 보기에 자신을 포함한 지식인들은 처세의 달인들이다. 공문을 보낸 사회과학부 학부장은 "너무 깍듯하고 아래위로 보비위에 능"하며 성폭력 피의자인 차 교수는 "안하무인의 연기술"에 "유들유들한 처신"이 좋고 안 교수 스스로도 "이중적 성격이 조직사회에서 배겨내기 위한 편리한 처세술"이라는 것을 안다. 정치에 상당한 회의를

---

11) 박명규·김영범, 「문화 변동」, 『한국 현대사와 사회변동』(한국사회사학회 엮음), 문학과 지성사, 1997, 204쪽.

갖고 있는 안 교수는 시대 모순에 대한 지식인의 적극적 발언 역시 교묘
한 처세의 제스처일 수 있다고 본다.

이를테면 80년 5월의 광주사태에 대해서 어떤 식으로든 발언해야 못
나빠진 지식인으로서의 면죄부를 받을 수 있고, 또 그것을 나름대로 해
석, 표현해야 행세하는 문인의 반열에 낄 수 있을 것 같은 일종의 사회
적 증후군이 한때 풍미한 것도 그 실례로서 손색이 없다.

「모기발순」, 같은 책, 418쪽

안 교수의 지적에 따른다면, 지난 시절 지식인들 일부는 역사에의 아
픔보다 자신의 체면과 명망을 위해 시대에 편승한 기회주의적 처신을
한 것이 된다. 이 뼈아픈 언술은 허위의식으로 미만한 일부 지식인 내부
의 모순을 낱낱이 고발한다. 작가는 그러나 지난 시절 지식인의 고결한
희생과 오늘날 그들의 존재의의까지 부정하지는 않는다. 작가는 우리 사
회가 여전히 "파쇼적 행패들이 구석구석에 엄존하고, 이제는 그런 언행
일체가 지독한 물욕에 덮씌워 더 이악스럽고 기승스러운 측면이 있"다
는 사실을 인지하고 있다. 그럼에도 작가의 비판적 진단은 냉정하다.

지난 연대에 일부 지식인들의 저항적 포즈가 굳은 지조나 신념에 의
해서라기보다 일종의 허위의식에 기반해 있었음은, 변혁운동에 적극적
으로 참여했던 대개가 자신의 역능을 포기하고 항로에서 이탈했다는 사
실에서도 쉽사리 확인되었다. 물론 생활세계에서 먹고사는 일은 중요하
다. 생계 문제는 어쩌면 동서고금의 인류에게 가장 중요하고도 절박한
문제가 아닐 수 없다. 그것이 지식인에게도 예외일 수는 없지만 그들은
이제껏 나름의 사명감으로 생활의 불편을 감수했다. 그들의 사회적 영향
력은 그런 희생이 전제되었기에 가능했던 것이다.

이 작품에서 오늘날 사회의 모순은 '모기발순'으로 비유되어 있다. 작

가가 보기에 작금의 상황은 사회 곳곳에서 모기떼가 잉잉거리고 있는 형국이다. 아무리 없애려 해도 놈들은 요령 있게 살아남는다. 마찬가지로 사회에 횡행하는 온갖 병폐와 부조리도 좀처럼 근절되지 않는다. 그것을 없애려는 지식인의 노력도 한계에 봉착했다는 정황은 앞에서 살핀 그대로이다. 하여 그들 대개는 현실을 외면할 따름이다. 시대의 모순을 뻔히 보고 있으면서도 어정쩡하게 존재할 수밖에 없는 교수의 모습, 그것이 이 작품에 나타난 지식인의 우울한 현재상이다.

5. 지식인소설의 향방

갈수록 복잡다단해지는 사회에서 현실의 문제점은 미시적 생활세계 전반에 산포되어 있다. 너무도 일상적이어서 오히려 간과하기 쉬운 부조리는 당연히 고발하고 시정해야 한다. 우리 사회에서 지식인의 역능이 여전히 필요한 까닭도 거기에 있다. 하지만 현실 사회의 지형 변형과 대중의 힘의 증가, 그리고 급속한 정보화의 물결로 지식인들은 예전만큼의 위력을 발휘하지 못하는 것이 사실이다. 시대에 걸맞은 새로운 지식인의 등장이 요구되는 것은 그러한 이유에서이다. 즉 이전의 이념과 이론으로 중무장한 관념적이고 추상적인 지식인이 아닌, 생활세계에 밀착한 새로운 지식인의 필요성은 현실적인 문제가 된 것이다.

이와 같은 시대의 변모를 적극 반영한 지식인소설의 지식인 주인공 또한 변화를 필요로 한다. 그간 우리 소설은 사회에 엄중한 문제제기를 하고 부조리 개선에 적잖은 기여를 했다. 우리 소설에서 지식인이 많이 등장했던 것도 바로 건강하지 못한 사회상과 연관되어 있다. 때로는 그들이 기회주의적 작태를 보이기도 했고 지적 우위를 바탕으로 민중을 계도한다는 오만과 필요 이상의 엄숙주의도 없지 않았으나, 사회의 방향

타를 올바로 돌리기 위해 고투했다는 공로만큼은 인정하지 않을 수 없
다. 하지만 그들은 오늘의 소설에서 눈에 띄게 감소했으며 설사 작품에
나오더라도 별다른 임무를 수행하지 못하는 형국이다. 그것은 우리의 작
가들이 변화한 시대에 적합한 지식인상을 창출하지 못한 결과이다. 그런
점에서 이 글에서 다룬 작품의 지식인들은 당시의 세태에서 나름의 의
미를 지닌 인물들로 판단된다.

그들의 진솔한 모습을 통해 새로운 형태의 지식인소설의 탄생을 기대
할 수 있을 것이다. 1930년대의 이상이나 박태원, 채만식, 그리고 1960
년대에 김승옥의 경우에서 보았듯이, 이념이 퇴조한 자리에는 일상성을
다룬 소설들이 양산됨을 알 수 있다. 이처럼 일상에서 벌어지는 무수한
일들을 새롭게 조명하고, 거기에서 야기되는 갖가지 문제점을 발견하고
고발하는 지식인의 역능은 바로 지금 여기에서 필요한 일이다. 물론 지
식인소설이 생활세계와 얼마나 밀착해 있느냐가 성패의 관건이 될 것임
은 앞에서 살핀 그대로이다.

폭압적 정치상황과 소설적 응전의 양상
조해일론

1. 70년대의 정치 현실과 작의(作意)의 은폐

조해일은 1970년 중앙일보 신춘문예에 「매일 죽는 사람」으로 등단했다. 이후 그는 1975년까지 활발한 작품 활동으로 문제작을 생산하며 문단의 주목을 받는다. 그리고 1975년 중앙일보에 연재한 『겨울 여자』의 출간과 영화화는 그의 이름을 대중에게 널리 알리는 계기가 되었다. 작가의 대중적 성공은 또 다른 신문 연재의 기회를 제공했고 그는 이후 몇 편의 신문소설을 쓰게 된다. 작가는 "나름으로는 신문소설을 일종의 장르라고 생각하고 최선을 다했다고 생각한다"[1]며 자신의 지난 작업에 의미를 부여한다. 하지만 그가 신문소설에 집중하는 동안, 1970년대 한국 사회를 살아가는 서민들의 삶을 작가 특유의 개성적 방식으로 보여주고 암울한 정치상황을 고발하던 이전의 작품 세계에서 멀어진 것이 사실이다. 아울러 그 시기 이후 작가가 발표한 중단편은 손에 꼽힐 정도이다.

---

1) 조해일, 「조해일 연보」, 『제3세대 한국문학16－조해일』, 삼성출판사, 1985, 443쪽.

그마저도 1986년의 「임꺽정7」 이후로는 찾아볼 수가 없는데 이는 장편의 경우에서도 마찬가지이다.[2] 조해일이 어떤 연유에서 지속적으로 창작을 하지 않았는지, 혹은 못했는지는 알 길이 없다. 다만 작품 생산의 중단은 그를 대체로 1970년대 초·중반기 작품에 자신의 소설적 역량을 집중했던 작가로 규정짓게 하는 데에 일조한 것이 사실이다.[3]

그가 활약했던 그 시기에는 박정희 정권의 서슬이 대단했다. 성장 신화의 환상 속에서 진행된 경제개발은 숱한 모순을 낳았고 체제 유지를 위한 정치적 억압이 사회에 만연했다. 당시의 그런 상황에서 많은 작가들은 시대의 부조리를 고발하고 비판하는 수작들을 양산했는데 이는 우리 소설사의 주요한 자산으로 남아 있다.

조해일 역시 시대의 아픔에 주목한 작가이다. 우선 그가 주목한 것은 도시 하층민의 고달픈 삶이다. 그의 등단작에 나오는 엑스트라의 처지가 일단 그렇거니와, 「방」에 등장하는 "평 반짜리 방 하나에 반평짜리 부엌 하나씩 달린" 연립주택에 세 들어 사는 가난뱅이들과 「뿔」에 나오는 일용직 지게꾼 역시 곤궁하기는 마찬가지이다. 미군들에게 술을 따르고 매춘까지도 불사하는 기지촌 여성들의 삶을 다룬 「아메리카」에는 그곳 여성들의 고단한 삶이 형상화되어 있다.

---

2) 겨울여자가 발간된 1976년 이후 조해일이 발표한 단편으로 「무쇠탈2」, 「임꺽정4」(이상 1977), 「자동차와 사람이 싸우면 누가 이기나」(1979), 「도락」, 「비」, 「낮꿈」, 「임꺽정5」 (이상 1980), 「임꺽정6」(1981), 「임꺽정7」(1986)이 있고, 신문에 연재한 작품으로는 『지붕 위의 남자』(서울신문, 1976), 『갈 수 없는 나라』(중앙일보, 1978), 『X』(동아일보, 1981)가 전부이다.

3) 1976년 이후 발표된 「임꺽정」 연작이나 「자동차와 사람이 싸우면 누가 이기나」는 조해일의 등단 초기 작품세계와 연맥되어 있다. 작가의 발표작이 절대적으로 부족한 상황에서 위의 내용을 전작들과 연관시키면, 그의 작품세계는 등단 초기의 그것에서 심화·확장되었다고 보기는 어렵다는 판단이다. 또 작가의 세 장편에는 신문연재소설의 특성상 대중성과 상업성의 측면이 드러난다. 즉 그 세계를 작가의 작품 본령이라 하기에는 무리가 있는 것이다.

시대의 고통은 경제적인 측면뿐 아니라 정치적 압제에서도 야기된다. 박정희 정권은 통치에 유리한 사회적 이데올로기를 유포해 국민들을 통제했다. 그 결과 대다수 한국인들은 당대에 만연된 사회적 '망탈리테(Mentalité)'[4]에서 자유로울 수 없었다. 조해일 역시 당대 한국사회의 억압적 정치 상황에 작품들로 응전했다. 그는 「임꺽정2」 집필 후, "야만적인 우리 정치사의 고비들마다 내 정치적 감수성에 가해져온 참기 힘든 고문들에 대응하는 궁여지책도 겸하여 이후 몇 개의 짤막짤막한 '임꺽정' 이야기를 더 쓰게 되었다"고 밝힌 바 있다.[5] 작가의 토로대로 그가 겪은 한국 정치의 후진성과 그에 대한 나름의 대응은 이미 "몇몇 작품에서 정치적인 알레고리를 시도한 것"에서 확인할 수 있다.[6]

조해일이 밝힌 정치적 알레고리의 구사는 70년대 초반의 상황을 직설적으로 말하기 어려워 사용된 방식이다. 그리스의 알레고리아(allegoria)에서 유래한 알레고리는 '다르게 말하다'는 의미로 이중적 의미를 지닌 이야기 유형을 지칭한다. 즉 알레고리는 표면적인 이야기 의미와 이면적인 의미를 갖는 이야기 유형인 것이다. 그러므로 알레고리 기법이 사용된 작품은 두 개 혹은 그 이상의 다의성을 띠는데, 이는 작품에 형상화된 상황과 그것이 지시하는 의미의 관계가 자의적(恣意的)이기 때문이다. 이

---

4) 범박하게 말해 망탈리테는 한 시대의 집단적인 정신 현상 그 근저에 있는 거대한 심적 구조를 말한다. 한 시대의 망탈리테는 동시대인의 사고와 행동을 의식적·무의식적으로 지배하는데 거개의 사람들은 그 구속으로부터 자유롭지 못하다. 이러한 망탈리테가 1970년대, 즉 박정희 정권 시기에는 애국주의, 공동체주의, 영웅주의, 엘리트주의, 명분주의, 대의주의로 구체화되었다. 이에 대해서는 박수현, 「1970년대 한국 소설과 망탈리테」, 고려대 대학원 박사학위논문, 2011, 1장, 4장 참조.
5) 조해일, 「작가의 말」, 『임꺽정에 관한 일곱 개의 이야기』, 책세상, 2000, 154쪽.
6) 조해일, 「「매일 죽는 사람」들의 시대」, 『33인의 자서전』(이호철 외 지음), 양우당, 1993, 67쪽. 여기에서 조해일이 언급한 정치적인 알레고리는 작품 속의 서사가 역사적 사건을 지시한 것을 의미한다. 이 글에서 거론한 작품들은 모두 그러한 양상을 드러내고 있는데 「통일절소묘」에 나타나는 1971년의 대통령 선거 양상, 그리고 「1998년」의 1972년 10월 유신 이후 한국의 정치적 상황은 그 대표적인 예라 할 수 있다.

런 이유로 알레고리 기법이 사용된 텍스트는 논리적이고 이성적으로 해석해야 작품 본연의 의미를 파악할 수 있다. 그렇게 하기 위해 독자는 이지적인 성찰과 작품 이면에 내재되어 있는 사유의 영역에 대한 사전적 지식이 절대적으로 필요하다.[7]

작가는 당대의 상황을 빗겨가는 방법으로 시대를 고발하고 비판했는데, 그렇기에 정치적 알레고리가 사용된 작품을 제대로 분석하기 위해 박정희 정권 시기의 이해는 필수적이다. 즉 작품 이면에 감춰진 1971년 4월의 대통령 선거, 같은 해 10월의 위수령, 1972년의 10월 유신과 같은 역사적 사건에 대한 이해 없이 그의 작품에 대한 올바른 해석은 어렵다는 것이다. 조해일의 정치성을 고려한 작의와 문학적 성과가 제대로 평가되지 않은 것도 시대상황에 대한 면밀한 고려가 부족했기 때문일 터이다.

그러나 1970년대라는 시대적 배경과 작가가 자기 작품에 대해 언급한 정치적 알레고리를 염두에 두면, 이 글에서 논할 작품들 배면에는 시대에 대한 고발 및 저항이 짙게 깔려 있음을 알 수 있다. 비록 작가의 작품들을 물리적 폭력의 측면과 윤리성의 문제에 초점을 맞추어 해석[8]하

---

7) 알레고리에 대한 논의는 김누리, 『알레고리와 역사』, 민음사, 2003, 57-62쪽과 한용환, 『소설학 사전』, 고려원, 1992, 295-296쪽 참조. 알레고리가 역사적 현실과 초월적 통합의 미적 이데올로기 사이의 균열을 직시한다고 본 이는 벤야민이다. 그에게 "알레고리라는 문학예술적 형식은 작품의 총체적 구성의 역사성을 노출하는 형식이며, 작품의 역사성이 내포하는 정치사회적이고 문화적인 가치와 전통들을 비판적으로 재구성하도록 유도하는 형식으로 재규정"된다. 이에 대해서는 정의진, 「발터 벤야민의 알레고리론의 역사 시학적 함의」, 『비평문학』 제41호, 비평문학회, 2011, 9, 397쪽. 실제 벤야민은 『독일 비애극의 원천』에서 "알레고리 속에는 역사의 죽어가는 얼굴 표정(facies hippocratica)이 굳어진 원초적 풍경으로서 관찰자 앞에 모습을 드러낸다"고 여긴다. 그리고 이것은 "역사의 세속적 전개를 세상의 수난사(Leidensgeschichte)로 보는 알레고리적 관찰의 핵심"이 된다. Walter Benjamin, 『독일 비애극의 원천』(최성만·김유동 역), 한길사, 2012, 237-281쪽 참조.
8) 조해일 소설에 나타나는 폭력의 문제는 김병익, 「호모 파베르의 고통」, 『아메리카』 해설, 책세상, 2007, 317쪽과 신철하, 「한 현실주의자의 상상세계」, 『한국소설문학대계65』 해설, 600-605쪽 참조. 김병익은 이후 자신의 논의를 심화시켜 그 폭력의 실체가 정치적 폭

는 평자가 있기는 해도, 그것만으로 작가의 작의를 온전히 밝혀내기에는 역부족이라는 판단이다.

이 글에서는 그 점에 주목하여 당대의 정치상황을 배경으로 한 작품들을 논의할 것이다. 이는 곧 당시의 정치적 상황에 대한 조해일 소설의 응전을 새롭게 평가하는 계기가 될 수 있을 것이다.

2. 도시서민의 저항과 연대의 힘

조해일이 창작활동을 펼치던 1970년대에는 한국사회 곳곳에서 모순이 파생했다. 부조리한 당대 사회에서 고통 받는 작가의 '정치적 감수성'은 앞에서 언급한 그대로이다. 그런 그가 「통일절소묘」에서 암울한 상황의 비판·고발보다 이상적 사회상을 그려놓았다는 점은 흥미롭다. 1971년 8월에 발표된 이 작품은 남북이 통일된 미래의 어느 날을 시간적 배경으로 하고 있다. 엄혹한 정치상황에서 그려진 유토피아적 세계에는 갈등과 분열이 없다. 통일된 한반도에서 남과 북의 선남선녀는 데이트를 하고 결혼을 약속하며, 분단시대에는 전시용 격납고였던 곳에서 아이들이 뛰논다. 또 남북 어디에서나 인성 교육이 실현되고 대립이 종지된 군대 초소에서도 비상 상황은 없다. 그런 온전하고 평화로운 일상의 흐름은 정치권에서도 마찬가지이다.

이 작품에는 이전투구대신 상대를 배려하고 존중하는 품격 높은 정치인들이 등장한다. 민남식과 최길균이 그 주인공인데 그들은 "두 달 뒤에 있을 지방의원 선거에서 겨루게 될 말하자면 정적(政敵)"이다. 하지만 선

력임을 암시한다. 김병익, 「장인의식과 폭력」, 『한국단편문학대계15』 해설, 삼성출판사, 1977, 421쪽. 그러나 짧은 이 글에 정치폭력의 양상과 조해일의 작의에 대한 구체적 분석은 언급되어 있지 않다.

거 논의 건으로 만난 두 사람은 "서로의 얼굴을 좋은 적수끼리 만났을 때의 훌륭한 느낌"으로 바라본다. 둘은 분단시대에 있었던 부정선거의 양상을 비판하고 부끄러워하면서 공명선거를 다짐한다.

통일 이후의 장밋빛 세상과 공정한 선거를 모색하는 두 정치인을 표면에 내세우는 이 작품의 이면에는 그해 4월에 실시된 대통령선거의 불법타락상을 고발하려는 데에 주된 의도가 담겨 있다. 작가는 작품에서 불법 타락선거를 과거 분단시대의 부끄러운 산물로 치부하지만 소설에 등장하는 각종 부정선거의 양상은 그해 선거 때 자행된 방식과 다르지 않다. 공정한 선거에 대해 논의를 하는 민남식과 최길균은 『분단시대 초·중기의 선거 양상』이란 책을 언급하며 서로 부끄러워한다.

> "예컨대 이런 용어들이 그 책의 도처에 나옵니다. <올빼미표>, <피아노표>, <3인조투표>, <5인조투표>, <무더기표>, <표 바꿔치기> 등등 (……) 선거 양상을 묘사한 책에 <고무신>이니 <막걸리>니 <야유회>니 하는 말들이 나타나는 데는 당시 사람들의 어리석음에 화가 치밀 지경이었습니다. <관권의 부당한 개입>이니 <행정력으로부터 오는 탄압>이니 <피선거권의 부당한 제한>이니 <계표(計票)부정> 또는 <타의 내지는 사리(私利) 고려에 의한 투표>니 <선거 효율성 불신에 의한 투표 포기>니 하는 말은 점잖은 표현이었구요……"
>
> 「통일절소묘」, 『제3세대 한국문학16 – 조해일』, 372–373쪽

1971년 4월에 치러진 제7대 대통령 선거가 유례없는 금권·관권이 난무한 부정선거였음은 역사적으로 이미 확인된 바이다. 이러한 정황을 고려하면 「통일절소묘」는 작가가 현실정치에 대한 깊은 절망을 역설적으로 드러낸 작품이라는 사실을 알 수 있다. 이 작품에서 두 후보는 외견상 이상적인 정치인의 풍모를 보인다. 그러나 이전투구로 얼룩진 당시의 선거전을 되살펴보면 두 인물의 공정한 선거전은 어불성설에 불과하

다. 다만 작가는 그러한 세계의 도래를 바랄 따름이다. 그렇기에 작품 속의 유토피아적 세계는 그가 염원하는 이상적 사회인 동시에 진흙탕 현실에 대한 조롱의 산물이다.

1970년대 초반 한국사회의 현실은 「통일절소묘」에 묘사된 낙원과는 거리가 멀다. 특히 1972년의 10월 유신 이후, 한국사회는 역사적 질곡의 시기였다. 그래서 유신 다음해에 발표된 작품 「심리학자들」, 「1998년」 은 불우한 시대와 연관되어 더욱 의미심장하게 읽힌다. 작가는 이 작품 들에서 한국사회 전반에 만연된 정치적 압박을 섬세하게 묘파한다. 먼저 「심리학자들」에는 집단폭력이 개인에게 주는 고통이 표면상 나타난다. 소매치기 일당은 밀폐된 공간인 버스에서 한 여인의 반지를 빼앗고 승 객들을 윽박지른다. 그들이 집단의 위세로 행패를 부리는 와중에도 승객 들은 처음에 애써 모른 체할 뿐이다. 한편 「1998년」에는 느닷없는 기상 대이변으로 하늘이 내려앉는 상황이 발생한다. 이제 멀쩡하게 직립보행 했던 사람들은 온전히 머리를 쳐들고 걷다가는 죽음도 불사해야만 하기 에 저마다 고개를 숙이고 조심스럽게 움직인다. 이런 사태에 정부조직인 기상국(氣象局)은 국민의 안위를 걱정하고 대책을 강구해야 함에도 오히 려 <기상에 관한 법률>을 제정하여 국민들의 "기상상의 정보에 대한 의견교환을 금지"한다.

「심리학자들」에서의 집단폭력은 나머지 승객들에게 공포를 조장하기 에 충분한데, 그런 위협은 그 집단의 지배질서에 대항하는 자가 폭력의 희생자가 될 수 있음을 경고하는 것이다. 이는 당시 국민의 저항을 무자 비한 폭력으로 사전봉쇄하려는 당대 지배층에 대한 비판으로 해석이 가 능하다. 「1998년」의 급작스런 기상이변은 1972년의 10월 유신 이후 한 국의 사회 상황이 권력층의 탄압으로 어떻게 변모했는지를 짐작하게 한 다. 즉 「심리학자들」에서 폐쇄된 버스 안은 박정희 정권의 압제에 질식

할 것 같은 시대상황을 짐작케 하고 「1998년」의 느닷없는 기상이변은
정치적 폐해로 정상적인 생활을 영위하기조차 곤란한 시대의 엄혹성을
유추하게 하는 것이다.

그렇게 본다면 「심리학자들」의 폭력배들은 국민들은 안중에도 없이
무소불위의 권력을 행사하던 당시의 집권층으로 등치가 가능하고, 「1998
년」의 기상국 직원들은 정권의 안위를 유지하기 위해 국민을 감시하고
탄압하던 권력층과 그 하수인들로 보아도 무방하다. 그런 점에서 두 작
품은 알레고리를 통한 당대 정치사회의 강력한 비판이자 풍자라 할 수
있다.9)

중요한 사실은 시대의 불합리에 조해일 소설의 인물들이 침묵하고 있
지 않다는 데에 있다. 이것은 그의 소설이 현실에 대한 나름의 응전을
하고 있다는 점을 증명한다. 그러나 작가는 절망적인 상황을 전복하고
이상을 구현하기 위해 강력한 저항선을 마련하지는 않는다. 조해일은 비
록 소극적일지라도 나름의 저항의지 표출을, 「내 친구 해적」에 표현된
대로 인간이 "아름답고 소중하고 떳떳한 존재"임을 보여주는 증표로 여
긴다. 그렇기에 현실에 응전하는 정황에서도 조해일 소설에는 '영웅적
인물'이 등장하지 않는다. 부조리한 사회에서 정치·경제적 목적 성취를
위해 투쟁의 선봉에서 조직을 이끌고 헌신하는 선도적 인물대신, 그의
소설에서는 보잘것없는 장삼이사들이 하나둘씩 자발적으로 불의에 힘을
합쳐 대항하는 것이다.

조해일은 그것이 현실의 가감 없는 면이라 여긴다. 비록 강고한 대오
를 형성하지는 못했을지라도 각자 나름의 저항이야말로 가장 실제적이

---

9) 존 맥퀸은 알레고리와 풍자의 관계에 대해 다음과 같이 역설한다. 그는 알레고리와 풍자
　가 별개의 것이 아닌 긴밀한 관계에 있다고 본다. 작품 해석에 있어 알레고리를 풍자로
　볼 때, 또는 역으로 풍자를 알레고리로 볼 때 그 의미가 한결 선명하게 해석되는 경우가
　많다는 것이다. John MacQueen, 『알레고리』(송락헌 역), 서울대학교출판부, 1983, 83쪽.

고 의미가 있는 것이다. 이처럼 작가의 작품들에서 사회의 불의에 침묵하던 다수의 방관자들 가운데 자발적으로 이의를 제기하는 인물이 등장하고 그의 희생적 행동을 기화로 나머지들이 저항에 동참한다.[10] 그러한 행동은 결국 그들 스스로가 인간이라는 사실을 확인하는 과정과 다르지 않다.[11] 그리고 인간이라는 존재에 대한 자존감과 불의에의 본능적 저항심리, 그것들의 확인을 위한 개인들의 항거는 마침내 연대의 힘으로 강화된다. 「심리학자들」에서 불량배들의 횡포에 대항하다 폭행을 당하는 청년을 보며 방관하던 승객들은 하나둘씩 힘을 모아 싸우기 시작한다. 「1998년」에서도 하늘이 내려앉은 기상이변에 어떠한 대책도 세우지 않고 기상국의 방침에 순응하기만 하려는 학교장과 다른 선생님들의 비굴 속에서, 남궁 동식은 몇몇 뜻을 같이 하는 사람들과 기상당국에 불복의 길을 모색한다.

조해일은 자기희생을 감내한 이들의 연대 없이는 기존의 강고한 정치 세력에 맞설 수 없다고 생각한다. 그가 내세우는 연대는 그러나 강력한 선동과 항거로 연결되지 않는다. 물론 「임꺽정」[12] 연작에서 꺽정과 청

---

10) 조해일 소설에서 영웅적 면모를 지닌 인물이 등장하지 않는 이유도 바로 여기에 있다. 불의한 상황에서 고민하던 누군가의 저항을 계기로 방관하던 사람들이 합세하는 경우가 조해일 소설에는 많이 나타난다. 그렇기에 저항의 주체들은 타자를 계몽하거나 연대를 강권하지 않는다. 물론 그러한 상황을 끝내 외면하는 이도 있기는 하지만 그런 결합은 자발적인 대응이라는 점에서 오히려 연대의 힘이 강화되는 측면이 있다. 암담한 정치상황의 피해는 국민 모두가 겪는 것이고, 상황의 돌파는 피해자 모두의 힘이 모아질 때에라야 가능하기에 조해일은 자발적 저항이 중요하다고 본다. 그리고 이는 조해일 소설에 나타나는 저항과 연대의 특징이라 할 수 있다.

11) 버스 내에서의 폭력적 상황에 대한 승객들의 대항과 승리를 김병익과 염무웅은 선의의 결과물로 해석한다. 김병익, 「호모 파베르의 고통」, 319쪽과 염무웅, 「현실악의 추적」, 『한국문학의 반성』, 민음사, 1977, 91쪽. 차 안에서 불한당들에게 괴롭힘을 당하는 여성을 돕는 승객들의 행위는 물론 선의의 결과일 수 있기는 하다. 하지만 이 작품을 당시의 정치 행태에 견주어보면 승객들의 행동은 인간 스스로에 대한 자존감의 표출인 동시에 당대의 정치상황에 대한 저항으로 해석할 수 있다.

12) 김누리는 귄터 그라스의 『양철북』을 분석하면서 알레고리의 개념을 수사학의 영역을 넘

석골 도당(徒黨)들이 탐관오리의 재물을 탈취해 가난한 백성들에게 나누어 주는 식의 반합법적인 저항을 하지만, 그것이 체제를 전복하거나 서민들의 고단한 삶을 근본적으로 바꾸기에는 역부족이다. 「임꺽정6」에서 김청생이 "아무리 썩은 조정일지언정 조정을 쥔 자들이우. 법제와 물자를 쥐구, 조련된 군사를 쥔 자들이우. 저들을 꺾으려면 백성들을 모두 모아야 하우."라는 말대로 국가 혹은 지배층의 권력은 막강하다. 그럼에도 인간다운 삶을 위해 그들은 자신을 내던진다. 조해일에게 그런 저항의 방식이 선뜻 내키지는 않았을 것이다. 하지만 폭정이 심해진 상황에서 그러한 저항은 어느 면에서 불가피하다고 작가는 여기고 있다.

3. 서민에 대한 애정, 지식인의 올바른 역능(役能)

조해일 소설에 등장하는 많은 인물들은 도시 서민이다. 대체로 육체노동에 종사하는 그들은 처지가 곤궁하다. 작가는 힘겨운 삶을 살아가는 그들에게서 뿜어 나오는 '싱싱한 육체'[13]성과 '원시적 생명력의 모습'[14]에 따뜻한 시선을 보낸다. 이런 육체노동에 대한 존중을 극대화한 작품은 「아메리카」이다. 이 작품은 미군 기지촌에서 살아가는 여성들의 삶을 다루고 있다. 작가는 그들의 성매매나 미군들과의 동거 상황까지 옹호하지는 않는다. 다만 생계를 위해 어쩔 수없이 몸을 팔아야 하는 것, 그리고 그런 행위로 그곳 여성들이 "그렇게 절망적이고 자신에 대해 도덕적

어, 서술 양식과 서술 구조 자체를 통제하고 지배하는 형상화 원리로 이해하고 있다. 이렇게 확장된 알레고리 개념에는 패러디나 풍자와 같은 서술 양식적 개념도 포함된다. 김누리, 앞의 책, 62-63쪽. 이 경우 알레고리의 외연이 너무 확장되는 느낌이 있으나, 김현의 지적대로 『임꺽정』이 '덧붙이기와 바꾸기'를 통해 '임꺽정 이야기의 변용'한 것임을 승인한다면 이 작품 또한 넓은 의미에서 알레고리적 성격을 띤다고 할 수 있을 것이다.

13) 김병익, 앞의 글, 같은 쪽.
14) 천이두, 「소외된 군상들의 생태」, 『한국소설의 관점』, 문학과지성사, 1980, 107쪽.

열등감을 느낀다거나 하지 않는다는 것, 그들은 그들 나름대로 그것을 삶 자체로 받아들이고 긍정적인 생활을 해 나가고 있다는 것"을 사실적으로 그릴 따름이다.[15] 그렇기에 작품 속의 기지촌 여성들은 몸을 팔아 생활하는 과정에서 미군들에게 참혹한 수난을 당하기도 하지만, 육체노동으로 생계를 꾸려가는 한 사람의 주체적 생활인으로서 묘사된다.

이에 비해 사회 상류층에 대한 시선은 비판적인데 이는 당시 그들의 행태가 올바르지 못했던 것에 기인하는 바이다. 그 시절에도 사회정의를 위해 노력하는 지도층 인사들도 있었을 터이기는 하지만 작가가 보기에 그들 다수는 부정과 부패에 물든 해악적 존재들이다. 「이상한 도시의 명명이」에는 당시 각계 상류층의 부패한 모습이 그려져 있다. 기업가라는 이는 밀수로 부당한 이득을 취하려 정부 유력자나 세관원을 매수하려 하고 은행가는 기업가에게 뇌물을 받고 대출을 약속한다. 그런 불법적인 경로로 결국 상류층들은 가외의 소득을 챙긴다.

조해일이 이 작품에서 특히 주목하는 또 한 사람은 "대학의 교수직과 도시개발위원회의 경제담당자문위원을 겸하고 있는 경제학자"이다. 그는 집필중인 「개발도상국 경제에 있어서의 성장과 안정의 함수관계」라는 논문 때문에 골머리를 앓고 있다. 논문의 주된 논지는 개도국에서 성장의 고도화는 결국 물가상승과 통화과대공급의 악순환을 반복한다는 것이다. 그것을 방지하기 위한 방법은 긴축정책뿐이다. 즉 성장과 안정이 조화로운 균형을 이룰 때 경제의 능률화는 실현되는 것이다. 이처럼

---

15) 작가는 실제 "한때 기지촌 주변에서 거의 살다시피 하며 그들과 어울려지내기도 하고 자주 왕래하기도 하여 그곳 사정을 다소 소상히 알게" 되었다고 한다. 그 결과 그는 그간 "기지촌이라든가 그곳에 살고 있는 위안부들, 그 주변사람들에 대해 쓴 신문기자들의 르포 혹은 다른 선배작가들의 작품에서 불확실한 이해가 개입된 편견이 엿보이는" 것을 시정 내지 수정할 목적으로 「아메리카」를 썼다고 밝힌 바 있다. 조해일, 이호철 외 지음, 앞의 글, 66-67쪽.

논의의 귀결점은 명확하고 그에 대해서는 경제학자도 잘 알고 있다. 그러나 이 결론이 단지 경제학적으로만 도출되지는 않는다는 데에 그의 곤란이 있다. 즉 한 나라의 경제 상황은 다음과 같은 여러 정치, 사회적 요인들의 개입으로 온전히 설명되지 않는다는 점에서 경제학자는 선뜻 논문의 결론을 집필할 수가 없다.

> 나 같은 경제학자로서는 아무리 씨름해본댔자 풀어낼 수 없음이 뻔한 정치적 사회적 여러 요인들, 이를테면 경제현상과 정치현상 사이의 묘하고 오랜 함수관계 같은 것들, 선거와 경제와의 쌍그네 타기 같은 것, 또는 사회심리학자들이나 다루어야 할 성질의 여러 가지 사회현상의 복잡함, 국민적 합의의 결여, 윤리나 가치 체계의 흔들림 같은 것들이 그것이다.
>
> 「이상한 도시의 명명이」, 같은 책, 357쪽

위의 장면에서 조해일이 주시하는 것은 논문에 대한 경제학자의 학문적 고심이 아니다. 작가는 국가의 올바른 경제성장 방향이 무엇인지에 대해 명확히 인지하고 있음에도 불구하고 그것을 기술하지 않는 지식인의 학문적 엄결성과 대사회적 윤리성을 비판한다. 이는 경제학자가 국가의 산하기관인 '도시개발위원회의 경제담당 자문위원' 직책을 겸임하고 있기에 야기되는 것이기도 한데 작가는 지식인의 그러한 기회주의적 처신을 매섭게 꼬집는다. 그런 점에서 조해일은 1970년대 한국사회를 살아가는 서민들의 삶에 대한 애정과 함께 지식인의 역능에도 주의를 기울인 작가라 할 수 있다.

1960-70년대 한국 사회에서의 지식인론은 대중, 혹은 민중에 대한 관심, 박정희 정권의 근대화 추진에 대한 구체적 관심, 비민주적인 정치 행태에 대한 고발과 제 문제의 개선을 위한 현실 비판과 참여의 필요성을 요청하는 담론이 대세를 이루었다. 실제 많은 지식인들은 현실의 모

순을 타개하기 위해 나름의 소명을 다했다. 그런 한편으로 현실의 문제를 방기하고 상아탑에 안주하거나 권력층과 유착해 지식인 본연의 역할을 외면한 이들도 적지 않았다. 특히 "한국사회의 경제성장에만 주목해 민중의 희생이나 빈부 차의 심화 등에는 무관심하였을 뿐 아니라, 나아가 정권의 폭정과 장기 집권에 기여"한 1960년대의 '근대화 인텔리겐치아론'의 경우는 비판 받아 마땅한 것이었다.16)

지식인들이 자신의 역능을 방기하며 자기합리화에 몰두하는 정황은 1973년에 발표된 「1998년」에 구체적인 모습으로 나타난다. 하늘이 내려앉는 돌발적인 기상이변으로 인한 당황과 기상국 직원의 통제, 그리고 그에 대한 제각각의 대응 양상을 다룬 이 작품은 당시의 정치 상황을 빗대고 있다. 즉 "하늘이 내려앉는 기상이변"의 상황과 <기상에 관한 법률> 제정은 1971년의 위수령이나 다음해의 10월 유신 선포를 떠올리게 하고 그에 우왕좌왕하는 사람들은 국민들을 상징한다. 이런 긴박한 재앙에 많은 사람들은 처음에는 당황했으나 이내 사태에 순응해 고개를 수 그리고도 활기차게 걷기까지 한다. 이 고통에 나름대로 울분을 토하는 자들도 있는데 그들은 바로 고등학교 학생들이다. 작품에서는 고등학생들로 그려졌지만 이들은 위수령과 휴교 명령에 분노하는 당시의 대학생들로 해석이 가능하다. 학생들은 이미 현 사태의 본질과 위급성을 잘 알고 있다. 그래서 학생들 중 하나는 무겁게 압박하는 하늘에 "고개를 쳐들"다 목숨을 잃기도 하고 "기상국으로 달려가려는 격렬한 움직임"을 보이기도 하는 것이다.

학생들의 자유에 대한 갈망과 달리, 이들에게 사표가 되어야 할 교장과 교사들은 일신의 보위만을 신경 쓴다. 위급한 시련에도 불구하고 조

---

16) 1960-70년대 지식인 담론에 대한 논의는 강수택, 『다시 지식인을 묻는다』, 삼인, 2001, 196-231쪽 참조.

회 때 교장은 "숨 쉴 공간마저 완전히 빼앗"긴 것은 아니라는, 즉 생존에 필요한 최소한의 자유는 남아있다는 자위로 현실은 외면하고 학업에 전념할 것을 학생들에게 당부한다. 교장의 무책임한 태도는 직원조회 때 교사들에게 하는 훈시에서도 똑같이 나타난다. 그들은 "사태를 바로잡기 위한 긴급직원회" 시간에 스승의 임무를 방기하고 휴교 안을 해결책으로 내놓는다. 비상사태에 학생들을 보호하고 계도해야 할 교사의 책무를 스스로 포기하는 태도는 한 사람의 스승이자 지식인으로서의 당당한 처신과는 거리가 멀다. 그런 정황에서 남궁 동식의 발언은 시대의 고난에 의연하게 맞서려는 당대 지식인의 표상처럼 여겨진다. 그는 다음의 말로 교장과 동료 교사들을 설득한다.

> "조금 전에 이 선생님께서 학생들은 가족에게 맡겨드리는 도리밖에 없다고 말씀하시고 학생들을 보호할 능력도 가르칠 명분도 우리에겐 남아 있지 않다고 뼈아프게 말씀하셨는데, 그렇습니다. 그러한 지경에까지 우리가 몰려 있다는 것이 사실입니다. 하지만 학생들은 모여 있어야 합니다. 그들이 공동운명에 처해 있다는 것을 시시각각으로 서로 확인할 수 있는 장소에 모여 있어야 합니다. 그들은 가장 순결한 영혼을 가진 자들입니다. 그들마저 흩어지면 절멸입니다. 그들은 이미 사태의 야만성을 잘 알고 있습니다. 교사들의 고통을 비웃지도, 나무라지도 않을 것입니다. 아니, 교사들과 고통을 함께하는 일을 마음속으로 자랑할 것입니다. 학생들과 함께 있어줘야 합니다. 학교를 닫아서는 안 됩니다."
>
> 「1998년」, 같은 책, 390−391쪽

학교의 상황은 비관적이지만 다행스러운 것은 남궁 동식과 뜻을 같이하는 이들이 적게나마 존재한다는 점이다. 그들은 각 분야의 소장급 학자들과 시인이다. 그들은 고난의 시대에 자신들이 어떤 역할을 담당해야 하는지 잘 알고 있다. 그들이 현 상황을 타개할 강력한 힘을 지니고 있지는 않다. 그렇더라도 그들은 남궁 동식의 말대로 "범죄적인 이 처지에 대한 공동운명 의식에 모든 사람들이 모일 수 있을 때까진 엎어져서라도 말"해야 한다는 사명감만큼은 분명히 인지하고 있다.

그 일에 커다란 희생이 따를 것은 자명하다. 그럼에도 인간으로서의 대의명분을 지키기 위해 그들은 기꺼이 불의에 대항한다. 그가 뜻을 함께 하는 동료의 걱정에 결연히 대답할 수 있는 이유도, 비록 어려움이 따를지라도 불의에 저항하는 지식인의 소명의식에 근거하는 것이다.

> "가족들에 대해 생각해봤어?"
> 하고 김은식이 고개 숙인 채 말했다. 모두들 다시 눈자위가 붉어지면서 눈길을 깔았다. 남궁 동식은 눈을 감았다. 어둠 속에, 어머니의 쭈그러진 얼굴과 결막염에 걸린 짐짐한 눈, 그리고 동식을 위로하는 세 동생의 혈색 나쁜 얼굴들이 떠올랐다. 그들이 때가 긴 얼굴로 바람부는 거리에 옹송그리고 나앉은 환영이 보였다.
> "잘 말해줬어."
> 하고 남궁 동식은 감았던 눈을 뜨며 말했다.
>
> 「1998년」, 같은 책, 395쪽

그들은 최악의 현실을 개선하려는 지식인의 책무에 소홀하지 않으려 한다. 경우에 따라 그런 태도는 현실에 강력 대응하지 못하는 실천력의 미비로 보일 수 있다. 그럼에도 그들은 현실의 어려움에 방관하지는 않는다. 최소한의 역할이지만 어떻게든 자신의 소임을 담당하려는 그들에게 조해일은 안쓰러움과 함께 우호의 눈길을 보낸다.

작가의 비난은 고단한 현재에 손 놓고 주저앉아 있는 지식인들에게 향한다. 「임꺽정1」에는 꺽정이 어수선한 시절에 자신의 무기력만 한탄하는 선비들과 만남을 갖는 장면이 나온다. 그는 나름의 목적으로 뜻있는 선비를 수소문해 찾아다닌다. 가렴주구가 극에 달하고 왕과 왕비의

외숙들의 침학이 날로 심한 시절이라, "뜻있는 선비들은 몸을 도사려 세상에 나서기를 마른 발로 젖은 데 딛듯 꺼리"기 때문이다. 수소문 끝에 꺽정은 학식 높은 선비 허순을 찾아간다. 거기에는 허순과 같은 처지의 선비들이 모여 시국을 논하고 있다. 그 자리에 낀 꺽정은 허순에게서 '자기 속으로 낳은 아이를 삶아먹은 아낙' 이야기를 듣고 분노가 치민다. 그러나 허순은 그런 도탄의 시절에도 그저 "세월을 기다리는 도리밖에 없"다며 한탄한다. 행동주의자 꺽정에게 허순의 탄식은 뜻있는 선비를 구하려는 원래 목적에 실망감만 던져준다. 방안에서 무력한 공론이나 나누는 선비들은 세상사에 별다른 도움이 못 되는 존재들에 불과한 것이다. 또 「임꺽정6」에 등장하는, 세상을 유리걸식하는 선비 김청생의 불의에 대한 강력한 항거보다 인명(人命)이 우선이라는 논리도 꺽정에게는 탐탁지 않다.

　당대의 지식인 허순과 김청생은 나름의 자기 소신으로 꺽정에게 충고를 하는 이들이다.17) 허순의 관망적 태도나 김청생의 생명주의가 무가치한 것은 아니다. 그러나 꺽정이 보기에 현실의 수난에 맞서 실천하지 않는 선비, 즉 지식인들의 나약은 목숨 걸고 관권과 탐관오리에 저항하는 청석골의 민중들만 못하다.

　1973년에 첫 편을 쓰고 1986년에 「임꺽정7」로 완결된『임꺽정』연작은 약 13여 년의 세월이 소요되었다. 그 시간 동안 작가의 '정치적 감수성'은 여전히 고통받았을 것으로 짐작된다. 박정희 정권 몰락 이후, 1980년대의 정치상황 역시 앞 시대에 못지않은 암흑의 시기였기 때문이다. 그런 상황에서 지식인의 역할에 대한 조해일의 생각은 여전하다는 것을『임꺽정』연작에서 확인할 수 있다. 지식인들이 자기의 자리에서

---

17) 김현, 「덧붙이기와 바꾸기」,『임꺽정에 관한 일곱 개의 이야기』해설, 책세상, 2000, 135-136쪽 참조.

어떤 식으로든 책무를 다해야 한다는 사실 말이다. 그런 의지와 행동이야말로 소중하며 꼭 필요하다는 점을 이 장에서 거론한 작품들에서 확인할 수 있다.

4. 정치적 후진성에 대한 책임의 주체

민주주의가 비교적 정착된 사회에서도 갈등은 존재하기 마련이다. 사회가 다분화하고 인간의 욕망이 비대해질수록 이해 당사자들 사이의 갈등 역시 첨예해질 수밖에 없기 때문이다. 한 나라 안에서 갈등은 대체로 세력다툼, 이해집단간의 충돌, 지배층의 강압과 피지배층의 저항 등으로 외현되는데, 이러한 문제들의 합리적 해결은 이해 당사자들의 대화와 타협으로 가능하다.[18] 그런 점에서 갈등은 사회의 보편적 현상이고 그것의 합리적 해결은 사회 변동이나 진보를 이루는 데에 기여한다.

정통성 없는 정권 혹은 집단은 원만한 해결책 대신 힘의 논리로 사회적 약자들의 불만을 억누른다. 이에 반발한 집단의 시위와 집회는 결국 온전한 문제 해결이 난망할 때 벌이는 최후의 행동이라 할 수 있다. 그들의 집단행동권은 법에 명시되어 있다. 헌법 <제21조 ①항>에는 모든 국민의 집회·결사의 자유 보장이 명문화되어 있다. 이는 민주국가에서 그것이 국민의 기본적인 자유권임을 공포하는 것이기도 하다. 동시에 위법한 시위로부터 국민을 보호하고 공공의 질서를 유지하기 위한 집회 및 시위에 관한 법률도 마련되어 있다. 국민의 자유권과 공익 목적의 집회 및 시위 제한은 불법시위를 차단하는 효과를 얻기도 한다. 그러나 1970년대 사회는 법이 본래의 취지대로 분쟁 사안에 적용되는 시기가

---

18) 갈등의 순기능과 역기능, 갈등의 차원과 형태에 관해서는 천대윤, 『갈등관리전략론』, 선학사, 2001, 41-54쪽 참조.

아니었다. 노동자, 각종 이익단체, 대다수의 국민 및 시민단체 등 각계각층에서 분출되는 요구사항에 위정자들은 물리력으로 억누르기 일쑤였다.

그러한 양상이 잘 드러난 조해일의 작품으로 1979년에 발표된 「자동차와 사람이 싸우면 누가 이기나」19)를 들 수 있다. 이 소설 역시 당대의 정치적 상황이 이면에 깔려 있는데, 작품의 표면에는 갈등 당사자들의 상대에 대한 적대성과 공격성, 그리고 시위에 대한 강고한 억압 등이 담겨 있다. 과연 이 작품에서 '자동차 한 사람 한 대 갖기 협회'와 '걷기를 좋아하는 사람 협회'원들은 상호간에 무자비한 폭행을 감행한다. 서로에 대한 이해와 배려가 없는 그들은 자동차를 불 지르거나 보행자들을 역살(轢殺)하고 총격을 가한다. 시위자나 진압자들의 이런 극렬한 행동으로 70년대 시위의 한 단면을 떠올리는 것은 어렵지 않다.

격렬한 양자의 싸움에서 피해는 대개 '걷기…' 쪽이 입는다. '자동차…' 쪽의 기민성과 조직력은 '걷기…' 쪽을 압도하고 이들의 배후에는 '철강협회', '석유협회', '기계협회' 같은 관련단체들의 지원도 막강하기 때문이다. '걷기…' 쪽의 몇몇 단체 '사람에게 필요한 맑은 공기를 위한 회', '숲과 강물 지키기 회', '자전거 타기를 좋아하는 사람 협회' 등의 동조자들이 보내는 지원과는 근본적으로 규모의 차이가 있는 것이다. 게다가 양측의 전쟁 같은 분쟁에 갈등 중재자로서 노력을 경주해야 할 행정 당국은 엄정 중립의 원칙만을 고수한다.

'자동차…'의 거의 일방적인 실력행사에 '걷기…' 쪽의 피해상황은 커

---

19) 오태호는 이 작품이 "근대적 기계문명과 인간적 휴머니즘의 대립을 폭력적 근대의 문제점으로 비판"한다고 본다. 오태호, 「조해일의 「매일 죽는 사람」에 나타난 죽음 모티프 연구」, 『우리어문연구』 제37호, 우리어문학회, 2010, 5, 618쪽. 자동차와 자전거라는 대비와 작품의 전개양상은 그의 해석을 충분히 가능하게 한다. 그런 한편으로 조해일 소설의 정치적 우의성을 고려한다면, 이 작품도 다분히 정치성을 지닌 해석이 가능하다. 이 글에서는 그 점에 초점을 맞추어 작품을 논의했다.

저만 간다. 급기야 대책회의를 개최한 '걷기…' 쪽은 "폭력에는 폭력으로 대항"을 결의하자는 분위기로 흘러간다. 그러나 이때 단 한 사람이 그들의 결의에 제동을 거는데, 그가 제시하는 투쟁 방법론은 같은 대의원인 서만길의 설명대로 "우리가 좋아하는 일을 계속함으로써 싸운다"에 함축되어 있다. 즉 '걷기…' 쪽은 그들이 좋아하는 일, 걷기를 통한 투쟁을 하기로 하는 것이다. 김영식 대의원이 제안한 그 방법론은 다음과 같다.

> "실은 저도 조금 비현실적인 생각을 해보고 있었습니다. 따라서 확신을 가질 수 있는 생각은 못 됩니다. 대강 이렇습니다. 내일 정오를 기해, 모든 시민, 아니 통신이 가능한 모든 회원들에게 연락을 취해서, 일제히 자동차 도로로 나오게 한다. 그리고 걷는다, 모든 곳에서, 모든 걷기 좋아하는 시민들이, 지쳐 쓰러질 때까지, 즐겁게, 행복한 마음으로, 좋아하는 일을 마음껏 할 수 있다는 행복한 마음으로, 전투적인 태도를 취하거나 긴장할 필요 없이, 보무당당할 필요 없이, 그저 유쾌한 걸음걸이로, 더러는 담소도 나누면서, 콧노래도 흥얼거리면서, 요컨대 걷기를 즐기면서, 모든 도로 위를, 강아지도 데리고, 아이들도 데리고, 유모차도 밀면서…… 뭐 대충 이런 어리석은 생각을 해보았습니다."
>
> 「자동차와 사람이 싸우면 누가 이기나」, 『한국소설문학대계65』, 578쪽

김영식이 제안한 시위 방식은 그 자신이 밝힌 대로 일견 비현실적인 모습을 띠는 것이 사실이다. 당시의 격렬한 시위 양상을 고려해보면 그의 제안은 상당히 이색적이다. 마치 축제 같은 시위, 법에 보장된 집회의 자유권을 마음껏 향유하며 비폭력을 통한 저항을 하자는 것이다. 김영식의 언술에서 온건하고 합리주의적이며 비폭력주의자인 모습이 엿보인다.[20] 그러나 한편으로 김영식의 시위 방식은 나름대로 강고한 것이기

---

20) 신철하는 김영식의 발언에서 조해일의 세계 이해에 대한 단서를 포착한다. 즉 당면한 현

도 하다. 그는 '걷기…' 쪽 사람들을 최대한 동원하여 자동차 도로를 점거하고 상대 진영을 무시한 채 시위 그 자체를 축제마냥 만끽하자는 의도가 내재되어 있기 때문이다.

하지만 그의 기대는 당대의 정치적 여건에서 허락되기 어렵다. 그의 시위를 용인할 만큼 사회의 품이 크지 않았던 것이다. '걷기…' 쪽의 여유로운 분위기와는 달리 그들의 걷기를 진압하려는 '자동차…' 측은 '수백 대의 자동차군(軍)'을 동원해 여전히 강경 대응 방식을 고수하는데, 작품 속의 "거대한 철갑군의 대진격" 같은 진압은 또다시 폭력의 악순환을 예감하게 한다. 이런 미성숙한 방식이 어쩌면 70년대 사회의 실상이었을 것이다. 그런 살벌한 대치와 폭력 속에서 조해일 식의 축제와 같은 시위는 난망한 꿈에 불과하다. 이 작품에 내재된 의미는 바로 그 축제 같은 시위가 이루어지지 않는 상황에 대한 통렬한 고발에 있다. 아울러 작가는 민주적이고 건강한 시위문화 정착의 어려움에 대한 책임을 '자동차…' 측에 묻고 있다.

5. 정치현실에 대한 소극적 대응의 원인

이상으로 1970년대에 알레고리를 사용해 현실을 비판·고발한 조해일의 작품들을 살펴보았다. 앞에서 고찰한 대로 작가는 나름의 방식으로 현실에 대한 소설적 응전을 하고 있음을 알 수 있다. 그러나 작가의 우

실을 감안하면 김영식의 비폭력적 저항은 거부될 가능성이 높다. 그럼에도 그의 발언에 담긴 '폭력의 악화 반대'는 소중한데, 그의 "비폭력주의는 상대방의 폭력이 거대하면 그러할수록, 따라서 그 폭력으로 인하여 희생이 늘면 늘수록, 더욱 비폭력으로 저항해야 한다는 간디이즘(Gandhiism)의 역설"이기 때문에 그렇다. 그때 무저항주의는 순응이 아니라 그 자체로 하나의 저항이 된다. 마찬가지로 조해일의 비폭력주의 역시 순응이 아니라, 비현실주의적 세계에서 비현실적이 방법의 새로운 싸움 가능성을 담보한다고 신철하는 본다. 신철하, 앞의 글, 602-603쪽.

회적 대응은 어떤 면에서 현실 참여의 강도를 미약하게 보이게 한다. 이런 우려는 조해일이 "현실적 모순과 사회악으로부터 거의 동화적이고 환상적인 방식으로 초월하고자 하는데, 이것은 자칫하면 현실적 문제의식과 결별하는 첫걸음이 될 수도 있는 것"21)이라는 염무웅의 지적에서도 확인된다.

그런 문제점을 조해일이 간과했으리라고는 여겨지지 않는다. 다만 "현실에 대한 가장 자유로운 양식화(樣式化)"22)를 특장으로 하는 작가로서는, 소설의 미학화가 부조리한 시대에의 직설적 고발보다 의미가 있다고 판단한 듯하다. 작가는 소설을 현실의 단순한 반영과 투쟁의 구호로 여기지 않는다. 시대를 비판·고발하더라도 미학적 방식으로 전달해야 가치가 있다고 그는 여기는 것이다. 이때 소설은 단순히 현실의 구체적인 모습 드러내기에만 단순히 머무르지 않고 보다 예술성을 확보할 수 있다.

아울러 당대 지배층의 문화·예술인에 대한 핍박도 소극적 응전의 이유로 작용했을 것이다. 박정희 정권의 예술가에 대한 모진 제재와 탄압은 여러 문인들의 필화사건에서 확인할 수 있다.23) 불의한 정권의 핍박

---

21) 염무웅, 앞의 책, 92쪽.
22) 권영민, 「내용과 수법의 다양성」, 『제3세대 한국문학16』 해설, 삼성출판사, 1985, 435쪽.
23) 박정희 집권 시기의 대표적 필화사건으로 『사상계』에 담시 「오적」을 발표한 김지하가 1970년 6월 반공법 위반 혐의로 구속된 것을 들 수 있다. 그는 1972년 4월 『창조』지(誌)에 「비어(蜚語)」를 발표해 중앙정보부에 또 연행되는 시련을 겪는다. 김지하뿐만 아니라 박정희 통치 시절에 필화를 당한 작가의 작품으로는 구상의 「수치」(1965), 김명식의 「10장의 역사연구」(1976), 김정욱의 「송아지」(1965), 남정현의 「분지」(1965), 박양호의 「미친 새」(1977), 양성우의 「겨울공화국」(1975), 「노예수첩」(1977), 정공채의 「미8군의 차」(1963) 등이 있다. 지배층은 이들의 작품에 당시의 권력층 및 사회지도층 비판, 폭압적 정치 상황 고발, 남한의 어두운 사회상을 그려 북괴의 주장에 동조, 대한민국의 국립경찰 모독, 자본주의 사회를 과장되게 묘사하여 무산계급의 봉기 선동 등의 내용이 담겨 있다는 이유로 작가와 작품, 그리고 희곡작품 상연에 제재를 가했다. 이에 이해서는 김지하 외, 『한국문학 필화작품집』, 황토, 1987 참조.

에 조해일 역시 자유로울 수는 없었다. 특히 1971년 대통령 선거 부정의 내용이 담긴 「통일절소묘」와 1972년의 10월 유신 이후 한국의 사회 상황이 권력층의 탄압으로 어떻게 변모하는가를 다룬 「1998년」의 경우, 작가의 심의(深意)를 직설적으로 드러내기는 어려웠을 것이다.

또한 팍팍한 정치 현실에서의 일탈을 조해일은 앞에서 논한 작품들을 통해 행하고 있다. 엄혹한 현실에서 유토피아적 세계가 그려진 「통일절소묘」나 강경진압에 맞서 시위의 자유를 보장 받고 시위 그 자체를 축제로 승화시키려는 「자동차와 사람이 사우면 누가 이기나」 같은 경우가 그 예에 해당된다. 그런 상황은 당시에는 꿈조차 꿀 수 없는 일이었기에 작가의 유토피아에 대한 열망은 우회적 방식으로밖에 이루어질 수 없었을 것이라 판단된다.

현실에 대한 그의 응전이 강력한 파괴력을 지니지는 못했지만 소기의 목적을 이룬 것은 분명하다. 하지만 그런 성과를 보다 심화·확장한 작품이 더 이상 생산되지 않았다는 점은 작가나 독자 모두에게 아쉬움으로 남는다. 아울러 알레고리가 기성의 유기체들 간의 연관성을 파괴하고 전복하며 새로운 의미를 창출하는 힘을 가지고 있다는 점을 상기하면, 조해일의 알레고리 사용은 신철하의 지적대로 다소 '도식적'이며 '고전적'이라는 불만도 든다. 그럼에도 그가 이룬 현실에 대한 소설적 응전은 의미가 적지 않다. 그 계열의 작품이 과부족이기는 하지만 이 글을 계기로 보다 심화된 논의가 전개되기를 기대해본다.

▌▌▌

생활세계와 미시적 폭력의 양상
이동하론

1. 폭력의 세기

일반적으로 폭력은 인간에게 행사되는 위압적인 힘이라 할 수 있다. 신체적 공격, 물리적 강제력, 정신적 억압 등의 방식으로 자행되는 폭력은 강자가 약자를 제압하는 주요 수단이다. 합리적 소통 없이 행해지는 폭력은 그런 점에서 원시적 의사소통법의 하나라 하겠다. 지리적 장애와 문명의 낙후로 교류가 원활하지 못했던 과거에는 전쟁과 같은 극단적 방법으로 분쟁을 해결하곤 했다. 하지만 세계 어디에서나 상호소통의 가능성이 높아진 현대에는 이성적이고 합리적인 방법으로 갈등을 해결할 여지가 많아졌다. 그럼에도 "20세기는 사실상 레닌이 예견했듯이, 전쟁과 혁명의 세기가 되었으며 전쟁과 혁명의 공통분모라고 믿어지는 폭력의 세기가 되었다"[1]라는 한나 아렌트의 언술처럼 폭력은 좀처럼 줄어들지 않는 실정이다. 전 세계에 가공할 충격을 준 2001년 9·11 테러는

---

[1] Hannah Arendt, 『폭력의 세기』(김정한 역), 이후, 1999, 24쪽.

폭력이 현대사회에서도 여전히 상호간의 불화와 반목을 처리하는 주요 방편임을 상징적으로 보여준 사건이었다.

역사적으로 볼 때, 우리나라 역시 폭력의 수난에서 자유롭지 못했다. 수다한 외침에 시달렸던 과거사는 그 점을 쉽게 확인시켜준다. 이민족의 크고 작은 침략이 곧 전쟁이었음을 상기하면, 국민들은 오랜 기간 동안 전쟁의 무자비한 폭력에 고스란히 노출되어 있던 셈이다. 사정은 근래에도 마찬가지였다. 수많은 인명을 앗아간 6·25는 동족상잔의 비극을 초래했고 박정희로부터 시작된 군정기에는 정통성 없는 정권이 극악무도한 국가폭력을 휘두르기 일쑤였다. 이테올로기 갈등으로 발발한 전쟁과 체제안정을 명분으로 치러진 비민주적인 사회에서의 불법체포, 구금, 고문 등은 국민을 고통에 신음하게 했다.

지배층의 부당한 속박에 작가들은 그 실상을 비판하고 폭로했다. 80년대 이후만 하더라도 광주에서 무고한 시민을 살육한 신군부의 폭력성을 고발한 임철우의 「봄날」, 잔악한 고문으로 인간의 존엄성이 훼손되는 당대의 현실을 섬뜩하게 그려낸 양귀자의 「천마총 가는 길」, 광주의 상흔이 개인에 가한 상처와 고통을 다룬 최윤의 「저기 소리없이 한 점 꽃잎이 지고」 등은 국가폭력에 시달리던 우리 사회의 단면을 예리하게 포착한 작품들이다. 이외에도 많은 작가들이 국가의 부당한 정치폭력을 고발하는 작품을 남겼는데 이는 격변기 작가들의 소명의식의 산물이었다.

이 글에서 논의할 이동하 역시 암울한 시대에 폭력의 문제에 소홀하지 않았다. 그는 『폭력연구』를 상재하며 우리사회의 폭력적 상황을 예의 주시했고 이후에도 80년대에 발생한 의문사 사건을 소재로 한 『냉혹한 혀』와 같은 작품으로 공권력의 폭력성을 비판했다. 폭력에 대한 작가의 관심이 비단 『폭력연구』에서부터 출발한 것은 아니다. 작가는 데뷔작에서부터 이미 폭력의 문제에 관심을 기울였다. 그는 6·25를 배경으로

한 등단작 「전쟁과 다람쥐」에서 전쟁이 여린 생명체에 가한 무자비한 폭력성을 고발한다. 나약한 생명체 다람쥐의 생사에 노심초사하는 어린 아이의 심정을 통해 작가는 전쟁의 잔혹한 폭력성을 부각시켰던 것이다.

그러나 이동하는 이 작품에서 전쟁이나 이데올로기의 본질을 전경화하지는 않는다. 그는 "폭력의 본질에 집착하면서도 폭력의 원인을 이데올로기 차원에서 분석해 소설을 관념적 성찰의 수단으로 정착시키지 않는"2) 개성적인 방법론을 추구하는데 그것이 곧 생활세계에서의 '폭력연구'법이다. 이러한 접근법은 폭력이 개인의 삶에 어떤 식으로든 관여했을 때에라야 구체적 의미를 지닌다는 작가의 인식에서 비롯한다. 동네 망나니이자 폭력 상습자 장가가 교화의 명분으로 국가기관에 끌려갔다 나와 오히려 사람들을 겁내게 된다는, 국가폭력이 개인을 무력화하는 당대의 상황을 다룬 「폭력요법」에도 작가의 이러한 방법론은 잘 투영되어 있다.

거대서사를 다룰 때에도 철저히 개인의 삶에 기반하는 작가 특유의 방식은 보통사람의 생활세계에 미만한 폭력의 실상을 생생하게 드러내는데 효과적이다. 한편으로 이와 같은 방법론은 작가의 작품세계 중 한 축인 일상에 대한 탐구에 묻혀 폭력 그 자체의 심원한 의미가 제대로 파악되지 못한 측면이 있다. 이동하 작품세계의 주요한 특징인 폭력에 관한 평자의 언급은 거대담론, 즉 전쟁이나 국가폭력과 같은 입지점에서 행해진 경우가 대부분이고 그마저도 『폭력연구』나 『저문 골짜기』에 수록된 작품들에 집중된 편이다.

국가폭력이 극악을 떨던 시기에 비민주적인 사회상을 고발하는 작품을 조명하는 일이 시급했음을 고려하더라도, 생활세계에서 무시로 발생

---

2) 전영태, 「진실과 감동의 자연스런 박동」, 『삼학도』 해설, 동아, 1989, 319쪽.

하는 크고 작은 폭력에 관한 논의가 적었다는 사실은 아쉬움을 준다. 비민주적인 정치체제에서 악용된 폭력과 마찬가지로 점점 미분화하는 사회에서 파생하는 미시적 폭력의 문제 역시 결코 가볍게 넘길 문제가 아니다. 영상매체의 이미지 폭력이나 학교에서 학생들의 가학적인 왕따 시키기와 괴롭힘, 은밀히 범해지는 성폭행, 문명 발전의 부작용 등으로 야기되는 폭력이 전쟁이나 국가폭력의 위험성보다 결코 작다고 할 수 없는 세계에 우리는 살고 있는 것이다.[3]

위의 예에서 보듯 생활세계에서의 폭력은 우리 주위에 상존하며 영향력을 행사한다. 이런 폭력은 일반인에게 폭력으로 여겨지지 않는 경우가 많다. 영상매체의 폭력적인 장면을 시청자가 무의식적으로 수용하는 것처럼 말이다. 이런 상황은 일상적 폭력을 제어할 수용자의 권리 보호와 사회적 장치의 미흡에도 원인이 있다. 또한 일상적 폭력은 가해자와 피해자의 구분이 명확하지 않다. 영상매체의 이미지 폭력에 노출된 개인이 그 영향으로 타인에게 폭력을 행사하는 경우와 같이 미시적 폭력의 가해자와 피해자 위치는 쉽게 전환된다. 작가는 현실이 그렇기에 그 미시적인 폭력성에 예의주시해야 한다고 본다.

한나 아렌트가 언급한 '폭력의 세기'라는 용어는 그가 정치적 측면에서 사용했던 것과는 달리, 이제는 일상의 차원에서 논의되어야 진면목이 드러나는 시대가 되었다. 그의 주장은 여전히 유효하지만 이동하가 우려

---

3) 한국형사정책연구원에서 발행한 책자의 목차를 보더라도 일상적 폭력의 위험성이 생활세계에 얼마나 만연해 있는지 금방 알 수 있다. 이 책에는 앞으로 정치폭력이 줄어드는 대신 일상적 폭력이 점점 위세를 떨칠 것이라는 우려가 표명되어 있는데, 책의 목차에 나타난 일상적 폭력으로 가정폭력, 청소년·교육과 폭력, 집단 따돌림, 교사의 체벌, 청소년 비행, 대학 캠퍼스에서의 폭력, 직장·작업장에서의 폭력, 직장 내 성희롱, 외국인 노동자에 대한 폭력, 대중매체, 스포츠, 연예인 폭력, 음란물 폭력, 사이버 세계에서의 폭력 등이 있다. 이는 현대의 생활세계 전반에서 쉽게 확인하고 경험할 수 있는 폭력의 양상들이다. 한국형사정책연구원 엮음, 『한국사회의 폭력에 대한 연구 : 진단과 처방』, 한국형사정책연구원, 2003.

한 대로 오늘날 폭력이 일상적으로 "세계 곳곳에서 우리의 거리거리에 서…… 이 시대의 흑사병처럼 안팎에서 무섭게 창궐하고 있"는 것도 엄연한 현실이다. 폭력에 대한 작가의 섬세한 탐구가 데뷔작에서부터 시종일관한 것도 그것이 일상 도처에서 판을 치고 있다는 진단에 기인한다. 전쟁이나 국가폭력과 마찬가지로 생활세계에서 내밀히 행사되는 폭력이 한 인간의 영육(靈肉)에 더욱 큰 상흔을 남길 수 있다는 사실을 작가는 간과하지 않는 것이다.

이런 점에 주목하여 이 글에서는 이동하 작품에 나타나는 폭력의 미시적 층위를 통해 일상 전역으로 확산된 폭력의 실상을 살필 것이다. 아울러 그것을 극복할 수 있는 방안도 그의 작품 속에서 모색해보고자 한다. 그것은 작가가 오랜 시간 고투한 폭력 문제를 생활세계에서 구체적으로 살피는 일이자 그의 작품세계를 보다 심도 있게 규명하는 작업이기도 하다.

2. 호모 비오랑스(Homo Violence)의 심리와 침묵

라틴어 비스(vis)에서 유래한 폭력(violence)이라는 단어에는 '무력', '저력', '위력'의 뜻과 함께 '힘의 발휘', '폭력 행위', '군대의 힘'이라는 의미도 있다. 아울러 비스(vis)라는 단어는 '근본적 특징', 존재의 '본질'을 지칭하는 데에 사용되기도 한다.[4] 여기에서 주목할 사실은 폭력의 어원에 존재의 '본질'이라는 뜻도 내포되어 있다는 점이다. 로제 다둔은 이 단어의 어원에 주목해 폭력이 인간이라는 존재의 본질 중 하나라는 가설과 함께 호모 비오랑스, 즉 폭력적 인간이라는 개념을 제시한다.

---

4) Roger Dadoun, 『폭력』(최윤주 역), 동문선, 2006, 12쪽.

인간의 본성에 폭력 충동이 잠재되어 있다는 점은 프로이트에 의해서도 확인된다. 프로이트는 인간의 본능을 생명 지향적인 것과 파괴적인 것으로 대별한다. 그는 이 두 가지 본능이 사랑과 증오의 대립을 명확히 가른 것이라 말하며, 일상적 삶에 두 개의 본능이 필수불가결하게 공존한다고 보았다. 그는 역사와 일상생활에서 흔히 볼 수 있는 수많은 잔학 행위를 인간의 마음에 공격과 파괴 욕망이 얼마나 강하게 도사리고 있는가를 증거하는 단서로 여겼다. 생명체는 다른 대상을 파괴함으로써 자신의 생명을 보전하기 때문에 그는 인간의 공격 성향을 제거하려 애를 써도 소용이 없다고 주장했다. 그래서 그는 문명화와 무관하게 폭력성이 인간에 내재되어 이어진다고 보았다.[5]

이들의 견해는 인간의 본능적인 파괴 욕망이 폭력의 기원이 될 수 있음을 시사하고 있다. 이동하 역시 인간 내면에 자리한 폭력충동에 대해 "폭력이 인간본성의 너무 깊은 곳에 자리하고 있는 게 아닌가 싶은 절망감이 엄습한다"고 토로한다. 작가는 인간의 본능적 폭력 충동과 행사의 희열을 다음과 같이 묘파하고 있다.

> 인간사냥의 그 거칠고 무자비한 놀이에 나야말로 얼마나 깊고 뜨겁게 탐닉했던지……. 그날의 사냥이 성공적으로 수행되었을 때의 쾌감이란 참으로 엄청난 것이었다. 그 시절, 다른 무엇이 이를 대신할 수 있었으랴. 피투성이의 포획물을 어둠 속 길바닥에다 팽개쳐 둔 채 손 털고 돌아설 때의 그 힘의 확신, 든든한 대지를 딛고 서 있는 건각의 기쁨, 튀어오르듯 하는 가뿐한 발걸음, 매번 가슴을 가득히 채우고 남던 그 빛나는 희열……. 지금도 그 독한 맛이 찌릿찌릿 되살아나는 듯하다.
>
> 「폭력연구」, 『폭력연구』, 23–24쪽

---

5) Simund Freud, 『문명 속의 불만』(김석희 역), 열린책들, 1997, 358-361쪽.

전후의 헐벗고 황량한 시절, 고작 중학생에 불과한 아이들은 어두운 밤거리에서 '인간사냥' 놀이로 익명의 타자에게 무차별 폭력을 가한다. 이들에게 폭력대상에 대한 분노나 원한이 있는 것도 아니다. 작가가 '인간사냥'을 '놀이'로 지칭한 대로 그들은 폭력을 행사하며 쾌감을 만끽할 따름이다. 폭력의 놀이화, 말 그대로 어떤 죄책감도 느낄 필요 없이 놀이마냥 즐기면 그만인 것이다. 놀이에 심취할수록 그들은 "뜨겁게 날뛰던 그 피톨들의 아우성"을 감지한다. '인간사냥'의 야생적이고 맹목적인 폭력성이야말로 전후의 삭막한 시대가 야기한 비정상적인 유희이자 인간본성에 잠재된 파괴적 충동의 외현이 아닐 수 없다.

그러나 「폭력연구」에서 작가가 암시한 대로 폭력을 인간의 본능 차원에서만 다룰 수는 없다. 폭력은 타자와의 직·간접적인 관계, 즉 사회적 연관 속에서 행해지는 경우가 일반적이다. 작가는 타인에게 행사하는 폭력의 동인으로 분노의 감정을 꼽는다. 분노는 개인이 경험한 어떤 사건에서 자존심에 상처를 입을 때 유발된다. 대개의 인간은 분노를 인내심으로 통제하지만 그것에 부적응한 인간은 폭력의 방식으로 감정을 표출한다.

분노가 극단적인 폭력으로 전이된 사례는 유구한 역사를 지니는데, 그 기원을 <창세기>의 카인과 아벨의 이야기에서 찾을 수 있다. 하와의 두 아들 카인과 아벨은 노동의 수확물을 신께 제물로 드린다. 신은 아벨이 바친 양만 받고 카인의 제물은 밀쳐놓는다. 신이 카인의 제물을 받지 않은 이유가 석연치 않지만 창조주의 이러한 행동에 분노한 카인은 동생 아벨을 돌로 쳐 죽인다. 이처럼 인류 최초의 범죄인 카인의 살인은 분노로 촉발되었음을 알 수 있다.

분노가 폭력으로 옮아간 경우6)를 작가의 「그는 화가 났던가?」에서 찾아볼 수 있다. 작품의 주인공인 심야의 고속버스 운전기사는 빗길임에도 난폭운전을 한다. 승객의 온갖 불평과 험구에 아랑곳 않는 기사는 과속운전을 멈추지 않는다. 버스라는, 동선이 한정된 공간에서 모두의 생명줄인 핸들을 잡고 제멋대로 운전하는 기사의 작태에 승객들은 불안에 떨지 않을 수 없다. 심야 고속버스에서 단잠에 빠져 있는 승객들의 일반적인 풍경을 상상한다면 이 위험천만한 상황은 공포스럽기만 하다. 이 작품의 요체는 그러나 승객의 가공할 두려움에 있지 않다. 작가는 그토록 위험한 운전을 한 기사의 심리적 요인에 초점을 맞추지만, '그는 화가 났던가?'라는 의문형 제목과 특유의 열린 구성7)으로 운전사의 심리상태를 명확히 제시하지는 않는다. 소설 제목에서 암시하는 바와 같이 기사의 억눌렸던 분노가 난폭한 운전으로 이어지지 않았을까 하고 독자는 유추할 수밖에 없다.8) 실상 운전대를 잡기 직전에 겪은 어떤 불쾌한 일에 격분한 운전사가 운행을 거부하지 않는 이상 화풀이를 할 방법은 그것밖에 없기도 하다. 아니면 오랫동안 간신히 참았던 화가 운행 중에 급작스럽게 분출했을 수도 있다. 하지만 작품 말미에 본 "이제 막 잠에

---

6) 이동하 소설에 나타나는 다양한 폭력은 힘과 무력에 의한 물리적인 것만을 의미하지 않는다. 인간과 인간적인 삶을 위협하는 일체의 힘을 폭력으로 규정하는 이동하는 추위·천재지변·늙음 따위를 자연적 폭력으로 굶주림·전쟁·투옥 등을 인위적 폭력으로 보고 있다. 이동하, 「폭력에 대하여」, 『폭력연구』, 한겨레, 1987, 9쪽. 작가는 미미한 인간의 능력으로 어찌할 수 없는 자연, 운명, 제도, 집단 등이 가하는 힘을 폭력으로 보기에 그것은 생활세계 전반에 산포한다. 작가의 이러한 인식은 폭력의 외연을 지나치게 넓혀, 그 성격이나 의미가 명쾌하게 드러나지 않을 수도 있다. 작가가 생각하는 폭력의 함의는 물리적 폭력에 비해 비가시적이지만 생활세계의 파탄을 야기한다는 점에서 위력적이다. 아울러 이와 같은 인식은 폭력의 문제를 생활세계에서 구체화해 이동하 특유의 미시적 고찰을 수행하게 한다.
7) 정호웅, 「문 밖에 선 사람들을 향한 따뜻한 연민의 시선」, 『그는 화가 났던가?』 해설, 세계사, 1997, 295쪽.
8) 다의적 해석이 가능한 이 작품을 전영태는, 이 세계의 "공포유발 동기가 어떤 상황이나 인물에게도 이제는 너무 보편적으로 존재해서 원인을 규명하기가 불가능하다는 불가지론적 의문을 ?(물음표―인용자)로 나타낸 것"으로 본다. 전영태, 「미셀러니, 이동하론」, 『작가세계』, 1998 여름, 54쪽.

서 깨어난 듯 그저 맥빠지고 꾸적꾸적한" 운전사의 얼굴에서 난폭운전의 이유를 찾기란 쉽지 않다. 이제 기사의 맹렬한 분노가 가라앉았나 싶을 따름이다.

이동하 소설의 인물 대개는 분노에 즉발적인 반응을 드러내지는 않는다. 그들은 놀라운 인내심으로 화를 참아내다 상대가 저항할 수 없는 상태에서 걷잡을 수 없는 분노를 폭발시킨다. 「日常의 그늘」이 바로 그런 성격의 작품이다. 회사의 사환이자 야간 전수학교 학생인 상태는 평소 굼뜬 일처리와 칙칙한 외모로 사무실 직원들에게 호감을 얻지 못하는 인물이다. 상태에 대한 직원들의 비우호적 태도 역시 일견 폭력적으로 보이기도 하지만, 작가의 작의(作意)는 상태가 미스 성을 강간하는 사건에 초점이 맞추어져 있다.

회사에 한 시간 가량 지각한 상태는 과장에게 야단을 맞고 다른 직원들에게 지청구를 듣고 미스 성에게는 "한 마리 완전한 짐승"으로 매도당한다. 미스 성의 모욕적인 언동에 일절 대꾸가 없던 상태가, 다른 직원들이 모두 퇴근한 후 미스 성을 강간으로 응징한다는 것이 이 소설 대강의 경개이다. 다른 직원들 앞에서 자존심이 손상되었음에도 묵묵히 참는다는 점에서 상태는 분노에 잘 적응한 인물처럼 보이지만 실상은 그렇지 않다. 상태는 즉각적 감정 표출 대신 침묵 속에서 증오를 차곡차곡 쌓아가고 있었던 것이다. 미스 성의 멸시에 상태가 어떤 식으로든 반응을 보였다면 사태가 그쯤에서 마무리되었을 수도 있다. 그러나 언어적 소통을 거부[9]한 상태는 성폭력으로 모진 앙갚음을 한다. 그는 언어라는 이성적 수단 대신 호모 비오랑스의 방식을 택하는 것이다.

---

9) 의사소통이 되지 않을 때 언어의 기능을 대체하는 것 중 하나가 물리적 폭력이다. 그런 점에서 폭력은 갈등 당사자들 사이에 말이 끊어진 자리에서 새롭게 시작되는 또 다른 형태의 말이다. 이은진, 「사회구조에 잉태된 폭력」, 『문학정신』, 1993, 3, 38쪽.

폭력은 이처럼 언어가 배제된 지점에서 행사되기에 합리적으로 설명하기가 어렵다. 이러한 양상은 운전 중 시종일관 침묵을 견지한 「그는 화가 났던가?」의 운전사도 예외는 아니다. 강남의 부유층에 대한 적개심으로 고급 자동차를 소유한 여성들에게 막가파식 범죄를 저지르는 「담배 한 대」의 '마스크' 역시 거의 침묵으로 일관하며 피해자의 공포심을 증폭시키기는 마찬가지이다.

3. 일상적 폭력과 비폭력의 세계 지향

1) 폭력의 제의적 성격과 문명의 폭력

르네 지라르는 『폭력과 성스러움』에서 희생제의가 폭력의 악순환을 끊기 위해 인류가 고안한 의식임을 밝혔다. 그가 보기에 인간사회에는 폭력의 위험성이 상존하는데 그것을 억제하는 유효한 수단이 희생제의라는 것이다. 희생제의는 원래 인간이나 동물을 신께 봉헌해 노여움을 풀게 하려는 종교적 의식이었다. 지라르는 이 제의를 인간사회에 적용한다. 갈등과 반목이 비등한 사회에서는 안정과 평화를 명분으로 특정한 대상을 희생물로 선택한다. 이때 희생양은 갈등을 봉합하고 화해를 가져다주는 매개물이 된다. 희생양을 통해 평화를 얻은 집단은 실제적으로는 폭력 행사자이다. 하지만 그들은 자신들의 행동이 더 큰 폭력을 막기 위한 고육책이었다는 이유로 그것을 성스러운 행위로 승화시킨다.[10]

오랜 세월 지속된 희생제의는 오늘날 새로운 형태로 발견된다. 현대사회는 이전에 비해 희생양을 양산하며 유지되는데 이는 어떤 집단이든지 그 구성원들을 박해할 가능성이 있다는 것을 암시하는 것이기도 하

---

10) René Girard, 『폭력과 성스러움』(김진식·박무호 역), 민음사, 1995, 9-90쪽.

다. 희생양에 대한 현대의 박해는 두 가지로 행해진다. 첫째는 때와 장소를 가리지 않고 모든 방법을 동원해 돌연히 그 누군가에게 박해의 화살을 돌리는 것이고 둘째는 타인에게 불이익을 주면서 자신들에게는 유리한 국면을 조성해 부당한 상황을 만드는 것이다. 오늘날에는 이 두 번째 방식이 더 애용되고 있다.[11]

위의 두 번째 방식이 사용되고 있는 이동하의 「몰매」에는 한 사람의 동료를 희생양 삼아 자신들의 자리를 보전하려는 직장인의 이기심이 날카롭게 드러나 있다. 이 작품은 잡지회사의 김 부장이 출근하자마자 사장에게 호된 질책을 당하고, 사장의 화를 풀어주기 위해 동료들에게 희생양으로 선택되어 그날 밤 꿈에서 몰매를 맞는다는 내용을 담고 있다. 화가 난 사장에 대한 동료들의 "고조된 불안이 집단적 폭력으로 전화되는 현상에 대한 작은 사회심리학적 임상보고서"[12]라 할 수 있는 이 작품은 희생제의가 조직의 구성원들 내부에서 실행되고 있음을 보여준다. 하지만 가해자의 행위는 조직의 안정이라는 명분으로 합리화되고 정작 고통을 당하는 사람은 희생양이 된 당사자일 뿐이다. 한솥밥을 먹던 동료들에게서 희생양으로 전락한 김 부장은 강한 배신감을 느낀다. 내가 살기 위해 타인을 희생시키는 것, 그것도 한패거리가 되어 집단적으로 행사하는 힘은 물리적인 폭력과 다르지 않다고 김 부장은 인식하는 것이다. 작가가 동료들의 배신을 몰매주기에 비유하는 것은 그런 까닭에 있다.

그날 밤에도 김 부장은 몰매를 맞았다. 장소는 K시의 한적한 밤거리였

---

11) René Girard, 『나는 사탄이 번개처럼 떨어지는 것을 본다』(김진식 옮김), 문학과지성사, 2004, 203-213쪽.
12) 신형기, 「황폐함과 폭력, 그 병리현상의 연구」, 『폭력에 맞서는 의로움』(현대문예창작학회 편), 국학자료원, 2007, 122쪽.

고, 회사의 비좁은 사무실이었으며, 그리고 그 밖의 낯익은 모든 곳에서
였다. 또 가해자들은 저 어둡고 억눌린 시절의 소년들이었고, 함께 살을
비비대던 동료사원들이었고, 그리고 그 밖의 낯익고 낯선 모든 사람들
이었다. 웃으면서, 울면서, 또 더러는 맹렬히 화를 내면서 그들은 사정없
이 주먹을 휘둘렀다. 주먹과 발길과 각목과 돌멩이와, 그 밖의 온갖 비정
한 흉기들이 그의 조그맣고 허약한 몸뚱이를 겨냥하며 소나기처럼 쏟아
져 내렸다. 일찍이 당해보지 못했던, 끔찍한 몰매였다. 이 몰매를 당하고
도 살아남을 수 있으리라고는 아예 생각되지 않았다. 그는 모든 것을 다
포기해버린 그런 자세로, 5척 내외의 한낱 초라한 육괴를 그들 광폭한
무리들의 제물로 내던지고 말았다.

「몰매」, 『삼학도』, 251-252쪽

비록 꿈속의 상황이지만 김 부장이 회사에서 받은 심리적 충격이 처
절하게 드러난다. 「몰매」에서의 사건은 직원 대여섯 명이 고작인 영세
잡지회사에서 벌어진 일이지만, 그것은 한편으로 희생양을 단죄하는 '성
스러운 폭력'이 집단 어디에서라도 발생할 수 있다는 가능성을 암시하는
것이기도 하다. 일상에서 자행되는 폭력 대개는 이처럼 주먹질이 오가는
야생의 폭력과 달리 비가시적이고 교묘한 형태로 진행된다. 그렇기에 일
상적 폭력의 대비책을 강구하기란 더욱 어렵다. 그러나 그 충격만큼은
물리적 폭력에 비해 결코 작지 않다는 점에서 문제가 심각하다. 로제 다
둔이 일상적 폭력을 "피부를 살짝 스치고 영혼을 깊이 울리는 폭력"[13]
으로 규정한 것도 일상적 폭력이 한 인간의 존재감을 무력화할 만큼 파
괴적이라는 점을 인지하고 있기 때문이다.

일상에서 폭력이 집단적으로 행해질 때 그것은 더욱 잔혹해진다. 희생
양을 제물삼아 '일인에 대한 만인의 폭력'을 행하는 당사자들은 심리적
동조자들과 함께 한다는 사실에 피해자에 대한 죄책감이 줄어든다. 그들

---

13) Roger Dadoun, 앞의 책, 46쪽.

은 철저하게 희생양을 무력화함으로써 혹시나 싶은 복수나 혼란도 방지한다. 그러기 위해 폭력 행사자는 더욱 자신의 공격성을 발휘한다. 아울러 대규모 군중이 자행하는 마녀사냥식의 집단폭력은 가해자의 익명성이 보장된다는 점에서 한층 냉혹성을 띠게 된다.

앞에서 언급한 대로 이동하가 생각하는 폭력의 외연은 상당히 넓다. 작가가 문명의 발전에서 폭력의 파생을 고찰하는 것도 그런 의식에서 비롯한다. 근대 이후 급속한 문명의 발전은 인류에게 생활의 편이를 제공한 동시에 여러 부작용을 낳았다. 문명 발전의 악영향은 순수한 아이들에게도 예외일 수 없음을 이동하는 놓치지 않는다. 「밝고 따뜻한 날」에서 아이들은 마당에서 구슬이 든 깡통을 발견하고 '보물단지'라며 좋아한다. 나기배씨는 아이들에게 득의만만한 표정으로 구슬놀이를 가르쳐주려 하지만, 아이들은 그것을 이내 "시시껄렁해" 하며 만화영화를 보러 텔레비전 앞으로 다가간다. 아이들은 직접 몸을 움직여 상대와 부딪치고 하는 놀이에는 싫증을 내고 문명이 양육한 '텔레비전 키드'가 되는 것이다.

「풍뎅이의 춤」의 욱이 역시 문명의 폭력이 동심에까지 침투한 현실을 보여주는 작품이다. 욱은 로봇에 빠져 친구들과도 어울리지 않는 소년이다. 더욱 심각한 것은 로봇을 사기 위해 돈을 훔치기까지 한다는 것이다. 문명은 어린이마저 강렬하게 유혹해 부정한 짓까지 저지르게 하는 광폭성을 발휘한다. 자연친화적인 재료로 직접 장난감을 만들어 놀던 시대에 비해 욱이 구축하려는 로봇 군단 세트는 자본화된 문명의 소산인데, 그것들에 대한 소유욕의 추동은 아이로서는 거의 통제가 불가능한 수준이다. 물론 장난감 세계에의 욕망을 조절하지 못하는 아이의 분별력에 문제가 없지는 않다. 하지만 자아와 로봇을 동일시하게 할 만큼 매혹적인 장난감의 파급력 역시 무시할 수 없다. 화자인 내가 그런 욱이를 혼내며

로봇을 부술 때 혼절하는 아이는 사태의 심각성이 만만치 않음을 보여
준다.

> 「말하자면 일종의 감정투사 현상이랄까요……」 의사는 말하며 웃었다.
> 「이 아이에게 로봇들이 이미 단순한 플라스틱 조각이 아닌 겁니다. 그
> 것들은 주인의 넋을 나누어 받은, 말하자면 이 애의 분신 같은 거죠. 그
> 래서 충격을 받았던 겁니다. 자신의 목이 비틀린 것과 같은……」
> 끔찍한 노릇이다. 그렇다면 나는, 장난감 로봇이 아니라 내 아이의, 그
> 허약하고 말랑말랑한 모가지며 사지들을 비튼, 비정한 애비가 된다.
>
> 「풍뎅이의 춤」, 『폭력연구』, 73쪽

상황이 이 정도이기에 나는 아들에게 새로운 로봇을 사주지 않을 수
없다. 아이의 정신을 온통 사로잡고 있는 로봇 장난감에 내가 등골이 서
늘해지는 것은 그런 이유에 있다.

「앙앙불락」 역시 문명의 이기물이 인간을 황폐화하는 단면을 보여주
는 작품이다. 주말산행을 나선 화자는 느닷없이 봉변을 당한다. 스포츠
카 한 대가 횡단보도를 건너는 화자를 "깔아뭉갤 듯이 밀어붙"이고도
젊은 운전자는 사과 대신 "콱 깔아버릴까부다 씨팔!" 하고 줄행랑을 친
것이다. 혼비백산하기는 했어도 화자는 크게 다치지 않은 것만으로도 다
행이지 싶었다. 하지만 아비뻘이나 되는 화자에게 막말을 내뱉은 운전자
를 상기하고는 '앙앙불락'하지 않을 수 없다.

이 작품에서 작가가 문제 삼는 것은 단순히 문명의 산물이 인간에게
가하는 위협만이 아니다. 작가는 문명을 향유하는 인간의 거칠어진 성정
에 주목한다. 쾌속 질주하는 스포츠카의 젊은 운전자에게 인간에 대한
기본적인 배려나 연장자에 대한 예의 따위는 안중에도 없다. 오직 자신
의 '애마'를 몰고 속도의 맛에 취해 즐길 따름이다. 이처럼 문명 발전의

이면에는 기본적인 윤리의 상실이라는 그늘이 짙게 드리워져 있다. 풍요와 속도가 난무하는 고도화된 자본주의는 그럼에도 불구하고 자연에 대한 폭식을 멈추지 않는다. 시난고난한 세상사를 털어버릴 화자의 거의 유일한 공간인 동네의 산마저도 개발의 논리로 마구 파헤치는 것이다.

> 무슨 연수원인가가 들어 있는 이쪽 남향받이 기슭에는 큰 토목공사가 벌어진 듯 산허리가 무참하게 헐리어 벌겋게 속을 드러내고 있었는데 거기 붉은 흙을 물어내고 있는 불도저들이 흡사 딱정벌레같아 보였다. 종당엔 다 거덜나고 말 것이라고 나는 분개하였다. 산도 강도 다 결딴나리라. 온전하게 남아날 것은 아무것도 없으리라.
>
> 「앙앙불락」, 『우렁각시는 알까?』, 66쪽

온전하게 남아날 것 없는 세상, 그것이 자연뿐이 아닌 것은 자명하다. 「앙앙불락」에서 보았듯, 자연의 훼손은 인간의 심성 파괴와 삶의 태도에도 직결된다. 그 기저에 환경을 무자비하게 파괴하는 자본의 가공할 개발논리가 도사리고 있다. 작가는 문명 발전으로 인한 환경 문제의 심각성과 그로 인해 황폐해지는 인간의 성정에 커다란 우려를 표명한다. 자연의 한 부분인 인간이, 자신의 모태에 스스로 난도질하는 개발 제일주의야말로 커다란 폭력이라는 사실을 항변하고 있는 것이다.

2) 폭력 없는 세계의 지향

폭력은 원시적이고 야만적인 폭압의 수단이기에 근절되어야 마땅하다. 하지만 작가의 말대로 폭력은 "오늘 우리가 맞서고 있는 가장 근원적이고 절박한 문제"가 되었다. 폭력 발생을 원천적으로 제어하기란 불가능할 것이다. 지금 이 시각에도 세계 어느 곳에서는 전쟁의 총성이 울리거나 테러의 희생자가 발생하고 있을지 모른다. 누군가는 별다른 동기

없이 행인에게 무차별적으로 총을 난사하고 있을 수도 있다. 폭력을 폭력으로 응징하는 것은 온당치 못한 방법이다. 그것은 폭력의 악순환을 불러올 뿐 결코 근본적인 해결책이 될 수 없다.

그렇다면 생활세계에서 폭력을 감소시키는 방안은 없는가? 지극히 원론적인 이야기지만 이동하는 상대를 배려하는 윤리가 소중하다고 보는 듯하다. 레비나스는 인간의 진정한 윤리적 평등이 인간의 대칭적 관계에서 성립되지 않는다고 본다. 그는 타자를 자신의 위에 놓고 섬길 때 비로소 상호간에 대등한 관계가 성립한다고 말한다. 레비나스는 타자를 저 높은 것의 현시이며, 이 현시 속에서 신이 나타난다고 보고 있다.14) 타자를 신의 자리로 격상시키면 인간 사이에서 파생하는 수다한 갈등은 한결 감소할 것이다. 그러나 현대인들 저마다는 이동하의 표현대로 "구린내 나는 입 속에 날카로운 송곳니"를 숨기고 타인을 물어뜯기에 혈안이 되어 있다. 적자생존의 호전적 사회에서 타자에 대한 배려는커녕 기본적인 도덕과 윤리마저 내팽개쳐지기 일쑤이다. 그리고 그 끝에 폭력이라는 원시적인 해결책이 동원된다.

타자에 대한 배려, 혹은 존중의 사고는 사회가 복잡다단해질수록 더욱 필요한 덕목이다. 문명이 가하는 폭력도 마찬가지 맥락이다. 문명 발전의 폐해는 인류가 시급히 해결해야 할 현안으로 부상한 지 이미 오래이다. 그럼에도 인류는 생활의 편이를 목적으로 개발에 여념이 없다. 이러한 폐단이 인간의 심성에 끼친 악영향은 「풍뎅이의 춤」과 「앙앙불락」에서 살핀 그대로이다. 이동하는 점증하는 문명의 폭력 극복 방안으로 자연에 대한 배려, 혹은 애정을 제시한다. 일상에 얽매인 회사원들이 출근길에 바닷가로 가서 지친 심신을 달랜다는 「바다 이야기」나 냉엄한 현

---

14) 서동욱, 『차이와 타자』, 문학과지성사, 2000, 143-144쪽.

실의 규율에서 받은 상처를 치유할 수 있는 거의 유일한 곳인 산을 예찬한 「앙앙불락」에서의 경우처럼 자연은 인간의 영원한 안식처이다. 그것을 보존하는 일은 단지 환경의 문제뿐만이 아니라 인간의 고유한 성정을 지키는 일이기도 하다. 그렇다고 근대적인 삶의 방식을 포기하고 무조건 자연으로 회귀하자는 이야기는 아니다. 정글 같은 세계에서 문명의 부작용에 대항하는 방식은 그나마 그것밖에 없다는 것이다. 작가가 동경하는 야생의 자연이 「빈 江」에 다음과 같이 그려져 있다.

> 마침내 분명한 기억을 한 컷 그는 찾아냈다. 그것은 인공위성이 찍은 사진이라 했다. 중동의 사막을 잡은 것이라는 그 사진은 끝간 데 없이 펼쳐진 모래벌판뿐이었다. 그러나 그 아래쪽의 사진 설명대로 차근차근 뜯어보면 거기, 이제는 두터운 모래층 아래 깊이 매몰되어 버린, 저 태고의 거대한 강줄기가 흡사 인체의 대동맥처럼 또렷이 드러나는 것이었다. 한때는 양안에 울창한 원시림을 거느린 채 도도하면서도 유장한 흐름을 이루었을 그 강들…
>
> 「빈 江」, 『삼학도』, 42쪽

온갖 폭력에 자유로울 수 있는 방법 중 또 하나는 세계에 대한 방관자적 자세이다. 세상 도처에 도사리고 있는 폭력에 일일이 반응하는 일을 작가는 어쩌면 무위하다고 보고 있는지 모른다. 「그는 화가 났던가?」에서의 고주망태 사내는 경위야 어떻든 공포의 상황에서 한 발 비껴서 있음으로 해서 애를 태우지 않을 수 있었다. 「앙앙불락」의 트럭운전기사가 질주하는 양차선의 차량에 아랑곳 않고 십차선 도로를 유유히 건너는 것도 자신이 처한 위급한 상황에 그리 아등바등하지 않는 자세에서 비롯한다. 작가는 세계에 만연한 폭력 앞에서 인간은 불가항력적일 수밖에 없다고 본다. 이 점은 이동하를 운명론자로 보이게 하고 실제 작가는 그런 언급을 하기도 했다.[15]

운명론자는 인간과 세계에 순종적이기에 일견 현실의 방관자로 비치기 십상이다. 그러나 작가는 현실에 아등바등하는 것보다 운명 그 자체를 받아들이는 태도가 더욱 성숙한 자세라고 여긴다. 운명의 수용은 대범함을 전제로 한다. 가뜩이나 아득바득 살아야 하는 현실에서 인간사의 진퇴와 가부의 선택을 운명에 맡기는 일은 역설적으로 거인의 풍모가 아니고서는 실천하기 어려운 일인 것이다. 그것은 삶에의 체념이나 절망과는 거리가 멀다. 현실을 있는 그대로 받아들이자는 태도일 뿐이다. 작가가 넓은 차도를 가로지르는 「앙앙불락」의 기사에게서 "거인 같은" 인상을 받는 것도 그런 판단에서 나온다. 살다보면 어쩔 수없이 맞닥뜨려야 하는 운명적 '봉변'을 인정하는 자세야말로 폭력으로 가득한 세상을 견뎌내는 하나의 방법이라고 작가는 이해하고 있는 것이다.

4. 폭력적 현실에 대한 지속적 항변

이동하는 격동의 한국사회에서 폭력의 문제에 지속적인 관심을 보인 작가 중의 하나이다. "인간을 위협하는 일체의 힘"을 폭력으로 규정한 그는 인간적인 삶을 파괴하는 폭력의 다양한 양상을 탐구했다. 전쟁, 비민주적인 정권의 무분별한 공권력 남용 등 폭력의 거대서사에서부터 미시적 일상 전역에 뻗쳐 있는 폭력의 실상에 이르기까지 작가는 섬세한 시선으로 폭력적인 우리 사회의 그늘을 소설화했다. 작가의 지속적인 작

---

15) 이승하는, 이동하 소설의 인물 대개가 어떤 상황에 맞닥뜨렸을 때 결과가 어떻게 되든 그 상황과 싸워 나가는 용기 있는 자라기보다는 일찌감치 체념하고 그래서 방황하는 순응론자 내지 운명론자라고 지적하며 그 이유를 작가에게 묻는다. 이에 대해 작가는 자신의 인물이 운명적이라는 데 공감을 표하며, 인간은 자기가 선택해서 태어난 것도 아니고 또 자기의 의지대로 살아지는 것이 아니기 때문이라는 이유를 든다. 이동하·이승하·하응백 대담, 「폭력의 프리즘」, 『문학정신』, 1993, 3, 24쪽.

업은, 이전에 비해 한층 민주주의가 성숙한 오늘날에서도 폭력이 여전히
뿌리 뽑히지 않고 있다는 사실을 명확히 증거하고 있다.

폭력에 대한 꾸준한 관심은 작가가 구축한 다양한 작품세계와 밀접한
관련이 있다. 폭력적 현실에 대한 탐구를 제외하고 작가의 작품세계를
살피면, 전쟁, 혹은 전후의 곤핍한 삶, 별 볼일 없는 서민에 대한 애정
어린 관심, 반복적이고 지루한 일상에 대한 섬밀한 묘사, 생명체에 대한
연민 등으로 대별할 수 있다. 작품의 인물 대개는 별 볼일 없는 장삼이
사들인데 작가는 그들에게 따뜻한 시선을 던진다. 그들의 삶에 위협적인
일체의 것이 바로 폭력이다. 작가가 추위마저 폭력으로 여기는 이유도
그나마 근근이 꾸려가는 사회적 약자들의 삶에 파탄을 가져올지 모른다
는 두려움 때문이다. 그런 연민과 두려움이 작가를 폭력의 상황에 관심
을 기울이게 한다. 그러므로 작가가 절감하는 폭력은 정치적인 면보다
일상적 파탄을 가져올지 모르는 생활세계에서 보다 진면목을 발휘한다.
생활세계에서 발생하는 무수한 폭력의 가공할 위력을 작가는 무엇보다
심각하게 받아들이는 것이다.

폭력 없는 세상은 인류 거의 모두의 소망이다. 그러나 아쉽게도 현실
에서는 그런 염원과 반대로 크고 작은 폭력이 늘 발생하고 있다. 그런
상황에서 작가가 원론적으로나마 폭력 방지책을 암시하는 것은 소중하
다고 하겠다. 사회가 미분화할수록 폭력의 양상이 다양해지고 빈도도 증
가할 것으로 예상되는 상황에서 말이다.

많은 작가들이 정치적 구호로 목청을 높일 때 일상의 미시적 폭력에
대한 이동하의 세심한 천착은 생활에 굳건하게 발을 딛고 나름의 현실
에 참여했다는 의미를 지닌다. 비록 그가 폭력에 대해 꾸준히 탐구했음
에도 불구하고 현실 저항의 이미지와 거리가 멀게 느껴지기는 하지만,
그의 작업은 현실의 구체성에서부터 출발했기에 추상적이거나 공허하지

않다. 그런 점에서 이동하는 폭력에 물들어 있는 우리 사회의 치부 곳곳을 낮은 목소리로 들추어낸 작가라 할 수 있다. 그리고 그의 작업은 특유의 섬세한 시선으로 꾸준히 지속될 것이다.

원숙한 시선으로 조망한 현실과 그리움의 세계
채정운의 『부엉이』론

1

우리나라가 고령화 사회에 진입했다는 보도가 심심치 않게 들리기 시작한 것은 대략 10여 년 전부터이다. UN에서는 65세 이상 노인 연령층의 비율이 전체 인구 7%를 넘을 경우 고령화 사회, 14%를 넘을 경우 고령사회로 규정하고 있는데, 우리나라는 1999년 말에 이미 노인인구가 7.1%의 고령화 사회로 접어든 상태이다. 이 같은 추세대로라면 2020년경에는 노인인구 비율이 15%가 넘는 고령사회가 될 것임을 전문가들은 전망하고 있다. 특히나 우리나라는 고령화 속도가 세계 어느 선진국보다 빨리 진행된다는 점에서 우려의 시선이 많다. 급속한 고령화에 따른 사회적 대비가 충분하지 못한 탓에 우리 사회는 노부모 봉양, 세대 간의 갈등으로 야기되는 노인 소외, 노인에 대한 사회 구성원의 고착된 시선 등과 같은 문제에 직면하고 있다.

위의 현안도 해결이 만만치 않은 상황에서 평균수명의 연장, 독거노인의 증가, 퇴직 후 일거리 찾기의 곤란과 여생을 보람 있게 보낼 방법, 노인 부양을 위한 세금 부담의 가중 등과 같은 사안들로 문제는 더욱 복잡해지고 있는 형국이다. 이것은 노인문제가 현재는 물론, 미래에까지도 꼼꼼히 챙기고 준비해야 할 중요한 사안이라는 사실을 단적으로 보여준다.

노인문제에 대한 사회적 준비 부족과는 달리 문학 쪽에서는 많은 작가들이 고령화 사회가 시작되기 전부터 관심을 기울이고 있었다. 그들은 한국사회의 도시·산업화가 파생한 현실과 연계해 그 문제에 주목했는데, 1960년대 후반 이후 발표된 이 계열의 작품들을 노년학적(老年學的) 소설의 자장으로 수렴해 정밀하게 분석한 이는 문학평론가 이재선이다. 그는 노년학적 소설을 노년의 삶, 즉 삶의 적극적인 활동에서 은퇴하거나 물러난 노인들의 세계를 다룬 소설로 정의했다. 아울러 그는 그런 경향의 작품들에 전통과 현대의 가치관이나 도덕의 변증법적인 대립의 상호관계나 변모는 물론, 노인의 병과 함께 세대 간의 단층 내지는 가족 관계의 이접(離接) 상태가 일반적으로 제시된다고 보았다.

2009년 현재 노인문제가 원만하게 해결된 것은 아니고 오히려 더 큰 혼란을 파생할 소지도 다분히 있다. 하지만 이즈막 작가들의 적극적인 대응을 찾아보기란 쉽지 않다. 젊은 세대 작가들은 청년백수들의 어려운 사정과 겨우 취업을 해도 먹고살기 힘겨운 제 또래 세대의 고단한 현실을 대변하기에 바쁘다. 중년층 작가들은 어렵사리 구축한 자기세계를 심화·확장하기 위해 여념이 없다. 거기에 1930년대 후반기에서 40년대 초반기에 출생한, 즉 현재 고령화 사회의 일원이 된 작가군의 미미한 활동을 덧붙일 수 있다. 어쩌면 그들에게는 지금이 젊음과 패기만으로는 쓸 수 없는, 인간과 세계에의 보다 깊이 있는 통찰과 자신의 인생 체험을 조화롭게 녹여낸 작품들을 창작할 수 있는 호기일 수도 있다. 그러나 아쉽게도 그 세대 다수의 작가들은 깊은 침묵에 빠져 있는 실정이다. 상업화된 출판계의 자본 논리가 그들을 발표 지면에서 점점 소외시키고 있다는 상황을 감안하고서도 말이다.

이번 채정운의 작품집이 더없이 반가운 연유도 그런 저간의 사정에 있다. 1999년 교사직을 정년퇴임한 작가 역시 고령화 사회의 한 당사자임이 분명하다. 작가의 물리적 나이를 반영하듯, 이번 소설집에는 노인의 원숙한 시선으로 인간과 세계를 조망한 작품이 다수 실려 있다. 그의 소설에는 노인들이 단지 보호받아야 할 대상으로 등장하지 않는다. 그들은 산전수전 다 겪은 사회의 연장자로서 현실을 비판적으로 바라보고 더 나은 사회를 열망하는 인물로 나타난다. 그렇기에 그의 작품에는 나이가 단순히 '늙음'만을 의미하지 않는, 아니 나이가 들었기에 더욱 자신과 주변을 세심히 살피는 눈길과 그것을 보듬는 따뜻한 손길이 잔잔히 배어 있다. 그것은 곧 작가 자신의 인생사 전체를 찬찬히 되밟아보는 소중한 여정이기도 할 것이다.

2

전통적으로 우리나라에서 노인들은 엄숙하고 체면을 중시해야 하는 위치에 있다. 노인의 체통 없는 행동은 나잇값을 못 하는 주책으로 치부되기 일쑤이고 자식의 잘못은 철없는 행동으로 용서되어도 노인의 그것은 집안의 망신거리로 간주되는 경우가 허다하다. 그런 까닭에 노인들은 될 수 있으면 개인의 욕망을 억제하고 행동거지에 세심한 주의를 기울이며 살아왔다. 물론 모두 그렇지는 않지만 굴곡진 인생살이에 신중함과 절제심이 쌓여서일까, 노인들 대개의 그런 처신은 세상사의 이치를 꿰뚫는 지혜를 내면에 샘솟게 한다. 그들은 삶의 현장에서 수다한 인간관계와 사건을 겪으며 나름의 혜안을 얻는 것이다. 관념이 아닌 생활 속에서 체득한 그들의 지혜와 통찰은 개인은 물론 사회적 자산으로 활용이 가능하다.

채정운의 이번 소설집 역시 세상사에 진력을 다한 노인 화자들이 빈번히 등장한다. 그것도 평균수명을 훌쩍 넘긴 초고령의 노인들이 많이 나오는 것이 특징이다. 2009년 세계보건기구의 발표에 따르면, 우리나라 남성과 여성의 평균수명은 각각 76세와 82세로 나타났다. 갈수록 평균 기대수명이 연장되고 있기는 해도 구순을 넘긴 노인들이 주위에 흔치는 않은 편이다. 그러나 채정운 소설의 노인들 거개는 90세 이상의 노령인데, 가령 「사마루」에서 달마 할아버지는 "백세에 육박"하고 완이의 할머니는 백수(白壽)이다. 구십을 넘긴 노인들은 「비단폭포」의 박남수 씨와 그 친구들도 마찬가지이다. 또한 「충실한 목격자」에 등장하는 일랑의 할머니 역시 평균수명 이상의 연세이다. 이 외의 작품들에 나타나는 노인들도 기본적으로 칠순을 넘어선다.

그렇다고 그들이 허송세월을 하는 것은 아니다. 그들은 일상에서 자기 계발을 게을리 하지 않는 인물들이다. 「내사랑 혜순」에서 혜순은 "매일 공부할 게 너무 많"다고 생각한다. 그에게 공부란 학교에서 배우는 것이 전부가 아니다. 홀로 살고 있는 그는, '혼자 사는 공부'를 비롯해 화초를 기르며 생명체에 대한 존중과 경외심을 배우고 초등학교 6학년생인 외손자 민이와도 끊임없이 소통하려 노력을 한다. 혜순이 매주 토요일 민이와 함께 하는 것은 동등한 인격체로 대화를 나누고 아랫세대와 소통하고 삶의 지혜를 전달하려는 의도인 것이다. 「딤섬[點心]」에서 노구의 모모가 꽃다운 나이인 진, 선과 함께 마카오로 여행을 간 것도 종교를 통해 '사회적 삶을 완성'하기 위한 목적이다.

그런 노인들의 시각으로 본 오늘의 세상 풍경은 「비단폭포」에 상세하게 그려져 있다. 이 작품은 박철수라는 인물이 천주교 성지 취재를 위해 의왕시 포일동에 거주하는 노인들을 만나 인터뷰를 하면서 노인들이 알고 있는 비경인 비단폭포에 간다는 경개를 이루고 있다.

작품 속 노인들에게 현대의 물질문명은 끊임없이 자연을 파괴하는 광폭한 야수로 보인다. 전에는 그린벨트 지역에서 농사일로 생계를 유지하던 도심 근교의 원주민들에게도 개발의 광풍은 여지없이 밀어닥친다. 삶의 터전인 농토와 거주자들의 오막살이집은 음식점으로 탈바꿈하고 아파트 건설도 허가된다. 그 바람에 원주민들은 외지로 이주를 해야 할 판이다. 이제 땅은 "생물을 키워주는 본래의 구실"에서 벗어나 '대박'을 꿈꾸는 외지 사람들의 투자 대상으로 전환된 지 오래이다. 토지의 환금성을 목적으로 한 투기는 이 소설의 배경이 되는 서울의 위성도시뿐 아니라 한국사회의 전반적인 실상인데, 그것은 현재에도 멈출 줄을 모르고 있다.

농지 개발의 결과는 필연적으로 돈과 불가분의 관계를 맺는다. 인간에게 돈이 필요하지만 그 돈이 인간의 삶을 황폐하게 하는 부정적 속성은 경계해야 마땅하다. 하지만 이 작품에서 작가의 말처럼 "세상 돌아가는 모든 일과 연류되어" 있는 돈은, 부모—자식은 물론이고 형제간에도 의를 상하게 하는 원흉이 되기도 한다. 아울러 그것은 농촌공동체의 삶을 유지했던 마을의 인심마저 흉흉하게 한다.

이와 같은 돈의 부정적 속성은 가전체 소설 「공방전(孔方傳)」에 이미 언급된 그대로이다. 즉 돈은 인간의 정서를 주물화하고 상업적인 교환가치가 사용가치를 대신함으로써 농본적인 생활양식을 해체하는 동시에 인간관계를 시장 지향적인 관계로 전락시키는 것이다. 「공방전」에 나타난 돈의 폐해는 오늘날에도 고스란히 이어지고 있는데, 「비단폭포」에서 부자간 갈등으로 빚어진 '김초부네집 몰래카메라 사건'이 바로 그것이다. 또한 어마어마한 땅값 상승으로 동네에 흔전만전인 돈은 차라리 원주민 노인들에게 무서움을 줄 정도이다.

“옛날에는 아니지 바로 80년 초만 해도 여기 땅값이 한 평에 얼마였는
줄 알어? 이천 원이었어. 흘 이천 원, 그런데 지금은 이천 원에 몇 배랄
까 애구구 내 머리로는 계산이 안 돼. 딱지를 끼면 어구구 입에 담기도
무서우이. 이게 정말 우리가 살고 있는 시상 맞나?”

「비단폭포」 중에서

　자본주의 사회에서 재화 획득을 목적으로 노력하는 것은 결코 잘못된
일이 아니다. 이 작품의 노인들 역시 개발의 수혜를 입은 인물들이기도
하다. 그러나 돈이 탐욕의 대상이 되고 그 아래 물신화된 인간은 분명
올바른 모습이 아니다. 자본의 가공할 소용돌이 속에서 도덕과 윤리를
망각하는 세태에 노인들이 비판적 시선을 견지하는 것은 그런 면에서
합당하다. 이 작품에서 노인들은 돈 이전에 인간의 가치와 품위를 잃지
말아야 한다는 점을 상기시킨다. 각종 재테크에 혈안이 되어 있는 요즈
음 젊은 세대와는 분명 다른 그들의 세계관은, 곧 자신들의 과거는 곤핍
했지만 결국 ‘인생에 돈이 다가 아니다’라는 세상사의 이치를 통찰한 데
서 비롯한다.

　작가는 노인들의 말을 채록해 기록물을 남기려는 박철수의 행위도 결
국 비단폭포의 한 방울 물과 다르지 않다는 전언으로 작품을 마무리 짓
는다. 그런 결말은 유구한 자연 앞에 인간사는 한갓 물거품에 불과하다
는 것으로 읽힌다. 이는 돈에 대한 과도한 욕심 역시 덧없는 욕망일 뿐
이라는 점에도 똑같이 적용된다.

　「사마루」의 노인들이 물신화된 도시를 벗어난 것은 세속적 욕망과 과
감히 절연한 결과이다. “나이 들어 직접 농사를 지을 수 없는” 형편에서
도 퇴임 후 홀로 백수의 어머니를 모시는 완이 아버지가 전원생활을 고
집하는 이유는, 바로 영악한 도시적 삶의 기준에서 멀찍이 떨어져 지내
고 싶기 때문이다. 완이의 아버지는 아직도 ‘쌀’을 화폐의 기준으로 삼

는 농본적 인물이다. 그는 농토가 개발될 때까지 '버틸' 참이고 소작을 준 사람에게 받는 돈으로 생계를 유지하고 용돈을 쓰며 어머니를 봉양하려 한다. 남은 생에 더 이상 바라는 것도 없는 안분지족의 삶은 상대적으로 돈을 최고의 가치로 삼고 아귀다툼하는 도회인의 그것과 대비했을 때 한결 의미가 도드라진다.

이 작품의 노인들은 과시용 호화 전원주택을 지어놓고 주말이나 휴가 때 잠깐 내려와 전원생활을 즐기는 호사가들이 아니다. 기꺼이 자연에 묻혀 노동하는 생활을 통해 그들은 자신들의 삶의 가치가 어디에 있는지를 명확히 보여준다. 마치 탈속한 인물 같은 완이의 아버지는 그래서 너무 시대착오적인 이미지를 풍기기도 하는 것이 사실이다. 그러나 자연을 벗 삼고 우직하게 효를 실천하는 그의 모습에서 삶의 진정한 의미가 어디에 있는지 독자는 곱씹지 않을 수 없다. 생의 참뜻을 새기고 실행하며 살아가는 모자(母子) 노인은 물욕에 찌들어 기본적인 도덕과 윤리마저 방기하는 현대인에게 경종을 울리는 존재인 것이다.

3

채정운의 소설에 나오는 노인들은 과거에는 뼈 빠지게 고생했을지라도 현재에는 비교적 윤택하다. 적어도 그의 소설에 등장하는 노인들은 생계문제에서만큼은 자유롭다. 그것이 자신들의 농토가 개발 택지로 수용되어 보상금을 받아서였든, 아니면 젊은 시절 저축한 여윳돈이 있어서였든 간에 그들은 경제적 곤궁을 겪지는 않는다. 「측백나무 울타리」에서 땅부자 김영배 옹의 경우에는 자식과 며느리가 재산을 분배받기 위해 그의 눈치를 볼 정도이다.

경제적으로는 안정되어 있지만 그들의 지난 삶이 순탄했던 것만은 아니다. 격동의 한국사를 온몸으로 거쳐 온 노인들에게 적지 않은 수난이 있었겠지만, 그중 가장 고통스러웠던 것은 역시 1950년의 한국전쟁이 아닐 수 없다. 과연 작가의 작품에는 한국전쟁 중의 상황이 곳곳에 서술되어 있다. 한국전쟁의 정황이 비교적 구체적으로 제시되는 작품은 「춘자의 여름」과 「충실한 목격자」이다.

「춘자의 여름」은 난데없이 발발한 전쟁의 와중에도 화가의 꿈을 여투는 춘자의 정신적·육체적 성장통을 다루고 있다. 전쟁 통에 춘자가 경험하는 통과의례도 의미가 적지 않으나 이 작품에서 보다 흥미로운 인물은 춘자의 할머니라 할 수 있다. 할머니가 기거하는 곳은 안양 기차역에서 십리길인 덕장골 두메산골, 하지만 그곳도 전화(戰禍)를 피할 수는 없다. 피난민들은 물밀듯 들이닥치고 마을 사람들도 피난을 떠나야 할 판이다. 그럼에도 춘자의 할머니는 "죽어도 내 집을 떠날 수 없으니" 나머지 젊은 식구들이나 피난을 가라고 한다. 또 그는 한 치 앞의 전황을 예측할 수 없는 형편에서도 피난민들과 한 솥밥을 나눠 먹는다. 피난민들이 갈수록 늘어 얼마간의 식량을 마지막으로 나눠준 그는 더 이상 인심을 베풀지 못해 안타깝기만 하다.

춘자 할머니와 유사한 성격이 보다 실감나고 흥미롭게 확장된 인물은 「충실한 목격자」에 등장하는 일랑의 외할머니이다. 전쟁 중에 아버지를 잃은 일랑은 서울 근교의 외가로 피난을 간다. 모두가 피난을 간 외가에는 외할머니와 일랑의 외삼촌이 밖에서 낳아온 경자만이 집을 지킨다. 그 역시 「춘자의 여름」의 할머니와 마찬가지로, "나가다 죽으나 집에 앉아서 죽으나 매한가지인 터인데 난 집안에서 앉아 죽겠다"는 배포 큰 인물이다. 또한 그는 어수선한 시기임에도 친지와 이웃을 위해 자기 것을 아끼지 않는 인정 많은 인물이기도 해, 개포에서 피난을 온 노인 두 분과 어린 손자를 환대한다.

　"식구들이 다 떠난 난리중이지만 모처럼만에 찾아온 손님이나 진배없
다. 내일 죽는다고 해도 오늘은 살아있으니 사람의 도리를 다해야 한다.
닭을 잡아 대접한들 크게 죄 될 일이 없느니라."

「충실한 목격자」 중에서

　지척에서 울려대는 대포소리 따위는 아랑곳하지 않고 인륜을 중시하
는 할머니의 의연한 풍모는, 비극적 전쟁의 한가운데에서도 사람다움만
큼은 잃지 않아야 한다는 도리와 속 깊은 인정에서 나온다. 심지 굳은
할머니는 적군 앞에서도 결코 주눅 드는 법이 없다. 되레 그는 밤마다
집안에 기어드는 중공군들을 일일이 통제할 정도이다. 죽음마저 불사한
듯한 여장부인 그는 피아를 불문하고 공평하게 대우한다. 그에게 중요한
것은 이데올로기나 적과 아군의 구분이 아니다. 그는 전쟁터에 나온 병
사들의 고통을 모성적 본능으로 헤아리고 보듬어줄 따름이다. 그의 휴머
니즘은 관념적이고 이론적이지 않다. 모성본능과 농경생활의 현장에서
직접 체득한 '살아 있는 목숨'에 대한 진득한 애정이 전시상황과 상관없
이 자연스럽게 표출되고 있는 것이다. 그렇기에 그는 졸고 있는 중공군
보초병을 향해, "전쟁이 죄지 저놈이야 무슨 잘못이 있을쏘냐. 만리타국
에 나왔으니 집 생각인들 오죽하랴!"며 안쓰러워한다.

　동족상잔의 비극적 재난 앞에서 할머니의 행동은 단순한 온정주의적
태도에 불과해 보일 수도 있다. 코앞에서 포성이 울려대는, 생사가 걸린
전쟁의 한복판에서 도리를 주장하고 인심을 베푸는 할머니의 행동은 일
견 이물스러울 수도 있는 것이다. 그러나 할머니의 행동 역시 전쟁 중에
얼마든지 벌어질 수 있는 상황이기도 하다. 전쟁의 대재앙에 희생된 시
신을 보고 비애미와 비장미를 고조시키는 것, 이데올로기 차원에서 전쟁
을 분석하는 것, 손상된 삶의 다양한 양상을 통해 인간 실존의 의미를
묻는 것 등도 한국전쟁을 배경으로 한 소설에 나타나는 중요한 성과이

지만, 한편으로 「충실한 목격자」의 할머니 경우처럼 미시사적 생활세계의 차원에서 인물을 형상화하는 것도 그에 못지않은 가치를 지닌다고 할 수 있다.

잔혹한 전쟁을 경험한 노인들은 「측백나무 울타리」의 김영배 옹의 말마따나 "전쟁은 사람이 할 짓이 아니"라고 생각한다. 이러한 언술이야 누구에게나 지극히 당연하다. 그럼에도 전쟁은 오늘날 지구촌 곳곳에서 벌어지고 있다. 「충실한 목격자」에서의 현재 시점은 2003년 4월인 바, 그때는 미국과 이라크가 전쟁 중이었다. 미군은 바그다드를 점령하고 이라크 국민에게 독재자 사담 후세인이 억압했던 자유를 되돌려줄 것임을 공언했다. 그런 명목으로 자행되는 전쟁에는 최첨단의 살상무기와 고도의 심리전이 동원된다. 전쟁은 이처럼 이성과 합리의 세계가 특징인 문명화된 현대에도 여전히 잔인하고 폭력적인 방식으로 수행되고 있다.

이런 혼돈의 세상이 채정운 소설의 노인들에게는 힘겹다. 개발을 명목으로 자연을 온통 파헤치고, 사람들은 배금주의의 광신도가 되고, 기억하고 싶지 않은 전쟁이 지구촌 곳곳에서 발발하는 상황, 그래서 그들은 꿈을 꾼다. 자연친화적이고 비폭력적인, 하여 안온하고 평화로운 세계를!

4

노인 세대가 염원하는 세상의 풍경은 채정운 소설에 다양한 모습으로 나타난다. 어떤 점에서 이번 작품집의 요체는 작가가 꿈꾸는 세상, 곧 작품의 노인들이 희구하는 세계가 아름답게 펼쳐져 있는 것이 아닐까 싶다. 작가는 이미 그가 소망하는 세계상의 단초를 『문원리의 봄』에 마련해놓고 있다. 『문원리의 봄』 작품 해설에서 문학평론가 전영태는 "도시화를 인정할 수도 없고 막연한 향수에 심취할 수도 없는 어려운 지점에 뿌리를 내리는 작업"을 통해 작가의 작품세계가 형성된다고 보았는데 그 경계선상에 있는 작품이 바로「가을에 하는 염불」이다.

해순이 젊은 시절 동네 친구들과 냇가에 천렵을 가 즐겁게 한나절을 보내는 장면이 그려진 이 작품에는, 농번기임에도 자연을 벗해 한유를 즐기는 앞 세대 사람들의 삶의 풍류가 은은히 배어 있다. 해순들은 땡볕에서 물고기를 잡고 풋바심한 쌀밥을 먹고 소주 한 잔을 걸친다. 거기에 태평가 한 자락과 정담을 곁들이면 세상에 더 이상 부러울 것이 없다. 그러나 그런 정겨운 추억마저 이제는 꿈으로 남겨질 수밖에 없다. 그것은 훼손된 자연 때문이기도 하고 뿔뿔이 헤어진 친구들 탓이기도 하다. 이제 그 시절은 결코 다시 올 수 없기에 해순이 꿈에서 깨어났을 때 아쉬움은 더욱 크기만 하다.

그렇다면 안타까운 현실에서 작가가 최종적으로 지향하는 세계는 어떤 모습인가? 작가는 이번 작품집에서 설화적, 신비적, 주술적 분위기의 연출로 소설의 착지를 마련한다. 그가 동경하는 세계는 우선 인간과 자연이 각자의 자리에서 평화롭게 공존하는 문명 이전의 원시림이다. '스스로 그러한' 자연이 개발의 광풍에 속수무책으로 파괴되는 상황은 앞의「비단폭포」에서 살핀 바 있다. 작가는 무엇보다 먼저 인간의 손에 훼손되는 자연을 있는 그대로 보호하자고 하는데, 그런 목소리는「비단폭포」에서 수령(樹齡) 삼백팔십 년의 보호수 느티나무 경우에서 구체적으로 드러난다. "나무를 위함은 가만 놔두는" 것이라는 노인들의 말은 자연을 자연 그대로 두는 것이야말로 최상의 보호책이라는 점을 웅변한다. 작가의 이런 사고는 자연 그대로 보존된 비단폭포 가는 길과 비단폭포에서도 마찬가지로 확인된다.

인간의 손길이 가 닿지 않은 자연 그대로의, 즉 본격적인 개발이 진행되기 이전의 환경에서는 설화적 세계가 꿈처럼 펼쳐진다. 한 문화집단의 생활, 감정, 풍습 등이 반영되어 있는 설화에는 초자연적이고 신비로운 내용이 담겨 있다. 실증을 최고의 가치로 삼는 과학의 기준으로 보자면, 설화의 세계는 전근대적인 무지의 소산으로 간주될 수 있다. 그러나 비과학적이지만 신비한, 그렇기에 인간의 꿈을 가감 없이 담아내기에 적합한 그 세계야말로 아름다운 꿈을 꾸게 하는 제일의 동력이다. 우리가 아주 어릴 적 합죽이 할머니에게서나 들었을 법한, 아니면 <전설의 고향> 같은 텔레비전 방송에서나 보았을 법한, 문명과 과학 이전의 세계에서나 가능한 이야기들이 채정운 소설에는 자연스럽게 수놓아져 있다.

「사마루」의 경우, 지금은 서울의 턱밑인 경기도 광주의 설월리 경안천 물돌목만 하더라도 약 백여 년 전의 사람들은 '물귀신 나오는 자리'로 여겼다. 「측백나무 울타리」에서는 해방된 해 겨울에 장정들이 여우를 잡으러 가 포위를 했음에도 누구 하나 선뜻 몽둥이찜질을 하지 못한다. 여우가 도섭에 능하다는 두려움 때문이다. 10여 명의 청년 저마다는 "여우가 사람의 키를 세 번만 넘기만 하면 사람이 쓰러진다"는 주술적 언술에 공포심을 느끼는 것이다. 「비단폭포」에서 식민지 시절 일본인들이 오래된 느티나무를 절반 쯤 베었을 때 "갑자기 맑은 하늘에서 뇌성번개가 쳐 그만두었다"는 대목에서도 그 진위 여부를 불문하고 설화적 분위기는 짙게 배어난다. 「시간의 비늘」에서 구렁이가 집안에서 어슬렁거리면 좋지 않은 징조로 여겨 고사를 지내는 것 역시 마찬가지 맥락이라 하겠다.

위의 사례들에 과학적 증명 여부로 왈가왈부하는 것은 무의미한 일일 것이다. 위에 제시된 주술적이고 신비로운 이야기를 통해 자연 앞에 우쭐대지 않으며 스스로 삼가던 조상들의 지혜를 배우는 것이 중요하다. 설령 그것들이 비과학적이라 할지라도 '물귀신'을 통해 수영께나 한다는 사람의 오만과 객기를 다독일 수 있고, '여우'와 '느티나무'를 통해 함부로 자연물을 살상하고 훼손해서는 안 된다는 교훈을 얻을 수 있고, '구렁이'를 통해 미리미리 조심함으로써 횡액을 피할 수 있으리라는 삶의 지혜를 배울 수 있는 것이다. 이런 정신은 자연의 모든 생물체에 대한 인간의 겸손이 있을 때에라야 가능한데, 우리 조상들의 지난 삶이 바로 그러했다.

채정운의 작품에서는 인간과 자연이 등가의 가치를 지니고 있다. 작가는 그렇다고 그것을 종교적 차원으로까지 신성시하지는 않는다. 다만 만물에 정령(精靈)이 깃들어 있다는 농경민의 소박한 마음을 통해 인간과 자연이 조화롭게 공존할 수 있다는 길을 보여줄 따름이다.

「사마루」에서 완이의 할머니가 젊은 시절, 삶이 힘들고 어려울 때마다 '외양간에 매어 있는 소'에 하소연을 한 것도 소를 단순히 짐승으로만 여기지 않은 까닭에 있다. 자기가 기르는 소를 주인들은 지극정성으로 보살핀다. 그것은 소가 농사에 긴요한 동물이라는 점에도 이유가 있지만 기본적인 바탕에는 어떤 생명체든 존중해야 한다는 농본적 심성이 전제되어 있다. 그러니 비록 짐승일지라도 먹이 하나에 세심한 주의를 기울일 수밖에 없다. 할머니가 과거에 소를 키울 때, 쇠죽을 끓이기 위해 쏟은 정성은 다음과 같이 서술되어 있다.

"(…) 농가에서는 쌀뜨물부터 시작해서 음식 찌꺼기를 알뜰하게 뜨물통에 모아두었다가 쇠죽도 끓이고 돼지도 맥였다. 여름철에는 꼴을 베다가 작두로 썰어서 쇠죽을 끓였고 겨울에는 볏짚을 썰어 쇠죽을 쑬 때 쌀겨 한 쇠물박 흰콩 한 움큼만 얹어주면 소는 콧구멍을 벌름거려가며 맛있게 먹었다. (…) 동물성 음식찌꺼기는 절대로 분리수거해 두엄자리에 버렸다. 왜냐하면 소나 돼지는 동물성 음식찌꺼기를 먹으면 미친다는 속설을 알고 믿었기 때문에 절대로 금물이었다. (…) 또 소가 초식동물이라고 해서 아무 풀이나 다 먹는 게 아니다. 소도 먹어서는 안 되는 풀을 절로 알고 있어서 시영이나 역끼풀은 절대로 먹지 않았다. 역끼풀은 맹독성이 있어서 천렵할 때 짓이겨서 냇물에 풀어놓으면 물고기들이 떼죽음해서 물위에 둥둥 떴지."

「사마루」 중에서

위의 인용문에 비해 현실은 어떤가? 이제 거개의 소는 대형 축사에서 사료를 먹으며 식용으로 키워진다. 그런 기업적인 목축에서 소, 혹은 자연에 대한 존중심이 우러날 리 만무하다. 지난 해 우리나라를 온통 들끓게 했던 광우병 파동이나 소에 물을 먹여 무게를 늘리는 따위의 일부 몰지각한 업자들의 행태는 오로지 자본의 논리만이 출렁거리는 세태의 단면을 씁쓸하게 보여줄 뿐이다.

작가 채정운은 황량하기만 한 자본 만능의 현재에 노인들을 등장시켜 인간적 가치가 살아 있는 시대를 열망하게 한다. 그들이 꿈꾸는 세계는 자신들이 지나온 빛나는 유년기와 별반 다르지 않다. 인간과 자연이 하나이고 만물에 영혼이 박혀 있는 순수의 세계 말이다. 훼손되지 않은 자연에서 순진무구의 삶을 자유롭게 누렸던 그 시기로의 회귀는 「가을에 하는 염불」에서 보았듯 현실적으로 난망한 일이다. 이미 우리는 지난 시절의 지순한 가치를 너무도 많이 잃었다. 많은 현대인들은 치열한 생존 경쟁의 전장에서 타인을 억압하고, 자연을 정복의 대상으로 삼고, 떼돈을 벌기 위해 혈안이 되어 있다. 작가 역시 부박한 세태를 잘 알고 있기에 무작정 황폐한 현실과 자연을 복원하자고 주장하지 않는다. 그는 소설을 통해 행복했던 과거의 시간으로 거슬러 올라갈 뿐이다. 아득하지만 꼭 가닿고 싶은, 그 빛나는 그리움의 세계로 말이다.

||||

신성(神聖)을 향해 난 길

정찬의 『아늑한 길』론

1. 신성과 신성 부재

정찬의 모든 소설은 신성을 지향한다. 그의 소설은 모두 신에 도달하고자 하는 간절한 바람이다. 정찬은 그의 두 번째 창작집 『완전한 영혼』에서 신성에 대한 정의를 다음과 같이 하고 있다. "신성이란 무엇인가? 초월적 존재에 대한 인간의 외경이 만들어내는 감각이라고 나는 생각한다." 이런 신성이 인간에게 깃들여 있어야만 완전한 영혼에 도달할 수 있다. 그런 인물로 「완전한 영혼」에 나오는 장인하가 전형적인 예가 될 수 있을 것이다. 장인하는 광주에서 진압군에 머리를 맞아 청력을 잃는다. 그러나 누구도 미워하지 않는 "무사상적 인간"이다. 식물적 정신의 위대한 힘을 지닌 장인하는 외부의 소리를 잃는 대신 내부의 소리를 들을 수 있다. 그는 "빛이 떨어지는 투명한 소리", "움직이며 생명인 소리"를 듣는다. 이 소리야말로 신성이 울려내는 소리인데, 이는 신성에 도달한 자만이 들을 수 있다.

정찬의 세 번째 창작집인 『아늑한 길』에는 신성이 다양하게 변주된다.

신성은 검은 우주 속에서 탄생과 성장과 죽음을 되풀이하는 순결한 생명인 '별', 땅의 생명이 고스란히 살아 있어 만물이 약동하는 '광야', 생명과 사물 사이에 경계가 없는 '세계', 신비한 영혼의 소유자 '아이', 유대민중의 언어인 '아랍어' 등으로 나타난다. 감각에서 구체적 사물로 전환된 신성은 순수의 세계이며 생명의 세계이다. 신성은 사악함이나 죽음 따위의 부정적 이미지가 들어갈 틈이 없는 세계이며 문명 이전의 원형이 보전되어 있는 세계이다. 그러나 그 밑바탕에는 전과 마찬가지로 신성을 감지할 수 있는 무구한 감각을 필요로 한다.

신성의 추구는 정찬의 소설쓰기에도 지대한 영향을 끼친다. 신성이 깃든 '신성한 집'짓기는 정찬이 생각하는 진정한 소설쓰기이다. 정찬에게 있어 소설쓰기란 '신성한 집'을 짓는 작업이다. 신성에 도달하는 길에 거짓과 욕망이 있어서는 곤란하다. 신성을 지향하는 정찬의 소설을 그림으로 그리면 어떻게 될까? 그것은 '샤갈의 그림'을 연상시킨다. 샤갈의 그림에는 신전의 빛이 있고, 우주의 빛 속에 천사가 있고, 지상과 하늘을 잇는 몇 줄기의 길이 있다. 그리고 샤갈은 낙원, 노아와 무지개, 야곱의 꿈, 아가(雅歌), 성서의 내용들을 테마로 신과 지상의 생명이 공존했던 원초적 공간을 형상화하고 있다. 샤갈은 아름다운 색깔로 이 세상의 모든 존재들을 화해시킨다.

샤갈이 아름다운 색깔로 이 세상의 모든 존재들을 화해시키고자 한다면 정찬의 매개체는 언어이다. 태초의 말은 신성했다는 정찬은 욕망이 깃들지 않은 언어로만 신성한 집을 지을 수 있다고 굳게 믿고 있다. 정찬은 언어로 지상에서 하늘에 닿는 사다리를 놓으려 애쓰고 있다. 그가 자신의 소설과 세상에 끊임없이 고민하고 괴로워하는 것은 숭고한 신성에 욕망과 거짓의 물이 배어드는 것이다.

그러면 신성 부재의 현실은 어떤 모습을 띠고 있는가? 신성 부재의 현실은 혼돈과 환란의 세상이다. 이 세상은 원형이 파괴된 곳이기도 하다. 그런 세상에서 인간은, 인간의 살을 뜯어먹으며 자본을 증식시키고 인간을 무참히 학살하며 절망에 빠져 허우적거린다.

『아늑한 길』에는 신성이 파괴된 사회와 그 아래에서 신음하는 인간의 다양한 모습이 잘 나타나 있다. 정찬은 "인간이 땅의 생명을 무참히 짓밟았고, 그 위로 콘크리트 집을 쌓은 데서부터 상상할 수 없는 비극이 시작되었다"고 보고 있다. 콘크리트 집으로 대변되는 문명은 "헤아릴 수 없는 수많은 생명을 학살한 장본인"이기도 하다. 또한 문명은 자연을, 인간을 위한 도구로 전락시키면서 신성을 살해했다. 비극의 모태가 된 문명의 급속한 발전과 인간의 끊임없는 욕망은 자본주의라는 거대한 성을 구축했다. 정찬의 눈에 비친 자본주의 사회란, 냉혹한 경쟁에서 지지 않으려 인간들끼리 서로의 살을 뜯어먹으려 아귀다툼을 하는 싸움터이자, 이기심이라는 천박한 욕망을 최대의 미덕으로 인정하는 곳이며, 인간의 욕망을 위해 어머니(자연)를 강간하는 더러운 자식(인간)의 탐욕이 숨을 쉬는 곳이다.

『아늑한 길』에는 자본주의 사회에서 인간 본연의 향기를 잃고 살아가는 많은 인물이 등장한다. 「별들의 냄새」에 나오는 강문규는 유능한 은행원이었지만 '생명의 향기'를 맡고난 후부터 현실에 적응하지 못한다. 하여 그는 정신병원에 입원한다. 또한 강문규를 관찰하는 화자 나는 "삶에 대한 곤혹스러움"으로 결국 병원에 입원하는데, 이 곤혹스러움 역시 자본주의 사회에서 살아남기 위한 후유증으로 비롯한 것임을 짐작할 수 있다. 「산다화」에 나오는 김석훈은 고향이 물에 잠겨 어쩔수 없이 도시에 나와 힘든 노동을 하다가 생사를 알 수 없는 지경에 이른다. 하지만 자본주의 사회에서 한 인간의 삶이란 중요하지 않다. 회사에서는 김석훈의 병이 직업병에 의한 산업재해가 아님을 밝히려 애쓸 뿐이다. 병상에서 신음하던 김석훈은 결국 죽는다. 인간적 체취를 전혀 인정하지 않는 고도화된 자본주의 사회는 "싱싱하게 피어 있는 꽃송이를 뚝뚝 부러트리는, 온기라고는 전혀 없는 쇳덩이같이 차갑고 비정한 손"으로 그려지고 있다.

자본주의에 대한 정찬의 냉철한 시선은 단지 그 폐해에 대한 고발로만 끝나지 않는다. 정찬은 「섬」에서 사회주의 체제가 무너지고 자본주의의 손아귀에 편입되는 러시아의 상황을 더듬는다. 그러나 그 회상이 어느 한 체제의 옹호에 기울지는 않는다. 정찬의 시선은 자본이 권력을 대신하게 된 사회 현실, 인간의 정신이 자본에 의해 끊임없이 물질화되는 신성 침입의 시대에 반성을 촉구하고 있다.

> 사회주의의 패배는 자본주의의 승리가 아니라 도덕에 대한 인간의 패배다. 고결한 꿈에 대한 물신적 관능의 승리며, 구원에 대한 천박한 욕망의 승리다. 사회주의의 허물어짐은 이데올로기의 패배가 아니라 인간의 패배며, 지상에서 영원한 혁명은 존재할 수 없다는 뼈저린 사실을 보여주고 있다. 인간이라면, 비록 그가 자본주의의 신봉자라 한들 이것에 대해 마땅히 슬퍼해야 한다.
>
> 「섬」, 『아늑한 길』, 180–181쪽

신성이 살해된 사회를 수놓는 또 하나의 비극은 폭력으로 인한 인간의 존엄성 상실이다. 정찬의 많은 소설에는 80년 광주와 70-80년대의 폭압적 정치현실이 등장한다. 특히 80년 광주의 비극은 정찬의 소설에 중요한 모티프로 작용하고 있다. 『아늑한 길』에는 광주와 관련된 작품으로 「슬픔의 노래」, 「새」가 실려 있고 학살의 주인공이 일으키는 쿠테타가 전개되는 과정을 비켜가듯 스케치한 「아늑한 길」이 있다.

「새」에는 광주 학살의 가해자인 김장수와 피해자인 박영일이 등장한다. 이 작품은 김장수의 군복에서 우연히 발견된 박영일의 주민등록증에 대한 회상으로 사건이 시작된다. 그 회상의 끝에는 광주가 있고, 광주는 김장수에게 가해자라는 죄책감을 불러일으키고, 급기야 김장수의 평온했던 일상을 혼란의 실타래로 뒤엉키게 한다.

가해자는 죄책감과 호기심으로 피해자에게 의도적으로 접근한다. 그때 죽었어야 할 피해자가 겪은 7년의 세월은 고통의 연속이었다. 피해자는 뇌의 이상으로 기억의 상실, 평형감각의 파괴, 실어증, 전진섬망, 알콜중독 등으로 정신적·육체적 고통을 겪었다. 반대로 가해자 입장에서 본다면 지난 7년의 세월은 영일의 나날이었다. 그는 사업체도 꾸리고 결혼도 했으며 아이도 있다. 그러나 어느날 불쑥 기억된 광주는 가해자가 과거의 상흔에서 자유로울 수 없음을 보여준다. 비록 "군인에게 있어 명령이란 절대적 목소리다. 그 도시는 명령의 도시였고, 우리들은 명령의 꼭두각시였다"고 자위를 하지만 말이다.

「새」에서는 가해자와 피해자의 화해가 이루어지지 않는다. 김장수는 대검(오월에 자신에게 그토록 생명감을 느끼게 했던)으로 박영일을 죽이는 것이다. 그리고 성당에서 의식을 잃고 쓰러지는 것 역시 가해자의 죄의식에 사로잡혀 있다는 것을 증거한다.

「슬픔의 노래」에서도 광주 사태때 가해자의 입장에 있던 박운형을 그리고 있다. 그 역시 광주에의 죄의식으로 자유로울 수 없다. '아크로폴리스'라는 연극을 보고 폴란드로 온 것도 죄의식과 무관하지 않다. '아크로폴리스'의 무대 배경 역시 아우슈비츠 수용소가 아닌가? '아우슈비츠'에서 보인 인간의 금수성, 그것은 광주의 민중을 학살한 계엄군의 그것과 다르지 않다.

「새」와 「슬픔의 노래」는 정찬이 「완전한 영혼」에서 장인하라는 인물을 통해 화해의 가능성을 그려냈던 데 비해, 광주의 상처가 가해자나 피해자 어느 쪽에게도 아직 아물 만한 시기가 아니라는 것을 비극적으로 보여주고 있다. 이는 「아늑한 길」에서 "검찰 수사 결과 발표 전·노씨 등 34명 기소유예"라는, 학살의 주범들에게 면죄부를 던지는 세상에 대한 정찬의 비판적 시선에서 비롯된 것이라 할 수 있다.

2. 신성 부재 시대의 인간상

이미 언급한 대로, 정찬은 신성을 "초월적 존재에 대한 인간의 외경이 만들어낸 감각"이라고 정의했다. 그러나 정찬의 소설에 등장하는 많은 인물들이 둔감하거나 무감각하다는 사실은 흥미롭다. 그들은 모두 정신적, 혹은 육체적인 상처에 기인한 병을 지니고 있는데, 이것은 신성 부재의 세상에 사는 인간군상의 비극적 상징일 것이다.

「별들의 냄새」에 나오는 강문규는 후각을 잃어버렸다고 믿는 '정신병'에 걸려 있다. 정찬에 의하면, 오감 중의 하나인 후각은 인간이 신성을 느낄 수 있는 매개체이다. 그러면 냄새란 무엇인가? "사물과 세계를 구체적으로 드러내는 사랑의 체취"인 냄새는 신성의 다른 표현이다. 강문규가 근무하는 사무실 공기의 답답함은 그를 공기에 굶주린 듯한 느낌에 빠지게 하는 '과호흡증'에 걸리게 한다. 「산다화」에서 김석훈은 거의 모든 감각을 상실한 모습으로 그려지고 있다. 카드뮴 중독자인 그는 '냄새를 못맡고', 사물을 제대로 '보지 못했고', '맛을 느끼지도 못했고', 피부가 나무껍질처럼 딱딱해지면서 무엇이 몸에 닿아도 전혀 '느끼지 못한다.' 그러다가 그는 결국 죽고 만다. 「새」에 나오는 김장수는 박영일을 죽인 후 '이명'에 시달리는데 그것은 좀처럼 사라지지 않는다. 또한 박영일은 정신적·육체적으로 무수히 많은 질병에 시달린다. 광주에서 진압군에 의해 뇌의 이상이라는 상흔을 입은 그는 '기억의 상실', '평형 감각의 파괴', '실어증', 만성 술중독자가 체력과 정신력의 상실로 더 이상

술을 못 마시게 될 때 나타나는 정신착란인 '전진섬망', '술마비현상'에
시달려 죽음의 연기를 실제의 그것처럼 잘 해낼 수 있었다.

『아늑한 길』에 나오는 거개의 인물들은 신성한 빛이 사라지고 타락한
시대가 파생한 형벌을 짊어지고 살아간다. 그 형벌의 근원은 현대적 문
명과 권력의 폭력이며, 상처를 입은 자들은 그것들의 힘에 비해 한없이
연약하다. 이 연약함은 인물들에게 정신적 상처를 유발시키는데, 그 상
황은 육체적 상처보다 처참하다. 강문규의 경우 정상적으로 냄새를 맡을
수 있을 수도 있으나 그의 정신이 너무 강력히 그것을 억압하고 있다.
이 경우 그는 문명 세계로의 복귀를 거부하는 것이 된다. 이를 통해 문
명 세계(자본주의 사회)에서의 탈출욕구가 그에게 얼마나 절실했는가를 알
수 있다. 김석훈의 경우도 마찬가지이다. 카드늄 중독으로 감각을 상실
했지만 이보다 더 섬뜩한 것은 신성 부재의 세상을 마주하지 않으려는
그의 태도이다.

> 그리고 몸뚱이가 없어진 느낌 속으로 빠져들면서 그의 눈은 사물을 제
> 대로 보지 못했다. 보지 못했다기보다 보려고 하는 의지가 없었다고 해
> 야 할 것이다. 그의 정신은 외부를 보고자 하는 욕망을 상실하고 있었다.
> 움직이는 것이 고통스러운 이에게 외부세계를 본다는 것 자체가 불필요
> 한 일인지도 몰랐다 그에게 또렷이 보이는 것은 외부세계가 아니라 꿈이
> 나 가수 상태에서 떠오르는 환각이었다. 또 그는 맛을 느끼지 못했다. 식
> 욕이 전혀 없을 뿐 아니라 먹는다는 것 자체가 끔찍하게 느껴졌다.
>
> 「산다화」, 같은 책, 75-76쪽

김석훈은 환자임에도 재활 의지를 전혀 보이지 않는다. 그가 끔찍한
세상으로부터 얼마나 멀리 달아나려 하는가를 잘 알 수 있게 하는 대목
이다.

위 인물들에의 비극적 인식은 「완전한 영혼」에 나타나는 장인하와는

궤를 달리한다. 그는 광주에서 겪었던 수난을 식물적 정신의 위대한 힘, 세계와 현실에 대한 백치적 무사상, 굴욕과 괴로움을 거역하지 않은 정신의 수동적 단순성, 천진한 미소와 겸손으로써 극복하지 않았던가?

정찬은 「완전한 영혼」이 발표된 당시보다 현재의 세계를 더욱 더 비극적으로 보고 있다. 그 결과 광주의 피해자 장인하를 통해 그나마 이루어낸 상흔 치료 노력을 가해자의 시선에서 재조명한다. 이는 광주의 상흔이 아직 아물지 않았다는 반증이다. 또 하나는 『완전한 영혼』에서는 별로 찾아 볼 수 없었던 자본주의 체제에서 신음하는 인간상과 자본주의의 부패상에 대한 서술이 『아늑한 길』에서는 부쩍 늘었다는 사실인데, 이는 앞으로 쓰여질 정찬의 소설세계를 시사한다고 하겠다.

그러나 정찬의 소설적 진로에 우려되는 점은 그가 바라보는 세상의 시각이 너무 단순하다는 것이다. 그는 지극히 이분법적인 시각으로 세상을 본다. 자본은 나쁜 것, 자연은 좋은 것이라는 시각이 그것이다. 『아늑한 길』에서는 그러한 시각이, 자연은 신성이라는 절대 정의를 등에 업고 전개되고 있다. 소설에서의 이런 단순 대비는 본질을 놓칠 우려가 있다. 자본이 대중에게 그토록 순진한 자세를 취하는가? 자본의 교활함과 그것을 주무르는 자들의 간교함을 우리는 이미 너무도 잘 알고 있다.

3. 신성에 이르는 길

정찬이 그토록 갈망하는 신성에 다다르는 방법은 없는가? 정찬은 타락한 현실 속에서 조심스럽게 신성에 이르는 길을 모색하고 있다. 그리고 다음과 같은 방식으로 신성을 향해 난 길에 올라서고자 한다.

첫째, 샤먼이 되는 길이다. 이 방식은 정찬이 신성에 다가가는 방법이기도 하다. 샤먼이란 신성한 존재와 접촉하고 교류할 수 있는 선택받은 인간이다. 샤먼은 무엇을 도구로 신과 교류하는가? 그것은 바로 말이다. 진실된 말, 이 살아있는 말로 '신성한 집'을 지으려는 간절한 노력이야 말로 정찬이 끝없이 고민하는 것이다. 정찬은 권력을 획득한 거짓 샤먼이 권력 유지를 위해 말의 의미를 훼손시킨 것과는 다르게, 신과 인간의 충실한 중재자로서의 참샤먼이 되어 신성에 이르기를 희망한다.

「슬픔의 노래」에서 정찬의 다음과 같은 진술은 참샤먼이 어떻게 될 수 있는가에 대한 진지한 모색이다. 그것은 신성 부재의 현실에서 참샤먼(진정한 예술가)의 길이 과연 무엇인가에 대한 질문이기도 하다.

> 예술가란 어둠 속에서 빛을 찾는 사람이다. 그런데 그 빛은 슬픔의 강 너머에 있다. 이제 내가 당신들한테 질문하고 싶다. 슬픔의 강을 어떻게 건너는가?
>
> 「슬픔의 노래」, 같은 책, 244쪽

슬픔의 강을 건너는 데는 두 가지 방법이 있다.

> 배를 타는 것과 스스로 강이 되는 것. 대부분의 작가들은 배를 타더군요. 작고 가볍고 날렵한 상상의 배를.
>
> 「슬픔의 노래」, 같은 책, 280쪽

위의 진술은 정찬이 민족의 비극인 광주를 소재로 해 서푼짜리 상상력을 덧칠해 작품을 쓰지 않겠다는 결의로 들린다. 그것은 정찬이 "스스로 강이 되어", 즉 진혼굿을 울리는 샤먼이 되겠다는 의지의 표명이다. 그럴 때 정찬은 광주의 가해자나 피해자와 동일시되어 지금보다 더욱 절실히 피를 토하는 공수를 내뱉을 것이다.

둘째, 변신을 하는 것이다. 인간이 자기의 현존재에 만족하지 못하고 근본적인 실존마저 위협당하는 신성 부재의 시대에서, 변신 욕망은 신성에 다다르고자 하는 간절한 염원으로 해석할 수 있다. 『아늑한 길』에 나타나는 많은 변신 모티프는 모두 신성을 지향하는 인간의 욕망 표현이다. 그러나 소설 속의 인물들이 변신을 하는 곳은 실제에서가 아니라 꿈이나 환각 속에서이다.

여기에서 말하는 꿈이나 환각은 심오한 의미를 지닌다. 왜냐하면 꿈은 "신성이 깃드는 곳"이기 때문이다. 「별들의 냄새」에서 강문규는 변신을 한다. 어둠 속에서 손이 내려와 강문규의 살을 벗기자 빛이 몸에 닿는다. 그러고 나자 몸에서 새로운 살이 일어난다. 그는 마침내 새로운 생명으로 태어난 것이다. 「새」에서 박영일은 벌레들이 뜯어먹은 자신의 몸을 보았다. 그것은 자신의 몸이자 광주 사람들의 몸이기도 했다. 어디선가 물소리가 들려온다. 따뜻한 생명의 기척을 지닌 그 물소리는 벌레들이 유린한 황폐한 땅에서, 흥건한 핏물 속에서, 으깨지고 찢겨진 넋 속에서 추악한 박영일의 몸뚱이를 새로운 생명으로 변신시킨다.

「종이날개」의 지미숙은 자식을 보호하지 못한 죄의식에 사로잡힌 인물이다. 그런 그녀가 변신을 한다. "죄의 덩어리인 그녀의 육신이 순식간에 다른 존재로 바뀔 수 있다는 것"으로 그녀는 황홀하다. 이처럼 변신은 고통을 황홀로, 그리하여 신성의 세계로 진입하는 입구를 열어주는 것이다.

셋째는 꿈이나 환각에 의존하는 방법이다. 프로이트에 따르면 꿈이란 "억압된 소망의 위장된 충족"이다. 「산다화」에서 김석훈은 꿈을 통해 물에 잠긴 고향의 옛 모습을 볼 수 있다. 꿈속의 고향은 "풀과 나무들이, 햇살과 바람과 흙과 꽃과 나비들이 아름다운 세상을 만드는" 곳으로 그려진다. 「아늑한 길」에서 김인철은 꿈속에서 "천사의 야곱을 향해, 새는 여인에게, 여인은 하늘의 보이지 않는 신에게 속삭이고 있는" 환상을 보는데 천사가 사용하는 언어는 아랍어이다. 여기에서 고향이나 아랍어가 신성의 이미지와 다르지 않다는 것은 쉽게 알 수 있다. 또한 「새」에서 생명의 기적인 물소리를 듣는 것이나 「산다화」에서 김석훈이 듣는 어머니의 노랫소리는 모두 환청에 의한 것이다. 그러나 가짜 욕구충족이나마 환각이 깨지는 순간 소설 속의 인물들은 순식간에 비참한 존재로 전락해버리고 만다.

정찬의 소설이 신성을 지향한다는 말은 이미 했다. 그러나 정찬은 현실에서 그 누구도 신성의 세계에 도달할 수 없다는 비극적 세계관을 보여준다. "신과 인간의 사이에는 깊은 강이 흐른다. 너무나 깊어 감히 들여다볼 수조차 없는 강"이라는 진술이나, "…… 신이 만드는 세계는 인간이 이룰 수 없는 세계이며, 현실로 존재하지 않는 세계이다. …… 그리움의 힘으로 빛을 향해 나아가는 것. 그 길은 완성을 향한 길이나 완성을 볼 수 없는 길이다. 죽음을 뚫고서도 끝나지 않는 길. 시간 속에서 시간 너머로 영원히 이어지는 길 ……"의 진술은 정찬의 비극적 세계관을 증거하는 것이다.

그럼에도 인간은 신성에 다다르려는 노력을 해야 한다. "아직도 신성은 우리 주위 곳곳에 살아 숨쉬고 있"기 때문이며, 인간들이 물질화되지 않은 꿈과 영혼으로 신성을 갈망한다면 "신성한 숲은 우리들에게 청명한 산소를 공급해줄"지도 모른다는 실낱 같은 희망을 버릴 수 없기 때문이다. 만일 이런 노력이 없다면, 세상은 전쟁과 기근과 지진, 피 섞인 우박과 불의 세례를 면치 못할 것이며 해골 모습의 영혼들은 쇠사슬에 묶일 것이다.

이토록 세계에 대한 비극적 인식을 하고 있음에도 정찬이 인간에 대한 믿음과 애정으로 신성에 이르는 길을 모색하는 작업은 소중할 수밖에 없다.

제 3 부

박범신의 「골방」에 나타난 집과 방의 다의성 고찰

1. 「골방」에 내재된 집과 방의 다양한 의미

집은 인간의 삶과 불가분의 관계를 맺고 있다. 오늘날처럼 복잡다단한 사회에서 영향력이 감소하기는 했어도 거처의 중심으로, 또 가족 간에 친밀감을 유지하고 강화하는 공간으로 그곳의 역할은 여전히 중요하다. 일상적 삶을 살아가는 사람들 대개가 생애의 많은 시간을 집에서 보내는 것도 그곳이 복잡한 현실의 상황만이 고려되는 외부세계와의 단절을 통해 거주자들에게 정향감(定向感)[1]을 제공하기 때문일 것이다. 물론 집이 언제나 긍정적인 기능만을 수행하지는 않는다. 그곳은 때로 생계의 문제가 첨예하게 집약되는 현장이자 불화로 인한 가족 간의 격전지이며, 개인의 사생활을 억압하고 소외와 무기력을 야기하는 부정적 장소가 되기도 한다. 이때 집은 안정적인 휴식처라기보다 되레 구성원들을 불편하게 만드는 공간이 된다. 그럼에도 바슐라르가 집을 "인간에게 안정의 근거

---

1) 이-푸 투안은 이를 "세계 속에 안전하게 존재한다는 느낌"으로 정의한다. Yi-Fu Tuan, 『공간과 장소』(구동회 · 심승희 역), 대윤, 2007, 143쪽.

와 그 환상을 주는 이미지의 집적체"2)로 규정한 것에서 알 수 있듯이 그곳은 대체로 따뜻하고 포근한 이미지로 기억된다.

이처럼 보통사람들의 생활 근거지인 집은 필요에 따라 부속공간이 구획되어 있다. 방, 거실, 주방, 욕실 등이 그것들인데 이 중 방은 주거의 기본적 기능을 제공한다. 이는 그곳이 보다 개인적이고 독립적인 공간이기에 가능하다. 방은 이처럼 사생활을 보장하는 최소의 단위로 기능하여 그곳에서 개인은 내밀한 판타지를 꿈꿀 수 있다. 바슐라르가 "나의 방이었던 방의 도면을 그려 보이는 것"이 "나 혼자만이 지난 세기의 내 추억들 속에서, 그 독특한 내음"3)을 여는 것이라고 언명한 것도, 개인 고유의 비밀은 오롯이 혼자만의 방에서만 가능하다는 사실을 통찰한 결과라 하겠다.

이 글에서 논할 박범신의 「골방」에는 그러한 집과 방에 대한 다층적 의미가 잘 드러나 있다. 이 작품은 작가가 인기작가의 절정에 있던 1993년 12월 돌연 절필을 선언하고 약 삼 년여의 침묵 이후 1996년에 발표한 「흰 소가 끄는 수레」, 「제비나비의 꿈」 다음의 세 번째 소설이다. 이 것들과 몇 작품이 추가된 창작집 『흰 소가 끄는 수레』에서 작가가 밝힌 대로, 이 연작 소설집은 "글쓰기를 중단하고 있는 동안 내가 아프게 만났던 자기성찰의 보고서"4) 성격이 농후하다. 그런 까닭에 이 작품집에 수록된 작품들은 대체로 작가의 '자기갱신의 서사'라는 맥락에서 평자들에게 분석되었다.5) 그들의 분석 방법이 이 작품집 비평에 가장 적합해

---

2) Gaston Bachelard, 『공간의 시학』(곽광수 역), 동문선, 2003, 95쪽.
3) 위의 책, 90-91쪽.
4) 박범신, 「작가의 말」, 『흰 소가 끄는 수레』, 창작과비평사, 1997, 7쪽.
5) 작가 개인의 실제적 삶을 작품의 인물과 동일시하는 해석법에는 역사주의적 오류의 위험
  성이 존재하는 것이 사실이다. 하지만 작가 스스로 '자기성찰의 보고서'라 언급했고, 또
  작품 주인공의 의식과 생활상이 절필 이후 박범신의 궤적과 다르지 않음을 확인한다면,
  이 글의 논의에서 위의 위험성은 무시해도 좋을 듯하다. 본문에서 언급한 대로 '자기갱신

보이는 것은 부인하기 어렵다. 절절한 '자기성찰 보고서' 격인『흰 소가 끄는 수레』에는 한 작가의 통절한 내면이 진솔하게 고백되어 있기 때문이다.

그러나 그런 방식만의 해석은 이 작품집의 다른 성과를 조명하는 데에 방해가 되기도 한다. 이 글에서「골방」에 내재된 집과 방의 다양한 의미를 고찰하려는 이유도 평자 다수의 해석 배면에 감추어진 작품의 또 다른 의미를 살피려는 데에 있다. 물론「골방」에서 드러나는 집과 방의 다층적 함의가 작가의 '자기성찰'과 무관할 수는 없다. 어떤 면에서는 작가의 참혹했던 내면 성찰의 과정이 그것들에 의해 극적으로 드러나기도 한다.「골방」에 나타나는, 이제는 터만 남은 주인공 생가와 그 '아랫방', 유년기의 짚단더미 '골방', 신혼시절의 '불광동 어둡고 작은 방', 인기작가가 된 이후의 창 넓은 '세검정 집'과 그 집의 '막둥이 방', 성찰의 공간인 용인 굴암산 자락의 '외딴 집', 그리고 소설 안의 '골방' 과 '명도 높은 방' 등에는 작가의 전 생애가 축약되어 있는 것이다. 거기에서는 작가의 지난 삶과 그에 대한 반성 및 성찰, 그리고 작가로서뿐 아니라 한 인간으로서의 신생 의지를 추출할 수 있다.

그럼에도 집과 방의 다양한 의미를 통한 이 작품의 본체는 아직 제대로 구명되지 않은 듯하다. 이 글에서는 그 점에 주목하여 박범신의「골방」을 분석하고자 한다. 이 작품에 나타난 집과 방을 중심 해석소로 하여 연구 목적을 성취하면「골방」은 보다 풍성한 의미를 획득할 수 있을 것이다. 그 작업은 또한 한 작가의 전 생애와 내면을 보다 깊이 있게 이

의 서사'의 관점에서 작품을 분석한 글로 다음의 것들이 있다. 김치수,「부랑의 세계 혹은 깨달음의 길」,『흰 소가 끄는 수레』해설, 창작과비평사, 1997, 277-288쪽 ; 남진우,「성찰적 자아와 회귀의 서사」,『숲으로 된 성벽』, 문학동네, 1999, 344-364쪽 ; 백지연,「갱생과 부활의 도정」,『서평문화』28호, 한국간행물윤리위원회, 1997 겨울, 37-42쪽 ; 하응백,「여러 각도로 세상 보기」,『낮은 목소리의 비평』, 문학과지성사, 1999, 315-316쪽.

해하고 작품세계 변화 가능성을 조심스럽게 예견해볼 수 있게 한다는 점에서도 의의가 있다.

2. 「골방」에 나타난 집과 방의 다층적 의미

1) 세계인식의 기원지와 자기갱신의 공간

과거에 임산부의 출산은 대체로 집에서 이루어졌다. 그것은 서울과 같은 대도시나 지방의 중·소 도시 산모들 대개도 마찬가지여서 많은 신생아들은 이웃의 할머니나 산파의 도움으로 세상의 빛을 보았다. 1946년생 박범신이 출생하던 시기에는 가정에서의 출산이 일상적이었다. 그런 점에서 시골 출생인 그가 집에서 태어난 것은 자연스럽다. 게다가 딸 일곱에 아들 하나를 두었던 「골방」의 주인공 어머니는 그 아들을 홍역으로 잃어 나이 마흔에 마지막으로 아들 낳기를 염원하는 사람이다. "지지배면 엎어놔버릴" 독심까지 품은 그였기에, 딸을 낳을 것을 우려했던 어머니로서는 산부인과나 이웃의 도움이 더더욱 언감생심이다. 어머니는 오로지 주인공 누나들만의 조력을 받아 출산을 위해 애를 쓰고 원하던 아들을 낳자 이웃에 소문을 내기 위한 작은 소동까지 불사한다.

그러나 정작 태아는 어머니의 자궁 "밖으로 밀려나가지 않기 위해 용을" 쓴다. 태아는 세상에 자신의 몸이 "내던져지는 순간 넝마 같은 피젖은 이불에 엎어져 살해될 것"이라는 본능적 공포감에 떨고 있다. 그렇게 어머니의 자궁에 머물러 있기 위해 고투를 벌이지만 결국 태아는 세상에 나온다. 태아가 처음으로 대면한 세상은 안온하고 평화롭지 않다. 태아에게 그곳은 '살기 가득한 광채'가 번뜩거리는 표독스러운 곳으로 인식된다. 세계를 부정적으로 인지하는 시각은 성장 과정에서도 변함이 없어 그에게 세상은 불화로 가득한 공간일 뿐이다.

그런 집에서 주인공은 여느 가정에서와 같은 따뜻함을 느끼지 못한다. 집보다는 집 밖에서의 삶이 되레 편했던 주인공은 고향 어디에서나 흔한 '짚단더미' 속에서 위안을 얻는다.6) 짚단 안쪽으로 깊숙이 들어가 누우면 온통 불화만이 존재하는 세상과 격리되어 아늑함에 빠져드는 것이다. 어머니의 품보다 포근한 그곳은 그렇게 유년기의 주인공이 '친밀성을 경험하는 장소'가 된다. 주인공의 짚단더미 순례는 초등학교를 마칠 때까지 계속된다. 유년기의 그에게는 오직 그곳만이 출생 이전에 선험적으로 감지했던 '깊은 자궁'의 안락함을 맛보게 하는 유일한 공간이기 때문이다.

하지만 그곳도 주인공의 성장으로 더 이상의 안락을 선사하지 못한다. 이때부터 주인공의 길고 긴 부랑은 시작되는데, 그것은 주인공이 그토록 열망했던 세검정에 새 집을 짓고서도 근절되지 않는다. 아니 주인공의 전 생애는 부랑의 연속이었다 해도 과언이 아니다. 그랬던 그가 삶의 방식을 바꾸려는 강한 의지를 드러내는 지점은 고향집터에 들어서서이다. 예정에 없던 주인공의 귀향길은 막둥이와의 갈등에서 연유되었다. 열일곱 살 고등학생인 막둥이가 심야에 어머니의 차를 몰고 나가려는 것을 목격한 주인공이 아예 자식에게 운전대를 맡기고 고향길로 향하게 된 것이다. 오는 내내 둘의 이야기는 겉돌고 고향 마을에 들어서서는 부자간의 갈등이 증폭된다. 그 극점은 "아부진 왜…… 왜…… 절 없애라 했

---

6) 이 푸 투안은 어린 아이에게 부모가 제일의 '장소'임을 주장한다. 부모는 자식에게 양육을 통해 안정적인 안식처의 역할을 하며, 동시에 이해할 수 없는 세상의 수다한 질문에 답을 해주는 '의미의 보증인' 구실을 한다는 것이다. Yi-Fu Tuan, 앞의 책, 222쪽 참조. 그러나 부모로부터 위안과 지혜를 구할 수 없었던 주인공에게는 '짚단더미'가 현실도피의 은신처가 된다. 짚단더미로 구현되는 밀폐의 공간은 유년기의 주인공에게 요나 콤플렉스 (Jonah complex)를 충족시켜주는 자궁의 역할을 한다. 범박하게 말해 어머니 뱃속에 있을 때와 같은 행복한 상태로 되돌아가고 싶은 퇴행적 욕망을 요나 콤플렉스라 한다면, 주인공은 모태 같은 짚단더미에서 외부와 단절하고 안정을 취한다 할 수 있는데 이러한 행위는 현실원칙에서 이탈하고자 하는 강한 욕망의 발현이다.

어요?"라는 질문에서 폭발한다. 주인공은 이전에 자신의 세속적인 욕망으로 막둥이를 임신한 아내에게 낙태를 종용했는데, 그 사실을 안 막둥이가 불쑥 심문하듯 아버지를 곤경에 빠뜨린 것이다. 적절한 답을 찾지 못해 우물거리던 주인공은 아들의 말에 자신의 지난 삶을 회고한다.

부자간의 이러한 대화가 주인공의 생가 터가 있는 고향 마을에서 이루어진다는 사실은 의미심장하다. 이 푸 투안의 언급대로 대개의 인간은 "고향을 세계의 중심"[7]으로 간주하는 경향이 있다. 이는 그곳이 한 인간의 출생지이자 가족관계의 근원지인 동시에 과거의 경우 문중 사람들과 공생하는 장소이기 때문일 터이다. 즉 고향은 인간에게 부모와의 혈연을 환기시키고 그것을 수긍하는 인간은 고향이 바로 자신의 뿌리라는 점에 동의한다. 그러나 고향에 온 「골방」의 주인공은 막둥이의 억울한 항변으로 가계(家系)가 부정당할 위기에 봉착해 있다. 물론 막둥이 위로 형과 누나가 있으니 절손(絶孫)이 될 리는 없다. 하지만 주인공이 바로 고향땅에서 자식으로부터 응어리진 고백을 듣는다는 것은 혈연의 뿌리가 되는 고향 본연의 의미를 퇴색시키기에 모자람이 없다. 그런 연유로 주인공의 충격은 더욱 커진다.

그런 한편으로 고향은 인간의 일시적, 혹은 영속적인 회귀처이기도 하다. 「골방」에서 주인공이 고향으로, 그리고 그곳의 생가로 이동하는 것도 일종의 자아회귀의 도정이라 할 것이다.[8] 그러나 이 작품에서 주인공의 회귀는 지극히 일시적이고 즉발적인 결과물인데 그 사단은 앞에서 밝힌 대로 막둥이의 심야 운전에 있다. 그럼에도 터만 남은 고향집 앞에

---

7) 위의 책, 239쪽.
8) 남진우는 이 회귀의 의미를 보다 전 방위적으로 해석해, 『흰 소가 끄는 수레』 전체를 "이 소설집은 시간적으로는 과거를 향해 떠나며, 공간적으로는 현재 실제 살고 있는 집으로부터 점차 멀어져 보다 근원적인 집으로 가까이 가는 회귀의 서사로 이루어졌다"고 본다. 남진우, 앞의 책, 353쪽.

서 주인공이 깨달은 바는 적지 않다. 그는 막둥이의 말로 촉발된 세속적 욕망과 살의의 본능으로 들끓었던 과거를 회상한다. 그리고 내면에서 그 것을 획책했던 필생의 적과 그가 일전 불사의 전의를 다지는 것은 결국 고향집에서 깨달은 자아의 본질과 대결하려는 의지의 발로이다.

> 나는 고향집 그늘 속으로 내 시선의 화살을 먼저 쏘아보냈다. 놈이 거 기 있었다. 평생 동안 어둡고 습한 내장 어디에 달라붙어 내 살의를 부 추기고, 피 흘리는 부랑을 획책하며, 그러면서도 꽃뱀처럼 고혹적인 자 태로 나를 끌어당기던 야수, 야수이며 천사인 냉기이며 온기인, 어둠이 며 빛인, 그 선험적인.
> 나는 힘있게 걸어 고향집으로 갔다.
>
> 「골방」, 『흰 소가 끄는 수레』, 153쪽

이런 의지와 함께 고향집의 허물어진 빈터에서 주인공이 최종적으로 되돌아본 것은 "여기의 나는 누구인가"인데, 이는 곧 부랑의 삶을 살았 던 그가 현재의 자신에게 던진 통절한 질문과 다르지 않다.

2) 생활의 장, 창작과 성찰의 공간

단칸방에서 온가족이 생활하거나 방을 누군가와 공유해야 할 때에 그 곳은 사적 공간으로서의 기능을 온전히 행할 수 없다. 그런 현실은 경제 적 여건으로 발생할 터이지만 방을 함께 쓰는 당사자로서는 일정한 불 편을 감내해야 한다. 고도의 집중력을 요하는 작가들에게 그런 상황의 고통은 특히 심대할 것이다. 대개의 작가들은 정밀한 고독 속에서 내면 으로 침잠하여 진실한 문장을 쓴다. 작가는 자신의 전유 공간에서 일상 적 삶과 단절하고 좋은 작품을 위해 분투하는 것이다.[9] 그러나 집안에

---

9) 작가에게 자기만의 조용한 창작 공간의 필요성, 혹은 중요성은 다음의 글에서 확인할 수

서 독자적으로 사용하는 서재나 외부에 마련한 작업실이 없는 이상, 작가에게 집은 가족과 생활해야 하는 삶의 현장이자 인간과 세계를 성찰하고 작품을 써야만 하는 집필실이 된다. 그런 여건에서 작가는 생활인과 예술가라는 이중적 삶을 영위하고 집 또한 보금자리와 창작공간으로서의 양가적 기능을 수행할 수밖에 없다. 아쉽게도 우리나라 거개의 작가들 사정은 그리 여유롭지 않았던 것이 사실이고 박범신 또한 작가 생활 초기에는 그런 정황에서 자유로울 수 없었다.

과연 「골방」에는 주인공이 비좁은 단칸방에서 식구들과 부대끼는 가운데 작품을 쓰기 위해 고투하는 장면이 나온다. 「골방」에 진술된 대로 등단 초기부터 시종일관 "나는 작가라는 이름으로만 살고 싶었고, 작가로 불리기 바랐으며, 작가로 죽고 싶었을 따름"이었던 그에게 소설에 대한 열망은 세상의 그 무엇보다도 절대적이었다. 그렇기에 '불광동 어둡고 작은 방'에서 처자와 복작거리며 창작을 병행하던 그는 잉태된 새 생명을 낙태시키라고 아내를 강압하는데, 그것은 아내가 아이를 출산하였음에도 불구하고 지속적으로 반복된다. 생활고와 무명작가의 설움에 시달려도 소설만이 삶의 최고 가치라 굳건히 믿는 주인공이기에 셋째의 출산은 창작의 방해물 정도로밖에 여겨지지 않는 것이다.

「골방」에서 주인공과 막둥이 아들의 갈등은 바로 이 사실로부터 연유한다. 그런 고충을 겪었던 그는 인기작가가 되어 세상 속으로 질주한다. 그러는 중에 명리도 얻어 마침내 마흔네 살 되던 해의 봄, 이제 그는

있다. 롤프—베른하르트 에시히는 버지니아 울프가 '자기만의 방'을 요구했던 점의 타당성을 거론하며 괴테, 윌리엄 포크너, 릴케, 마르셀 프루스트 등의 창작 공간의 풍경을 그려낸다. 서구 작가들과 한국 작가들의 창작 환경을 수평 비교하는 데에 무리가 있기는 하지만, 이들 작가들에게 공히 필요했던 것이 공간의 절대 정적이라는 사실만큼은 분명하다. Rolf-Bernhard Essig, 「자기만의 방에서 비밀스럽게」, 『글쓰기의 기쁨』(배수아 역), 주니어김영사, 2010, 180-185쪽 참조.

"세검정 남향받이 전망 좋은 땅"에 열다섯 살 때부터 고대했던 자기의 집을 짓는다. 그 집에 주인공의 서재가 마련되었을 것은 당연할 터이고 그는 여전히 문학에 대한 갈급증에 시달리며 창작에 매진한다.

그러다 문득 그는 자신이 이제껏 써온 소설을 보고 그것들이 '가짜'였다는 사실을 통절히 깨닫게 된다. 그것은 곧 "문학이 과연 무엇이고 어디에 바쳐져야 하는가."[10]라는 본질적 질문과의 대면일 터인데, 지난 날 굶주린 듯 써온 자신의 작품에서 답을 발견할 수 없는 주인공이 고민 끝에 선택한 방안은 절필이었다. 절필 후 그가 달려간 곳은 용인 굴암산 자락의 외딴집이다. 그곳에서 보편적인 집이 제공하는 안락을 느낄 여유는 없다. 그에게 그곳은 글쓰기로부터의 도피처에 불과할 따름이다. 하지만 작가가 글을 쓰지 않는다 해서 창작 작업이 중단되는 것은 아니다. 용인 시절에 경험했던 『사랑의 이해』와 '불교의 역사를 서술한 책'에 대한 독서 장면, 어린 쑥새 관찰 장면과 그것을 통한 성찰의 내용 등이 「골방」에 고스란히 드러난다는 점은 그 사실을 증명한다. 용인의 외딴집에서 주인공이 그 작업을 쉬지 않고 수행하여 『흰 소가 끄는 수레』 연작들 중 다섯 편을 창작했다는 점을 고려하면, 그곳이 작가에게 창작과 성찰의 중요한 공간이었음은 분명하다.

「골방」에서 주인공이 반성하고 인식의 전환을 이루는 것들로는 첫째 인간의 삶 자체가 형벌이라는 것, 둘째 생명에의 참된 사랑을 알지 못했던 것, 셋째 자기 소설의 명도에 관한 것이다. 우선 첫 번째 내용은 주인공이 작가라는 호칭에 대한 과도한 의미부여로 발생한 것이다. 주인공은 열심히 글을 쓰던 때에도 그것에 대해 모르는 바는 아니었으나 용인 외딴집에 들어앉아 쑥새나 콩새 같은 철새들과 마주하지 않았더라면 보다

---

10) 박범신, 앞의 글, 6쪽.

깊이 깨닫지 못했을 터이다. 즉 주인공이 부랑의 길에서 끊임없이 분열하고 고뇌하는 이유는 그가 작가여서가 아니라 그것이 세상의 인간 모두가 짊어진 천형인 것이기 때문이다. 그렇기에 생존과 생활의 번뇌는 인간의 숙명이라 할 수 있다. 그러나 이제껏 주인공은 "작가라는 이름의 우상"에 갇혀, 작가인 자신만이 특별히 그 천형을 담지하고 감내할 수 있는 인간이라고 착각했던 것이다.

또한 그는 마당을 뛰어다니는 쑥새나 콩새들이 캄차카에서부터 용인 굴암산 외딴집 앞마당까지 수천 리를 비행했다는 사실을 인지한다. 그것도 낮에는 잡혀 먹지 않으려고 밤에만 여정을 재촉했던 것인데, 오로지 생존과 생활의 최적지를 찾아 이동하는 그 새들의 모습은, 곧 태어나면서부터 고단한 삶을 살 수밖에 없는 인간의 실존적 자화상과 다르지 않다. 그런 생의 전장에서 작가가 진 짐이 일반인의 그것보다 무겁다고 할 수만은 없는 것이다.

두 번째 성찰의 내용인 생명에의 참된 사랑은 바로 주인공이 자식과 갈등한 결과물이다. 고등학교 일학년생인 막둥이는 밤에 무면허로 어머니의 차를 몰고 질주하는 문제아이다. 학교에서는 잠만 자고 공부는 아예 뒷전이다. 아버지에 대한 표면적인 그의 불만은 가정사를 방기하고 처자에 무관심한 것에 있는 듯하다. 막둥이는 아버지에게 "아부지가 엄마의 뭘 알아요? 누나와 나의 뭘 알아요? 세상 짐은 다 짊어진 것처럼 말하면서……"라고 억눌린 심사를 터트린다. 하지만 반발의 기저에는 자신을 낙태하라고 했던 아버지에 대한 적대감이 강력하게 잠재한다. 막둥이는 "없애버렷, 없애버렷, 없애버렷" 하는 젊을 적 아버지의 목소리를 현실에서도 환청처럼 들을 정도이다. 그런 아들의 심적 고통을 주인공은 수긍할 수밖에 없다. 젊은 시절의 주인공은 작가로서의 부박한 욕망에 시달렸고 생명의 소중함이나 우주적 원리와 질서에 대한 이해가 턱없이 부족했기 때문이다. 고향집으로 가는 길에 주인공은 그 시절 자신의 모습을 괴롭게 토로한다.

> 그(막둥이-인용자)의 말은 따져보면 모두 사실이었다. 나는 너무 가난했고, 생명에의 참된 사랑을 알지 못했으며, 세상을 잔뜩 미워하고 있었다. 그리고 무엇보다 나는 철이 없었다. 우주가 얼마나 넓은지, 부리로 알을 깨뜨리고 나오는 어린 새가 얼마나 고통스러운지, 쑥새나 콩새들이 왜 머나먼 길을 떠나 시베리아와 남녘 땅을 왕래하는지, (중략) 다만 나는 그저 작가라는 이름으로만 살고 싶었고, 작가로 불리기 바랐으며, 작가로 죽고 싶었을 따름이었다.
>
> 「골방」, 같은 책, 152-153쪽

마지막의 성찰은 자신이 지금까지 써왔던 소설의 명도에 대한 고찰이다. 이는 작품에서 "소설의 집에선 어떻게 창을 내고 어떻게 불확실의 어둔 방을 만들어 배치해야 되는지 나는 몰랐다"라고 표현되는데, 이 점에 대해서는 다음 장에서 상론할 것이다. 이처럼 용인의 외딴집은 주인공이 지난날의 삶을 반성하고 인간과 세계에 새로운 각성을 이루게 하는 역할을 한다. 비록 주인공이 집필에 몰두하지는 않고 있지만 그의 쓰라린 회오는 '자기갱신'의 거름이 되고 마침내는『흰 소가 끄는 수레』의 작품들로 결실을 맺는다.

이와 함께 주목해야 할 공간은 주인공이 절필 후 머무는 용인 외딴집 근처의 모친 묘원(墓園)이다. 산 자에게 누군가의 무덤은 고인을 모신 추모의 장소이고 사자(死者)에게는 영육(靈肉)의 집이 된다.[11] 용인 굴암산 너머에 묻혀 이제는 백골로 풍화했을 어머니의 숨결과 손길을 느끼며,

---

11) 이는 무덤(tomb)의 상징적 의미에서도 알 수 있다. 무덤은 대지의 자궁, <대지모신大地母神>의 자궁이며 혼을 가두는 육체를 상징한다. J. C. Cooper,『그림으로 보는 세계 문화 상징 사전』(이윤기 역), 까치, 1994, 412쪽.

주인공이 어두운 밤길을 나서 묘원에 가는 것은 그곳에 여전히 어머니의 혼이 잠들어 있다는 믿음 때문이다. 분열과 상처로 고통 받는 주인공은 그곳에서 어머니의 "자궁 속, 깊은 골방"을 추체험하며 위로를 받는다. 그렇다고 주인공이 짊어진 고민의 짐을 완전히 내려놓지는 못한다. 주인공은 진솔하게 자신의 심사를 토로하고 해답을 구하기 위해 애를 쓸 뿐이다. 그럼에도 그곳은 주인공에게 삶의 성찰을 궁구하도록 조력하고 위로하는 기능을 한다.

3) 집과 방의 명도 대비와 소설의 구조

「골방」에서 주목해야 할 또 하나는 방의 명도에 관한 것이다.[12] 밝은 집에 대한 주인공의 집착은 지난 삶에서 연유한다. 그는 열다섯에 서울로 가출했다 귀향하면서 '창이 넓은 집' 하나 짓기를 다짐했다. 그에게 집짓기는 앞으로의 삶이 '부랑의 연속선상'에 놓일 것 같다는 강렬한 예감과 내면에서 불꽃처럼 타오르는 살의를 잠재울 수 있는 긴요한 방책이었다. 아울러 밝은 집에 대한 열망은 그가 살았던 '살의의 골방'에 자식들만큼은 발을 딛지 않기를 바라는 부정(父情)의 표식이기도 하기에 창이 넓고 밝아야 한다는 설계의 조건은 확고했다. 마침내 그는 마흔네 살에 "세검정 남향받이 전망 좋은 땅"에 집을 짓는다.

이 작품에서 방의 명도는 단순히 물리적 현상으로만 국한되지 않는다. 방의 밝기 문제는 등단 이후 누구보다도 열심히 작품을 생산했던 주인공이 자신의 작품에 비유해 그것을 객관적으로 조망하는 일로 연관된다. 그리고 그는 방의 명도를 창작 행위와도 연결해 면밀히 고찰한다. 그 결

---

12) 김화영은 「골방」을 "대립적인 두 세계의 상관관계 혹은 갈등관계"로 파악하고 작품에서는 그것들을 "어두운 골방과 창 넓은 집 혹은 광장, 닫힌 세계와 열린 세계, 음습함과 밝음, 달빛과 햇빛" 등으로 제시한다. 김화영, 「햇빛 잘 드는 집 짓기의 꿈」, 『소설의 숲에서 길을 묻다』, 문학동네, 2009, 110쪽 참조.

과로 파악한 것은 이제껏 고투하며 지었던 '소설의 집'이 하나 같이 "방마다 창이 넓은 남향집"이라는 사실이다. 이 '소설의 집'에서는 "모든 게 명징하고 투명하게 보여" 독자에게 휴식과 여운을 남기지 못한다. 박범신은 자신의 이러한 작품 특성을 '명료성'으로 정리하고 그에 관한 생각을 박완서 소설의 감상평과 접목해 다음과 같이 밝힌 적이 있다.

> 박완서 소설은 명료하다. 명료해서 독자가 기대 쉴 공간이 없다. 그곳엔 잔혹하리만큼 정확한 포스터의 인과론이 행간마다 거미줄처럼 얽혀 있다. (중략) 데뷔한 지 나도 어언 20여 년. 박완서의 인과론적 리얼리즘 확대경은 박완서 선생의 것이고, 곧 20여 년간 간직해 온 나의 것이기도 하다. 그 확대경 하나 들고 밤낮없이, 심지어는 잠잘 때조차 오직 가면 뒤의 굴절, 불화, 갈등, 상처만을 들여다보고 그것의 원인과 결과를 자연과학적으로 따져 빈틈없이 재배열하는 작업, 소설쓰기. 그 짓을 20여 년 간이나 줄기차게 해오다니.13)

이 언술을 소설 구조론의 측면에서 살피면, 먼저 박범신의 작품들이 이제까지 완고한 인과론의 규율에 얽매여 일련의 사건과 인물의 행동이 필연성의 고리 안에서 직조되었음을 일러준다. 작가로서 작품의 새로움에 도전하는 것은 당연하다. 박범신 역시 작품세계의 스펙트럼을 확장하려는 욕구가 없었을 리 만무하다. 물론 절필 이전의 작품들에서도 그런 흔적이 엿보이기는 하지만, 창작 생활이 지속될수록 관성적으로 작품을 쓴다는 자괴감에 작가는 시달린 듯하다.

다음으로는 소설의 명료성에 관한 문제이다. 명료한 소설은 독자와의 소통을 용이하게 한다. 그것을 위해 작품에는 문학적 관습이 차용되기도 하는데, 소설의 명료함은 그 반대급부로 작품을 다 읽은 독자에게 깊은

---

13) 박범신, 「어느 40대 남자의 하루」, 『적게 소유하는 자가 자유롭다』, 자유문학사, 1994, 282쪽.

여운과 상상의 여지를 남기기 어렵다는 단점이 있다. 그 점은 곧 그의 작품이 독자와의 소통에는 성공했으나 그것은 작가가 관성적으로 전달하는 일방적인 메시지에 힘입은 바가 크다는 것을 뜻한다 하겠다. 돌이켜 보니 작가의 독자들은 텍스트의 수신자에 불과할 뿐, 그들이 직접 작품에 뛰어들어 창조적인 재해석을 하고 '지평을 확장'하는 데에는 실패했다. 그것이 독자만의 문제는 아니다. 애초부터 강고한 인과율의 원리에 의거해 완벽한 구성으로 짜여진 작품에는 해석의 지평을 넓힐 여지가 없는 것이다. 거기에 작가의 특기 중 하나인 "간결한 문체, 칼날 같은 감수성"14)이 덧보태지면 그의 소설에는 「골방」 주인공의 말마따나 '어두운 골방'이 들어앉을 틈이 없다.

소설에서 골방의 부재는 단순한 '글쓰기의 문제'로만 국한되지 않는다. 골방의 결핍은 근원적으로 자신의 삶의 본질에 맞닿아 있었던 것이다. 그 지점에서 주인공은 이제 물리적인 집이든 소설이든 간에 밝은 집을 지향했던 과거가 결국은 골방에 들 수밖에 없는 자신의 운명에 대한 강렬한 반작용이었음을 깨닫는다. 그가 그토록 부정하고 싶었던 음습한 골방이 소설론이나 삶과 맞물려 새로운 욕망의 대상으로 전화하는데, 아래의 인용문에는 주인공의 그러한 감정이 토로되어 있다.

왜 나는 이 순간까지도 내 소설의 집 속에 때로 천진한, 때로 습한, 때로 모든 사물이 녹아 섞이는 어두운 골방을 숨겨두지 못하는가. 이것은 단지 글쓰기의 문제가 아니라 삶의 본원(本源)이다, 라고 나는 자신에게 말했다. 내가 가진 겉구조의 사유체계엔 가짜 대답들이 가지런히 줄을 맞춰 서 있었다. 그러나 그 대답들이 가짜라는 걸 나는 이제 너무 확고하게 알고 있다. 대답은 나의 내장 어느 은밀한, 습하고 어두운 골방에

---

14) 박범신 소설의 특성을 문장과 문체의 측면에서 접근한 글로 백승철, 「「풀잎처럼 눕다」의 호칭구조」, 『제3세대 한국문학20−박범신』 해설, 삼성출판사, 1985, 459-461쪽.

겨울 뱀처럼 똬리 틀고 있을 터였다. 이놈아, 햇빛 아래 너도 나오거라. 나는 소리쳤다. 방마다 창을 내려는 것은 원심력의 상징이며, 그것은 결국 골방 안으로 들려는, 운명적 구심력에 대한 공포감의 반작용이라는 것을 깨달은 것은 봄이었다.

「골방」, 같은 책, 133쪽

위의 대목은 작가의 삶의 본질적 변화와 이후의 작품세계 변모를 예감케 한다. 이제껏 실행하지는 못했지만 밝음에 대한 경도는 결국 골방에 들려는 그의 본능적 몸짓의 또 다른 표현임을 깨달았기 때문이다. 앞으로 그의 소설에는 밝은 빛이 비추는 집 어딘가에 반드시 골방이 들어앉아 있을 듯한데, 창작 재개 이후 박범신은 다시 엄청난 양의 작품을 생산하고 있다.[15] 『흰 소가 끄는 수레』 이후의 작품세계를 논하는 일은 이 글의 주제에서 벗어난다. 하지만 그 변모 양상을 헤아리며 그의 작품을 읽는 일은 흥미로운 작업일 것이다.

3. 집과 방을 통해 드러난 삶의 궤적과 창작의 의미

이 글에서는 박범신의 「골방」에 나타난 집과 방의 다양한 의미를 고찰했다. 앞에서 살핀 대로 이 작품에 등장하는 집과 방은 물리적 공간으로서의 의미뿐 아니라, 공간에 대한 주인공의 심리적 친소감(親疏感), 그리고 작가가 이제까지 썼던 소설에 대한 은유를 포괄함으로써 매우 상징적이고 다층적인 성격을 지닌다. 주인공이 선험적으로 직감했던 최초의 골방인 모체의 자궁과 현재 칩거하고 있는 용인 외딴집 부근의 어머

---

15) 박범신의 소설 세계는 현재 다양하게 심화·확장되고 있는데 『흰 소가 끄는 수레』 이후 2013년 현재 출간된 책으로는 『향기로운 우물이야기』(2000), 『더러운 책상』(2003), 『빈 방』(2004), 『나마스테』(2005), 『촐라체』(2008), 『고산자』(2009), 『은교』(2010), 『비즈니스』(2010), 『나의 손은 말굽으로 변하고』(2011), 『소금』(2013) 등이 있다.

니 무덤에서 느끼는 "무기(無記)의 자궁 속, 깊고 깊은 골방" 간에는 오십여 년의 시간차가 존재한다. 또 주인공의 젊은 시절 거주지였던 불광동 셋집의 단칸방부터 1997년 용인의 집 사이에는 약 이십오 년가량의 세월이 경과했다. 그것은 주인공의 작가 활동 기간과 일치한다. 이런 시간의 흐름을 종합하면, 「골방」은 결국 주인공의 삶의 궤적과 창작의 의미가 집과 방이라는 장소를 통해 발현된 작품이라는 점을 알 수 있다. 그 과정에서 장소애(場所愛)나 비호성(庇護性), 혹은 그 반대인 경우가 나타나기도 한다.

그 양상을 집의 경우로 한정해 시간 순으로 정리하면 우선 불광동 셋집에서 살았던 시절로부터 거슬러 올라간다. 그때의 주인공은 등단 초기의 무명작가였고 소설의 열정과 경박한 작가적 욕망만이 가득했다. 그는 오로지 소설 때문에 생명의 소중함조차 모르고 막내를 잉태한 아내에게 인공유산을 강압했다. 다음으로 세검정의 창 넓은 집이다. 이 무렵은 작가가 인기작가로 질주하며 성공을 이루었던 시기이다. 그가 세검정에 집을 지은 이유는 부랑의 삶을 살았던 자신을 정착시키고 자식들에게만큼은 자기의 지난 삶과 달리 밝은 곳에서 자라기를 바라는 마음에서였다. 그러나 막둥이와의 갈등은 주인공의 의도가 그리 성공적이지 못했음을 확인시켜준다. 다음으로 용인의 외딴집이 있다. 이곳은 주인공이 절필 후 은거하는 공간이다. 그의 반성과 성찰, 그것들을 통한 새로운 작품 창작은 이곳에서 이루어진다. 그런 점에서 용인의 외딴집은 주인공의 자기갱신과 새로운 작품세계를 모색하게 한 장소가 된다. 마지막으로 터만 남은 고향집이 있다. 이곳은 주인공의 출생지이다. 주인공이 유년기 때 그곳은 불화만이 가득해 짚단더미가 그의 집을 대체하곤 했다. 그러나 그곳이 지니는 중요한 의미는 주인공이 용인의 외딴집에서 고민했던 것들을 아퀴 짓는 데 기여한다는 데에 있다. 주인공은 고향집 터에서 새롭게 나아갈 자기의 모습에 진지하게 고민하는 것이다.

다음으로는 집의 명도를 통한 작품세계의 변모이다. 이는 지난 시절 그의 작품이 독자에게 해석의 여지와 기댈 곳을 주지 못했다는 자책에서 비롯하는데 그 원인은 소설의 명료성에 있다. 그것을 작가는 소설의 집에 비유하고 자신이 지은 소설의 집은 너무 밝았음을 자책한다. 이제 그가 추구하려는 작품세계는 밝음 가운데 '어두운 골방'을 들이는 것인데 그것은 작가의 변모된 작품세계를 예상하게 한다.

마지막으로 방을 통한 주인공의 궤적을 확인할 차례이다. 주인공이 선험적으로 인식한 최초의 골방은 태아로 머물러 있던 자궁이다. 태아에게 그곳은 세상으로부터의 은신처이자 보호처가 되는 골방이다. 그러나 어쩔 수 없이 세상에 내던져진 신생아는 냉혹한 세상과 대면하게 되는데 그 첫 장소는 고향의 아랫방이다. 세상에 대한 도저한 부정은 이후 주인공이 부랑의 삶을 살게 하는 결정적 요인이 된다. 정처 없는 내면으로 인한 부유의 삶이 나름의 안정을 얻는 것은 어머니의 무덤에서이다. 번민으로 가득한 그는 어머니의 무덤에서 "옳다고도 그르다고도 말하지 않는 무기의 자궁 속, 깊고 깊은 골방"을 느끼며 위무를 구한다. 이는 곧 초로(初老)의 그가 출생 이전 때와 같은 어머니 자궁 속으로의 정신적 회귀를 통해 안정을 구하는 것과 다르지 않다.

창작 재개 이후의 세 번째 작품인 「골방」에서 박범신은 자기 체험의 서사를 진솔하게 그려놓았다. 작가의 출생에서부터 1997년 당시의 정황이 핍진하게 드러나는 이 작품에는 집과 방의 다층적 의미와 함께 한 작가의 생애가 축약적으로 그려져 있다. 그리고 그것은 작가의 자기갱신과 새로운 소설쓰기에의 의지로까지 확장되는데, 이를 토대로 『흰 소가 끄는 수레』 이후에 발표된 작가의 많은 작품과 이전 작품들과의 차이를 고찰하는 작업이 필요하리라 생각된다.

▌▌▌

지방 교대생의 청춘의 한 시절
한수산의 『그리고, 봄날의 언덕은 푸르렀다』론

1.

"참 싱싱해 뵈죠?"

한수산의 데뷔작 「사월의 끝」은 이렇게 시작한다. 등산복 차림으로 다방에 들어와 앉는 여자들을 보며 작품 주인공의 형수가 하는 말이다. 작가의 많은 작품들이 "시간과 생명과의 상관관계 및 생명의 가치에 대한 집요한 물음"[1]을 주제로 한다는 견해를 상기하면, 등단작의 첫 구절 '싱싱함'은 시간의 흐름으로 시들다 마침내 소멸할 것이라는 사실을 예감케 한다. 과연 이 작품의 형수는 아직은 젊은 나이임에도 불구하고 주치의도 완치를 확신하지 못하는 수술을 받기 위해 입원을 하게 된다.

비정한 시간 앞에서 인간의 '싱싱함'이 어떻게 변화할 것인가는 자명하다. 그럼에도 인간은 한때나마 싱싱한 순간을 향유하는 호사를 누린다. 선도 좋아 마냥 파닥거리는 그 어느 한때를 사람들은 청춘이라 칭한

---

1) 이태동, 「시간과 사랑의 역학」, 『제3세대 한국문학19 – 한수산』 해설, 삼성출판사, 1985, 419쪽.

다. 물론 청춘의 시기에 빛나는 환호와 격렬한 함성만 있는 것은 아니다. 그것과 함께 불안과 노도(怒濤)의 고뇌가 청춘을 힘겹게 하기도 한다. 하지만 그 누구도 청춘의 한때를 피해갈 수는 없다. 미숙하면 미숙한 대로 청춘의 시기를 통과하며 인간은 성장하는 것이고, 세상사의 이치를 미욱하게나마 깨닫게 된 이후 대개의 사람들은 그 시절을 '봄날의 언덕은 푸르렀다'고 회상한다.

한수산의 『그리고, 봄날의 언덕은 푸르렀다』는 바로 그 싱싱했던 한 시절을 회고하는 소설이다. 이 작품은 두 개의 서사가 축을 이루며 진행된다. 하나는 성인이 된 미술가 장석우가 미술잡지사의 기획으로 사진작가, 기자와 함께 고향을 찾는 것이고, 또 하나는 성인의 시점에서 청춘의 시절을 회고하는 내용이다. 어른이 되어서야 청춘의 진면목을 온전히 발견할 수 있다는 점에서 위의 구성 방식은 합당하다고 보인다.

이 글에서 주목하는 바는 소설의 주인공이 고향을 떠나 교육대학에 입학[2]해 겪는 성장통과 내적 성숙에 있다. 그와 그의 대학친구들은 청춘 특유의 고민과 방황에 더불어 서울의 대학에 진학하지 못했다는 변방의식에 시달리고, 교대를 졸업하면 원하든 그렇지 않든 바로 초등학교 선생이 되어야 한다는, 너무도 미래가 확정적이어서 오히려 갑갑해 하는 인물들이다. 그렇기에 『그리고, 봄날의 언덕은 푸르렀다』 읽기는 소설의 주인공이 관통해온 1960년대 지방 교대생의 청춘의 한 시기를 엿보는 과정이라 할 수 있다.

---

2) 주인공이 대학에 입학한다는 사실은 그가 청소년에서 청년으로 성장했다는 것을 의미한다. 20세기 이전에는 지금과 같은 청소년기나 청년기를 독특한 생활단계로 보지 않았다. 아동기에서 성년기로 바로 이행했던 것이다. 그러나 부모와 노동을 했던 청소년들이 20세기에 들어 고등교육을 받게 됨에 따라 그들을 하나의 독특한 계층 내지 계급으로 간주하게 되었다. 한완상, 「현대 청년문화의 제문제」, 『청년문화론』(이중한 엮음), 현암사, 1978, 220-223쪽 참조.

2.

『그리고, 봄날의 언덕은 푸르렀다』에서 주인공의 사회입사는 이제 청년이 되어 고향을 떠나는 것으로부터 시작된다. 19세의 겨울에 그는 대학 입학을 위해 강원도 산골마을에서 춘천으로 떠난다. 아직은 미성숙한 주인공이 대학생이 되어 고향을 떠나 새로운 세계에 입사한다는 것은 이 작품이 곧 성장소설의 성격을 띠게 될 것임을 예고한다.3) 인류학에서 말하는 일종의 통과제의(initiation)를 거치는 첫 관문이 그에게는 그동안 살아온 고향과 부모에게서 분리되는 일인 것이다.

집을 나서 두 시간 남짓 기차를 기다려야 하는 황량한 대합실에서 그는 거의 생에 최초로 날것의 세상을 만난다. 주인공은 추위를 피하고 남은 시간을 메울 요량으로 초라한 방에 기어든다. 차 시간이 되면 깨어준다는, 주인공을 호객했던 여자의 말을 듣기는 했으나 그는 쉽사리 잠들 수 없다. 방바닥은 따뜻했지만 방은 불결했고 게다가 "알전등을 같이 켜놓고 있는 옆방"에서 섹스를 하는 남녀의 교성에 신경이 쓰이는 까닭이다. 그렇게 그는 이제까지 그가 살아왔던 '숲'에서 "아주 사실적인 현실인 그 벌판"으로 삶의 준거지가 바뀌어가고 있음을 느낀다.

그 차가운 들판에서 주인공이 처음 만나는 사람들은 춘천에 위치한 교육대학의 학생들이다. 비록 그가 후에 자퇴를 하기는 하지만 그는 그

---

3) 소영현은 우리 소설사에서 성장소설이 나름의 본격적인 의미를 획득하게 된 때가 1990년대 이후라고 본다. 그 전에는 개인의 내면보다 정치·사회적 격변에 작가들이 더 많은 관심을 쏟을 수밖에 없었던 환경이었기 때문이다. 그리고 그 작품들의 예로 1990년대 이후에 발표된 박완서의 『그 많던 싱아는 누가 다 먹었을까』, 신경숙의 『외딴 방』, 배수아의 『랩소디 인 블루』, 백민석의 『헤이 우리 소풍 간다』를 든다. 소영현, 「청년문학의 계보」, 『분열하는 감각들』, 문학과지성사, 2010, 127-129쪽 참조. 그간 대사회적 문제에 대한 한수산의 소설적 발언 여부는 별개로 하더라도, 1972년에 등단한 한수산이 90년대에 들어 『진흙과 갈대』, 『그리고, 봄날의 언덕은 푸르렀다』를 상재한 것을 소영현의 주장에 대입해보면 발표 시기의 묘한 일치가 확인된다.

곳에서 선배, 동기들과 어울린다. 그는 고등학교 선배 노유남과의 해후로 창간을 준비하는 대학신문 학보사에 입사한다. 그의 교육대학 생활거개는 그들과의 교류로 전개되는데, 혈기왕성한 그들이 신문 발간 업무를 제외하고 주로 하는 일은 어마어마한 양의 술을 마셔대는 것이다. 그의 친구들 역시 술자리에 함께 하지만 "집안의 핏속을 면면히 흐르고 있는 술과의 친화력"으로 그는 좀처럼 취하지 않는다. 하여 그는 친구들보다도 많은 양의 술을 마신다.

그 시절 그들이 즐기던 주종은 막걸리였다. 찌그러진 주전자에 나온 막걸리에 얼큰해지면 그와 친구들은 고성방가와 기행을 일삼는다. 특히 소설 주인공은 대취하면 언제나 어디론가 "가자고 한다." 술 먹은 곳이 학교 근처라면 학교 옥상이라도 올라가 "아직 안 자고 있는 놈 다 나와" 하고 고함을 질러댄다. 시내에서라면 강으로 가 강가의 제방에 눕거나 소양강에 오줌을 갈겨댄다. 마셔댄 술을 원군 삼아 고단한 청춘들은 내면에 쌓여 있는 그 무엇을 그런 식으로 토해내는 것이다.

학생 신분의 그들에게 돈이 넉넉할 리 만무하다. 그들은 시계나 학생증을 주인에게 맡기고 외상술로 폭음을 일삼는다. 다음날 친구들끼리 추렴해 맡긴 물건을 찾으러 가서 또 대취하는 터라, 학생증 같은 것은 대개 술집에서 잠을 자기 일쑤이다. 그렇게 마셔대던 술에 대한 의미를 주인공은 다음과 같이 밝힌다.

그토록 깊고 어둡던 날들에 걸쳐서 술은 무엇이었던가. 검은 동굴…… 도피의 음침한 지하실이었다. 어디로 실어가고 있는지 모를 열차, 그러나 밤길을 달려가 만나는 곳은 어떤 새로운 도시도 아닌 내가 떠났던 그 역이었다. 술은 나에게 그랬었다.
때로 그는 나를 어루만져주기도 했어. 아니다. 팔을 벌리며 어서 오너라 하고 껴안아 숨겨주던 그런 그늘이기도 했어. 나는 그의 어깨에 기대어 잠시 편해하지 않았던가.

(중략)

그것은 결국 자기학대였을 뿐이다. 자신에 대한 혐오감에 가득 차서 어떻게라도 더 스스로에게 고통을 가해야 했던 그 옆에 술이 있었을 뿐이다.

『그리고, 봄날의 언덕은 푸르렀다』, 246-247쪽

그러면 무엇이 그토록 그들에게 술을 마시게 했을까? 일차적으로는 가난한 집 자식들의 중압감 때문이다. 그들은 2년제 교대를 마치고 초등학교 교사가 된다. 직업을 갖게 되는 일은 곧 한 집안의 가계에 경제적으로 기여해야 한다는 것을 의미한다. 빈한한 집 자식들에게 그것은 일종의 의무이다. 이와 더불어 주인공은 폭음의 이유를 '한정성'과 '좌절감'으로 집약한다. 한정성은 2년의 대학과정을 마치면 초등학교 교사가 된다는 너무도 분명한 미래에 대한 참담함을 뜻한다. 미래에 대한 그 어떤 꿈을 꿀 여유도 없이 결정된 그들의 운명은 초등학교 선생이라는 주형에서 벗어날 수 없다. 그 일이 그들에게는 행복이 아니라 고통이라는 아이러니가 발생하는데, 그것은 마치 인생에서 잘못 끼워진 첫 단추처럼 그들을 옥죈다. 거기에 완행열차로 두 시간 반이면 닿을 서울의 대학에 진학하지 못했다는 사실은 인생의 출발선에서부터 경쟁자들에게 뒤졌다는 좌절감을 그들에게 선사한다. 그 울분과 앙금은 주인공에게만 있는 것이 아니다.

성인이 된 장석우는 그 사실을 명확히 인식하고 있다. 그는 미술잡지 기자 경미와 대화를 나누며 그 시절 자신이 가졌던 내면을 다음과 같이 털어놓는다.

"변방의식 같은 게 있어요. 행정구역의 의미가 아니라 정신적인 거지

요. 독립된 한 도시에서 살고 있는 게 아니라 변두리에 살고 있는 느낌
이, 언젠가는 서울로 올라가야 한다는 느낌 그런 것이 떠나지 않거든요.
서울에서 가깝다는 것이 젊은이들에게 그런 낙오감을 주는 겁니다. 토요
일이 되면 서울로 진학을 한 동창생들이 집으로 내려오거든요. 그들을
만나는 게 그렇게 싫을 수가 없었으니까요. 그래 오죽하면 내 친구 한
녀석은 술만 취하면 '나도 서울대학 간다' 하고 고래고래 소리를 지르며
번화가를 걸었겠어요."

같은 책, 63쪽

주인공이 동주에게 열등감을 느끼는 것도 바로 그런 사정에 기인한다.
주인공과 고등학교 동창인 동주는 춘천교대생의 현실과 너무도 다른 세
계에서 생활하고 있다. 길게 기른 머리, "모든 색깔을 포기한 검은 색의
옷", 그리고 몰래 훔친 아버지의 담배를 거리낌없이 피워대는 행동, 다
방 레지에게 내뱉는 거침없는 말투 등등. 게다가 동주는 서울 소재의 대
학에서 문예창작학을 전공하고 있다. 동주는 겨울방학을 앞두고 여자 친
구와 함께 귀향을 하기도 한다. 시를 쓴다는 같은 학과 여자 친구를 집
에까지 데리고 가 소개하는 동주의 개방성 역시 주인공은 부럽다. 또 세
군데 응모한 신춘문예에 다 당선하면 어쩌냐는 식의 장난 비슷한 자신
감도 그러하다. 동주의 당당함, 혹은 치기는 그가 서울에서 대학을 다니
고 있기에 가능한 것이라고 주인공은 여긴다. 하여 주인공은 늘 동주에
위축되어 있다.

동주에 대한 열등감은 문화적 체험의 차이에서도 선연하다. 동주가 데
리고 간 <해연>은 전문 음악감상실이 없는 춘천의 음악다방 중 하나이
다. 그곳에서라야 클래식을 들을 수 있는데, <해연>에서 나오는 클래식
곡의 제목을 몰라 주인공은 또 당황스럽다. 듣고 있던 곡의 제목을 그는
동주에게 묻는다. "치고이네르바이젠"이라는 동주의 간명한 대답 앞에

주인공은 "검은 셔츠에 길게 머리를 기른 문명인 앞에 어느 식인종 원주민처럼 앉아" 있는 자신을 발견한다.

클래식에 대한 소양 부족은 곧 문화에 대한 갈급으로 이어지다 급기야 강박이 된다. 이후 주인공은 서양 고전음악을 들어야 한다는 초조감에 시달리기까지 하는 것이다.

3.

호주가이지만 내성적인 주인공이 대학에서 열심히 한 것은 학과 공부가 아니라 도서관에서 자유롭게 책을 읽거나 대학신문 발간에 참여하는 일이었다. 특히 개가식 도서관에서 "읽고 싶은 책을 혼자서 찾아 읽"는 행위를 주인공은 "내가 한 사람의 성인이 되면서 느낄 수 있었던 첫 자유"라고 찬미한다. 정갈한 햇빛을 맞으며 책에 파묻혀 있는 대학생 시절은 청춘이 누릴 수 있는 최고의 자유로운 한때일 것이다.

주인공의 독서는 언어에 대한 갈구로 연결된다. 학보사 기자인 그는 이미 어쩔 수 없이 언어와 친연적 관계를 맺을 수밖에 없기는 하다. 하지만 신문 기사를 작성하는 일과 문학작품을 창작하는 행위는, 언어라는 매개를 사용한다는 점에서는 동일하지만 그 의미는 전혀 다른 것이다. 주인공과 학보사 친구 몇몇이 문학 동인을 하고 동인지를 발간하는 것도 그런 이유에 있다. 늘 힘겹기만 한 삶에서 그들은 문학의 언어를 통해 "이상한 위안"을 받는다. 그렇게 해서 <흙>이라는 동인이 결성되고 네 명의 동인은 등사판을 밀어가며 결국 동인지를 발간한다. 그리고 동인 중 한 사람인 유남이 지방신문 신춘문예에 당선하는 쾌거를 이루기도 한다.

독서와 습작이 지극히 정적인 행위라면 여행은 일견 동적으로 보인

다.4) 그러나 즐겁게 떠난 여행일 경우에는 그럴지 몰라도 내면의 고민
이 많은 대학생이 홀로 떠난 여행은 경우에 따라 비감해보이기도 한다.
주인공의 도보여행 상황이 그렇다. 그의 여행 목적에서 그런 분위기는
짙게 감지된다.

> 그것(도보여행－인용자)은 어쩌면 내 절망의 깊이를 스스로 재어보자
> 는 생각은 아니었을까. 내 정신이 빠져 있는 그 고통을 내 육체에도 함
> 께 짊어지게 함으로써 나는 내가 가지고 있는 고통의 깊이를 형체화하려
> 했던 것이다.
>
> 같은 책, 175쪽

　　돈도 없이 고생을 자청해 떠난 여행길은 고단하다. 추위를 견디기 위
해 대합실 신세를 져야 했고, 작은 여관방에서 여러 사람들과 동숙을 해
야 하기도 했으며, 너무도 추운 날에는 싸구려 다방에서 종일 추위를 피
하기도 하고, 때로는 길가에 앉아 소주를 병째 들이켜기도 하는 것이다.
그런 여행의 와중에 주인공은 ‘항구집’ 작부와 하룻밤 동침을 하기도 한
다. 그리고 또 여행에서 돌아온 후 혜원이라는 유부녀와도 정을 나누는데,
십여 년 연상의 그녀에게서 주인공은 많은 영향을 받는다.5) 그녀와의 대
화 중에 주인공은 미술 공부를 위해 서울행을 결심하게 되는 것이다.
　　결국 주인공은 휴학을 하고 학보사 사람들의 신상에도 많은 변화가

---

4) 공공 교육기관에 등 돌린 청년들에게 ‘젊음’의 가치를 새롭게 규정지을 수 있는 방법이
　바로 독서와 여행이다. “독서와 여행은 근대적 주체에 대한 개념이 생겨나기 시작한 그
　시절부터 정신과 육체를 단련하고 내면을 창조하거나 발견하기 위해 통과해야 할 필수적
　관문”이라 할 수 있다. 그리고 그것은 청년 시절을 회고하는 서사에 많이 활용되는 방법
　중 하나이다. 위의 책, 131쪽.
5) 김종욱은 혜원을 통해 주인공이 절망을 치유한다고 본다. 그녀는 술로 방황을 이겨내려는
　주인공에게 “물로 돌아갈 것을 가르침으로써 격앙된 감정을 순화”시키는 역할을 한다. 김
　종욱, 「젊음, 방황 그리고 예술」, 『그리고, 봄날의 언덕은 푸르렀다』 해설, 중앙일보사,
　1993, 273쪽,

생긴다. 그들 중 가장 변모의 양상이 도드라진 인물은 형세이다. 주인공의 1년 선배인 형세는 어느덧 초등학교 교원이 되어 있다. 그는 역시 그 생활에 불만이 크다. 게다가 외아들인 그는 할아버지의 성화로 결혼 독촉에 시달리기까지 한다. 군에 간 유남은 학창시절의 부정적 생각은 온데간데 없어지고 긍정적인 인간형으로 변했다. 주인공을 짝사랑했던 정숙의 상심도 시간의 흐름에 따라 숙지근해졌다. 그리고 고교동기 동주는 자살로 짧은 생을 마감했다.

그 모든 일이 불과 2년이 채 안 되어 일어났다. 그 짧은 시간에 주인공의 내적 성숙의 키가 훌쩍 자란 것은 물론이다. 그 결과 세상은 혼자라는 사실을 이제 주인공은 절절히 깨닫는다.

> 친구들은 그렇게 하나씩 자기 자리로 떠났다. 예정되어 있었던 길을 가듯이 누구도 그렇게 말한 적이 없었는데도 말이다. 우리 모두는 그렇게 다들 한곳으로 가야 할 사람들이라고 생각했던 것은 나 혼자였을까.
> 내가 그렇게 생각했듯이 나처럼 가야 할 곳이 없는 사람들이라고 서로를 믿었던 것도 또한 나 혼자였는지 모른다.

같은 책, 207쪽

주인공은 그런 각성 이후 서울행을 공고히 한다. 그는 고향으로의 회귀대신 더 크고 황량한 '벌판'인 서울로 떠난다. 어머니의 걱정에도 불구하고 그는 서울에서 "무언가 새로 시작할 수 있을" 것이라는 희망으로 충만하다. 고골리는 "청년은 미래가 있다는 것만으로도 충분히 행복하다"고 말하지 않았던가.

미술의 꿈을 향해 서울이라는 거친 '벌판'에서 버티고 노력해 마침내 국전에 입선한 장석우에게 지난 청춘의 혼돈은 분명 생의 값진 토대였을 터이다.

4.

『그리고, 봄날의 언덕은 푸르렀다』는 청춘의 이야기답게 당대의 대중 문화에 관한 내용이 눈에 띈다. 이는 당시의 문화적 기호를 1990년대에 호명했다는 점과 한국사회에서 60년대가 비록 본격적인 청년문화의 발흥기[6]는 아니었을지라도 그 밑바탕이 어느 정도 구축되던 시기였음을 알게 해준다.

소설 주인공이 대학을 다녔을 1965-66년에 우리나라에 알려진 문화적인 것들로는 우선 에릭 시걸의 『러브 스토리』가 있다. 그러나 그것은 그 무렵 미국에서만의 베스트 셀러였을 뿐, 국내에는 아직 소개되기 전이었다. 또 월남전을 통한 반전의 물결이 미국 전역을 휩쓸면서 태동한 히피 문화에 대한 언급도 간단히 나온다. 그 시절 유행했던 팝송으로 Johnny Nash의 <The voice of love>, Bob Dylan의 <Blowing in the wind>, Patti Page의 <Mockingbird hill> 같은 곡들이 있다. 그리고 크리스마스 무렵에는 거리의 레코드 가게에서 Pat Boone의 캐롤이 울린다. 국내가요로는 1930년대에 발표된 곡이지만 60년대에도 널리 애창되던 김정구의 <눈물 젖은 두만강>, 63년에 발표된 최희준의 <진고개 신사> 같은 노래들이 나온다.

이 작품에는 문화적 기호뿐 아니라 당대를 표상하는 용어들도 다수 등장한다. 박정희 정권의 제1차 경제개발 계획에 따른 구호가 그것들인

---

6) 1970년대 초 대학생들을 중심으로 한 젊은 세대는 기성세대와는 여러 모로 다른 사고방식과 감수성을 가지고 있었다. 그들은 기성세대와는 달리 해방 후 미국식 교육체계의 과정을 이수했고 서구문화권의 영향을 받으며 성장했다. 이들은 1960년대부터 서구의 젊은이들을 열광케 한 히피문화의 영향을 받아 장발, 청바지 차림에 생맥주를 즐겼다. 또한 이들은 당시 구미의 청년들처럼 포크음악과 록음악을 선호하여 우리 대중음악에도 그것들이 선풍을 일으키게 했다. 1970년대 초반의 이러한 젊은 층의 문화를 언론들은 한국식 청년문화라 불렀다. 이에 대해서는 김창남, 『대중문화의 이해』, 한울아카데미, 2003, 60쪽 참조.

데, 당시 민간에 퍼졌던 것들로 '하면 된다', '잘살아보세', '조국 근대화' 등이 있다. 또 '한일회담 반대'와 같은 정치적 상황 역시 당시의 시대상을 부각하는 용어이다.

시대상을 알리는 이와 같은 용어들은『그리고, 봄날의 언덕은 푸르렀다』의 청춘들과 함께 고단했던 60년대의 부면을 독자에게 보여주는 풍속적 자료들이다. 이들을 음미하며 이 소설을 읽는 것도 독자에게는 하나의 재미일 것이다.

미국 이민자의 핍진한 생활세계
이예원의 『춘향이 마돈나를 만나다』론

1.

우리가 절대빈곤에서 겨우 벗어나기 시작했을 무렵, 미국행은 개인의 풍요를 보장해주는 단어와 거의 동의어였다. 텔레비전 뉴스나 영화에서 이따금씩 볼 수 있었던 미국 도심의 고층빌딩, 고속도로를 질주하는 차량의 물결, 풍광 좋은 공원을 산책하는 사람들의 낙락한 표정 등은 그 나라의 풍족한 경제력을 상징하는 기호들이었다. 그것을 증명이라도 하듯, 당시의 미국은 자본주의의 맹주로서 세계경제에 큰 영향력을 행사했고 유일한 라이벌 소련과 경쟁하며 강대국의 위상을 마음껏 과시하던 중이었다.

미국에 대한 많은 한국인들의 호감은 단지 그들의 국력에만 있지 않았다. 냉전 체제 하에서 미국은 소련에 대한 방위체제 구축을 목적으로, 반공을 국시로 한 한국정부는 안보를 목적으로 이미 상호 긴밀한 관계를 구축하고 있었다. 또한 우리가 오랜 기간 동안 미국으로부터 다방면의 수혜를 받고 있다는 심리도 작용했다. 광복 후의 혼란기에 미국은 남한 정부에 점령지역 행정구호 원조와 경제협조처 원조를 제공했고, 한국전쟁 중에는 구호용 물자 원조와 유엔 한국재건단 원조, 전후에는 국제협조처 원조 등으로 우리를 지원했는데 그것이 궁핍했던 우리 국민에게 큰 도움이 되었음을 부인할 수 없다. 무엇보다도 한국전쟁 중에 자국의 군인을 파병해 이국땅에서 피를 흘리게 했다는 사실은 양국을 혈맹 관계로 규정짓는 결정적인 계기가 되었다. 또한 북한과 대치하고 있는 상황에서 주한미군이 한국의 방위에 커다란 역할을 한 것도 사실이다.

그러나 1980년대에 들어 미국이 반드시 우리에게 절대 선만은 아니라는 인식이 본격적으로 싹트기 시작했다. 양국의 교역량은 많지만 우리나라의 대미 무역수지는 계속 적자 상태였다. 쿠테타로 정권을 탈취하고 무고한 국민을 살육한 전두환 정권에 대한 묵인과 방조는 민주주의의 본산으로 여겼던 미국을 새롭게 조명하게 한 결정적인 원인이 되었다. 거기에 주한미군의 후안무치한 범죄행위와 한국의 사법권을 무시하는 작태 등은 미국에 대한 부정적 인식을 심화시켰다. 이처럼 지난 시절, 양국의 교류사에서 미국은 우리 국민에게 애증의 감정을 동시에 촉발한 국가였다.

2.

이예원의 『춘향이 마돈나를 만나다』를 정독하면, 미국으로 이민 간 한국인들의 생활상이 다양한 모습으로 나타나고 있음을 발견할 수 있다. 실제 미국에서 이민생활을 한 바 있는 작가는 자신이 이국땅에서 경험하고 느낀 삶의 양상을 누구보다도 핍진하게 그려낼 수 있었을 것이다. 작가는 우리에게 양가적 이미지로 다가온 미국의 생활세계 한복판에 이민자의 신분으로 들어가 그곳에서의 세상살이를 섬밀하게 들여다본다.

이예원의 소설에는 미국행을 갈망하는 인물들이 쉽사리 발견된다. 그렇다면 우리는 왜 그리 미국을 동경했을까? 국민들의 추상적인 미국 선망도 있었지만, 당시의 한국사회 여건이 여러 모로 척박했던 탓이 가장 클 것이다. 그것은 곧 희망 없는 조국에서 탈주하고자 하는 열망으로 연결된다. 경제적으로만 보자면 미국행 비행기에 오르는 일은 곧 '아메리칸 드림'을 성취할 기회를 잡는다는 것과 동일한 의미를 지닌다. 극심한 경제난으로 취업조차 어려웠던 지난 1960년대 중반 한국의 상황을 돌이켜보면, 「굿바이 콜럼버스」에서 "미국에서 반드시 자리를 잡"겠다는 화자 삼촌의 확고한 의지가 충분히 납득된다. 삼촌의 그러한 의지는 곧 「보이지 않는 사람」에서 화자의 사촌형부가 박사 학위를 따려는 사촌처남을 두고 "이 기회의 땅에서, 그 집은 아직 공부만 하겠대?"라고 한 말과도 일맥상통한다.

「굿바이 콜럼버스」에서 삼촌의 미국행이 먹고살기 위해, 즉 빈한한 지금보다 물질적 풍요를 향유하기 위한 욕망으로 결행된 것이라면, 그와 결혼했다 이혼한 김민희의 미국에 대한 선망은 막연하다. 인생의 구체적 목적도 없이 어떻게든 "미국 땅에 발붙이고" 싶다는 기약 없는 소망 하나만으로 자신의 인생을 거는 것이다. 경우에 따라서는 「얼음매미」의 사내처럼 한국에서 가산을 탕진한 채 현실의 도피처로 미국을 선택해 불법체류자로 불안한 나날을 보내기도 하는데, 미국행의 경위야 어떻든 그들 모두는 타국에 발붙이고 있지만 현지에 동화되지 못한 국외자에 불과하다.

별다른 준비 없이 염원하던 신대륙에 발을 딛은 그들의 고단한 삶은 미국 생활이 녹록치 않다는 것을 입증하기에 부족함이 없다. 작가가 보기에 이민예정자에게는 모국에서와는 전혀 다른 몸의 변신과 사고의 전환이 필요하다. 이 과정을 작가는 풍파 거센 대양으로 나아갈 연어의 사활을 건 훈련에 비유한다.

　　작가의 말마따나 이민생활이란 어지간한 준비로는 목적을 이루기가
수월치 않다. 그러니 치밀한 계획 없이 맞부딪친 이국땅에서 영육(靈肉)을
적응하기란 쉽지 않은 일이다.

　　훗설은 구체적으로 생활하는 인간, 즉 깨어서 활동하는 주체들에게 항
상 그 활동의 보편적 배경으로 주어진 세상을 생활세계로 보았다. 그에
게 생활세계는 인간이 이미 친숙하게 살아온 문화·역사의 세계이자 미
래에도 살아가야 할 보편적 존재의미를 지닌 공동세계이다. 그러나『춘
향이 마돈나를 만나다』에 등장하는 수다한 이민자들은 새로운 삶의 현
장인 생활세계가 낯설고 이질적이기만 한데, 그것은 그들을 고통스럽게
하는 제일의 요인이다. 그럼에도 그들은 낯선 환경에서 성공하기 위해
분투한다. 그들은 고국에서의 화이트칼라 직종과는 전혀 다른 세탁소나
그로서리 등에서 육체노동을 한다. 냉엄한 현실에서 도태되는 자도 있지
만 한국인 특유의 근면성과 강한 의지로 성공의 계단을 차근차근 밟는
사람도 많다. 그들 대개는 한국에서 가져온 전 재산에 융자를 받아 가게
를 얻고 집을 사고 융자를 갚아 마침내 나의 집과 가게를 갖게 되는 것
이다. 거기에 이민의 또 다른 주요 목적인 자식들의 교육문제가 원만하
게 해결되면 더 바랄 것이 없다.

　　이러한 외형적 성공에 자부심만 충만한 것은 물론 아니다. 자신의 전
인생을 걸고 도전한 삶의 이면에는 상대적 박탈감도 깊숙이 도사리고
있다. 한국에서와 달리 블루칼라 계층으로 신분이 하락했다는 자괴감,

오로지 먹고살기 위해 '보이지 않는 사람'으로 전락해버렸다는 회의감, 고국에 대한 향수와 친지의 그리움, 자식 교육에 헌신하지만 한편으로 느껴지는 상실감 등은 삶의 순간순간 무시로 밀려든다. 무엇보다도 현실적인 고충은 미국사회에 쉽사리 동화되지 못한다는 점에 있다. 오랫동안 사용한 모국어 대신 영어로 소통해야 하는 곤란이 이민 초기의 적응을 어렵게 한다. 유색인종에 대한 인종차별, 그리고 한국에서와는 다른 문화적 충돌 등도 미국 사회에의 진입을 가로막는 요소이다. 갈등의 소지는 또 있다. 가정에서는 자식들과 일상적으로 문제가 생긴다. 이것은 가부장제나 장유유서 같은 한국의 수직적 서열에 익숙한 부모들과 이제 막 미국적 문화에 적응해가는 자식들간의 문화적·세대적 충돌에서 비롯한다.

이런 상황에서 부모 세대 대개는 외부적 시련을 기꺼이 참아낸다. 「보이지 않는 사람」의 화자처럼 저녁마다 한국의 주말 연속극 <방황>의 디비디를 빌려보면서 마음만은 고국 정서에 흠뻑 취하며 말이다. 아니면 어머니의 죽음에 대한 깔끔한 스케치인 「거풍(擧風)」에서 이제는 고인이 된 어머니가 마련해두었던 수의와 당신의 장례식을 떠올리며 객지에서의 외로움을 달래는 식으로 말이다. 그들에게는 희망의 땅 미국에서 성공하려는 원대한 꿈이 있기에 고통의 극복이 가능하다.

그에 비해 자식들은 양국간의 문화적 괴리에 적지 않은 혼란을 느낀다. 그것은 「춘향이 마돈나를 만나다」에서, "얼굴은 춘향이 같은 애가 행동은 마돈나 같이 하고 다닐 때면, 내 자식인데도 얼굴이 잘못 붙은 괴물 같이 여겨진"다는 절묘한 표현으로 드러난다. 주지하다시피 춘향은 남편에 대한 순종과 인내를 상징하는 전통적 한국 여인상을 표상한다. 이것은 단지 한국여성상뿐 아니라 은근과 끈기, 그리고 나서지 않는 것을 미덕으로 여기는 전통적 한국인의 특성을 환유한다. 그에 비해 마돈나는 미국은 물론 전 세계 팬들을 열광케 한 섹시 팝 아티스트이다. 그는 자기를 적극적으로 광고하고 금기시된 섹스에의 욕망을 주저 없이 표출할 줄 아는, 즉 춘향과는 대척점에 서 있는 미국인 중에서도 꽤나 요란한 여성이라 할 수 있다. 과연 그는 음악, 뮤직비디오, 콘서트, 성인 잡지 누드사진, 패션 등의 분야에서 전 방위적 활동을 정력적으로 펼쳤고 그의 이름은 2000년대를 넘어선 오늘에도 여전히 회자되고 있다.

이 작품에서 한국 자식들의 '춘향의 마돈나화'는 곳곳에서 발견되는데, 그런 행태는 "한국식 예의, 한국식 생각"을 강조하는 부모의 교육내용과 정면으로 배치되는 것이고, 이런 상황에 맞닥뜨릴 때마다 아이들은 마돈나의 노래 <아빠, 설교하지 마세요(Papa, Don't Preach)>의 제목처럼 부모에게 거부감을 드러낸다.

그 양상이 가장 확연한 작품은 역시 작품집의 표제작 「춘향이 마돈나를 만나다」라 할 수 있다. 원고지 300장 정도의 분량인 이 중편소설에는 실제 이민자들의 생활세계에서 발생할 듯한 부모-자식간의 다양한 갈등이 핍진하게 그려져 있다. 이것은 부모-자식 사이의 세대차와 한국과 미국의 문화적 차이로 발원한다. 인내심의 화신처럼 보이는 엄마와는 다른 삶을 살겠다거나 한국식 예의, 민족의식, 조상들의 삶을 강조하는 부모에 대한 반발, 한국의 보수적·명령적 남편상에 대한 미영의 거부감 등은 그 갈등의 적절한 사례들이다.

사회적으로 미성숙한 청소년기의 경우에는 두 문화권의 장점과 차이를 객관적으로 조망할 깊이가 없다. 그들은 미국사회의 다양한 규범과 관습에 적응하기조차 숨이 가쁘다. 그 과정에서 이민 1.5세대가 경험한 미국문화에 견주면 아직 봉건적이고 수직적인 한국사회의 구습은 타기해야 할 잔재일 따름이다. 그들이 이질적인 두 개의 문화 사이에서 정체성의 혼란을 겪는 이유가 바로 거기에 있다.

문화적 간극과 자아 정체성의 혼란으로 미국사회의 두터운 진입장벽을 슬기롭게 극복하지 못한 이민 1.5세대들은 탈선의 나락으로 빠져들거나 극단적 선택을 하기도 한다. 지난 2007년 4월 18일 버지니아 공대 4학년생이던 조승희의 무차별 총격사건은 그러한 불상사의 참혹한 외현이었다. 이 사건의 배경을 조승희 개인의 대인관계 폐쇄증이나 소심함 탓만으로 볼 수도 있다. 그러나 한 인간의 심성이 그렇게 피폐해지기까지에는 주변 환경의 영향을 무시할 수 없다. 아니 어쩌면 올바른 사회화를 통해 자아 정체성을 확립해야 할 청소년 시기에 그것이 제대로 이행되지 못하게 한 후천적 영향이 더 클 수도 있다. 하여 당시의 사건에 보인 교민들의 반응을 작가는 다음과 같이 적고 있다.

> "물질적인 뒷바라지에만 허덕이느라, 이질적 문화로의 편입과 조절에 실패한 상황의, 최악의 사태가 벌어진 거야. 그 애(조승희―인용자)는 외로움과 소외에 지친 극단적인 발광을 엽기적으로 해치워버린 건데, 자신의 콤플렉스와 열등감을 갖게 한 대상에 대한 증오와 불안, 그렇게 농축된 울화와 소외감의 실탄을 가지고서 세상을 향해 저주의 사격을 마구 퍼부은 거지. 아이들이, 개인의 자유와 인권을 존중한다는 미명하에 집단적 따돌림으로 확보되는 이 사람들의 배타적 유대의식의 폐해를 성인이 된 대학생활에서 더욱 더 느끼게 되는 모양이더라구."
>
> 「춘향이 마돈나를 만나다」 중에서

이와 더불어 이민자들은 백인 주류사회의 인종차별에 시달리기도 한다. 미국은 법적으로 인종차별을 금지하고 있으나 실생활에서는 여전히 엄존하고 있는 것이 현실이다. 미국에서 차별을 경험하는 인종은 백인을 제외한 흑인, 아시아계, 히스패닉 등의 유색인종들이다. 정서적으로 민감한 청소년기의 이민 1.5세대들이 난생 처음 당하는 인종차별을 감당하기란 쉽지 않은 일이다. 특히 많은 사람이 모여 있는 학교 같은 곳에서 백인 친구들에게 당하는 차별은, "지금 완전한 한국사람이 아닌" 피해자에게 정체성과 존재감마저 송두리째 붕괴시키는 독약이 된다.

「춘향이 마돈나를 만나다」의 미영이 이 주 동안 학교를 결석하고 비행 청소년이 된 근본 원인도 바로 인종차별에 있다. 학교에 가도 백인 아이들이 '오리엔탈'은 아예 상대조차 해주지 않는 것이다. 가뜩이나 백인에게 열등감을 숙명처럼 느끼며 주눅이 들어 있는 아이들로서는 그런 불합리를 극복할 여력이 없다. 그렇기에 그들은 유색인종, 아니면 자국 출신의 아이들과만 놀게 되고 결국에는 탈선행위까지 저지른다. 그렇다고 아이들이 미국사회에 적응하기 위해 아무런 노력을 안 하는 것은 아니다. 아이들은 아이들대로 백인 학생들과 교류를 위해 나름의 최선을 다한다. 그런 노력이 물거품이 되었을 때 그들 최후의 선택은 기존 사회의 억압적 틀에서 이탈하는 것이다.

자녀의 이런 상황을 부모들 대개가 제대로 알지 못하고 있는 점도 문제이다. 비정한 생활전선에서 바쁜 탓도 있지만, 그들은 근본적으로 자기 자식만은 그렇지 않을 것이라고 막연하게 자위할 따름이다. 교민신문에 숱하게 오르내리는 청소년 탈선문제는 남의 자식 일로 치부하고 그만이다. 또한 자녀들과의 소통 단절도 문제 예방을 어렵게 한다. 아이들은 이미 그런 상황을 알리기 전에, "엄마가 말을 잘 못 알아들어서 답답하기도 하고, 여기 애들한테 무시당해서 기분 나쁜 거, 얘기해봐야 이해도 못할 것 같"아 속내를 털어놓지 않는 것이다.

이 보이지 않는 차별과 편견의 장벽을 깨뜨리는 방법은 없을까? 제도적 장치가 마련되어 있음에도 공공연히 인종차별이 자행되는 것을 보면, 유감스럽게도 그것은 아직 미국 백인 주류층의 인식 전환이나 이민자의 적극적인 의식 변화에 기댈 수밖에 없다는 판단이다. 미영이 자신의 고통을 승화시킨 것도 바로 의식 전환으로 가능했는데 거기에는 그들과의

'다름'이나 '예외적 개인'의 인정을 전제로 한다. 미영이 인식의 전환으로 내적 성숙과 자아 발전의 돌파구를 마련하는 상황이 다음과 같이 서술되어 있다.

> 생긴 것의 다름을 인정하는 것은 별 수 없는 열등감으로 감수하더라도, 남의 나라 땅에서 산다는 것이 수시로 당하는 '너는 예외'라는 공공연한 사실을 수용해야 하는 것임을 인정해야 했었다. 그렇기 때문에, 어디서든 물 위의 기름 같은 이질감을 미영은 무엇이든지 남보다 뛰어남으로 커버하려 이 악물고 애를 썼다. 춘향의 탈을 벗으려고 부단히 노력한 결과는 나쁘지 않았다. 정작 십 학년 이후로는 하루하루 부풀어 차오른 상현달처럼 모르는 사이에 자부심도 웬만큼 생겼는데, 어느 때부턴가, 그렇게도 부러웠던 키 크고 속눈썹이 긴 그들과 다른 자신의 모습을 의식하지 않게 되었다. 남이 안 가진 자신만의 강점을 사랑하게도 되었다.
>
> 「춘향이 마돈나를 만나다」 중에서

성공한 많은 이민 세대들의 삶이, 이런 역경을 슬기롭게 극복한 결과라는 점에서 더욱 값지지 않을 수 없다. 미영 또한 모든 시련을 극복하고 마침내 미국사회에 뿌리를 내린다. 이제 그는 이전보다 한결 여유롭고 객관적인 시선으로 한미 양국과 부모세대의 고충을 이해한다. 그 결과 자신과 스티브와의 결혼 반대를 한민족 특유의 배타성만으로 인식했던 이전과 달리, 자식과의 유대감 상실을 두려워하는 부모의 정 때문이었다는 점을 새로이 인식한다. 이국땅에서 한없이 권위적이기만 했던 아버지의 삶 역시 자신과 마찬가지로 고통스러웠음을 깨닫는다. 그토록 무시했던, 가정에 대한 어머니의 헌신이 결국 '한국 여성의 힘'이었음을 인정하는 것도 미영의 열린 시각으로 가능해진 것이다. 그것은 단지 한국인 특유의 혈연의 정만으로 획득된 것이 아니다. 비록 아버지의 뇌졸중이 가족을 화합하게 하는 직접적인 계기였지만, 수다한 성장통을 겪으

며 성숙해진 미영의 인식 확장이 없었더라면 가족간의 화해가 이루어지
기는 어려웠을 터이다. 가족과 한국, 그리고 미국을 넉넉한 품으로 보듬
을 수 있는 미영은 이제 불안정한 이민자에서 이민국의 정착자로 자리
매김을 한 것이다.

3.

앞에서 살핀 대로 이예원 소설의 커다란 미덕은, 미국 이민자의 생활
상을 관념적 담론이 아닌 생활의 장에서 구체적으로 다루었다는 데에
있다. 이 소중한 덕목에 하나 덧보탤 것이 있는데 그것은 세계화와 신자
유주의의 파고가 높은 오늘날, 우리가 과연 세계시민(Cosmopolitan)으로 살
아갈 수 있는가를 암시하고 있다는 데에 있다. 고대 그리스의 각 폴리스
가 알렉산더 제국으로 편입되면서 파생된 세계시민의 개념은 현대에 이
르러 제 국가나 민족간의 연대와 화합을 추구하는 쪽으로 전화하고 있
다. 이를 실현하기 위해서는 인종, 민족, 이념, 문화의 차이를 인정하고
상호 존중하는 자세가 필요하다. 그렇게 함으로써 제 민족과 인종의 구
성원은 세계시민으로의 자질을 함양하고 평화로운 상생을 할 수 있는
것이다.

이예원은 우리가 세계시민으로서의 삶을 꾸릴 수 있는가의 여부를 묻
는다. 이민 간 부모세대의 수동적 자세와 다른, 세계의 진정한 구성원으
로서 능동적으로 활동하는 인간상 말이다. 이는 「춘향이 마돈나를 만나
다」에서 미영의 유색인종 친구들에게 보인 부모세대의 이중적 잣대로는
결코 실현될 수 없는 것이다. 자기 자식들도 유색인종이면서 친구들은
백인이기를 바라는 부모세대의 모순된 가치관으로는 세계시민으로서의
온전한 권리와 의무를 행사할 수 없다. 아니 그런 사고로는 오히려 인종

차별을 고착화시키는데 기여할 뿐이다.

하여 작가는 그 해답을 자식세대에서 찾고 있는바, 이는 「굿바이 콜럼버스」에서 삼촌의 유복자, 폴에 대한 기대감으로 표출된다. 열망에 들떠 미국에 갔지만 결국 아무것도 이루지 못한 자기 부모들과는 달리, 폴은 미국에서 정착민으로 확고히 자리 잡기를 기대하는 것이다. 또한 그것은 「춘향이 마돈나를 만나다」에서의 미영을 통해 보다 구체적으로 확인할 수 있다. 청소년기 자아의 정체성을 찾지 못해 방황했던 미영은 다음의 의미심장한 의지를 표출한다.

> 그리고 (아버지의—인용자) 친구 아저씨가 마주치고 있다는, 올라설 수 없는 백인 주류사회의 장벽을 뜻하는 유리 천장(glass celling)을, 각 분야에 당당하게 진입하는 우리 2세들이 곧 없앨 수 있을 거라고 믿게 해드리고 싶었다. 유리 천장은 이민 사회에 뿌리내린 자기 비하의 허상일 뿐 실체가 아니고, 혹 과거에 있었더라도 모든 인종이 화합의 힘으로 뜯어내 이미 하나의 세계 안에서 살고 있는 모두가 같은 인간임을 아버지 스스로도 납득하게 해드리고 싶었다.
>
> 「춘향이 마돈나를 만나다」 중에서

미영의 이런 자신감은 현실적 어려움을 무시한 제3세계 출신의 젊은이 특유의 치기로 읽힐 우려도 없지 않으나, 이 당당한 발언이 부모세대가 미국 사회에 수동적 적응을 최대의 목표로 삼았던 것에 비해 한결 진취적인 것은 분명하다. 그리고 미영의 생각이 더욱 의미 있는 것은, 그가 단지 한국인으로서 미국의 주류사회로 진입해야겠다는 개인적인 사고만 하고 있지 않다는 데에 있다. 이 세계는 어느 한 인종이 우위에 있지 않다는 점, 온 세계의 사람은 평등하고 평화롭게 공존해야 한다는 미영의 주장은 부모세대의 이민 생활상에 비해 보편적 인류애를 구현하고 있는 것이다.

미영의 신념이 한국사회에 시사하는 바는 적지 않다. 오늘날 전 지구
적으로 행해지고 있는 세계화는 자본과 노동력의 국경 없는 이동을 촉
진하고 있다. 그 결과 '코리안 드림'을 위해 많은 이주노동자들과 결혼
이주여성이 우리나라에 들어와 있다. 농어촌 지역에서 다문화 가정을 만
나는 일도 더 이상 낯설지 않다. 아니 그들이 없으면 제조업 분야에서는
조업 자체가 어려울 지경이고 농어촌의 많은 노총각들은 결혼도 못할
형편인 것이다. 그럼에도 아직 많은 한국인들은 국내에 들어온 이주민들
을 차별한다. 이런 차별이야말로 우리 교포가 미국에서 당했던 것과 다
를 바 없다.

21세기는 이민자뿐만 아니라 내국인 역시 세계시민으로 살아가야 하
는 시대이다. 타인에 대한 배려 부재, 성공신화에의 환상, 인종차별, 학
연, 혈연, 지연의 굴레에서 벗어나지 못하는 삶 등등, 이 모든 불합리적
요소를 뼈저리게 반성해 우리가 진정한 세계시민으로 거듭나야 한다는
것, 이예원 소설의 묵시적 전언 또 하나는 바로 이것이다.

현대소설에 나타난 다방의 심리지리

1. 다방의 심리지리와 소설

다방이라는 단어가 주는 이미지는 양가적이다. 소일거리 없는 노인들이 일찌감치 그곳에 들어앉아 차를 마시며 마담·레지들과 한담을 나누는 정경은, 가공할 속도전의 자본주의 사회에서 한없이 여유로운 풍경을 떠오르게 한다. 또 하나는 과거 지방 및 중소도시의 티켓다방이 주는 이미지가 있다. 이런 곳에서는 커피 배달을 명목으로 나이 어린 접대부를 고용해 시간 단위로 여성의 육체를 화폐화하는 자본주의의 음란한 탐욕성을 여지없이 노출시킨다.

양자의 분위기는 천양지차지만 현재 다방업이 쇠퇴 일로에 있기는 마찬가지이다. 전자는 술과 차를 파는 까페나 찻집에 밀려, 후자는 보다 은밀하고 퇴폐적인 신종 매춘의 영업망에 뒤떨어져 하나둘 간판을 내리고 있다. 업무를 위한 만남의 주요 공간이었던 도심의 다방 역시 외국자본의 커피전문점이나 패밀리 레스토랑에 자리를 내주고 있는 형편이어서 다방은 이제 세인에게 점점 잊혀져가는 단어로 영락했다.

그러나 지난 시절, 다방은 나름의 영화를 누리기도 했다. 근대적 의미의 그것과는 차이가 있지만 다방은 고려시대부터 존재했다. 고려와 조선시대의 다방은 다사(茶事)와 술·채소·과일·약 등의 일을 주관하던 관사의 하나였다. 이후 1888년의 개항은 우리나라에 새로운 형태의 다방을 출현시켰다. 개항과 함께 인천에는 대불호텔과 슈트워드 호텔이 개업을 하고 부속다방의 형태로 커피를 팔았는데, 이것이 우리나라에서 근대적 다방의 효시였다. 커피 애호가 고종은 자신이 러시아 공관에 머물 때 보필했던 독일계 러시아인 손탁이라는 여자에게 호텔을 지어주었는데, 그곳에서는 구미식 여관과 다방 영업을 동시에 하기도 했다. 또한 1920년대에는 명동과 충무로에 일본인들이 다방을 차렸고 1927년에는 영화배우 이경손이 '카카듀'라는 다방을 내국인 최초로 개업했다.[1]

이 시기의 다방은 경성이 근대적 도시로 변모하고 있음을 증거하는 하나의 상징으로 당시의 백화점이나 현대적 건물, 그리고 네온사인이 점멸하는 야시장 등의 기호들과 시대적 맥락을 같이 한다. 이후 다방은 전란의 위기를 겪는 와중에도 나름의 역할을 했고 전후의 재건의지와 도시화·산업화의 기치로 의욕이 충만했던 60-70년대를 거쳐 80년대 중반까지 번성하다 쇠락의 길을 걷게 된다.

시대의 흐름과 상관없이 차를 판다는 본연의 기능은 불변했지만, 다방도 분위기나 성격을 변화의 물결에 맞출 수밖에 없었다. 다방의 변모 양상이 시대적 관점에서 이해되어야 할 필요성은 그런 점에서 제기되는바, 이때 그곳은 물리적 공간으로서의 위상뿐 아니라 일상인의 생활공간이자 내면이 투영된 심리지리(psycho-geography)적 성격을 띤다. 심리지리는 인공적이거나 자연적인 지리환경이 인간의 감정과 행위에 미치는 영향

---

1) 강준만·오두진, 『고종 스타벅스에 가다』, 인물과사상사, 2005, 22-36쪽.

을 연구하는 지리학의 한 분야이다. 심리지리의 개념은 공간적 분위기에 관심을 집중하기 때문에 '공간의 기억'을 들여다보는 회고의 한 형식이자 능동적인 기억 형성의 수단이 될 수 있다.[2] 그런 까닭에 작품에 투영된 심리지리를 추적하는 일은 당대의 풍속이나 문화사를 재구성하는 작업으로 연결된다. 즉 소설 속의 다방이라는 공간은 당대의 상황과 인물의 내면을 해석하기에 좋은 축약도일 수 있는 것이다. 소설 속에 나오는 다방도 그런 시각에서 살피면 보다 풍요로운 의미가 함축되어 있음을 알 수 있다.

우리 소설에서 다방을 소재로 하거나 주요 배경으로 하는 작품들이 생산된 연유도, 작가들이 그곳을 일상사가 반영된 공간으로 여긴 까닭이라 하겠다. 실제 다방이 문화적 공간의 역할을 담당했던 50년대까지 그곳은 작가들과 밀착된 관계를 유지했다. 문인들이 직접 다방을 경영한 경우는 물론 많은 예술인들은 그곳을 아지트 삼아 들락거렸다. 다방에서는 문학 지망생의 시화전이나 기성작가의 출판기념회가 열리기도 했고 작가들은 그곳에서 예술과 인생을 논하곤 했다.[3] 또한 다방은 모던보이와 걸들이 자신의 신분을 과시할 수 있는 자리이자 친목도모의 장소이기도 하고 청춘남녀의 연애 공간이자 고달픈 세상사를 살아가는 일상인의 휴게실이기도 했다. 역사적 격동기에는 시대의 울분을 토하는 성토장

---

2) 전용석, 「세속도시의 심리지리」, 『서울생활의 발견』(강수미 외), 현실문화연구, 2003, 194-195쪽.

3) 문인들이 다방을 경영한 예로, 극작가 유치진의 '푸라타나스', 이상의 '제비', '69', 여류 수필가 전숙희, 소설가인 손소희와 후에 이대교수가 된 유부용이 공동으로 경영했던 '마돈나', 방송작가 김광조 부부의 '라아뿌룸', 시인 장만영의 '비엔나'가 있다. 윤재걸, 「음악다방 60년」, 『음악동아』, 1984. 5, 145-149쪽. 이들이 장삿속만으로 다방을 경영하지는 않은 듯하다. 다방을 자주 들락거렸던 예술가 다수의 궁핍상은 별도로 언급하지 않아도 될 것이다. 그럼에도 그들이 다방을 경영한 것은 그곳을 문화적 공간으로 인식했기 때문이다. 즉 커피 한 잔으로 매상을 올리기보다 그곳에서 문학과 인생을 논하고 음악을 감상할 수 있는 등의 예술적 가치에 예술가 경영인들은 더욱 큰 의미를 부여했다.

이자 예술의 고뇌를 쏟아내는 고해소이고 지적 담론을 교류하는 또 다른 강의실이었다. 동시에 작가에게는 창작의 산실 역할을 톡톡히 했다. 하지만 시간이 흐를수록 다방은 화폐만을 목적으로 하는 상업적 속성을 고스란히 드러내는 쪽으로 전화한다.

이런 통시적 맥락에서 보자면 다방이 함유하는 공간적 위상은 차만 마시는 본래적 의미를 훌쩍 넘어서고 있음을 알 수 있다. 이 글에서는 이처럼 다방의 기능 변모 양상이 우리 소설에 어떻게 투영되고 있는지에 주목해 그 의미를 조명하고자 한다. 그러한 작업은 곧 다방이라는 특정한 장소를 통해, 시대 변화와 당대인들의 미시적 일상사를 살피는 일이기도 하다.

2. 예술인의 안식처, 창작의 공방

1920년대는 일제가 문화통치를 실시한 시기로 사회는 이전에 비해 비교적 자유로운 분위기였다. 이런 시대 상황에서 경성은 신흥 상공업도시로 막 발돋움하는 중이었다. 경성의 도시화는 곧 소비시장의 확대로 연결되었다. 이제 경성 거리는 나름대로 북새통을 이루며 다가올 근대적 도시를 향한 계단을 차곡차곡 밟아가고 있었다. 이 시기의 경성은 아스팔트, 양복, 자동차, 전차 등의 기호를 통해 근대도시로의 진입을 앞둔 모습과 도시의 주요한 요소 중 하나인 군중의 존재를 드러낸다. 경성의 인구는 30만이 채 되지 않았으나 도시만큼은 근대적 풍경에 육박하고 있었던 것이다.[4]

---

4) 한형구, 「문자현상, 혹은 문학으로 본 서울 근대 100년의 이미지」, 『서울 20세기 생활 · 문화변천사』(서울시정개발연구원 · 서울시립대학교 서울학연구소 공편), 서울시정개발연구원, 2001, 937-939쪽.

근대적 역동성으로 충만한 경성에 다방은 거리의 모더니즘이 실현되는 공간기호 중 하나였다. 1923년경 충무로에는 본격적인 전업다방이 등장하고 1927년 무렵에는 명동과 종로에 다방이 우후죽순으로 불어나, 1930년대에는 과연 경성 거리가 다방으로 넘쳐났다. 당시의 다방은 두 개의 유형으로 나뉘었는데, 하나는 상인, 관리, 회사원 등이 드나들며 '차를 마시는 곳'이고 또 하나는 예술가, 가두철인(街頭哲人), 미남자, 실업자, 전문대학생 등이 오가며 '차를 마시는 기분을 즐기는 곳'이다. 전자는 대중적·개방적·세속적이며 분위기가 명랑하고 좋은 레코드가 없는 대신 찻값이 싸고 사내들이 급사를 했다. 이에 비해 후자는 귀족적·폐쇄적·고답적이며 다방 안은 담배연기로 자욱하고 베토벤, 모차르트 등 고전음악을 들려주는 대신 찻값은 비싸고 어여쁜 모던걸이 급사를 했다.5) 현민의 언술은 당시의 다방이 지식인, 예술가는 물론 일반대중에게도 확산되어 있음을 알려주는 동시에 드나드는 인물과 분위기에 따라 나름의 위계를 가지고 있었음을 보여준다.

현민의 글에서 당대 예술가들이 다방의 주요고객 중 한 부류였음을 알 수 있다. 그들을 문인의 경우로 한정할 때 다방 애용자는 주로 해외문학파들과 구인회 멤버들이었다. 그들에게 다방은 도회적 감수성을 체험하는 장소이자 동업자들끼리 문학을 소통하는 통로였다. 아울러 그들은 다방 출입을 통해 자신들이 고상한 '문사, 문인, 예술가'라는 자의식을 형성하고 그곳에서 집필을 하기도 했다.6)

실제 몇 차례 다방을 경영했던 이상은 경제적으로 손해만 보았음에도 다방에 대한 따뜻한 시선을 잃지 않는다. 그는 전기기관차의 미끈한 선,

---

5) 현민, 「현대적 다방이란?」, 『조광』, 1938, 6, 157-158쪽.

6) 1930년대 다방이 문인들에게 문사의식을 심어주게 된 과정과 그 의미, 그리고 문단 형성의 역할을 하게 된 경위를 자세하게 살핀 글로 손유경, 「1930년대 茶房과 '文士'의 자의식」, 『한국문학과 풍속1』(한국현대문학회 엮음), 국학자료원, 2003, 93-123쪽이 있다.

강철과 유리, 건축구성, 예각으로 대표되는 문명 도시에서 생활하는 현대인에게 "다방의 일게(一憩)가 신선한 도락이요, 우아한 예의가 아닐 수 없다"고 여겼다. 그는 다방에서는 지위고하와 성별을 불문하고 누구라도 "심정의 회유를 소원하는 티 없는 사람의 하나"7)가 된다고도 했다. 이상은 '세속도시'에서 다방이라는 공간의 창을 통해 '인공낙원'을 본 듯하다. 그러나 이상의 작품에서 다방이 중요한 위상을 차지하지는 않는다. '제비'에서부터 까페 '쓰루[鶴]', 다방 '무기[麥]', '69'까지 다방 경영에 집요한 애착을 보인 그의 작품에 그곳이 구체적으로 현시되지 않는 까닭은 다소 의아한데, 이는 이상이 자신의 다방을 그저 문인들을 비롯한 예술인의 아지트 정도로 여긴 까닭일 터이다.

1930년대 소설에서 다방과의 친연성은 이상보다 박태원에게서 구체적으로 확인된다. 박태원은 "문단인 중에 제일 감각적인 분의 한 사람으로 또한 다방취미를 인텔리들에게 먼저 전염시킨 분"8)으로 그려지고 있는데, 실제 그에게 다방은 창작 동력의 공간 그 자체였다. 작가의 「피로」, 「소설가 구보씨의 일일」, 「애욕」, 「방란장 주인」 등에는 다방이 주요한 배경으로 나타난다. 이 중 「소설가 구보씨의 일일」의 모태가 된 「피로」는 소설가인 나가 '낙랑다방'에 들어갔다가 작업을 하지 못하고 거리로 나와 도시 공간을 배회하다 다시 다방으로 돌아온다는 내용이다. 이 작품에서 보듯, 식민지 조선에서 피로한 인생을 살아가는 당대인들에게 다방은 "위안과 안식"의 제공처로 기능한다. 그들의 피로감은 "눈곱만한 안심도 가질 수 없는 이 시대와 이 인심"이라는 언술에서 알 수 있듯이 시대의 우울에서 비롯한다. 그들은 그곳에서 "차를 마시고, 담배를 태우고, '축음기의 예술'에 귀를 기울"이지만 정작 얻은 것은 '홍차' 한 잔

---

7) 이상, 『이상문학전집3』(김윤식 엮음), 문학사상사, 1998, 80-81쪽.
8) 안석영, 「朝鮮文壇三十年側面史」, 『조광』, 1939, 6, 198쪽.

정도의 위안에 불과하다. 이에 비해 박태원은 다방에서 소설 걱정도 하고 원고도 쓴다.9) 작가에게 다방은 창작의 중요한 공방인 셈인데, 이는 작가의 고현학적 방법론이 집밖의 집필실인 다방에서 실행된다는 점에서 의미를 지닌다고 할 수 있을 것이다.

그러나 예술가가 운영하는 다방은 경제적 곤란을 겪기 십상이다. 「방란장 주인」은 그런 다방의 개업 과정과 경영의 어려움이 잘 나타나 있는 작품이다. 화가인 '방란장'의 주인은 다방을 통해 현실적인 이익을 추구하려는 욕심이 애당초 없는 인물이다. 물론 별 자본도 없이 시작한 장사이기에 그렇기도 하지만 말이다.

> …… 물론 그러한 간략한 장치로 무어 어떻게 한밑천 잡아 보겠다든지 하는 그러한 엉뚱한 생각은 꿈에도 먹어 본 일 없었고, 한동리에 사는 같은 불우한 예술가들에게도, 장사로 하느니보다는 오히려 우리들의 구락부와 같이 이용하고 싶다고 그런 말을 하여, 그들을 감격시켜주었던 것이오……
>
> 「방란장 주인」, 『한국소설문학대계19』, 281쪽

이런 소박한 의도로 일을 벌였지만 결국 '방란장'은 늘어나는 적자에 파산 직전이다. 여기에는 상술 부재의 주인 탓도 있고 호화롭게 실내외를 단장하고 개업한 인근의 '모나미' 다방의 영향도 적지 않다. 이제 경성은 자본력이 시장을 지배하는 도시가 되어, '예술인들의 아지트'와 같은 낭만적 몽상은 냉엄한 현실 질서에서 붕괴할 수밖에 없게 된 것이다. 그런 곤핍한 상황에서도 '방란장' 주인은 자신이 더 이상 그림다운 그림

---

9) 그러나 1930년대 후반으로 갈수록 경성의 다방이 문인들의 문화적 욕구를 채워주기에는 역부족이었던 듯하다. 손유경, 앞의 글, 109쪽. 아울러 다방에서 차를 마시며 문학을 한다는 것이 고상한 취미가 아니라 잘난 체하는 행동에 불과하다고 여기는 문인들도 있었다. 같은 글, 119쪽.

을 그릴 수 없을 것이라는 자괴감에 빠질 뿐이다. 즉 그는 다방을 통해 수익을 창출할 궁리보다 예술가로서의 자기 정체성에 대해서만 깊이 고민하는 것이다.

태평양 전쟁과 2차 세계대전의 물자난으로 1940년대 경성의 다방은 거의 폐업할 수밖에 없었다. 서울에 다방이 다시 하나둘 문을 연 것은 해방 이후였다. 해방 후 사람들은 서울로 몰려들기 시작했다. 일제 강점기에 가난이 싫어 타국 땅으로 흘러들었던 유랑민들과 이역의 독립지사, 그리고 강제 징병과 징용을 당했던 청년들과 노동자들은 서둘러 귀국길에 올랐다. 그들은 해방조국의 땅에서 그간의 고생담을 토로하고 서로의 안위를 나누며 감격의 눈물을 흘렸다. 타의의 강압에 생이별을 했다 재회한 사람들의 사연이 짧은 몇 마디의 말로 갈음될 수는 없었다. 그들에게는 저마다의 통한을 장시간 풀어놓고 아울러 해방의 기쁨을 만끽할 공간이 필요했다. 그것은 신분과 계층과는 무관한 조선사람 누구나의 인지상정이었다. 서울 번화가에 급작스럽게 다방의 수요가 창출된 것은 그런 연유에 있다.

'봉선화', '에덴', '낙랑', '마돈나', '갈채', '모나리자' 등의 다방이 앞서거니 뒤서거니 하며 문을 연 때가 바로 이즈음이다. 이 시기 많은 문인들은 명동의 다방에서 문학을 논하고 회합을 했지만 동족상잔의 참화는 서울을 다시 혼돈으로 몰아넣었다. 서울의 다방들은 또다시 문을 닫을 수밖에 없었다. 대신 그 역할을 떠맡은 것은 피난지 부산의 '밀다원', '금강', '에덴' 다방 등이었다. '밀다원 시대' 혹은 '피난문단'으로 지칭되는 이 시기 작가들의 애환은 김동리의 「밀다원 시대」10)에 고스란히

---

10) 김동리는 다방에 각별한 애정을 가지고 있었던 듯하다. 그는 '마돈나'의 주인 중 하나인 손소희와 다방 구석에서 문학과 사랑을 속삭이다 결혼에 성공했고(강준만·오두진, 앞의 책, 66쪽), 다방이 문화적 공간으로 기능하던 시절의 문단 교우를 회상하는 글이기에 그럴 수도 있겠으나, 자전 에세이를 엮은 책에는 부산의 '밀다원', '금강', 서울의 '갈채',

담겨 있다.

작품의 화자 이중구[11]가 피난열차를 타고 부산을 향할 때의 마음은 울울하다. 전쟁 통의 피난이라 당연하겠지만, 처자를 친정붙이에 맡기고 노모는 서울 냉돌방에 그냥 두고 온 사정 때문에 더욱 그렇다. 그런 그의 심사는 부산을 '끝의 끝', '막다른 끝', '허무의 공간'으로 표현하는 데에서 극명하게 드러난다. "낯수건과 칫솔과 내복 한 벌과, 그리고 어머니의 사진 한 장이 들어 있는 다 낡은 손가방"이 행장의 전부인 화자에게 부산은 당장의 생계와 잠자리를 걱정해야 할 막막한 공간이다. 그런 그에게 다방 '밀다원'은 문필업, 혹은 예술 계통에 종사하는 사람들이 모인다는 이유 하나만으로 심리적 위안을 준다. '밀다원'의 첫인상을 화자는 다음과 같이 묘사하고 있다.

> 다방 안은 밝았다. 동남쪽이 모두 유리창이요, 거기다 햇빛을 가리게 할 고층 건물이 그 곁에 없었기 때문이었다. 한가운데는 커다란 드럼통 스토브가 열기를 뿜고 있고 카운터 앞과 동북 구석에는 상록수가 한 그루씩 놓여 있었다. 그리고 얼른 보아 한 스무 개나 됨직한 테이블을 에워싸고 왕왕거리는 꿀벌 떼는 거의 모두가 알 만한 얼굴들이었다.
>
> 「밀다원 시대」, 『김동리전집2』, 306쪽

다방의 실내풍경이 실제 어떠했는지는 알 수 없으나 화자는 '밀다원'을 지극히 밝고 따사로운 공간으로 그리고 있다. 그곳이 전란의 피난처임을 염두에 둔다면, 실내 정경의 사실 여부를 떠나 음습하게 묘사되는

'문예살롱' 등 다방에 관한 제목의 목차가 네 편이 나온다. 김동리, 『김동리전집8』, 민음사, 1997.

11) 「밀다원 시대」에서 김동리는 작품 화자 이중구의 실제모델 '이봉구'를 통해 그의 내면심리와 '밀다원'에서 벌어지는 이러저러한 일을 서술한다. 작품에 등장하는 길 여사는 여류 소설가 '김말봉', 조현식은 평론가 '조연현'이 실제 모델이다. 김병익, 『한국문단사 1908-1970』, 문학과지성사, 2003, 274쪽.

것이 일반적일 터인데, 화자는 '밀다원'에서 전쟁 전에 문학과 인생을 논하던 서울 다방의 데자뷰를 느낀 듯하다. 그때 그곳은 시난고난한 일상적 삶에서 벗어나는 휴식처이자 문학담론의 장으로 전화한다. 그렇기에 '밀다원'에 모인 여러 문인들은 시국담보다 문화·예술 이야기에 몰두한다. 피난 온 문인들이 '밀다원'으로 몰려들 수밖에 없는 이유가 바로 거기에 있다. 동병상련의 처지로 유유상종하는 그들은 "덮어놓고, '밀다원'에 가보아야만 될 것 같"은 의무감을 갖는다. 물론 '밀다원' 아래층에 <문총> 사무실이 있기도 해서겠지만, 그보다는 그곳이 피난처에서 갈 곳 없는 문인들의 회합처이자 예술가의 응어리진 심사를 털어놓을 수 있는 거의 유일한 공간이기 때문이었다.12) 박운삼의 자살로 '밀다원'에서 쫓겨난 문인들이 또다시 광복동 로터리 주변의 다른 다방들에 자리를 잡거나 남포동 쪽의 '스타' 다방 또 창선동 쪽의 '금강' 다방에서 다시 모이는 것도, 다방이라는 공간의 친밀함과 "꿀벌은 꿀벌 떼 속에, 갈매기는 갈매기 떼 속에"라는 문장의 의미대로 동업자들끼리의 동류의식에서 비롯한다.

그렇기에 이중구는 부산 범일동에 있는 동료작가 오정수의 편안한 집에서 하룻밤만 묵고 나온다. '밀다원'과 한 시간이 채 안 걸리는 거리에 있는 오정수의 집이 이중구에게 "만 리도 넘"게 떨어져 있는 듯한 느낌 역시 동료들과 온종일 함께 하고 싶다는 심리에서 기원한다. 한 겨울의 추위와 초라한 잠자리와 육신의 피로도 모두 감수하겠다는 화자에게 광복동 '밀다원'과 범일동 오정수 집과의 심리적 거리는 그렇게나 멀다. 중공군이 부산까지 침공할지 모른다는 우려에 길 여사가 어렵사리 마련한 제주행 배편을 이중구가 거절하는 것도 "밀다원에서 떠나는 것이 무

---

12) 김동리는 '밀다원'에서 만난 소위 문화 예술인들에게 친근감 이상의 가족과 같은 느낌을 받았다고 후에 고백한다. 김동리, 앞의 책, 269-270쪽.

섭"기 때문이다. '밀다원'은 이처럼 단순히 다방이라는 물리적 공간의 위상을 넘어서 피난문인들의 심리적 의지처가 된다.

피난지 다방이 피난민에게 정신적 보금자리로만 소임을 다 했던 것은 아니다. 글 쓰는 일이 생존의 커다란 이유이기도 한 문인들에게 다방은 전쟁 통에 집필실이 되기도 했다. 「밀다원 시대」에서는 평론가 조현식이 '밀다원'의 "구석자리에서 원고를 쓰"고 있는 모습이 글을 쓰는 장면으로는 유일하다. 김동리 역시 '밀다원'에서 집필은 하지 않은 듯하다. 그는 주로 '금강' 다방에서 작품을 쓴 듯싶은데, 아마도 이제 막 피난지로 온 '밀다원' 시기에는 창작을 할 만한 정신적 여유가 없지 않았을까 싶다. 김동리가 다방에서 글을 쓰게 된 이유는 역시 피난지의 상황이라는 점이 고려되어야 할 것이다. 그는 부산의 백씨(伯氏) 집에서 곁방살이를 했는데 거기에서 글쓰기가 곤란했을 사정은 충분히 짐작된다. 좁은 방 한 칸에 병든 어머니가 누워 있고, 다섯의 아이들이 놀며 싸우며 떠들고, 음식 냄새가 진동하고 게다가 어둡고 먼지와 연기가 나는 방에서 작업하기보다는 오히려 다방의 환경이 좋았다고 작가는 회상한다.13)

피난지 부산의 다방은 이처럼 피난민 문인들의 정신적 안식처이자 창작의 산실 역할을 톡톡히 해냈다. 환도 전까지 길게 잡아야 약 삼 년여 기간 동안 문인들은 그곳에서 일상적 생활을 영위하고 작품을 썼다. 이처럼 '피난문단'이라는 말이 무색하지 않게 부산의 '밀다원'이나 '금강'은 우리문학사의 특별한 심리지리적 공간이 되었다.

---

13) 앞의 책, 274쪽.

3. 일상적 사무 공간과 대중문화의 소비처

도시화·산업화가 시작된 1960년대의 서울은 이호철의 표현대로 '만원'이었다. 박정희 정권의 강력한 재건의지는 나라 전체를 들썩이게 해 사람들은 대거 고향을 떠나 도시로 몰려들었다. 서울은 어느덧 '약속의 땅'이 되어 일거리를 찾거나 학업을 위해 상경하는 사람들로 북적거렸다. 남루한 판자촌에 둥지를 틀거나 값싼 산꼭대기 하숙방에 짐을 풀면서 그들은 성공의 기회를 잡기 위해 부심했는데, 이 시기 도심의 다방이 탈향민들에게 인력 사무소 구실을 톡톡히 해낸 것도 그런 이유에 있다.

어느 면에서 보자면, 60년대의 다방은 대도시 서울의 축소판인 형국이었으나 소설에서는 그다지 큰 비중으로 나타나지 않는다. 아마도 재건의지와 산업화에 여념이 없는 다방 밖의 서울 거리가 너무도 역동적이기 때문이었을 것이다. 그런 상황에서 60년대식 다방의 심리지리를 "차 나 한 잔"으로 간결하게 요약한 작가는 바로 김승옥이다. 지방 소도시 순천에서 학업을 위해 상경한 스무 살 작가에게 다방을 비롯한 도심의 풍경은 적잖이 매혹적이었을 것이다. 과연 그의 등단작 「생명연습」은 다방에서 줄곧 교수와 나누는 이야기로 전개되고, 「다산성」에서는 장난 연애를 위해 숙이와 다방에서 만나고, 「60년대식」에서 애경은 결혼상담소의 여직원으로 구혼남성에게 사기를 치기 위해 다방에 진을 친다. 이처럼 다방은 김승옥 소설에 자주 등장한다. 그러나 김승옥의 다방은 앞 시대와는 사뭇 달라진 모습을 띠어 더 이상 문화공간으로 기능하지 않는다. 김승옥 소설 속의 다방은 「생명연습」의 경우처럼 사제간의 대화를 목적으로 찾는 경우도 있지만, 「다산성」에서처럼 연애를 빌미로 시간을 소비하는 장소이거나 「60년대식」에서와 같이 부당한 방식으로 재화를 획득하려는 모의처로 전화한다.

이 시기의 다방이 보다 기능적으로 변모한 양상이 돌올한 「차나 한 잔」은, 신문사에 만화를 연재하던 그가 일을 중단 당하고 새로운 일거리를 찾으려 애를 쓰다 선배 만화가 김 선생과 폭음을 한 후 귀가한다는 줄거리의 작품이다. 연재 중단으로 야기된 생계 걱정 및 서구의 자본화된 대중문화산업에 잠식당하는 우리문화의 현실을 그린 이 작품에서, 다방은 사무적인 일을 처리하는 대표적인 장소로 표상된다. "신문에서 자기의 연재만화가 요 며칠 동안 이따금씩 빠져" 불안해하는 그가 그날 치의 만화를 신문사에 가져다주려고 갔을 때 문화부장이 그의 해임 통보를 알리기 위해 선택한 곳이 다방이다. 물론 문화부장은 "차나 한 잔 하러 가"자는 말로 그를 다방으로 이끈다.

일반적으로 "차나 한 잔"이라는 말은 지인끼리 무료한 시간을 메우거나 친교를 다지는 방편으로, 혹은 오랜 만에 만난 사람들이 근황을 교류할 목적으로 다방에 가자는 의미를 지닌다. 그러나 문화부장의 "차나 한 잔"이라는 언사는 앞의 것을 포함하면서도 상당히 다의적인 의미를 지닌 '도회의 어법'이다. 그가 문화부장과 헤어져 어지러운 심사를 다스리고 새로 연재만화 지면을 구할 신문사를 물색하기 위해 다른 신문사 문화부장과 가는 곳도 다방이다. 이 시기의 다방은 이처럼 일종의 거래를 성사시키기 위한 목적으로 이용되는 경우가 많았다.

그가 간 광화문께의 '초원' 다방은 60년대 시내의 전형적인 다방 풍경을 보여준다. "어둑신하고 넓은 실내에 사람들이 꽉 들어차 있고 스피커들이 운동회 때처럼 음악을 내지르고 있"는데, 이런 풍경은 앞 시대의 다방과 풍취가 전혀 다르다. 다방에서 이제 과거의 예술적 정취와 풋풋한 인간미는 찾아볼 수 없다. 이 각박한 60년대 서울 시내 다방의 모습을 그래서 이서구는 안타까워한다.

멋을 알고 다방을 안식처로 찾는 손님은 자취조차 묘연하고 이제는 우
왕좌왕 상기된 시민들의 회견장이 되고 만 감이 있다. 사무실이 없이 생
업을 영위하자니 발길은 다방으로 향하고 사원이 없는 업주라서 다방전
화가 유일한 섭외기관이요, 메모를 전해주는 레지가 유일한 비서이다.
다방도 이쯤 되면 그 성격은 영 달라지고 만다. 온종일 들끓는 손님들은
무엇이 그리 바쁜지… 무슨 사업을 꾸리려 하는지 보고만 있어도 현기증
이 날 지경이다.[14)]

김승옥 소설에 다방이 자주 나오지만 그것에 반영된 모습은 지극히
일면적이다. 김승옥은 일찍부터 대중문화의 세례를 받은 작가 중 하나이
다. 대중적 감수성에 누구보다 민감한 그가, 50년대 말부터 명동과 종로
일대에 포진한 '은하수', '심지', '청자' 등의 대중음악 다방과 이후 60년
대 서울 중심가에 번성했던 '쎄시봉', '디쉐네', '뉴 월드', '아카데미',
'시보네', '르네상스', '아폴로' 등의 음악다방, 혹은 음악 감상실[15)]의 분
위기를 소설화하는 데에 무심했던 것은 아쉽다. 전후의 엄숙주의에서 벗
어나지 못했던 50년대 작가들과 달리, 참신한 감수성으로 생활세계의
저변을 탐구한 김승옥이야말로 당대 음악다방의 풍경을 최일선에서 다
룰 수 있는 적자 중 하나였음에도 불구하고 말이다.[16)] 아마도 그 이유는
김승옥이 4 · 19 무렵 서울대 문리대 옆의 동숭동에 개업한 '학림'[17)]에

---

14) 이서구, 「茶房歲時記」, 『신동아』, 1967, 6, 325쪽.
15) 신현준 외, 『한국 팝의 고고학 1960』, 한길아트, 2005, 123쪽.
16) 물론 다방은 지역, 출입자의 신분이나 나이에 따라 천차만별로 특성이 위계화될 수 있
   다. 하지만 대중문화 태동의 기미가 엿보이고, 어느 시대보다 융성했던 60년대와 70년
   대의 음악다방을 제대로 다룬 작품을 보기 어렵다는 것은 소설의 풍속사적 측면에서 보
   자면 하나의 결락이 아닐 수 없다.
17) 학림다방의 의의를 이성욱은 다음과 같이 평하고 있다. "학림다방은 시대의 상처를 접사
   렌즈처럼 가까이 모아서 보여주던 곳이다. 4 · 19세대인 시인 김지하, 소설가 김승옥을
   비롯해 당시 예민하기 짝이 없는 감성으로 가득했던 청년학도들에게 현실은 너무나 아
   팠고 힘들었다. 비상계엄과 긴급조치 등으로 점철된 70년대 역시, 이른바 유신세대들에
   게 고통스럽기는 매한가지였다. 거리로 나가 돌을 던지고 감옥으로 끌려가야 하는 현실

서 고전음악을 즐겨 들었던 때문일 터이다.

청춘군상이 모인 음악다방의 면모가 미미하게나마 드러나는 작품은 박태순의 「연애」이다. 작품의 주요 배경은 '폴 앵카 뮤직홀'인데, 상호에서 짐작할 수 있듯이 음악전문다방이다. 우리나라의 대중가요와 서양의 팝음악을 전문적으로 트는 이런 유의 음악감상실은 1960년을 전후해 서울의 종로와 충무로에서 유행을 이루었다. 이곳에서는 입장료의 대가로 차 한 잔과 음악을 선사한다. 레코드 재킷이나 가수의 슬라이드를 환등기로 무대 스크린에 비추면서 초대형 스피커로 메가톤급 음악을 울려대기 위해서는 음악에 식견이 풍부한 전문 음반 플레이어가 필요했는데, 이를 수행하던 사람이 디스크자키의 시초였다. 이러한 풍경은 도시에서 새로 개업하는 다방 어디에서나 볼 수 있어, 다방 한 귀퉁이에는 뮤직박스라는 협소한 공간이 마련되었다. 그러나 음악감상실의 도식적이고 억압적인 분위기는 새로운 형태의 감상자에게 이전과 다른 형식의 요구를 낳았다. 이렇게 해서 새로 호황을 누리는 곳이 음악다방인데 그곳은 1963년 이후 전성기를 맞았다.[18]

「연애」의 '폴 앵카 뮤직홀'은 최동욱이 진술한 음악다방의 모습을 고스란히 간직하고 있다. 베토벤의 '전원교향곡' 이야기도 나오기는 하지만, 대중음악을 전문으로 트는 곳답게 이곳에서 주로 호명되는 문화적 기호는 '엘비스 프레슬리', '한명숙', '비틀즈' 같은 동서양의 대중가수들이다. 이곳에는 음악다방의 필수요건이 된 디스크자키가 있고, "열댓 명은 됨직한 레지들이 불난 곳에 간 소방서원처럼 쉴 사이 없이 쏘다니는" 풍경에서 실내의 넓이를 짐작할 수 있지만 정작 음악에 관한 이야기는

은 얼음왕국 바로 그것이었다. 그러나 그런 빙하기에도 청춘은 학림다방이 있었기에 조금이나마 위로 받을 수 있었다." 이성욱, 『쇼쇼쇼ー김추자, 선데이서울 게다가 긴급조치』, 생각의 나무, 2004, 281-282쪽.
18) 최동욱, 「한국 최초의 디스크자키가 엮는 팝스계 야사1」, 『음악동아』, 1984, 6, 286-287쪽.

없다.

대신 작품의 제목대로 '연애'에 관한 이야기가 주류를 이루는데, 이때 음악다방은 다분히 분위기 연출에 기여하고 음악은 그저 소비될 따름이다. 거기에는 하위문화의 주체적 자각이나 스타일이 부재한다.[19] 그들은 세대적·계급적 자각을 이루기에는 여러 모로 부족한 인물로 그려지고, 그래서 그들의 특정한 직업이나 소속집단은 구체적으로 나타나지 않는다. 단지 이들은 생계를 위해 노동을 하고 밤이 되면 뮤직홀에 모여 시간을 허비할 뿐이다. 「연애」에서 나와 생면부지의 억근이와 그의 친구들이 연애에 대한 소모적인 언어유희만 일삼는 것도 아직 그들의 정체성이 막연한 탓이다.[20] 그들은 다방에서 그저 사소하고 유치한 말장난을 나누며 음악으로 대표되는 대중문화를 소비한다.

청춘의 전유물인 음악다방이 성업했지만 숫적으로만 보자면 일반다방이 훨씬 많았다. 이런 유의 다방은 서울 도심은 물론 변두리 동네 구석구석에 산포되어 일반인들의 휴게실 겸 사무실로 이용되었다. 서울에서의 증가 수에 비례해 다방은 시골의 면 단위에도 하나둘씩 들어서 사람들의 심리지리적 공간으로 자리 잡기 시작했다. 최일남의 「장미다방」은 그 과정을 여실히 보여주는 작품이다. '장미다방'의 등장을 낯설어 하는 J면 사람들은 처음에는 그곳을 꺼려했다. 하지만 시간이 지날수록 J면 사람들의 자랑거리로 부상한 '장미다방'은 어느덧 마을 사람들의 생활세계에 깊숙이 침투한다. 이제 '장미다방'은 그들이 동경해마지 않는, 서울로 표상되는 도시적인 분위기를 지닌 곳이기에 그들은 늘 그곳을 의식하며 생활한다. 하여 그들은 '장미다방'에 날마다 출석하다시피 해 자신

---

19) 하위문화 주체의 세대의식과 계급의식은 우리나라에서 70년대의 청바지, 통키타, 생맥주로 대표되는 청년문화 시기에서부터 본격적으로 태동되었다고 보아야 할 것이다.

20) 백지연, 「박태순 소설에 나타난 도시공간 고찰」, 『비평문학』 제26호, 한국비평문학회, 2007, 8, 89쪽.

들의 삶과는 다른 어떤 분위기를 익히려 애를 쓴다. 다방에서의 그들 대화와 행동이 이전과 사뭇 달라진 것도 도회적 풍경을 다분히 의식한 결과이다.

그들은 모이면 아무개가 양계를 하다가 쫄딱 망한 얘기, 아무개가 꽃 재배를 해서 재미 본 얘기, 아무개가 읍내에 나갔다가 자동차에 치어 죽을 뻔한 얘기, 아무개가 서울을 자주 오르내리는 얘기 등속으로 한시도 입을 가만히 놔두지 않았는데, 이상한 것은 그들의 화제가 다방에 드나들기 시작하면서부터 이런 일상사를 떠나서 차츰 국내 연예계나 정치정세 그리고 국제문제에까지 비약한다는 사실이었다. 도란도란 주고받는 것이 아니라 여전히 잡음 많은 시외전화를 하듯 큰 소리이기는 했으나, 다방에 나오기 시작하면서부터 그들의 대화가 차츰 폭이 넓어지고 그만한 또래의 사람들이 주고받음직한 영역을 간혹 벗어나는 일이었다. 물론 이것은 그들이 애써 차를 마신다는 새로운 환경을 의식하고 나오는 데서 생긴 현상이기는 하지만, 아무튼 정씨가 무료한 잡화상을 지키고, 김씨가 멍청히 육고간에 앉아 있을 때와는 사뭇 다른 변화였다.

「장미다방」, 『서울사람들』, 157-158쪽

「장미다방」은 도시화의 물결이 농촌 공동체에 파급되는 70년대 중반의 상황을, 다방을 통해 적확히 포착한 작품이다. 절대빈곤에서 벗어나기 위해 도시를 욕망하던 이전과 달리, 70년대 중반의 시골 사람들은 이제 문화적 향유에 대한 동경으로 도시 풍속에 열중한다. 그들은 차를 마시고 남진, 이미자 등의 대중가요를 들으며 문화를 소비한다. 진수로 대표되는 J면의 청년층은 '팝송'을 통해 젊은층의 대중문화를 마을에 끌어들이려 애를 쓰기도 한다. 그런 점에서 이 작품은 다방이라는 기호를 통해 1970년대 중반에 시골 사람들이 어떻게 자신의 영혼을 도시적인 것에 빼앗기고 있는가를 상징적으로 제시하고 있다고 할 수 있다.[21]

4. 다방, 사라져 가는 오브제

변두리 다방은 동네 유지나 자영업자들이 주로 오가는 곳이라 구성원과 손님들의 친밀도가 강한 편이었다. 이보다는 밀착성이 조금 덜 하지만 기업 사무실이 즐비한 도심의 다방 역시 사정은 비슷했다. 적은 고정급과 매상에 따른 일종의 성과급제였기에 마담과 레지는 판매를 위해 손님들에게 비위를 맞춰야 했던 것이다. 특히 유동인구가 많은 도심의 다방은 인근 회사의 직장인들을 단골로 삼기 위해 경쟁이 심했다. 다방 홍수의 시대에 살아남기 위해 마담, 레지는 짓궂은 손님의 농탕도 감수해야 했는데, 그런 점에서 이 시기의 다방은 찻값을 매개로 남성의 언어적·육체적 성희롱이 자행되기도 하는 퇴폐적인 모습을 보이기도 했다.

윤흥길의 「꿈꾸는 자의 나성」에는 그러한 양상이 드러나 있다. 작품의 화자 나는 매일 한두 차례 단골 다방을 들르는 인물이다. 그러나 나와 직장 동료들이 회사의 구내다방을 놔두고 "시내 중심가의 뒷골목 자리 잡은" 곳으로 굳이 가는 까닭은, 회사의 간부들이 구내다방에서 "레지 아가씨 치마 밑으로 손 집어넣는 꼴"을 목격할까봐서이다. 그들은 레지에 대한 연민 때문이 아니라 "이사 영감의 체면"을 배려하기 위해 일부러 '종탑다방'을 가는 것인데, 그런 고로 그들 역시 '종탑다방'에서는 배 마담의 허벅지와 엉덩이를 주물러대고 음담을 나누며 시시덕거리곤 한다.

이런 상황이라 다방도 철저히 자본의 논리에 따를 수밖에 없게 되었다. 문화의 향취는 간곳이 없고 빈털터리에게는 야박하기만 하다. 「꿈꾸는 자의 나성」에서 다방 전화로 LA행 비행기 편을 문의하는 엽차손님 이상택은 다른 손님이 보기에도 무안할 정도의 박대를 레지에게 당한다.

---

21) 오창은, 「한국 도시소설 연구」, 중앙대 대학원 박사논문, 2005, 140-141쪽.

그럼에도 끊임없이 서울의 뒷골목 다방을 순례하는 그에게서, 그래도 서울이라는 대도시에서 그나마 다방이 가진 것 없는 자에게는 잠시일지라도 유일한 휴식처라는 역설을 읽을 수 있다.

앞에서 살폈듯 소설에 반영된 다방의 변모 양상은 시대마다 다르다. 문화·예술인의 아지트였던 초창기 다방과 전쟁 통의 부산 피난지 다방은 문화다방으로서의 면모가 여실했다. 물론 이 시기에도 일반 대중이 드나들었던 다방이 있었을 것이지만, 그런 다방은 소설에서 쉽게 발견되지 않는다. 60년대 이후 다방은 본격적으로 상업적인 공간으로 전화한다. 그곳에서 대중은 음악과 차를 소비하거나 업무를 보았다. 이러한 모습은 다방이 자본주의의 물결이 거세진 시대적 추이에 발맞출 수밖에 없기 때문이다. 이제 다방은 더 이상 문화적 향훈을 내뿜는 낭만적 공간이 아니다. 되레 일부 다방은 차를 파는 본연의 기능대신 퇴폐적 공간으로 전락한 면모가 약여하다.

그런 다방의 풍경도 근래에는 찾아보기 어렵게 되었다. 다방은 어느새 우리 곁에서 사어가 되어가고 있다. 그런 세태를 반영하듯, 90년대 이후의 소설에서는 다방의 모습을 찾기가 쉽지 않다. 다방은 작가들에게 더 이상 매혹적인 공간이 아니다. 작가들은 다방 대신 화사한 커피 전문점이나 무드 있는 카페와 바를 선호한다. 2003년에 발표된 김서령의 「역전다방」은 모처럼 다방을 소재로 하고 있는 작품이지만, 소설의 주된 내용은 마담, 레지들의 신산한 삶에 맞추어져 있을 따름이다. 한때는 근대의 상징이자 이국 취향의 총화 중 하나로 기능했던 다방은 세월의 무게에 짓눌려 이제 우리 소설에서 사라져가는 오브제가 된 것이다.

||||

작가에게는 너무도 절실한 '지상의 방 한 칸'

1.

방의 가장 중요한 기능은 사생활 보장일 것이다. 거실이나 주방에 가족들과 모여 있다 자기 방에 들면, 일단은 그들의 시선에서 자유로워진다. 그때 개인은 자신만의 자유를 오롯이 구가한다. 속옷 바람으로 침대에 벌러덩 드러누워 아이스크림을 빨아도 누가 뭐랄 사람이 없다. 진중한 자세로 독서를 하거나 종잡을 수 없는 심사를 공책에 끄적거려도 참견할 사람은 없다. 그 뿐인가? 내밀한 몽상에 빠져 밤을 꼬박 지새워도 괜찮다. 그렇게 자기 방에서만큼은 누구라도 왕이 된다.

개인의 전유 공간은 이처럼 소유자에게 무한정의 자유를 선사한다. 그 가없는 자유를 향유할 수 있는 곳은 복잡다단한 삶을 살아가는 현대인 누구에게나 필요하다. 그곳이 아무리 비좁고 남루할지라도 거기에서 얻는 휴식과 위안은 일상에 지친 현대인들에게 큰 힘이 된다. 그렇기에 자기만의 방은 외부의 어떤 영향으로부터도 안락이 보장되는 피호성의 공간이어야 한다.

일반인과 마찬가지로 '자기만의 방'이 그 누구보다 절실한 사람들 중 하나는 작가들일 것이다. 그들은 자기만의 공간에서 정밀한 고독 속으로 침잠하여 인간과 세계를 성찰하고, 무한한 상상력의 나래를 펼쳐 진실하고 개성적인 문장을 쓰기 원한다.[1] 하지만 아쉽게도 우리나라 작가들 거개는 그런 여유를 향유할 만큼 경제적 사정이 넉넉하지 못했던 것이 사실이다.

전통적으로 우리나라에서 작가는 지사나 문사의 풍모가 강했고 불의와 생활고에 굴하지 않는 이들로 대접 받았다. 또한 심오한 정신으로 작품을 생산하고 때로는 일탈 행위도 불사한다는 측면에서 그들은 일상인과는 약간 다른 삶을 영위하는 사람들로 여겨지기도 했다. 작가들의 그런 초상과 삶의 방식은 그들에게 어느 정도의 경제적 곤궁을 오히려 자연스럽게 여겨지게까지 했다. 실제로도 별도의 직업을 갖지 않은 작가들은 작품과 잡문의 원고료만으로 생계를 해결해야 했다.

그런 형편에 집안의 서재나 집밖의 작업실은 언감생심일 수밖에 없다. 그럼에도 작가에게 창작을 위한 전유 공간이 절실한 이유는 집필에 고도의 집중력이 요구되기 때문일 것이다. 이때 작품에의 몰입을 방해하는 최악의 요소는 단연 소음이다. 창작의 경우뿐만 아니라 사실 생활소음은 일상적 삶도 불편하게 한다. 소음 공해로 인한 불만과 분쟁이 언론에 늘

---

1) 이 글과 관련해 살폈던 책에는 창작 공간에 관한 다음과 같은 내용이 나온다. 김탁환은 작업 공간의 의의를 다음과 같이 말한다. "처음부터 거창한 작업실을 갖추기는 어렵겠지요. 그러나 방 한 구석 아무리 작은 공간이라도 마련해서, 그곳에 들어가면 내가 만들려는 이야기에만 집중할 수 있어야 합니다. 이야기를 제외한 모든 것과의 단절! 그리하여 '나는 내가 쓰고 있는 오직 이것에서만 자극받고 싶다'는 바람을 이룰 수 있는 그곳!" 김탁환, 「작업실 만들기」, 『김탁환의 쉐이크』, 다산북스, 2011, 153쪽 ; 매클라치는 미국 작가들이 실제로 글을 썼던 집에 초점을 맞춰 그들의 창작 공간을 살피는데, 그는 작가들의 방에 다음과 같은 의미를 부여하고 있다. "책상과 그것을 둘러싼 방은 그 자체로 하나의 풍경을 이루고, 아련한 아이디어나 마무리되지 못한 문단, 어른거리는 시의 연이 된다." J. D. McClatchy, 『걸작의 공간』(김현경 옮김), 마음산책, 2011.

상 보도되는 것도 그런 연유에 있을 터이다.

2.

　상대방이 서로 층간소음을 유발한다고 믿는, 아파트 위·아래층 거주자 두 사람이 등장하는 박민규의 「끝까지 이럴래?」는 일상에서 발생하는 소음이 이웃간의 관계와 생활을 얼마나 불편하게 하는지 잘 보여주는 작품이다. 그들의 갈등은 바로 내일이 '인류의 마지막 날'임에도 지속된다. 혜성과의 충돌을 불과 하루 앞둔 상황에서 고작 층간소음의 문제에 연연하는 인물들에게서 독자는 고소를 흘릴지도 모르겠다. 지구가 폭발하고 자칭 만물의 영장이 일시에 절멸할지 모르는 그 절체절명의 순간을 앞두고 층간소음 따위에 시비하는 그들은 얼마나 보잘 것 없는 존재들인가? 하지만 그 비소함이 바로 인간의 본래면목일지도 모른다. 이 작품에서 인간이란 결국 인류 최후의 날을 코앞에 두고도 자잘한 소음에 신경을 곤두세우는 동물에 불과할 따름이다. 그런 한편으로 인간이 소음에 얼마나 민감한 존재인지를 이 작품은 역설적으로 드러낸다.

　아래층을 소음의 진원지로 여긴 윗층 남자의 방문으로 만난 둘은 술도 마시며 세상사를 이야기하고 서로의 입장을 이해하려는 등 화해의 제스처를 보이기도 하지만, 다시 집으로 돌아가서는 또다시 층간소음에 신경을 곤두세운다. 정말 '끝까지', 인류의 종말을 앞둔 그 중차대한 시간에서까지 그들은 소음의 고통에서 벗어나지 못한다. 그러니 소음의 문제가 삶에 얼마나 지대한 영향을 끼치는지를 두 인물은 여실히 보여준다 하겠다.

　「끝까지 이럴래?」에서의 일반인들도 그렇지만 문필가나 학자들은 외부의 소음에 특히 예민한 사람들이다. 바슐라르는 파리에서 경험한 소음에 대해 다음과 같이 서술한다. 그는 "모베르 가(街)에서 밤늦게 자동차들이 붕붕 댈 때, 트럭들이 굴러가는 소리가 나로 하여금 내 도시인의 운명을 저주"[2]할 정도로 소음에 시달렸다. 그는 도심의 온갖 소음을 자연의 천둥소리나 폭풍우 소리로 치환하고 몽상을 즐기는 것으로 나름의 방음 대책을 마련했으나, '소음전시장'을 방불케 하는 대한민국 전역에서 그처럼 내적 평정을 유지하며 몽상의 자유를 구가하기란 쉽지 않은 노릇이다.

3.

소설의 열정이 가득하고 그것과 관련해서 특히 예민한 작가들은 자신의 가족들이 내는 자그마한 소리마저도 창작의 방해물이 되어 고통스럽다. 경제적으로 곤궁한 그들은 온 가족의 보금자리인 집에서 생활과 창작을 병행한다. 최악의 경우에는 비좁은 단칸방에서 식구들과 부대끼는 가운데 작품과 사투를 벌이는 상황도 적지 않다.

때는 1972년, 작가 지망생이던 박범신은 '정릉천변의 사방 8자짜리 작은 방'에서 신혼 생활을 시작한다. 깊은 밤 좁은 방 윗목에 앉은뱅이 밥상을 놓고 등단을 위해 고투를 벌이지만, 그는 "아내가 옆에 있어 신경이 쓰이는 바람에 원고를 쓸 수가 없"다. 원고와 아내 때문에 한껏 과민해진 그는 부인이 잔 기척이라도 낼라치면 "제발 좀 없는 듯이 가만히 있어봐!" 하고 짜증을 부린다. "방이 두 개만 있었으면 피차 그런 고생을 하지 않아도 될 터"[3]인데, 그 여분의 방 한 칸이 없어 예비 작가는

<hr>

2) Gaston Bachelard, 『공간의 시학』(곽광수 옮김), 동문선, 2003, 109쪽.
3) 박범신, 「나이 들수록 드넓은 정신의 방이 필요하다」, 『적게 소유하는 자가 아름답다』, 자유문학사, 1994, 254쪽.

괴롭기만 하다. 하지만 사정은 그가 작가가 된 이후에도 그리 개선되지 않는다. 소설에의 열정만큼은 누구보다도 드높은 「골방」의 주인공은 작가 생활 초기부터 "나는 작가라는 이름으로만 살고 싶었고, 작가로 불리기 바랐으며, 작가로 죽고 싶었을 따름"일 뿐이다. 하지만 궁핍은 여전하고 두 아이 때문에 소설쓰기는 더욱 곤란하다. 그렇게 '불광동 어둡고 작은 방'에서 "아이 우는 소리에 그나마 쓸 수도 없"는 어려움을 겪던 그는 셋째 아이를 잉태한 아내에게 낙태를 강압한다. 그것은 아내의 출산 이후에도 끊이지 않는다.

> 없애버럿. 없애버럿. 수술하기엔 너무 늦어버린 다음에도, 아이를 낳을 때까지, 아니 낳고 난 그 후에까지, 나는 걸핏하면 눈 부라리고 없애버럿, 없애버리랬잖아, 끊임없이 심통을 부렸다.
>
> 「골방」, 『흰 소가 끄는 수레』, 152쪽

주인공에게 새 아이는 창작의 방해물에 불과하다. 주인공의 이런 인식에 문제가 있는 것은 당연하다. 그런 한편으로 작가로서의 강렬한 욕망을 뒷받침하지 못하는 현실적 여건이 안쓰럽기도 하다. 그 '방 한 칸'이 없어 매몰찬 언사를 아내에게 내뱉어야 하는 창작자의 괴로운 심경 말이다. 물론 모두가 그렇지는 않겠지만, 창작을 위해서라면 가족에게도 이토록 잔인해질 수 있는 것이 작가이다.

4.

혈육에게도 그럴진대, 타인의 개입으로 창작에 지장을 받는다면 그 스트레스는 어느 정도가 될까? 조해일의 「방」에는 돌발적인 상황의 발생으로 자신의 방에 이웃 아이를 들임으로써 창작을 못하게 되는 소설가 송씨의 사정이 나온다. "평 반짜리 방 하나에 반 평짜리 부엌 하나씩 달린 연립(聯立)에 세들어 사는" 다섯 가구 중, 돌연 명이네 방이 사라지는 비현실적인 사건이 발생한다. 다행히 방이 남아 있는 네 가구의 '가난뱅이들'은 인정상 명이네 식구들을 각기 자신의 방에 분산 수용하기로 하는데 열두 살 명이는 소설가 송씨 방에 배정되었다. 이웃에게 호혜를 베풀기는 했으나 문제는 명이가 들어온 후 송씨가 단 몇 줄의 소설도 쓰지 못한다는 데에 있다.

소설을 쓸 때 송씨는 무엇보다도 '영혼의 고양'을 중시한다. 그 말은 "머릿속에서 뱅뱅 돌기만 하던 어떤 매혹적인 분위기를 빛이 쏟아져 드는 듯한 그 '신이 오르는' 흥분 가운데 문장으로 포착하여 원고지에 옮기"는 순간을 의미한다. 막연했던 이미지나 구상의 내용을 비로소 구체적이고 적확한 언어로 써내려갈 수 있는 그때야말로 작가가 간절히 고대했던 시간일 터이다. 안개에 쌓인 듯 아련하던 쓸거리의 실체를 발가벗겨 원고지에 적는 그 순간, 작가는 이전의 답답함을 보상 받고 창작의 희열을 만끽한다. 그러나 그 중요한 순간에 명이는 열두 살 소년다운 관심―가령 소설의 제목, 송씨가 쓰는 소설이 탐정소설인지 모험소설인지의 여부, 진짜 모험소설가라면 이런 셋방에 살지 않을 것이라는 지적, 아저씨 소설이 엉터리이고 인기가 없어 세를 산다는 등의 힐난―으로, 한껏 달아올랐던 송씨의 창작 욕구를 일시에 잠재우는 것이다.

작가에게 집필 못지않게 필요한 것은 성찰의 시간이다. 인간과 세계에 대한 깊이 있는 이해, 작가의 역할과 사명, 작품 구상 등도 창작에 필수불가결한 요소인 것이다. 머릿속에 뒤엉켜 있는 그런 난제들은 절대적 고요의 공간에서 가지런하게 정리되는 경우가 많다. 그러나 송씨가 명상에 빠져들려 할 때에도 명이는 불쑥 바둑을 청해 사색의 시간에 훼방을 놓는다.

이처럼 조해일의 「방」은 개인의 일상적 삶이 타자의 개입으로 얼마나 위협 받고 균열이 되는가를 알레고리 기법으로 보여준다. 송씨뿐 아니라 나머지 세 가구도 외부인의 느닷없는 끼어듦으로 해서 생활에 불편을 겪기는 마찬가지이다. 그 중 소설가 송씨의 고통이 이웃들보다 특별히 더 크다 할 수만은 없겠으나, 타인으로 인한 창작자의 고통이 심대하다 는 사실만큼은 명확하다.

5.

외부인의 방해로 창작에 극심한 고통을 겪는 소설가가 이상적인 '지 상의 방 한 칸'을 찾아 힘겨운 순례길4)에 오르는 과정과 궁여지책으로 목적한 공간을 마련한다는 내용은 박영한의 「지상의 방 한 칸」에 나타 나 있다. 이 작품은 원고 마감일에 쫓긴 주인공이 조용한 집필처를 찾아 헤매다 허탕을 치고 귀가하는 장면으로 시작된다. 그가 집을 놔두고 굳 이 지인을 찾아 나선 것은 집에서 창작할 여건이 조성되지 않는 까닭이 다. 그래서 그는 우인의 집에서 신세를 질 요량이었으나 그들도 주인공 을 반겨줄 만큼 여유로운 상황은 아니었기에 발길을 되돌릴 수밖에 없 었다.

사실 주인공이 도심에서 벗어나 서울 교외의 도곡리 우묵배미 마을에

---

4) 체험성이 짙은 작가로 알려진 박영한이 '지상의 방 한 칸'을 찾아 전전했던 '역사'는, 우 찬제가 그의 이사 이력을 정리한 <가난한 유목민의 대장정 내력>에 소상히 나와 있다. 박영한의 이사 내역을 세세히 열거할 필요는 없겠으나, 우찬제의 기록에는 박영한 일가가 1977년 7월 21일 관악구 본동 국민주택 2층 다다미방에서 1989년 3월 8일 서울 종로구 구기동 삼진연립에 들 때까지의 약 12년 동안 도합 10차례의 이사를 했다고 나온다. 그 중 이 글에서 논하는 「지상의 방 한 칸」은 작품에 나온 그대로 경기도 김포군 고촌면 국 민주택 22호 다락방에서 집필된 것이다. 우찬제, 「「쏭바강」에서 「우묵배미」까지」, 『작가 세계』, 1989 겨울, 54-55쪽 참조.

처소를 정한 것도 어려운 경제 상황과 조용한 환경의 필요성을 우선시한 결과이다. 일반인들의 이사 기준인 입지나 교통 편의성과는 무관하게 "전열을 재정비하여 새로운 나의 소설 공화국을 수립"하겠다는 야심찬 의욕으로 이삿짐을 부린 그는, 이미 빈번했던 '이사의 역사' 와중에 천장과 벽의 쥐들이나 아이들의 소란, 이웃들의 분란 등에 시달릴 대로 시달린 터였다. 그런 그가 최적의 집필처를 찾기 위해 노량진이나 인천 등과 같은 도시가 아니라 시골로 눈길을 돌린 것은 현명한 처사였다. 조용하고 평화롭고 그래서 한유한 풍경은 아무래도 도시보다 시골에 더 어울려 보인다. 그 역시 그런 낭만적 몽상에 젖어 도곡리행을 결정했을 것이다. 그러나 그것은 시골의 자연풍경이 그렇다는 것일 뿐, 시골 사람들의 성정이나 생활상까지 자연과 닮았다는 것이 아니었음을 뒤늦게 깨닫고 그는 진저리를 친다.

> 특별난 점은 시골사람들에게는 소음이란 아예 존재하지 않는다는 것이다. 신경과 두뇌를 사용해서 살아왔다기보다는 가래질이며 호미질에 익은 억센 근력에 의지해 살아온 그들에게 소음 따위가 문제될 리 만무였다. 그들은 길가에서건 남의 집 대문 안에서건 마음 턱 놓고 낄낄대며 떠들었고, 내겐 원수 같기만 한 저 새마을 회관에서의 꼭두새벽 왕왕대는 스피커 소리에도 얼굴 한번 찌푸리는 일이 없었다. 내겐 견딜 수 없는 소음이 그들에게는 새소리나 개울물 흐르는 소리처럼 다만 자연의 일부인 모양이었다.

「지상의 방 한 칸」, 『지상의 방 한 칸』, 335쪽

과연 주인공은 함께 세든 나머지 세 가구 거주자들의 소음과 소란으로 창작에 매진하기가 어려운 상황이다. 그는 밤 두세 시, 혹은 너댓 시에 일어나 여섯 시간 가량의 황금시간대를 활용하려 한다. 하지만 고요해야 할 그 시간대에서조차 그는 이웃들의 방해에 골머리를 앓는다. 그

가 집필에 몰두한 얼마 후 건넌방 정씨는 어김없이 와락 가래를 끓으며 뒷간에 가 내뱉기 바쁘다. 화장실에서 용무를 마치면 정씨는 쇠죽 끓이기를 하는데, 부엌을 사이에 두고 그와 정씨의 방이 마주한 관계로 주인공은 불 때는 소리를 피할 수 없다. 그러나 무엇보다도 그의 새벽 작업에 치명적인 것은 술고래 정씨의 주사와 부부싸움이다. 그들의 극악스러운 부부싸움은 새벽도 가리지 않는다.

뿐만이 아니다. 주인공은 정씨 외에도 문간방에 세든, 남편의 벌이가 시원찮아 늘상 투닥거리는 새댁네의 다툼에도 신경이 쓰인다. 그들의 싸움은 보통 "자정께에서 이튿날 아침까지였고 솥단지가 바스라지고 식칼이 난무하는 격렬한 전쟁"이나 다름이 없다. 거기에 뒤란 장독간 옆의 뒷방에 사는 철없는 학생들의 "새벽 물펌프질과 요란한 세수소리"가 시끄럽게 들리고 그들이 "슬리퍼를 딸각거리며 뒤란을 돌아다니"기 시작하면 주인공은 만년필을 내팽개칠 수밖에 없게 된다.

그때면 주인공은 "아아, 그것은 무엇 때문인가. 어찌하여 하나님은 소설자에게 조용한 방 한 칸 선처해주는 일에 그토록 인색하단 말인가……" 하고 신세한탄이나 하는 것이 고작이다. 우묵배미 마을에서 고민의 해결책이 전무한 이상, 주인공이 결행할 수 있는 최후의 수단은 이사이다. 그는 칠월 땡볕에 만삭의 아내를 이끌고 두어 달가량 고난의 순례를 거친 끝에 "김포의 행주대교 너머 고양군 능곡 못미처서의 강변 마을"에 셋집을 구하고 이사를 한다. 그 사이 그는 자신의 아이가 태어난 지 사흘만에 죽는 참극을 겪기도 한다. 그렇다고 애써 이사한 새 집이 그토록 원했던 집필 환경을 제공하지도 않는다. 그곳 역시 사람 사는 동네답게 아이들이 많았고 집집마다 강아지 한두 마리씩을 길렀다. 또 앞집과의 거리가 너무 가까워 이야기소리가 여과 없이 들렸으며 동네 한복판에 있는 가구공장의 기계톱 돌아가는 소리는 드셌다. 설상가상으로

그가 세든 집 건넌방에 새로 전입한 젊은 부부는 목소리가 너무 커 작업
에 방해가 된다.

그럼에도 다행히 주인공은 나름의 피안처를 우연히 발견하는데 거기
는 바로 다락방이다. 한 평 반 정도의 골방인 그곳에 비닐 장판을 깔고
전기를 연결한 그는 이제 그곳에서 집필을 위해 최선을 다한다. 참으로
지난한 고생 끝에 겨우 마련한 집필의 최적지, 남루한 '지상의 방 한 칸'
그곳에서 말이다.

6.

자기 소유의 방이 있어도 소음의 마수로부터 자유롭지 못한 경우가
있다. '지상의 방 한 칸'을 위해 고난의 행군에 오르는 작가들보다 자신
의 방에서 창작의 자유를 누리는 소설가들은 사정이 한결 낫기는 하다.
하지만 그들도 외부의 방해로부터 완벽하게 해방되지 못하기는 마찬가
지이다.

최수철의 『알몸과 육성』에는 집 안팎의 소음에 어쩔 줄 몰라 하는 소
설가가 등장한다. 다행히 그에게는 작업에 몰입할 수 있는 자기만의 방
이 있다. 하지만 그 역시 창밖에서 들려오는 온갖 소음으로 괴로움을 겪
는다. 그는 창문을 닫아 놓는 계절에도 문밖의 소리가 밀려들지 않을까
하는 강박에 시달릴 정도이다. 막상 창문을 꼭꼭 걸어 잠근다고 해서 소
음 문제가 해결되는 것도 아니다. 집안에서 발생하는 소음도 만만치 않
기 때문인데, 무시로 울려대는 전화벨 소리와 아파트 관리실에서 오만
가지 용건을 전하는 안내방송이 바로 그것들이다. 공지 내용은 알뜰 바
자회, 새마을 부녀회, 에어로빅, 미아 찾기, 바퀴벌레 소독 등등의 일상
적이고 생활에 필요한 것들이기는 한데, 그것이 소설가에게는 신경증에

걸리게 할 것 같다는 강박에 시달리게 한다. 그럼에도 그는 그 문제에 뾰족한 방책이 없다. 그 소리를 들으며 혼자 어쩔 줄 몰라 하거나 입엣말로 욕설을 내뱉는 것이 그의 대응책 전부이다. 간혹 천장 스피커 소리에 격분해 그것의 전선을 끊으려 시도하지만 그마저도 불가능하게 하는 건물 구조에 낙담만 해대는 것이다.

7.

위의 경우와는 또 다른 불편으로 자기 방을 번연히 놔두고 밖으로만 돌며 소설을 써야 하는 불우한 처지의 소설가도 2000년대에는 존재한다. 앞에서 거론한 작가들에 비해 2000년대 젊은 작가들의 창작 환경이 개선된 것은 분명하다. 적어도 그들 대다수는 선배들이 그토록 소망했던 '자기만의 방'을 일단 확보하고 있다. 문제는 그 방에 틀어박혀 창작에만 매진할 수 없게 만드는 외부의 환경에 있다.

윤고은의 「인베이더 그래픽」에는 자기 방을 포기하고 바깥으로 떠돌며 글을 쓰는 신진 여성작가가 주인공으로 등장한다. 몇 년 전 대학 졸업을 앞두고 신춘문예에 당선한 그는 집안의 자랑이자 친구들의 부러움을 사는 존재였다. 그러나 그 영예는 불과 몇 달을 넘기지 못한다. 여름이 되자 주인공의 아버지는 취직을 재촉하기 시작한다. 친구들마저도 주인공이 생활전선에 뛰어들지 않는 것을 두고 한마디씩 한다. 그런 이야기를 듣고 주인공은 도태되고 있다는 느낌을 떨치고 생활비를 벌기 위해 취직을 한다. 이 년여 동안 출판사와 기획사를 다녔으나 결국 그는 일을 그만둔다. 회사에 다니는 동안 "단 한 편의 소설도 쓰지 못했"기 때문이다.

사직 후 소설에 대한 열정은 되살아났으나 그에 비례해 자식의 재취업에 대한 주인공 아버지의 조바심도 커져만 간다. 그런 상황에서 주인공이 마음 편하게 자기 방에서 소설만 써댈 수는 없는 노릇이다. 그는 백화점으로 출근을 한다는 거짓말을 하고 집을 나서, 실제 백화점에 가 소설을 쓴다. 그러나 자본주의 소비문화의 총화라 할 수 있는 백화점이 작가에게 작업 공간을 내줄 만큼 호혜적이지는 않다. 그곳은 오로지 고객의 소비를 유발할 목적으로 내부가 설계된 곳이다. 직원들 역시 매출 증가에 혼신의 노력을 기울이고 그 대가로 급여를 받는다. 그럼에도 그가 굳이 백화점을 이용하는 것은 물색한 여타의 장소보다 그곳이 글쓰기에는 다음과 같은 여러 모의 장점이 있기 때문이다.

> 도서관에는 사람들이 많고, 백화점만큼 안락하지 않다. 공원에는 콘센트와 냉난방 시설이 없다. 역은 번잡하고 놀이터는 위험하다. 어른이 오래 놀이터에 앉아 있으면 괜한 오해를 사기 십상이다. 아이들이 하나둘 사라지기 때문이고, 놀이터는 어른보다는 아이를 위한 공간이기 때문이다. 가장 저렴하게 글을 쓸 수 있는 공간은 집이겠지만, 집에는 내가 낮 동안 어디라도 다녀오길 바라는 가족들이 있다.
>
> 「인베이더 그래픽」, 『1인용 식탁』, 99쪽

백화점을 찾은 주인공이 작업실로 애용하는 곳은 여자 화장실이다. 한 군데에 오래 머물러서는 곤란하다. 그는 일단 백화점 4층 여자 화장실 파우더룸에 가 노트북으로 작업을 시작한다. 전기는 물론 백화점 콘센트를 이용한다. 그러다 경비원들이 화장실을 순찰할 시각이 되면 짐을 꾸려 5층이나 6층으로 갔다 20분 정도를 허비하고 다시 4층으로 내려와 두 시간 가량을 보장 받는다. 또 한 번의 순찰을 피해 지하로 내려가 마련된 소파에서 글을 쓰고 주인공은 밖으로 나온다. 다음 행선지는 카페이다. 물론 커피를 사서 마시지는 않는다. 누군가를 만날 약속으로 온

것처럼 연기를 하면서 그는 소설을 쓴다. 그런 신물 나는 일상에서 순찰대나 CCTV가 없는 백화점 옥상에 오른 주인공이 도시의 풍광을 바라보는 것으로 이 작품은 끝이 난다.

집의 자기 방에서조차 자유롭게 있을 수 없는 처지의 주인공에게는 "진정 엉덩이를 붙일 만한 작업실이 필요했다." 하지만 청년 백수와 다르지 않게 인식되는 젊은 전업 소설가가 간절한 희망을 성취하기란 요원해보이기만 한다.

8.

그러면 작가들의 창작 공간에는 과연 어떤 것들이 보관되어 있을까? 아마도 많은 독자들은 책장에 그득한 책들, 작가가 집필중인 원고, 아이디어 메모장, 작품의 얼개를 짠 노트 등을 떠올릴 것이다. 이승우의 「오래된 편지」에는 작고하신 스승의 집필실을 정리하는 제자 윤이 등장한다. '제법 알려진 중견 소설가'인 그는 선배 평론가의 제안으로 소설가인 은사 J선생의 유품과 유고를 정리하는 일을 떠맡는다. 평소 J선생이 메모광으로 소문이 자자했고 당신 스스로도 "메모 수첩과 노트를 백 권이 넘게 가지고 있다고 밝힌" 바 있어 윤은 선생의 집필실에서 많은 수첩과 노트를 찾아낼 수 있으리라 기대했다. 출판사 쪽에서는 그것들을 토대로 J선생의 유고집을 발간하려는 계획도 있기에 윤은 더욱 세심하게 그곳을 뒤진다.

생전에 활발한 작품 활동을 펼쳤던 J선생의 집필실에 들어간 윤은 그러나 생각만큼의 소득이 없다. 단 한 편의 미발표 단편소설도 찾아내지 못했다. 대신 대강의 얼개만 짜인 엉성한 장편소설 구상 메모와 아이디어 메모, 그리고 "책이나 영화를 보고 적어놓은 감상문 형식"의 글 따위를 발견한 것이 고작이다. 제자들의 습작기 원고를 가지고 있다던 J선생의 말을 반신반의하며 그것을 찾아보기도 했으나 그마저도 결국은 헛수고였다.

그러다 문득 서랍 바닥 깊은 곳에서 윤은 '반소매 셔츠에 사각팬티 차림'의 J선생 사진을 발견한다. 사진 속 주인공은 평소 "선생의 글이 지나치게 엄숙해서 일체의 엄숙한 것들로부터 부단히 달아나려고 하는 이 시대의 풍조와 어울리지 않는" 점과 너무도 대조적이다. 머나먼 타국 스페인에서 찍은 그날의 다른 사진에는 옷차림이 J선생마냥 가벼운 젊은 여자도 있다. 그들은 이국의 숙소에서 "아주 편안하고 자연스러운 구도로" 사진을 즐기고 있는 것이다.

그리고 마지막으로 윤이 찾아낸 것은 각종 출판계약서들과 편지들이다. 편지들 중에는 윤 자신이 쓴 편지도 있다. 자기보다 한 해 먼저 등단한 소설 공부 동아리 회원의 소설이 다른 회원의 작품을 표절했다는 일종의 고발장인 그 편지를 새삼 읽게 된 윤은 얼굴이 홧홧해질 따름이다.

비록 원하던 것들을 찾지는 못했지만, 윤은 선생이 고이 간직했던 사진과 자신의 편지를 통해 고인의 인간적인 면모와 사제지간의 친밀감을 새삼 느낀다. 집필실에서 윤은 한 사람의 작가이자 인간이었던 은사의 내밀한 오지에 이제 한 발을 깊게 내딛은 셈이다. 그렇게 한 작가의 집필실에는 작품과 관련된 것들은 물론, 한 인간의 삶의 이력이 내밀하게 방향되고 있다.

‖‖‖

이 시대 청춘들의 생존 분투기

1. 아! 우리들의 괴로운 청춘

요즈음 젊은이들을 지칭하는, 연애, 결혼, 출산을 포기했다는 뜻을 지닌 '삼포세대'라는 단어는 그들 세대의 힘겨운 삶을 단적으로 대변한다. 현재 우리나라의 많은 청년들은 삶에 힘들어 하고 있다. 대학생들은 취업을 위한 스펙 쌓기, 자격증 취득, 어학연수, 봉사활동, 공모전 응모 등으로 척박한 현실에서 살아남기 위해 처절한 노력을 한다. 또한 그들은 취업전선에서의 격전과 함께 경제적으로는 비싼 학비와 생활비 등으로 고통을 받는다. 대학에 진학하지 못한(혹은 않은) 다수도 반복되는 비정규직의 굴레에서 벗어나기가 여간 어렵지 않아, 열악한 생계의 현장에서 비지땀을 흘리기는 마찬가지이다. 대학을 졸업한 이들 역시 재학 중 받은 학자금 대출 상환에 허리띠를 졸라맬 수밖에 없는 형편이다. 그렇다고 자본과 사회적 경험이 태부족인 그들이 창업을 하기도 쉽지는 않다.

근래에 『아프니까 청춘이다』 유의, 청년세대의 아픔을 위무할 목적으로 쓰여진 책들의 유행은 고단한 그들의 삶에 대한 연민과 위로의 결과라 하겠다. 물론 그런 유의 책들이 주는 위안의 언사가 청년세대의 고달 픈 삶에 근원적인 해결책이 될 수는 없다. 그럼에도 그런 책들의 선전은, 우리 청년들이 그만큼 아파하고 있음에도 가족이나 동료, 그리고 그들의 상처에 마땅히 공감하고 보듬어줘야 할 사회 어디에서도 제대로 위안 받지 못하고 있음을 여실히 보여주는 증거이기도 하다.

그들의 고단한 현실이 『아프니까 청춘이다』 유의 서적에만 반영되어 있는 것은 물론 아니다. 개인과 시대의 아픔에 언제나 그래왔듯이 우리 의 소설은 이 시대 청년들의 고달픈 삶을 작가들 나름의 방식으로 형상 화하고 있다. 특히 그들 삶의 풍경을 다룬 작품은 동시대를 살아가는 젊 은 작가들 층에서 주로 발표되는데, 이는 오늘의 젊은 작가들 역시 청년 세대의 안타까운 삶에 짙은 애정과 관심을 기울이고 있다는 예가 될 것 이다. 오늘의 젊은 작가들도 이 시대의 젊은이들 삶에서 결코 자유로울 수는 없는 것이다.

이 글의 목적은 청년세대의 힘겨운 삶의 모습이 우리의 소설에 어떻 게 드러나고 있는가를 보여주는 데에 있다. 글의 목적을 성취하기 위해 필자는 청년세대의 일상적 삶에 주목했다. 그들의 주거형태나 소소한 일 상, 그리고 직업이나 부업 등을 살피면 나름의 성과를 얻을 수 있겠다는 생각에서이다. 우울한 상황이기는 해도 청년세대의 현실에 대한 작가들 의 냉정한 묘사는 역설적으로 그들에 대한 작가들의 최대한의 사랑으로 보인다. 필자 역시 그들 세대에 대한 안쓰러움과 애정으로 이 글을 쓰는 것은 마찬가지이다.

2. 우리는 이런 곳에 살아요

생활의 터전인 집은 한국사회에서 매우 중요한 의미를 지닌다. 사람들이 평생 '집 한 칸'을 마련하기 위해 얼마만큼의 눈물겨운 노력을 기울이는지는 굳이 말하지 않아도 한국 사람이면 다 안다. 특히 객지에서 터전을 잡는 사람들에게 자기 '집 한 칸'은 보다 더 남다른 의미를 지닌다.

그러나 오늘날의 청년층에게 '집 한 칸'은 말 그대로 언감생심이다. 김미월이 『여덟 번째 방』에서 언급한 대로 이제 그들에게 집은 "부등식 '방<집'이 아니라 '방=집'이 성립되는 곳"이다. 집의 부속 공간 중 하나로서의 방이 아니라, 방 그 자체가 주소지가 되는 현실. 사실 그들에게는 당장 몸을 눕힐 '방 한 칸'조차 마련하기 쉽지 않다. 알량한 보증금조차 없으면 자기 명의의 셋방 한 칸도 얻기가 곤란한 것이다.

얼마간의 보증금으로 그들이 입주할 수 있는 '자기만의 방'이라고 해 봐야 (반)지하방 아니면 옥탑방이다. (반)지하방은 이미 80년대에도 존재했다. 시대적 배경은 다르지만, 양귀자의 「지하생활자」에는 서울 근교의 수도권 부천시 원미동의 연립주택 지하방에 거주하는 이의 삶이 다루어져 있다. 이 작품에 나오는 지하방에는 빛살이 제대로 들지 않는다. 습기 찬 벽지와 퀴퀴한 곰팡이 냄새를 어쩔 수 없어 방은 늘 어둡고 눅눅한 분위기를 연출한다. 게다가 창은 밖의 지면과 거의 맞닿아 있어 실내 모습이 훤히 들여다보인다. 그래서 지하방 거주자는 우선적으로 커튼이나 블라인드를 달고, 그도 아니면 창에 종이라도 오려붙여 외부의 시선을 차단한다.

문제는 방 자체에만 있는 것이 아니다. 지상에서 지하방으로 들어가기까지도 녹록한 일이 아니다. 물론 방에 도달해도 그리 기대할 광경은 없다. 「지하생활자」를 통해 지상의 계단에서 통로를 거쳐 방문을 열기까지의 과정을 들여다보자.

지하로 내려가는 계단은 가파르고 옹색했다. 눈짐작으로 하나씩 어두

운 계단을 짚어 내려가다 나동그라진 적도 있었다. 계단을 다 내려오면
주인집의 허접살림들이 쌓여 있는 좁은 통로가 있었다. 더듬더듬 방문을
찾다보면 삐죽이 빠져나와 있는 연탄난로의 연통이 옆구리를 찌르기도
하였다. (중략) 방문을 열자 퀴퀴하고 눅눅한 냄새가 훅 끼쳐왔다. 방안
에 있을 때는 코가 마비되어 느끼지 못하여도 밖에서 들어오려면 맨 먼
저 곰팡이 냄새가 그를 반겼다. 천정에 거의 맞닿다시피 조그만 들창문
이 하나 붙어 있기는 하였지만 크기가 워낙 작아서 환기를 시키지는 못
하였다.

「지하생활자」, 『원미동 사람들』, 225쪽

이 작품이 발표된 1987년 지하방과 2000년대의 (반)지하방 풍경은 그
리 다르지 않다. 아니 어쩌면 그곳의 방을 폐쇄하지 않는 이상, 환경이
개선될 여지는 없어 보인다.

과연 김애란의 2007년 발표작 「도도한 생활」의 (반)지하방도 습기가
문제여서 벽지에는 늘 곰팡이꽃이 피어 있다. 습기나 곰팡이는 어쩌면
(반)지하방의 일상적 풍경이기에 거주자에게 그리 큰 위협이 되지는 못
한다. 하지만 예측 불가의 갑작스런 폭우는 지층 세입자들에게 불편과
위험을 야기한다. 지층이라 폭우는 현관으로 쏟아져 밀려들고, 땅과 면
한 창문으로 빗물이 "벽지를 더럽히며 창틀 아래로 흘러"내리는데 아무
리 물기를 닦아내도 속수무책이다. 실내로 흘러든 빗물은 어느새 방바닥
에 고여 연신 퍼내도 헛수고일 따름이다.

이십여 년의 시간이 흘러도 (반)지하방은 언제나 임대인과 임차인의
경제적 이해관계와 맞물려 존재할 뿐이다. 거기에 삶의 질을 고려할 여
유는 양자 모두가 없다. 다만 그렇게라도 자신만의 전유 공간을 확보해
사람들은 살아간다. 선진국을 눈앞에 둔 이 땅의 많은 사람들이……. 거
기에는 물론 이십대들도 예외가 아니다.

그러나 아무래도 2000년대에는 (반)지하방보다 옥탑방이 소설에 더

많이 등장하는 것이 사실이다. 둘 다 적은 보증금과 지상층의 여타 가옥에 비해 낮은 임대료를 내고 사는 것은 마찬가지인데, 옥탑방의 인기가 더 높은 것은 왜일까? 문화사회평론가 김헌식은 공중파 3사(社) 드라마와 영화에 나오는 옥탑방을 예로 들며 답안을 제시한다. 그가 열거한 작품들을 하나하나 거론할 필요는 없을 듯하다. 중요한 것은 그가 "돈 없는 젊은이들이 옥탑방에서 새로운 꿈을 꾼다는 설정"에 의문을 제기한다는 점에 있으니 말이다. 쪽방, 고시원, (반)지하방에서 생활하는 청춘들도 적지 않은 것이 사실이고 보면 그의 문제제기는 타당하다.

아닌 게 아니라 옥탑방 역시 여타의 거처에 비해 특별히 낫다고 할 수는 없지 않은가? 실제 김헌식의 "옥탑방은 불법으로 증축, 개조한 게 대부분이며, 방 자체가 날림공사로 만들어진 경우가 많다. 날림이기 때문에 겨울에는 건조하고 추우며 여름에는 덥고 뜨겁다. 건조하고 바람이 강해 감기에 잘 걸리고 몸의 피로가 제대로 풀리지 않을 수 있다. 단열이나 방음이 제대로 되어 있지 않은 경우도 있다. 물탱크소리 때문에 잠을 설치기 일쑤"라는 지적은 옥탑방 생활자의 불편과 시설물의 부실을 고스란히 드러내준다.

그럼에도 이즈막의 드라마와 영화에서는 옥탑방이 좋은 촬영지의 하나로 각광을 받는다. 그것도 옥탑방 생활을 미화하고 분식하면서 말이다. 그렇게 드라마와 영화는 옥탑방을 통해 젊은이들의 열악한 삶을 낭만적으로 왜곡한다. 아울러 제작진은 "풀샷으로 도시의 전경이나 야경을 찍어 드라마의 영상"을 보기 좋게 만드는 데에만 주력한다. 그러니 그 안의 고단한 청춘의 군상이 배제되는 것은 당연하다.[5]

드라마나 영화에 나오는 옥탑방에 비해, 소설 속 그곳은 결코 낭만적

---

[5] 이상의 논의는 김헌식, 『대중문화 심리로 본 한국사회』, 북코리아, 2007, 78-82쪽 참조.

이지 않다. 우리 소설에서 옥탑방의 존재를 선명히 부각한 대표적인 작품은 1998년에 발표된 박상우의 「내 마음의 옥탑방」이다. 이 작품은 1998년 현재 불법 건축물인 옥탑방이 서울시 도처에 자리하고 있음을 일러준다. 소설 속 그곳은 영화나 드라마의 옥탑방이 제공하는 시원한 전망을 제공하지 않는다. 근사한 야경은커녕 옥탑방 거주자의 고단한 삶을 암시하는 황량한 풍경만이 시야에 가득할 따름이다.

> 하지만 가파른 언덕 위에 자리잡은 삼층 건물 옥상, 거기서 내려다보는 지상의 밤풍경은 결코 아름답지 않았다. 경사진 비탈을 따라 집들이 다닥다닥 달라붙은 달동네와 실핏줄처럼 뒤엉킨 좁은 골목길, 그리고 강 건너편으로 내다보이는 고층 건물과 즐비한 차량의 행렬……. 그것은 보면 볼수록 연민을 자아내게 하는 가련한 고난의 세계가 아닐 수 없었다.
>
> 「내 마음의 옥탑방」, 『1999년도 이상문학상 수상작품집』, 39쪽

그렇기에 그곳에 사는, '물질로 구현된 꿈의 성전'인 백화점 안내 데스크에서 일을 하는 그녀는 언제나 '완전한 지상의 주민'이 되기를 갈망한다. 그녀에게 옥탑방은 현실적 어려움으로 지상에 굳건히 발을 붙이지 못해 어쩔 수 없이 머물러야만 하는 장소에 불과하다. 그렇기에 그곳은 그녀에게 장소애(topophilia)를 선사하기보다 탈피해야 할 지긋지긋한 공간에 불과한 것이다. 그런 정황에서 옥탑방의 낭만은 존재할 여지가 없다.

「내 마음의 옥탑방」이 보여준, 새로운 세기를 앞둔 한국사회의 우울한 정경은 2000년대에 들어도 그다지 변함이 없다. 2003년 발표된 표명희의 「탑소호족N」에 나오는 옥탑방도 허술하기는 마찬가지이다. 외국영화대본 번역일을 하며 홀로 사는 N의 주거 공간은 "방 하나에 녹슬고 비틀린 외짝 싱크대가 놓인 마루 겸 부엌, 오줌버캐가 잔뜩 낀 좌변기 하나만 달랑 들어앉은 화장실, 그리고 씽크대 한쪽 구석에는 겨우 고양

이세수나 할 정도의 수돗가"가 자리할 뿐이다. 게다가 N의 옆방에는 벽 하나를 경계로 똑 같은 구조의 집에서 네 식구가 기거를 한다. 한 사람의 자취용 방인 그곳에 이웃한 구성원들 때문에 N은 혼자만의 공간마저 방해 받는다. 네 식구들의 온갖 소음이 벽을 타고 흘러드는 까닭이다. 그런 곳에서 N은 '은둔형 외톨이'에 가까운 삶을 살아간다. 외부와는 최소한의 소통만 하고 필요한 대부분의 것은 인터넷으로 해결하면서 말이다.

(반)지하방이나 옥탑방 거주자들은 그래도 얼마간의 보증금이라도 있다는 점에서, 고시원에 사는 이들보다 낫다고 하겠다. 고시원을 터전으로 삼은 축들은 보증금이 불필요한 대신 최악의 조건에서 생활해야 할 각오가 있어야 한다. 오늘날 고시원이 고시 준비생들의 공부방이라는 원래의 용도대로 사용되지 않는다는 점은 잘 알려져 있다. 지금의 고시원은 대학생이나 젊은 직장인, 그리고 도시 하층민 등이 거주 목적으로 이용하는 비율이 훨씬 높다. 그 결과 서울의 경우, 고시원은 전통적인 고시촌이 밀집한 지역에서보다 대학이나 사무실이 몰려 있는 곳에서 새롭게 문을 여는 경우가 많다.

그런 고시원의 풍경이 그려진 소설로 우선 떠올릴 수 있는 작품은 박민규의 2004년 발표작 「갑을고시원 체류기」일 것이다. 이 작품의 주인공은 갑작스런 집안의 어려움으로 고시원에 들게 된 대학 이학년생이다. 소설에서 보자면 그가 들어간 1991년의 고시원은 양가적 성격을 띠고 있다. 당시의 그곳은 고시 준비를 하는 사람들의 공부방이라는 본연의 의미와 함께, 정착보다는 부유(浮遊)가 더 일상적인 도시 빈민층의 일시적 숙소로 활용되었던 것이다. 그곳에서 고시 공부를 하는 이가 별명이 김 검사인 사람이 유일하다는 사실은 고시원이 이미 숙소로써 더 효용가치가 크다는 점을 의미한다.

고시원 주인 역시 치밀한 공간 활용으로 최대한의 임차인을 확보하는 데에 사활을 건다. 공간의 극한적 효용 추구는 그래서 임대인에게 매우 중요한데, 작은 방뿐 아니라 좁은 복도에서도 그것은 계산되어 숙박자의 동선마저 통제한다.

> 터무니없이 길고, 좁고, 어두운-폭이 40센티가 될까 말까 한 복도였다. 때문에 기차놀이라도 하듯, 저절로 우리는 일렬(一列)이 되었다. 정숙하게, 기차는 터널 속으로 들어갔다. 그런데 터널의 한복판에서 누군가 문을 열고 튀어나왔다. 충돌이다! 외쳐도 좋을 만큼 절묘한 타이밍이었는데 그가 잽싸게 몸을 틀어 벽에 자신을 밀착시켰다. 놀라우리만치 빠르고 숙달된 동작이었다.
>
> 「갑을고시원 체류기」, 『카스테라』, 279쪽

그들은 방의 크기, 동선, 소음 등에 과도한 제약을 받으며 창문도 없고, 다리조차 제대로 뻗을 수 없는 '관(棺)' 같은 방에서 새우잠을 잔다. 뿐만 아니라 현관의 '실내정숙'이라는 글귀는 고시원 내부의 최고 규율을 억압적으로 상징하고 있다. 또한 "1센티 두께의 베니어판"으로 형성된 벽은 그곳이 얼마나 소음에 취약한 구조인지를 단적으로 보여준다. 자기도 모르게 터지는 웃음이나 방귀 같은 인간의 본능마저 강제로 차압당하는 비정한 공간에서 타자와의 소통을 꿈꿀 여유는 없다. 그렇기에 그곳의 사람들에게서 인간 본연의 활기는 실종된다. 그들은 점점 "조용한 인간"으로 전화할 뿐이다.

이처럼 인간에게 반드시 필요한 집의 일시적 대용물일 뿐인 고시원이 행복한 공간일 리 없다. 김 검사를 제외하고 고시원에 기숙하는 대개의 사람들이 "자신의 처지를 부끄러워하는 인간들"이라는 점은 그 사실을 증명한다. 그들은 타자와의 교류 대신, 수족관의 열대어처럼 길들여져 온순한 삶에 순응하며 "다리를 쭉 펴"고 잔다는 것의 근사함을 열망한다. 그것은 소설 주인공인 나 역시도 마찬가지이다.

그럼에도 이제는 그곳을 떠난 주인공이 가끔씩 <갑을고시원>을 떠올리는 것은 왜일까? 내가 여전히 "그 밀실에서 살고 있다는 기분"을 문득문득 감지하는 까닭은 머리로는 잊었더라도 몸만큼은 '고시원의 유전자'를 기억하고 있기 때문일 터이다. 하여 고시원에 대한 나의 기억과 세상에 대한 따뜻한 시선은, 이제 그곳을 탈피해야 할 공간이 아닌 소중했던 과거의 처소로 자리매김하게 한다. 아울러 나는 <갑을고시원>이 아직도 존재하기를 간절히 바란다. "혹시 실패를 겪거나 쓰러지더라도 또 아무리 가진 것이 없어도 그 모두가 돌아와 잠들 수 있"는 안식처가 되기를 희망하며 말이다.

이야말로 세상의 모든 힘든 청년들에 대한 값진 위로가 아닐 수 없다. 이는 내가 "간신히, 간신히, 안간힘을 다해" 삶의 순간순간을 넘어가 마침내 간신히 '작은 임대아파트'를 마련하고 또 그 집에서 "마치 꿈처럼 ― 두 발을 뻗고 자고, 자주, 내 몫의 계란후라이"를 먹을 수 있기에 가능한 말이 아닐까 싶다. 즉 시간이 흘러 나름의 경제적 안정을 취한 자만이 할 수 있는 말이라는 것인데, 그럼에도 그 따뜻한 애정은 실로 값지다.

하지만 현재 고시원에서 생활하는 자의 마음까지도 그럴까 하는 의구가 드는 것은 어쩔 수 없다. 그곳의 거주자들이 늘 이사를 꿈꾸기 때문인데, 김영하의 『퀴즈쇼』에서 그것을 쉽사리 확인할 수 있다.

외할머니 손에서 양육된 이 작품의 주인공은 대학원 석사 수료생이다. 연남동의 단독주택 한 채와 은행과 지인에게 적지 않은 액수의 부채를 남긴 외할머니가 세상을 뜨자, 나는 결국 채권자에게 집을 넘긴다. 그리고 어쩔 수 없이 숙소로 선택한 방이 바로 고시원이다. 월세의 부담 때문에 창문도 없는 방을 택한 나는 많은 시간을 누워서 보낸다. 그도 무료해지면 도서관에서 빌려온 책을 읽거나 인터넷 '퀴즈방' 사이트에 들어가 퀴즈풀기에 몰두한다.

그렇게 이 주간의 생활을 하면서 내가 깨달은 바는 고시원이라는 곳은 '정거장'과 같다는 사실이다. 정거장은 그냥 지나치는 곳일 뿐 거기에 커다란 의미를 두는 이는 없다. 거주자들은 얼른 이곳을 떠 기억에서 영원히 삭제하기를 열망한다. 고시원은 그들에게 그런 장소에 불과할 따름인 것이다.

3. 무조건 돈을 벌어야 합니다

역시 돈이 문제이다. 신자유시대의 거센 파고 속에서 사람답게는커녕, 최소한의 생존을 유지하기 위해서라도 돈은 절대적으로 필요하다. 고시원이라도 얻어 주거 걱정은 덜었다지만 여기저기 들어갈 생활비는 만만치 않다. 당장 방값부터도 걱정이다. 『퀴즈쇼』의 주인공이 일자리를 구하려는 제일의 목적도 고시원 월세 때문이다. 대한민국의 신체 건강한 남자이자 서울에서 사 년제 대학 출신의 석사수료생인 내가 가장 쉽게 구할 수 있는 '알바'직은 역시 편의점 판매원이다. 박민규의 「그렇습니까? 기린입니다」의 상고(商高)생도 편의점에서 일을 했다. 그렇게 편의점은 아직 사회나 취업전선에 진입하지 않은 학생들과 정규직을 구하지 못한 이들에게 최저 시급으로 '정거장' 같은 '알바'를 제공한다.

편의점과 유사한 고용시장으로는 주유소, 피씨방, 패밀리 레스토랑 등이 있다. 또 간혹 김미월의 『여덟 번째 방』에 나오는 영대처럼 팬시점에서 신상품을 진열하거나 재고품 정리를 하기도 하는 한편으로 매장의 '도둑년 잡기' 업무를 수행하는 경우도 있고, 이 작가의 「너클」에 나오는 인물처럼 피씨방에서 돈을 버는 이도 있다. 아무튼 이들 '알바'시장의 노동자 다수는 청소년과 20-30대가 차지한다. 우리나라의 경제 피라미드 거의 최하위권에 위의 '알바'들이 존재하는데 이에 종사하는 사람들은 학업을 마친 후에도 이 업종에서 빠져 나가기가 어렵다.[6] 그 일이 좋아서가 결코 아니다. 신자유주의의 파고가 거세고 '승자독식'의 사회 분위기 속에서 번듯한 회사의 정규직이나 안정된 공무원으로 자리를 잡지 못하면, 그들은 영원히 비정규직의 굴레에서 벗어나기 어렵게 되는 악순환이 반복되는 것이다.

하여 청운의 꿈으로 활기차야 할 그들은 취업이라는 지상명제에 목을 맨다. 그런 한편으로 현재에는 생존을 위한 '알바' 역시 게을리 할 수 없는데, 비교적 손쉽게 일자리를 구할 수 있는 곳이 바로 위에서 언급한 편의점이다.

즉석에서 간단히 먹을 수 있는 요깃거리와 일상에 필요한 소소한 물건들을 판매하는 편의점은, 밝은 조명과 산뜻한 분위기로 이전의 구멍가게와는 다르게 도시적 세련미를 풍긴다. 또한 그곳은 손님에게 물품 설명이나 구매 요구가 거의 없어 소비자들이 편하게 용품을 선택할 수 있도록 배려한다. 24시간 영업으로 소비자에게 큰 편의를 제공하는 측면도 있다.[7] 이와 같은 편의점의 양적 증가는 많은 '알바'생을 필요로 했고 생활비를 벌 목적의 학생이나 정규직 미취업자들은 임시방편으로 그곳에서 일을 한다. 그 와중에 그들이 겪는 어려움은 적지 않다.

박민규의 「그렇습니까? 기린입니다」에는 지하철 '푸시맨'을 하기 전 편의점 '알바'를 한 상고 재학생이 나온다. 그는 편의점 '알바'를 그만두었음에도 사장으로부터 임금을 받지 못했다. 그의 항의도 무시하고 사장은 아예 떼어먹을 수작을 부린다. 한때는 건달이었던 동네 형의 도움

6) 우석훈·박권일, 『88만원세대』, 레디앙 미디어, 2007, 257쪽.
7) 김찬호, 『문화의 발견』, 문학과지성사, 2007, 108-112쪽 참조.

으로 겨우 돈을 받기는 했지만, 현실에서는 고용노동청에 진정서를 제출해야 하는 등의 번거로운 절차가 필요하다. 이런 점을 악용한 점주들은 미성년자를 고용해 임금을 체불하거나 착복하는 경우가 종종 있다.

　다음으로는 편의점에 진열된 상품 수의 어마어마함이다. 그곳은 물건을 구입하러 손님으로 왔을 때와는 사뭇 다른 양상으로 '알바'생을 압박한다. 비록 매장은 25평 정도이지만 그 안에 진열된 물건은 무려 1,200-2,000여 종8)에 이르니, 그것의 이름과 진열된 위치만을 외우는 데에도 적잖은 시간이 걸리는 것이다. 한마디로 그곳은 『퀴즈쇼』에 표현된 대로 '작지만 거대한 세계'이다. 이런 물품들의 판매도 만만치 않은 일인데, '알바'생은 부가적으로 공공요금 수납, 택배, 휴대전화 충전, 꽃배달 주문, 공연 티켓 예매 발권, 우편 대행 등의 업무도 병행해야 한다. 거기에 도난사고에도 항시 주의를 기울여야 하고 야간 업무시에는 취객들의 소동과 혹시 모를 강도에도 대비해야 한다.

　『퀴즈쇼』에는 이런 어이없는 편의점 사기 사건이 나온다. 새벽녘, 정장차림의 남녀가 편의점으로 들어온다. 남자가 지친 듯한 여자의 팔을 놓치자 그녀는 진열대의 물건을 쏟으며 바닥으로 쓰러진다. 여자를 집에 데려다줘야 하는데, 지갑을 잃어버렸다는 남자는 자신의 휴대폰과 명함을 건네고 돈을 빌리려 한다. 순진한 '알바'생은 가게의 소형금고에서 돈을 꺼내준다. 남자는 정말 고맙다며 빌린 돈을 이따 갚겠다는 말로 '알바'생을 안심시키고 밖으로 나간다. 하지만 그들이 오지 않아 걸어본 휴대폰의 번호는 결번이다. 그렇게 사기를 당한 돈은 '알바'생의 월급에서 공제된다.

　김애란의 「나는 편의점에 간다」에서는 절도범들이 날뛴다. 교통사고

---

8) 위의 책, 109쪽.

를 목격해 Q마트 밖으로 '알바'생이 뛰어나간 사이, 실내에 있던 남자는 "계산대 앞의 복권을 한 뭉치 집어 자신의 앞가슴에 넣"는다. Q마트 인근의 패밀리마트 여주인에 따르면, 교통사고 피해자인 여고생이 "나더러 콜라 한 박스를 갖다달라길래 창고에 갔더니, 그 사이 담배 몇 보루를 들고 뛰어나가"다 참변을 당했다고 한다. 이처럼 편의점은 언제나 도난 사고의 위험에 노출되어 있고 그 피해액은 고스란히 '알바'생이 책임져야 한다.

그리고 정규직 취업을 위해 이런 일도 한다. 여기에서 이런 일이란 인턴 업무를 말한다. 우리나라에서 정규직을 목표로 지망 회사에서 인턴사원이 되는 것은 새삼스럽지 않다. 아니 오히려 '인턴 왕국'이라 해야 할 만큼 기업에서의 수요도 많다. 하지만 인턴직이 곧 정규직을 보장하는 것은 아니다. "그럴싸한 대기업·공기업 인턴이라고 해봤자 월급쟁이로서 유통기한이 3개월이나 6개월, 길어야 1년으로 정해진 시한부 인생"[9]에 불과할 따름이다. 그럼에도 인턴직 사원들 사이에 경쟁은 치열한데, 이유는 그들 중 일부가 그나마 정규사원으로 발탁될 가능성이 있기 때문이다.

박민규의 「고마워, 과연 너구리야」에 나오는 주인공도 "그저 왔다 갔다 하는 차비 정도"를 받고 "일은 거의 날밤을 새는 수준"이지만 일곱 명의 경쟁자와 인턴 생활을 하고 있다. 그렇다고 뭐 대단한 일을 하는 것은 아니다. "온종일 자료를 찾고, 카피를 하고, 파일을 정리하고, 전화를 걸고, 조사를 하고, 커피 심부름을 해야 하"는 것이 일상적 업무이다. 간혹 '과장의 민방위 훈련'을 대신 받기도 하면서 말이다. 그럼에도 인턴직에 전력을 타해야 하는 까닭은 혹시라도 정규직 취업으로 연결될

---

9) 송희영, 「유통기한이 너무 짧은 인생들」, 『조선일보』, 2009년 5월 9일, 여기에서는 강준만, 『영혼이라도 팔아 취직하고 싶다』, 개마고원, 2010, 245쪽에서 재인용.

가능성을 놓치지 않기 위해서이다.

그 절박함을 임직원들이 악용하기도 하는데 이 작품에서는 인사부장이 그렇다. 사내에서 이미 소문이 자자한 동성애자 부장은 정식사원 임용을 미끼로 나에게도 마수를 뻗친다. 그 조건은 동성애의 상대가 되어달라는 것이다. 단호히 거절하고 싶어도 그럴 수 없는 것은 정규직 취업에의 절박한 마음 때문이다. 오랜 망설임 끝에 나는 결국 부장의 요구에 응한다. 속으로 체념과 자기합리화를 하면서 말이다.

> 잠깐이다. 후회는 없다. 돌이켜보면 딱히 하고 싶은 일도 없었던 청춘이다. 경쟁자는 많고 취업은 힘들고, 세상은 엉망이었다. 잠깐이다. 잠깐이다. 잠깐이다. 이제 잠깐 후면 나는 저 허공 너머 ― 점 한 칸 크기의 착지점 위에 무사히 착지해 있을 것이다.
>
> 「고마워, 과연 너구리야」, 『카스테라』, 63쪽

그렇게라도 취업을 해야 김애란의 「침이 고인다」에 나오는 ‘뉴 엘리트 학원’ 강사처럼 “매달 13평형 원룸의 월세와 의료보험, 적립식 펀드 한 개와 적금”을 부을 수 있다. 목적을 이루기 위해서는 “오늘 하루, 열심히 얼룩말처럼 달리고, 곰처럼 춤춰야” 한다. 그것이 바로 이 시대 청춘들의 서글픈 초상이다.

저자 소개

김 병 덕

명지대 문예창작학과 졸업
중앙대 대학원 문예창작학과 졸업(석·박사)
2007년 『문학나무』 여름호 신인작품상에 소설 당선
현재 연성대, 중앙대 등에서 강의

지은 책으로는,
『소설처럼 읽는 이야기 문학상식』(공저)
『한국단편소설 30선 특강』(공편저)
『한국소설에 나타난 일상성』
『지식인의 언어생활』(소설집)

제3세대 한국소설의 풍경

초판 인쇄 2013년 10월 1일
초판 발행 2013년 10월 10일

지은이 김병덕
펴낸이 이대현
편 집 이소희
펴낸곳 도서출판 역락
　　　　서울 서초구 반포4동 577-25 문창빌딩 2층
　　　　전화 02-3409-2058(영업부), 2060(편집부)
　　　　팩시밀리 02-3409-2059
　　　　이메일 youkrack@hanmail.net
　　　　등록 1999년 4월 19일 제303-2002-000014호

ISBN 978-89-5556-098-5 93810
정 가 25,000원

* 잘못된 책은 교환해 드립니다.

이 도서의 국립중앙도서관 출판시도서목록(CIP)은 서지정보유통지원시스템 홈페이지(http://seoji.nl.go.kr)와
국가자료공동목록시스템(http://www.nl.go.kr/kolisnet)에서 이용하실 수 있습니다.(CIP제어번호 : CIP2013019717)